JN053886

白い迷路

ヘザー・グレアム
風音さやか 訳

GHOST WALK
by Heather Graham
Translation by Sayaka Kazato

mira

GHOST WALK

by Heather Graham

Published by K.K. HarperCollins Japan, 2023

モリー・ボールデンに心からの愛情をこめて。
そしてまたベント・ページズと若い女性たち、
ケイ・レヴァイン、ミシェル・バージェロン、ボニー・ムーア、
ジョリーン・レナード、ベッティ・バジールに。

さらにコニー・ペリー、アル、スコット、ステーシー、
ジョシュ、ミー・モーとルイジアナ州の女性たち、
ブレンダ・バレット、ローナ・ブルサール、
カリン・デーヴィッド・デビー・ケベドゥー、メアリー・ロマックに。
ニューオーリンズのような場所はどこにもないけれど、
わたしたちの胸にその土地を愛する心を植えつけるのは、
いつだってそこに住む人々なのである。

白い迷路

おもな登場人物

ニッキ・デュモンド――――観光ガイド
ブレント・ブラックホーク――――〈ハリソン調査社〉の調査員
ジュリアン・ララック――――ニッキの同僚。幼なじみ
パトリシア・ブルサール――――ニッキの同僚
ネイサン――――ニッキの同僚。パトリシアの恋人
ミッチ――――ニッキの同僚
アンドレア(アンディー)・シエロ――――ニッキの同僚
マックス・デュピュイ――――ニッキが働く会社のオーナー
マダム・ドルソ――――カフェの店主。本名デブラ・スミス
オーウェン・マッシー――――ニューオーリンズ警察の刑事
マーク・ジューレット――――ニューオーリンズ警察の刑事
トム・ガーフィールド――――FBI捜査官
ヴィンス・ハガティー――――FBI捜査官
コンテッサ――――ヴードゥーショップの店主。占い師
ハロルド・グラント――――上院議員選挙の候補者。現職
ビリー・バンクス――――上院議員選挙の候補者。新人
ヒューイ――――セントルイス一番墓地に出没する幽霊

プロローグ

なぜか少年は目を覚ました。リビングルームから話し声が聞こえてくるけれど、押し殺した声なので内容までは聞きとれない。少年はすぐに彼らの奇妙な口調に気づいたが、声が大きいせいで目覚めたのではなかった。

少年はじっと横たわったまま、なにが起こったのだろうと考えた。

そのとき、彼はそれを感じた。

〝それ〟が正確にはなんなのか、少年にはわからなかった。だが、恐ろしいものではない。慰められているような、毛布にくるまれたような、あるいは羽根でそっとなでられたような、とても心地よい感覚だった。少年はやさしさと気づかいと思いやりに包まれるのを感じた。力強ささえも感じた。

それまで語り聞かされてきたさまざまな物語がひとつにまざりあったかのようだった。部屋には靄《もや》がたちこめ、部族主神《グレート・スピリット》の物語を語る声が響いた。少年はほとんど聞きとれないほどかすかな叫びを、小さな悲しみの声を、聞いた気がした。たぶん空耳だったのだろう。それとも妖精《バンシー》が遠くで泣き叫んだのだろうか。

少しも怖くはなかった。

それがなんであれ……明確な形のない、おぼろげな靄にすぎないとはいえ……それはすぐそばにいて少年にふれ、安心させようとしている。バスルームの明かりがついていた。少年はもう五歳だったけれど、彼のために小さな常夜灯がつけっぱなしになっていたのだ。しかし少年には、靄のようなものが見えるのは明るさや暗さとはまったく関係がないことがわかっていた。それはただそこにいる。額にキスをして、心配することはなにもないと約束してくれる。〝なにか〟ではなくて〝だれか〟なのだ。その人は少年を愛していて、少年に愛されていることを知ってほしいと願っている。まるで心のなかへ入ってくるように……。

再びキスされ、とうてい現実のものとは思えないほど深い愛情に包まれる。その人は言葉を発したけれど、少年は耳で聞いたのではない。ただ心で感じたのだ。

別の世界……。

ドアが静かに開いたときも、少年はじっと横たわっていた。少年のおじにささやきかける祖父の声が悲しみを帯びているのを、少年は聞き逃さなかった。「あの子は眠っている。起こさないでおいてやろう」

少年はベッドから出て祖父を抱きしめ、なにが起こったか知らないけれど、きっと全部うまくいくよと言ってあげたかった。だが、なにかが彼を押しとどめた。少年は目をつぶって眠ったふりを続けた。祖父とおじがまたひそひそ話を始めた。

「あの子は強い子だ。大丈夫だろう」

「しかし、まだほんの子供だよ。きっと寂しがるんじゃないかな」

「いいや、心配はいらないだろう。あの子にはほかの家族がついているんだ。それにあの子は偉大なる一族の一員でもあるのだからな。きっと大丈夫だ」

少年は自分が目覚めて聞き耳を立てていることをだれにも悟られたくなかった。ふたりの会話から、胸を引き裂くような悲しい出来事があったのをすでに感づいていることも。ほんのちょっとでも音をたてたらこのすばらしい感覚が消えてなくなってしまうのではないかと、少年は不安だった。感触が……自分を包みこむ愛情が。

やがてふたりは去り、ドアが閉まった。

朝になって、祖父がいつものいかめしい口調で、創造主にして神であられるグレート・スピリットへの厚い信仰を少年に語って聞かせた。この地上の生には常に終わりがあるけれど、重要なのはどれだけ長く生きるかではなくて、どのように生きるかなのだよ、と祖父は説いた。この世の向こうにもうひとつの世界がある。人がその世界をなんと呼ぼうが問題ではない。それはたしかに存在するのだ。おまえの両親はこちらの世界を去って、もうおまえと一緒にいることはできなくなった。もはや何者も父と母を傷つけることはないだろう。彼らにはやがて創造主の慈悲が与えられるはずだ。創造主は――人間はその人をさまざまな名で呼ぶだろうが――きっと彼らを気づかってくださるに違いない。

祖父は賢かったけれど、それでも少年は疑問を抱かずにはいられなかった。これからぼくを育ててくれることになるおじいちゃんよりも、ぼくのほうが心安らかなんじゃないかな？　祖父の目は苦痛に満ちていた。おじいちゃんは自分の言葉を完全には信じていないのだ。だって、おじいちゃんはあのやさしい感触を味わっていないんだもの。

少年は祖父の手のなかへ自分の手をすべりこませ、それから彼の顔にさわった。少年は祖父から先住民の知恵を譲り受け、母親からは遠い国の謎《なぞ》に満ちた不思議な物語と古きよき南部の信仰心を受け継いでいた。「きっと大丈夫だよ」少年はただそれだけ言った。彼には両親が今も心のなかに生きていること、そして空から絶えず見守っていてくれることがわかっていた。

「ああ、おまえ」祖父は彼をしっかりと抱きしめた。

そうだよ、と少年は思った。パパとママは苦しみも争いもない世界へ行ったんだもの、大丈夫に決まってるさ。それでもやっぱり、ふたりがいなくなったことに変わりはない。

パパはもうぼくを高く投げあげたり、キャッチボールをしたり、いろんなことを教えてくれたり、グレート・スピリットの物語を聞かせてくれたりはしないんだ。ママだってゲール人特有の風変わりな言葉で遠い国のお話をしてくれることは、永久にない。あのやわらかい鈴の音のような笑い声を聞くことはできないし、もうおまえは大きいんだからねと言いながらもベッドで寝かしつけてくれることだって二度とないんだ。

パパとママがぼくに無条件の深い愛情を注いでくれることは、もう決してないだろう。

違う、そんなことはない。

少年は知っていた。両親が注いでくれた不変の深い愛情は永遠であることを。それを知っていればこそ慰めを得られたし、両親を失った悲しみや苦しみに耐えることもできた。

しかし、世の中には同じように永遠であるものがほかにも存在するのだ。

愛情が存在するように、憎しみが存在する。

感謝の心が存在するように、復讐《ふくしゅう》の念が存在する。

自分には天から与えられた力があって、その力は特別なものであると少年は信じていた。

だが、まもなく彼は、夜中にやさしくふれてきた愛情とは別のなにかと自分が相対する運命にあることを知った。

1

「六つお願い」ニッキ・デュモンドは言った。「六つよ」彼女の顔には笑みが浮かんでいたけれど、カフェオレのカップが五つしかのっていないトレーを指さして数を繰り返す口調は決然としていた。ニッキとアンドレア・シエロは〈マダム・ドルソズ〉でいつものように列に並んで、やっと順番が来たところだった。マダムはすばらしい店主ではあるが、どうやら忙しいと見え、カウンターのなかは要領を得ない若いウエイトレスがひとりきりだった。店はちょうど客足がとだえたところらしい。テラスの小テーブルの多くは埋まっているものの、現在、カフェの店内にはほかに客がひとりいるだけだ。その男性客は奥の壁にぐったりと寄りかかっていた。ニッキは彼のほうへちらりと視線を向けた。男が一度顔をあげたとき、魅力的な容貌《ようぼう》と知性的な目、彫刻のように輪郭のはっきりした頬骨が見えた。だが、服は薄汚れてみすぼらしく、ひげはのび放題で、髪はぼさぼさに乱れている。

「コーヒーを六つと、ベニエを六人前」アンディーが言い足した。若いウエイトレスがカップをひとつと、ニューオーリンズ名物の美味な四角いドーナツの盛られた皿をトレーに加えるのを見て、彼女は明るくほほえんだ。マダムのカフェで出されるベニエを、地元の人々は世界じゅうのどこの店のものよりもおいしいと考えている。「お願いね《シル・ヴ・プレ》」アンディーは言い添えた。

ウエイトレスがレジに金額を打ちこもうと背を向けたとき、アンディーがエキゾティックな黒い目をニッキに向けた。

「今日はわたしのおごりよ」

「ばかなことを言わないで」

「いいえ、わたしがメンバーに加わってから、あなたはいつだってよくしてくれたもの」

アンディーが〈ニューオーリンズの神話と伝説ツアー〉の観光ガイドになって、まだ四週間しかたっていない。一方、ニッキは観光ガイドとして充分に経験を積んでいた。

「あのね、わたしたちはいつもふたりひと組で仕事をしているから、みんな助けあっているのよ。それにあなたはとてもよくやっているわ」

「あら、そうかしら」アンディーは長いつやのある黒褐色の髪を肩越しに後ろへ払った。「わたしは観光客に語り聞かせるための物語をすべて暗記しているわ。そのせいか、たまに背後からだれかに見つめられているような気がして、寒気を覚えるときがあるの。だけど、ニッキ、あなたときたら……まるで幽霊が見えるようじゃない」

ニッキは肩をすくめてカフェのなかを見まわした。「わたしはきっと、過去の物語にどっぷりとつかりすぎたのよ」彼女は言った。「わたしの出た学校は、今、フレンチクォーターで仕事をしている手相見や女呪術師《じゅじゅつし》の半分を輩出しているようなところなの。たぶんそのせいで……そうね、由緒のある場所へ行ったりすると……その……」

ニッキは言葉につまって顔をしかめ、ぴったりの表現を探した。

「ぞっとする？」アンディーが助け舟を出した。

ニッキはかぶりを振った。「強烈な感情が存在する場所や、恐ろしい出来事があった場所、たとえばロンドンのウェストミンスター寺院みたいなところよ、そういう場所へ足を踏み入れたりすると……」

「ウェストミンスター寺院なんて巨大な墓場みたいなものよ」アンディーがそっけなく言う。

ニッキは笑った。「ええ、そうね。でも、南北戦争の戦場になった土地でも、もうとっくに死体は片づけられているのに、同じような印象を抱くわ。たぶん過去や歴史だとか人々の情念なんかに対する感じ方なのでしょうね。その土地で生き、その土地で死んだ人たちの、生の名残が感じられるんじゃないかしら」

「あなたには幽霊が見えるのね」アンディーが訳知り顔にうなずいた。

「まさか、幽霊なんて見えないわ」

「あなたには霊的な存在と交信する力があるんだわ」

ニッキは次第に落ち着かなくなってきた。「いいえ。今も言ったように、それは単なる感性……歴史や人間の営みに対する感性にすぎないの」きっぱりとつけ加える。「だれでもある時点で、あるいはある場所で、それを経験するわ」

アンディーは一瞬考えをめぐらせた。「そういえば、たしかにわたしも墓地へ行くと、なにかを感じることがある。それからときどき大聖堂なんかでも、なんていうか、霊気を感じたりするわ」

「そうよね」ニッキは同意した。彼女はトレーに手をのばしたが、アンディーが先にとりあげたので、みんなのいるテーブルへ戻ろうとして体の向きを変えた。そのとき、危うく悲鳴をあげそうになった。

さっきまで壁にもたれていたホームレスのような身なりの男が立ちあがっていた。彼はニッキの行く手をふさいで、物言いたげに口を動かしながら彼女のほうへ手をのばしてきた。

ニッキは思わず後ずさりしたが、男に両手で肩をさわられた。きっとわたしのほうへ倒れかかってくるわ、と彼女は思ったが、男は体をまっすぐ起こして、なにか言おうとするかのように相変わらず口をぱくぱくさせている。

この人はお金が欲しいのだ、とニッキは思った。

「さあ」彼女は早口で言ってハンドバッグのなかへ手を入れた。紙幣を一枚出し、嫌悪感にとって代わった哀れみの情に促されて言った。「これでなにか食べるものを買ってちょうだい。お願い、お酒や麻薬はやめてね。食べるものを買うのよ」

急いで男の横を通るとき、ニッキは再びさわられるのを感じた。トレーを手にしたアンディーが急ぎ足でついてくる。

ほかの四人は外のテーブルで待っていたが、そこへたどり着く前にアンディーが小声で言った。「ニッキ、あなたってほんとに親切ね」

「たぶんあの人、お金をお酒やヘロインを買うのに使ってしまうわ」ニッキは言った。

「ううん、そんなことないと思う。正直言って麻薬中毒者には見えなかったもの」

「ただのホームレスかしら」

「神様の思《おぼ》し召しがなかったら、わたしもそうなっていたのかも」アンディーがぼそぼそとつぶやいた。ニッキは振り返って彼女を見たが、アンディーは首を振っただけだった。

アンディーにはかつて麻薬におぼれていた時期があって、はじめてふたりが会ったとき、彼女はそのことを包み隠さずニッキに打ち明けた。しかし、麻薬とは何年も前にきっぱり縁を切っていた。今では祝い事など特別な夜でもない限り、酒さえほとんど飲まない。

だが、今のアンディーはそれについてはもう語りたくないようだ。なにしろ目の前のテーブルでは友人たち――ネイサン、ジュリアン、ミッチ、パトリシアの四人――がふたりを待っている。

彼らは全員同じ現地ツアー会社の同僚だ。ニューオーリンズでの競争は厳しかったが、彼らの会社はかなりの成功をおさめていた。創業者のマックス・デュピュイが最初に雇い入れたのがニッキだ。彼女が地元の観光新聞に寄稿していた記事がマックスの目にとまったのがきっかけだった。

マックス本人はきわめて個性的な人物だった。背が高く、髪は黒褐色で、がりがりにやせており、いかにも吸血鬼そっくりなので、夜な夜なニューオーリンズの町に出没する怪物といってもいいほどだったが、ただひとつ、常に葉巻をくわえているのがその神秘的なイメージを損ねていた。それに実際のところ、彼自身は幽霊の存在にまったく関心を抱いていない。

マックスの関心はひたすら金儲《かねもう》けにあった。

いつだったかマックスがニッキに語ったところによれば、彼の才能は一般大衆が望んでいるものを具体的なビジネスにまとめあげることと、職務を自分の代理人に任せることにあるのだという。マックスには事業を起こすだけの資金があり、ニッキには事業を運営していく才覚と知識があった。やがてマックスの提案により、ニッキは長年の親友であるジュリアンを雇い入れた。それから事業が軌道に乗るにつれて、順次ほかの社員を雇ってきた。

ニッキはマックスに次ぐナンバーツーの地位にある。新しいガイドを雇ったり新人を訓練したりするのは彼女の仕事だ。マックスは毎日会社へ顔を出して経営に携わることをあまり好まなかったので、それでうまくいっていた。マックスが好きなのは金儲けと、自分のために他人を働かせること。それさえうまくいっていれば、彼自身は世界じゅうを旅してまわれる。現在、彼はコロラド州を旅行中だ。

「ずいぶん手間どったじゃない」テーブルへ近づいてくるふたりに向かって、パトリシアが呼びかけた。

「ニッキが男の人といちゃついていたの」アンディーがふざけて言った。

「あら?」ルイジアナ州南部のケイジャン地方で生まれ育ったパトリシア・ブルサールは、アンディーと同じように長い黒褐色の髪をしている。目も同じように黒くて、笑うと茶目っ気たっぷりの顔になる。「ニッキに男ができたの?」

「すごく謎《なぞ》めいた人なの」アンディーが言った。

「ホームレスに一ドルあげただけよ」ニッキは首を振って言った。

「ニッキったら二十ドルもやったのよ」アンディーが訂正した。

「だって、彼には必要に見えたんだもの」ニッキは慌てて言った。ジュリアンがびっくりして彼女を見つめたからだ。

「実をいうとね、その男の人、少しこぎれいにしたら、相当ハンサムなんじゃないかって思えたわ」アンディーが言った。

「ホームレスに二十ドルもやったんだって？」彼らのなかでひとりだけ遠いピッツバーグ出身で、金髪のミッチがきいた。「すごいや……きみはぼくなんかより、よっぽどたくさんチップをもらっているんだね」

「そりゃあ彼女のほうが魅力的だもの」パトリシアがミッチに言う。

「その人、本当にお金がいるように見えたのよ」ニッキは説明した。「だからもういいでしょ。その話はこれでおしまい」

「だめだめ、もっと続けよう。ニッキ、きみは働いてばかりで、ちっとも遊んでいないね」パトリシアと同棲《どうせい》しているネイサンがからかった。

「正直な話」パトリシアがジュリアンを見やり、続いてニッキに視線を向けて言った。

「たいていの人はあなたたちふたりを恋人同士だと思うんじゃないかしら」

「うげっ」ジュリアンが言った。

「なによ、それ」ニッキがジュリアンをとがめた。

「違う、違う、きみでは不服だと言ったんじゃないよ」ジュリアンが慌てて弁解した。

「わかっているわ」ニッキは彼を安心させておいて、パトリシアを見つめた。「わたしたちはずっと昔から知り合いだったというだけ。兄と妹みたいな間柄なのよ。さあ、もう仕事にかかりましょう、いいわね？」

だが、ネイサンがにやりとして身を乗りだした。「ニッキ、仕事のことはしばらく忘れたらどうだ。ぼくらはきみをだれかとデートさせなくちゃならないと考えているんだ」

ニッキは深々とため息をついた。「わたしはだれともデートさせられたくないわ」

「彼女の最後の恋愛は悲しい結末を迎えたんだ」ジュリアンも大げさにため息をつく。

「しかし断っておくけれど、変人とはつきあうなって、ぼくはちゃんと彼女に忠告したんだよ」

「わたし、あなたが最近デートしたのを見たことないわ」パトリシアがニッキに言った。

「だって、彼女はこの一年ばかり一度もデートをしていないんだよ」ジュリアンが彼らに教えた。

「なんだって？　驚いたな、そんなのは……非アメリカ的だよ」ミッチが批判した。

ニッキはうめき声をあげて歯ぎしりした。「彼は変人なんかじゃなかったわ。あの人はただハリウッドへ行って、お金と名声を得たかっただけなの」

「そして彼は、ニッキも一緒に向こうへ行って、有名になるまで支えてほしいと願っていたんだ」ジュリアンの口調は冷淡だった。

「わたしたちには違う目標があったのよ」ニッキはきっぱり言った。「わたしは今の仕事が好きだし、ニューオーリンズを愛している。そりゃ、カリフォルニアも好きよ。だけど住むならここがいちばん。はっきり言っておくけれど、彼はちっともろくでなしなんかじゃなかったわ」

「だれもろくでなしだったなんて言ってないじゃない」パトリシアが口を挟んだ。「彼はすごくハンサムだったし、ときにはとてもやさしかったわ」

「やさしかっただって？」ミッチがわざとらしい口調で問い返した。

「花をプレゼントしたり、女性のためにドアを開けたり……そんなちょっとしたことよ。でも肝心なことになると、彼は自分の好きなようにやりたがったわね」

「あのさ、たぶんニッキは彼に対してそれほど強い愛情を抱いていなかったんじゃないかな。ハンサムな男で、魅力があって……だけどそんなものは、なければなしですませられるんだ」ネイサンが言った。

「そうだね。しかし、愛情がなければつきあっちゃだめだなんていったら」ミッチが笑った。「ぼくなんか今よりもっとたくさん、ひとり寝の夜を過ごさなければならなくなってしまう。きみがそれほどお堅いのも不思議じゃないね、ニッキ」

「わたし、お堅くなんかないわ」ニッキは抗議した。

「そうよね。ミッチ、いいかげんにしないと、ニッキがマックスに言いつけて、あなたを首にしちゃうわよ」パトリシアがやさしく警告した。

「やめてくれよ！」ミッチがうなった。

「みんな、お願い」ニッキは言った。「わたしは忙しいの。それに男性を見る目だってちゃんとあるわ。腰を据えてじっくり構えているだけ。わかった？　それよりも今は仕事の

きれいにしたら、どのくらい格好よくなりそうだった？」

ジュリアンがアンディーのほうを向いた。「彼女が気に入ったホームレスだけど、きれいにしたら、どのくらい格好よくなりそうだった？」

「相当格好よくなりそうよ」アンディーが考え深げに言った。「彼はただ……つきに見放されているみたいだった」

「さあさあ、みんな、遊びの時間は終わりよ」ニッキは断固とした声で呼びかけた。「ジュリアン、グレッグはそれほどの変人ではなかったわ。ただ少し自己中心的だっただけ。わたしは彼と一緒によその土地へ行くつもりはなかった。だから、つきあって楽しかったけど、もう終わったの。それと、心配してくれてありがとう。でも、わたしはあのホームレスとつきあう気はないわ。わたしなら大丈夫。今の住まいが気に入っていて、仕事が好きだし、あなたたちとの友情を大切に思っている。わたしはお堅い女なんかじゃない、いたって正常よ。デートがしたくなったらするわ」

「ひょっとして、夜は別の名前を名乗ってストリップ劇場で働いているんじゃないか」ミッチがからかった。ニッキが青緑色の目でにらむと、彼は両手をあげた。「ほんの冗談だよ。これからは行儀よくする、本当だ」

「いいわ。それじゃみんな、マックスからいくつか伝言があるの。ミッチ、新しい物語を観光客に披露してもかまわないけれど、必ず事実であることを確認してね。ジュリアン、ツアーの最中に女性客がうるさく言い寄ってくるようだったら、結婚していると言ってやりなさい」

「なんだって？」ジュリアンが驚きの声をあげる。

ニッキは肩をすくめた。「あなたにそう伝えてくれって、マックスに言われたのよ。マックスはそれでいつもうまくいっているんですって」

「へえ、本当かい？　あんな老いぼれマックスに、だれが言い寄るっていうんだ？」

「まあ、ひどいことを言うのね」パトリシアがとがめた。「マックスには魅力があるわ……ちょっと気味の悪い魅力だけど」

「いいとも。ぼくは結婚していると言ってやるよ。で、本当にぼくにふさわしい女性が現れたら……彼女はぼくを既婚者か、さもなければ嘘《うそ》つきと思うだろう。ぼくの社交生活はどうなっちゃうんだ」彼はうめき声をあげた。「結局はニッキみたいになってしまうよ」

「ああ、もういいかげんにして。お願いだからみんな、わたしのことはほうっておいてちょうだい」ニッキは言った。

「例のホームレスがますますお似合いなんじゃないかと思えてきたよ」ジュリアンがネイサンに言った。

「あなたは彼を見てさえいないじゃない」ニッキはいらだって抗議した。

「ぼくたちは助けてあげたいだけさ」ネイサンが言った。

「わたしは助けてもらいたくなんかないわ」ニッキはぴしゃりと言った。「ねえ、そんなにだれかをデートさせたいのなら、アンディーをけしかけたらどう？」

それを聞いて、全員が振り返ってアンディーを見つめた。彼女は笑い声をあげた。「ニッキ、みんなはわたしのことをまだよく知らないのよ。わたしをからかったって、おもしろくもなんともないわ」

「それにアンディーは気が多いしね」ネイサンが彼女をけしかけるのは意味がないと言わんばかりに手を振った。

「あら、本当に？」アンディーが言った。

「ああ、本当だとも」ミッチが断言する。

アンディーはくすくす笑った。「いいですとも……わたしは気が多い。それは認めるわ」

「ぼくならいつでも相手になるよ」ジュリアンがからかった。

「やつがそばにいなくて、信頼できる善良な北部の男が欲しくなったら……」ミッチがほのめかした。

「同じ職場の男性と遊んではいけないって、いつも母に言われていたの」アンディーは残念そうに首を振った。

「ふーん、だったらぼくと寝るだけならかまわないんじゃないか」ミッチが言った。「遊ばないでおけばいいんだからね」

こむ。

「ちょっと！　やっぱりからかうのはニッキにしておいてくれない？」アンディーが頼み
「いいかげんにしないと、明日の夜は中止よ」ニッキが言った。

「ツアーをとりやめるのかい？」ジュリアンがけげんそうに尋ねる。

「もちろん違うわ」ニッキは辛抱強く言った。「あなたたちの聞き分けがよくて、大人らしく振る舞うなら……。今月の売り上げが最高を記録したの。それで、〈パット・オブライエンズ〉でお祝いの食事会をしてもいいと、マックスのお許しが出たってわけ。ディナーと飲み物はマックス持ちで。明日の夜のツアーが終わったあとよ」

「やったぜ！」ミッチがうれしそうに大声をあげた。

そのとき、マダム・ドルソがいつものようにさっそうと登場した。趣味のいいコーヒーポットを携えて客とおしゃべりしながらこちらへやってくる。

彼らはマダムの店にとってはとびきりの上客だった。彼らのツアー客が彼女のカフェの前に集合するので、彼女の店は大いに活況を呈しているのだ。

「ようやくお店がいくらか静かになったところみたいね？」ニッキがマダムに尋ねた。

「ええ。忙しいことに文句を言うつもりはないけど、今日は遅いランチの客が大勢押しかけてきて、てんてこ舞だったわ」マダムが説明しながら、彼らにコーヒーのお代わりを注いだ。彼女の店では、コーヒーといえばそれはすなわちカフェオレを意味する。あらかじめコーヒーとミルクをまぜてあるのだ。

「ちょっときくけれど」ミッチがマダムの腰のすぐ上へ親しそうに手を添えた。いちゃついているのではなくて、愛情のこもったしぐさにすぎなかった。ミッチは二十代の後半。マダムはといえば……年齢を言いあてるのは難しいが、ミッチよりも二十か三十は上だろう。「ニッキは店のなかにいたホームレスとデートすべきだと思う?」

「ホームレスって?」

「あなたは彼を見なかったの?」アンディーがきいた。

「あのね、たとえロバート・E・リー将軍が立ち寄ったとしても、わたしは気づかなかったでしょうよ。それほど今日は忙しかったの。この町はただでさえ観光客でごった返しているというのに、今はちょうど選挙期間中でしょ。どこへ行っても選挙運動員や支持者、政治家たちがわんさといるわ。この町をきれいにして、ニューオーリンズを〝家族連れ〟で楽しめるところにしようと努力している人たちもいれば、その反対に、乱雑であやしげで自由な町にしておこうとする人たちもいるの」マダムはミッチの手をどけ、にっこりとほほえんで歩み去った。

「残念。そのホームレスを見たかったな。そうすりゃ、きれいにしてニッキにふさわしい男にできるかどうか判断できたのに」ミッチがウインクした。

「もうやめなさい。さもないと明日の晩はあなただけおごりはなしってことになるわよ」

ニッキが彼に警告した。

「わかった、もう言わない。誓うよ」

ニッキは立ちあがった。カフェの前にツアー客が集まっているのが見えたのだ。「ジュリアン、仕事を始める時間よ。アンディー、あなたは彼についてまわってちょうだい。パトリシア、ネイサン、あなたたちは今夜の受け持ちだってことを忘れないでね」

カフェオレをぐいと飲み干したニッキは顔に笑みを浮かべ、集まっている人々のほうへ歩いていった。二十分後、彼女はバーボン通りのバーの前に立っていた。そこは昔鍛冶《かじ》屋だったところで、バーになった今も、海賊から愛国者に転身したジャン・ラフィットの幽霊が出ると噂《うわさ》されている。ラフィットという不可解な男の物語に魅了されていたニッキは、話の焦点を彼の謎めいた経歴にしぼった。そして、このあたりにはあらゆるたぐいの〝霊〟がたしかに存在して、その多くはバーのあたりに集まっていると語った。

ニッキの笑みは、彼女が話す物語と同じくらい謎めいていた。ジャン・ラフィットの幽霊は自分の物語を語られるのが好きに違いない、と彼女は確信していた。あたりに漂ういたずらっぽい空気を感じることができたのだ。それは、ちょっぴり意地悪でありながらもやさしい雰囲気だった。

ニッキは常に愛情をこめてラフィットの物語を語って聞かせ、そのたびに聴衆が心地よい寒気を覚えるのを知っていた。

ニューオーリンズの町を幽霊がたくさん徘徊《はいかい》している。〈ガールズ！　ガールズ！　ガールズ！〉という名のストリップ劇場のネオンサインと、ヴードゥーの護符を展示しているショーウインドーのあいだを。いつも鳴っている音楽に乗って。路上で行われているパントマイム、骨董《こっとう》店、ブティック、プラリネや飲み物も売っているTシャツ店の前を。

これがニューオーリンズなのだ。ニッキはこの町を愛していた。

トム・ガーフィールドは意識を保とうと奮闘した。人間としてするべき当然の行為、単純な本能だった。そして今までは幾度となくそれで切り抜けてきた。だが、今回は？

あの若い女。彼女にちゃんと渡せただろうか。わからない。いくら努力しても頭にかかった濃い靄《もや》を払いのけることができない。

一度だけチャンスがあった。

しかし、話しかけることができなかった。

そうこうするうちに……。

手遅れになった。見張られていたのだ。

そう、これでもよく戦ったほうだ。そして可能な限り手はつくした。おそらくおれのあとからだれかがやってくるだろう、真実を知っただれかが。おれは話しかけようと必死に努力をし……。

乱暴に突かれるのを感じて、彼は悟った。おれは〝始末〟されようとしている。だが、おれ自身にとってさえ、もはやどうでもいいことだ。夢が現実を乗っとろうとしている。そしておれには見える……。

あの女。おとぎ話に出てくるプリンセスのようだ。長い金髪、青とも緑ともつかない目……。磁器のようなあの肌、哀れみのまなざし……。

あの……金。

あんな大金をホームレスに恵んでやる人間はいない。

ホームレスではないぞ。かつては……。

心の目に、夢のなかに、まだ残っている意識のなかに、スーツを着たおれ自身の姿が見える。スーツじゃない、タキシードだ。きれいな身なりをしている。そして部屋を横切って歩いていく。するとそこに、あの女が……。

おれはまたもや手荒に突かれて、夢が破れた。おれをもっとも感動させたのは、彼女のやさしさだ。

針が刺さるのを感じる。

夢……。

夢はいいものだ。

おれは死のうとしている。死ぬのはかまわないが、ひとつだけ心残りがある。

真実が明るみに出されることは絶対にないだろう。

彼女が自分の持っているものに、受けとったものに、気づかなかったら。ふたりがふれあった瞬間におれがこっそり渡したものに、彼女が気づかなかったら……。

おしまいだ。おれは負けたのだろうか。いいや、死ぬにはそれなりの理由がなければならない！　ああ、そうとも、おれには存在価値があったはずだ。なんとしても彼女に気づいてもらわなければ……。

意識が薄れていく。薄れて、薄れて、そしてその先は……。

死だ。

2

フレンチクォーターをめぐる午後のツアーは思いのほか時間がかかった。彼らはいつもツアーのあとに質問を受けることにしているが、今日は質問をしたがる客がやけに多かった。やっと終わったとき、ジュリアンはまっすぐ帰宅すると言ったが、ニッキは買い物をしたかったので、アンディーと一緒に商店街へ向かった。

マックスはお祝いの食事会を催していいと言ったほかに、ニッキに特別手当を出してくれた。ロイヤル通りにコルセットを売っている店があって、そこに彼女が前々から欲しいと思っていた品がある。途中、ふたりはミセス・モントベロの様子を確かめに、アンディーの住むアパートメントに立ち寄った。アンディーはこの年老いた隣人が元気かどうかを確かめるのが日課になっているようだ。ミセス・モントベロはニューオーリンズで過ごした若いころのさまざまな身の上話をしてくれる。彼女はイタリアからの移民で、会ったこともないイタリア人男性と結婚するためにアメリカへやってきたが、その夫はとうの昔に亡くなって、ひとり息子も今はこの世にいない。孫たちは彼女にやさしいけれど、ニューヨークに生活の基盤を築いてそちらで暮らしている。

今日のミセス・モントベロは、フレンチクォーターで仕事をしている大勢の女呪術《じゅじゅつ》師やタロットカード占い師、手相見たちについて熱弁を振るった。

「みんないかさま師ばかり」彼女は興奮して、老いた白髪頭を振りながら言った。「昔は、ヴードゥーは奴隷が自分だけの力を手に入れるためのものだったの。それと、主人に仕返しをするための手段でもあった、わかる？　でも、これだけは確実に言えるわ、昔は実際に特殊な能力を備えた女たちがいたのよ」

「ミセス・モントベロ」ニッキは言った。「有名なヴードゥー使いのマリー・ラヴォーは、本当は盗み聞きをすることによって〝力〟を発揮したって言われてるんですよ」

「とんでもない」ミセス・モントベロが反論した。「目に見えないというだけの理由でなにもかも疑ってはいけないわ。聞くところによれば、あなたの会社はニューオーリンズでも最高の幽霊ツアーをやっているそうじゃない。あなたについてまわった人たちは本当に幽霊を見たと思いこんでしまうとか。その理由は、あなたに幽霊が見えているから。そうでしょう？」

ニッキはかぶりを振った。「それはひとえに歴史の見方とか、その場に渦巻いているに違いない情念を感じとる力の問題ではないかしら。でも、わたしに見えるのは現実の姿だけ。わたしたちはツアーの案内をしてお金を稼いでいるんです。いかさま師の手相見が言うことなんかに引っかかりはしません。たしかに立派な占いをしている人たちもいるでしょうけれど、彼らはその気になればすぐれた心理学者にだってなれたでしょう。人の心の読み方を知っているんだわ」

「ニッキは優秀なんですよ。彼女がなんと言おうが、わたしは彼女の隣に立っていると寒気を感じるんです」アンディーが言った。

「じゃあ、あなたは実際に幽霊と話をするのね？」ニッキを見つめるミセス・モントベロの潤んだ青い目は、真剣そのものだった。

「いいえ。わたしは歴史に対する感受性が強いんです。それと、たぶん物語を聞かせるのが上手なんだわ」ニッキは言った。「幽霊と話なんかしません」

「それなら、あなたは幽霊に話しかけないけれど、幽霊のほうであなたに話しかけてくるんじゃない？」

「とんでもない、違います！」ニッキは否定した。「幽霊に話しかけられたりしたら心臓発作を起こしてしまいます。それに本当に幽霊がいたら」いたずらっぽい口調で言い足す。

「きっとわたしが心臓発作を起こすって知っているはずよ」

「彼らはいつかあなたに話しかけてくるかもしれないわ」ミセス・モントベロがささやいた。「たぶん普通の人間と同じように、幽霊にだってどうしても人に話さなければならないことがあるのよ。でも、あなたは幽霊の存在を信じている、わたしにはわかるわ」

ニッキはにわかに寒気を覚えた。ええ、わたしは幽霊の存在を信じているわ。あるいは幽霊そのものは信じていなくても、特定の場所に残存する記憶の存在を信じている。そのことをだれかに話すつもりはまったくない。ミセス・モントベロにさえも。

「わたしの年齢になると、この世界にいても別の世界のことがわかるようになるの」ミセス・モントベロが言った。「たぶん、次の世界のすぐそばへ近づいているからなのね」

相変わらず彼女はニッキをまじまじと見つめていた。ふと気がつくと、ニッキのほうも彼女を長いあいだ見つめ返していた。

つかのま、ニッキは考えにふけった。わたしには靄《もや》が見える。それればかりかわたしはあの冷たさを、霊的存在を、雰囲気を、感じることができる……だれかが亡くなったときの、なにかを探し求めて彼らが途方に暮れているときの。彼らは気持ちがやさしくて、人に害をなそうとは思っていない。それに彼らは単なる靄、わたしの心のなかのなにか、あるいは空想にすぎない。

やがて物思いから覚めたニッキは、おしゃべりをしながらアンディーと一緒にミセス・モントベロのためにいれた紅茶のあと片づけをし、カップを洗って乾かしたのち整頓《せいとん》してから、そこを出ようとした。

ドアのところでミセス・モントベロはまたもや奇妙な目つきでニッキを見つめた。「お買い物に行ったり音楽を聴いたりするといいわ。でも、いかさま師たちには近づかないでおくのよ」

ニッキとアンディーはネオンのまたたく通りを歩いていった。きらびやかなショーウインドー、魅力的なブティック、ブルースやポップスやそのどちらともつかない音楽を鳴り響かせているバーやクラブが、通りに沿って並んでいる。突然、アンディーが立ちどまった。「奇妙じゃない？　わたしったら、まるで小さな子供みたい。ミセス・モントベロにヴードゥーショップへ寄ってはいけないって言われたものだから、かえって手相占いをしてもらいたくて仕方がないの」

「アンディー、やめておきなさい。あんなのばかげているわ」

「いいわ。じゃあ、タロットカード占いは？」

ニッキはどうしようかと迷ってアンディーを見つめた。「最初にわたしのコルセットを買うのにつきあってちょうだい。そうしたらいいところへ連れていってあげる」

「本当に？」

「ミセス・モントベロには内緒よ」

コルセットを買いに入ったブティックはニッキのお気に入りだった。そこにある品物はどれもほかでは売っていない手づくりのものばかりだ。けれどもアンディーがそわそわしっぱなしなので、ニッキはゆっくり見てまわりたいのを我慢して買い物をすませ、アンデイーと一緒にコンティ通りへ向かった。

ふたりが入ったのは〈コンテッサ・ムードゥーズ・フードゥー・ヴードゥー〉という名前のヴードゥーショップだった。アンディーに見つめられたニッキは、たしかにたいして立派な店には見えないけれど、わたしはここの店主と仲がいいの、と打ち明けた。店主は大柄な女性で、アフリカ人とネイティブ・アメリカンと白人と……おそらくいくぶんかはアジア人の血がまじっているようだった。本名がなんであれ、彼女はそれを使ったことがなく、ただのコンテッサで通している。かなり以前、彼女はニッキに、自分のところで売っている飲み薬は瓶のラベルに書かれているとおりのもの、つまりビタミンにハーブをいくらかまぜたものだと打ち明けたことがある。占いはといえば……そうね、わたしは客が聞きたがっていることを話してあげるの、と彼女は言った。

媚薬《びやく》とビタミンEをひと瓶ずつに、におい袋を数個買ったあとで、ニッキがアンディーを紹介した。

「では、ここにいる友達が占いをしてほしいんですって」ニッキは言った。

コンテッサの目は一風変わっていた。ビー玉のようにたくさんの色がまざっているので、ありきたりの言葉で表現するのは難しい。はしばみ色、というのがニッキが思いつくもっともふさわしい言葉だが、ときに青っぽく見えるかと思えば、ときには灰色に見えたり、また場合によっては真っ黒かと思えるほど神秘的に見えたりする。

コンテッサはアンディーを見て肩をすくめた。「じゃあ、こちらへどうぞ」彼女は奥に小部屋を持っていた。そこはいいにおいのする香がたちこめ、部屋のほかの部分とビーズのカーテンで仕切られていた。三人はヴードゥー人形や飲み薬や骨董品《こっとう》が並んでいる棚のかたわらを通って小部屋へ入った。

コンテッサは中央にきれいな水晶球がのっているテーブルの後ろの椅子に腰をおろした。ニッキはずっと以前、この水晶球は見栄えをよくするために置いてあるだけだと彼女から聞いた覚えがある。コンテッサはアンディーに、向かい側の椅子に座るよう促した。

彼女はひと組のカードをとりあげて、それを持っているようにアンディーに命じた。それからカードをとってテーブルに並べた。

だが、コンテッサは最初の一枚を裏返したところで手をとめた。アンディーが別のカードにさわると、今度はカードを全部まとめてしまって、首を振った。「ごめんなさい、今夜はカード占いがうまくいかないみたい」

ニッキはけげんに思って彼女を見つめた。ニッキがここへ人々を連れてくるのは、コンテッサが必ずなにか客の励みになる言葉をかけてくれると知っていたからだ。〝決断しなければならないことがあなたに迫っているわ、時間をかけて慎重に考えなさい〟あるいは〝あなたの人生には他人との不和といえるものがあったわね。あなたは過去について考える必要があるわ。それと、自分が幸せになるためには、人はだれしも許しの気持ちを持たなければならないことを覚えておきなさい〟さらには〝未来は明るいわ、全力で突き進みなさい〟などなど。

「そう。じゃあ手相を見てもらおうかしら」アンディーが言った。

コンテッサは身をこわばらせてうつむいた。ニッキがアンディーを見ると、彼女はその芝居を賞賛するかのように、にこにこしている。しかし、ニッキにはそれが芝居ではないことがわかった。

コンテッサはため息をついてアンディーの手をとり、真剣な目つきでてのひらを調べた。ようやく視線をあげた彼女は、アンディーを見て言った。「用心しなさい、お嬢さん。とことん用心するのよ」

「どうして？」アンディーがきいた。

「家へ帰ったら、ちゃんと鍵《かぎ》をかけなさいね。知らない人には気をつけるのよ。それから……」

「それから？」アンディーがきいた。

「ちょっと気になることが……」コンテッサはつぶやいた。

「あら」アンディーが陽気に言った。「わたし、しばらくのあいだ相当つらい生活を送ったの。麻薬よ」彼女は打ち明けた。「でも、今はきっぱりやめているわ。本当よ」

「必ずドアに鍵をかけるのよ」コンテッサが念を押した。「それと、ろくでもない人間に近づいてはだめ、わかった？」
「ええ、わかったわ。どうもありがとう。ほかはどう？　わたしの恋愛運はどうなってい
るかしら？」アンディーがきいた。
コンテッサは多彩な色のまじった奇妙な目でアンディーを見つめつづけた。彼女は二度
とアンディーの手を見ようとはしなかった。
「わたしたちはだれでも恋をするわ。そうでしょ？」コンテッサはそうきき返してから、
つけ加えた。「さあ、これでおしまい。もう帰りなさい。いいわね、必ずドアに鍵をかけ
るのよ！」
彼女がドアのほうへ追い立てようとするので、ニッキは驚いた。
「でも、料金を払ってないわ！」アンディーが抗議した。
「いいの、こんなのでお金なんかとれやしない。さあ、帰って。外には楽しい世界が広が
っているわ。急いでそこへ行って、人生を謳歌《おうか》なさい」
やわらかなベルの音がして、ふたりの背後でドアが閉まった。
アンディーが大声で笑いだした。「本当に、あなたやミセス・モントベロが言ったとお
りね。あの人、心理学者というよりは母親みたいな口ぶりだったわ。家へ帰ったら、ちゃ
んと鍵をかけなさいね、知らない人に気をつけなさい、ですって。でも、とにかく愉快な
人だったわ。ありがとう、ニッキ」

ニッキはうなずいたものの、アンディーがおもしろがっているのに、なぜわたしはこんなに胸騒ぎがするのだろうといぶかしんだ。

「それにしても不思議じゃない？　わたしが昔は麻薬中毒だったってこと、あの人にはわかったんだわ」アンディーはため息をついた。「ねえ……マックスがわたしの過去を知ったら、わたしを首にするかしら。あなた、どう思う？」

「しないわよ。それにマックスの過去だって、どんなだったかわかりゃしないんだから」

ニッキは冗談で応じ、それからまじめな顔になって続けた。「アンディー、あなたはつらい人生を送ったけれど、もう立ち直ったんだもの。コンテッサはいい助言をしてくれたわ。あなたを再び悪い道へ引きずりこもうとする人がいるかもしれないから、用心しなくてはだめよ、わかったわね」

「彼女は知らない人に気をつけるよう、わたしに忠告したわ。正直に言うと、わたしの過去にはまともとはいえない人たちとのつきあいがあったの。本当よ」

「だったら、そういう人たちにはかかわらないでおきなさい」

「ええ、それはそうだけど……ときどきわたし、いくらこちらが過去を振り払おうとしても、彼らのほうでうるさくつきまとってくるんじゃないかと思えるときがあるの」アンディーはためらったあとで尋ねた。「あなたは吸ったことがある、ニッキ？」

「吸ったって……煙草《たばこ》のこと？」

アンディーは笑った。「ええ、煙草のこと！」

「高校と大学のときに。そのあとやめたわ」

「そう、だけどやめられなくなったことは？」

「あるわ。やめようと思って催眠術師のところへも行ったし、ばかみたいにガムをかんだりもしたわ」

「よくニコチン中毒がいちばん治すのが難しいっていうじゃない」アンディーが言った。

「あなたはそれがどういうものか知っているわよね。煙草をやめて何年もたつというのに、ふとだれかが吸っているのを見かけると、どうしても吸いたくて我慢できなくなることがある。だけど一本でも吸ってしまったら、いくら自分に言い聞かせようと、結局はまた中毒になってしまうのがわかっているから、吸うわけにはいかない。わたしの言っていること、わかるでしょう？」

「ええ、煙草は一本でも吸ったらだめだってことよね」

「煙草じゃなくてもそれは同じ……。ときどき、ううん、ほんのたまによ、わたし、あの高揚した気分を味わいたくなることがある。あと一度だけでいいからって。だけど、そんなことをしたらおしまいだってわかっているの」

「自分が誘惑に負けるかもしれないと心配しているんじゃないでしょうね？」ニッキは不安になって尋ねた。

アンディーは首を横に振った。「いいえ。だって、その結果がどうなるかわかっているんですもの。たくさんの人生が破滅するのを見てきたしね。今のわたしはまっとうな道を歩んでいるわ」

「それならいいわ」ニッキは言った。

「それに今の仕事が気に入っているし」

「それを聞いて安心した。ねえ!」突然、ニッキは言った。そして声を低めて続けた。

「麻薬や中毒といえば……見て」

「なにを?」

「また、あの人がいるわ」

「あの人って?」

「今日、〈マダム・ドルソズ〉で見た男の人よ」

アンディーは振り返ってコンティ通りの反対側を見た。角の人気のあるバーの前に人だかりができていた。すてきなジャズギタリストの幽霊が出ると評判になっているバーだ。

「どこにいるの?」彼女が尋ねた。

「ほら、あそこ。たいしたものね。わたしがあげた二十ドルを、あの人はお酒を飲むのに使ったんだわ」ニッキは憤慨して言った。

「見えないわ」アンディーは言って、首をのばして眉根を寄せた。

「ほら……あそこよ」ニッキは指さした。男は道路の反対側に立って、まっすぐニッキを見つめている。あのときと同じように、手をのばしてニッキにふれ……彼女に話しかけたがっているように見えた。

やがて人の群れが移動しはじめた。人々は笑ったりしゃべったりしている。トランペットの哀愁に満ちた旋律が流れだした。気がつくと、男の姿はなかった。

「なんだかわけがわからない。もう麻薬中毒者に二十ドルもやってはだめよ、いい？」アンディーはそう言って歩きだした。

そこでニッキは、急に襲ってきた寒気を払いのけようとしながら、アンディーについて歩きだした。その寒気は、それほど遠くない過去から氷のような冷たさで彼女を押し流すように思われた。


その日。

ひとつの死体。

湿地帯に近い幹線道路の高架橋の下、新聞紙や紙屑《かみくず》で覆い隠されるようにして横たわっていた麻薬中毒者の死体。かたわらには針が転がっていた。

オーウェン・マッシー刑事と彼の同僚が連絡を受けて駆けつけたのは、パトロール警官が現場の周囲に非常線を張ったあとだった。すでに到着していた検死官は、これは例によって浪費された命にすぎず、悲しいことではあるが単純な出来事だと語った。

死んだのはそれほど前ではない。少なくとも哀れなホームレスは汚らしい鼠《ねずみ》のように腐乱してはいなかった。検死官の見立てによれば、この身元不明者が死んだのはほんの数時間前とのこと。死因は明白なようだった。ヘロインの過剰摂取だ。

警察署に戻ったオーウェン・マッシーは、そろそろ仕事を終えて帰宅しようと思っていたところで、疲れていた。彼はわが子のようにフレンチクォーターを愛していた。といっても、彼に子供がいればの話だが。しかし、かつてはそうした日々もあって……。

あと数行書きこんだら家へ帰れる、と机に向かって座った彼は考えた。

マッシーが、殺人ではなく偶発事故による死亡と書きこみ、ほとんど書類を作成しおえたところへ、相棒のマーク・ジューレットが大股で部屋に入ってきた。

「重大ニュースです」ジューレットが言った。

「身元が判明したのか?」マッシーは尋ねた。「指紋が合致したのか?」

「ええ。名前はトム・ガーフィールド。FBIの人間です。過去三カ月間、潜入捜査に携わっていました」

「なんだって?」

「FBIです」ジューレットが繰り返した。

マッシーはうめき声をあげてがっくりと頭を垂れ、危うく机へぶつけそうになった。

今夜、家へ帰るのは相当遅くなりそうだ。

「FBIは捜査官を送りこんでくるでしょう」

「あーあ、まいったな」

彼は机にがつんと頭をぶつけた。

彼の落胆ぶりにはだれも注意を払わなかった。制服警官の一団が話をしながら出かけようとしていた。

マッシーは相棒を見あげて顔をしかめた。「政治討論会があるんですよ」ジューレットが言う。「彼らはその警備をしに行くんです」

マッシーが両方の眉をつりあげると、ジューレットは肩をすくめた。

「例の上院の議席をめぐって激しい選挙戦が展開されそうでしてね」彼は説明した。「こんなに熱い選挙には長らくお目にかかったことがありません」

「ルイジアナ州の政治か。まったくここの連中ときたら腐りきっているからな」

「とんでもない！」ジューレットが抗議した。「この州にだって立派な人間が大勢いて、少しでもいい方向へ変えていこうと努力しているんです。現にこの警察署を見ればわかるじゃありませんか」

ジューレットの言うとおりだ、とマッシーは思った。この警察署内に立派な人間は大勢いる。そしてマッシーはルイジアナ州の政治があまりにしばしばあやしげな世界に関係しているのを憎んでいた。ルイジアナ州はすばらしい州だ。マッシーはニューオーリンズを心から愛していた。彼は肩をすくめた。「問題は、どちらの候補者がすぐれているかということになると、同じ意見を持っている人間がふたりといないってことだ」

「ま、われわれは政治家じゃなくて、警官だから。それに今のわれわれがすべきことは、FBI捜査官死亡事件の捜査です」

「そのとおりだな」

「あの、マッシー、ジューレット」声をかけてきたのは、しばらく科学捜査部門で働いたことのあるパトロール警官のロビンソンだった。

「どうした?」ジューレットが尋ねた。

「引ったくり事件があったんです」ロビンソンが言った。若くて屈強なロビンソンは優秀な警官で、ベニエなんかを食べている郡内の警官ごときにつかまるわけがないと高をくくっている逃げ足自慢の犯人を、これまで数多く逮捕してきた。

マッシーは咳払《せきばら》いをした。「ほう……その引ったくり犯はまずい警官に追いかけられたものだな」彼は言った。

ロビンソンがにやりとした。「それが、その……」

「まさかきみともあろう者が、犯人をとり逃がしたんじゃなかろうね?」ジューレットがロビンソンにきいた。

「そういうことではなくて、実は連絡を受けたのが遅すぎたんです」

「というと……？」マッシーが先を促す。

「すごく奇妙なんです。ただの思いすごしかもしれませんが、あなた方に見せておいたほうがいいと思って」

ロビンソンは携えていた小さなスケッチブックを開いて見せた。彼は絵がうまい。スケッチブックに描《か》かれているのは、死んだＦＢＩ捜査官トム・ガーフィールドにそっくりの人物の顔だった。

マッシーは眉根を寄せてその似顔絵をつくづくと眺めた。「これは？」

「ハンドバッグを奪われた女性の話によれば、犯人の顔は見なかったそうですが、被害に遭う直前にあやしい風体をしたホームレスらしき男を見かけたというんです。バーボン通りで。それでぼくは彼女にその男の特徴を話してくれるように頼みました。できあがったのがこれです。あなた方が捜査している事件の被害者の顔ですよ」

「ロビンソン、きみは前にガーフィールドの写真を見たことがあるのに違いない。それで脳裏に焼きついているイメージをもとに彼の顔を描いてしまったのさ」ジューレットが言った。

「いいえ。被害に遭った女性はこの絵のとおりの男を見たと言いました」

「そんなことはありえないよ。その引ったくり事件が少し前に発生したばかりだというなら、ガーフィールドはすでに死んでいたのだからね」マッシーはジューレットよりも穏やかな言い方をした。彼はロビンソンを気に入っていた。

「その女性は、見たのはこの男に間違いないと断言しています」

「すると、われらが捜査官は死んだあとで引ったくりをやらかしているのかい？」ジューレットがあざけった。

「たぶん彼にそっくりの人物がいて、そいつが町なかをうろついているんじゃないか。ぼくはそう言っているんです」ロビンソンが反論した。「どういうことかわからないけれど、なにか意味があるのかもしれない。それでおふたりに伝えておくべきだと思ったんです」

「上司に見せたのかね？」マッシーがきいた。

ロビンソンはうなずいた。「不気味でしょう？」

「ありがとう」マッシーは礼を言った。「なあ、その似顔絵を預かっておいてもかまわないかい？」

「コピーをとってきますよ」ロビンソンが請けあった。「ぼくの上司にも一枚渡しておきました」彼はジューレットに険悪なまなざしを注いで歩み去った。

「だれもかれも他人の仕事に口出ししなくちゃいられないんだからな」ジューレットがぼやいた。

マッシーはかぶりを振った。ロビンソンは頭の切れる警官だ。その彼が描いたとなると、あの似顔絵が気にかかる。

彼はため息をついた。

今夜は長い夜になりそうだ。


ブレント・ブラックホークは夢にあらがった。その夢がなにを意味するか知っていたからだ。だが、その夢は強烈すぎて彼の手に負えなかった。

最初は靄があった。

続いて彼の祖父が現れた。

とうとう彼は祖父と一緒に古戦場を訪れた日へと舞い戻っていた。カスター将軍が最後の抵抗を試みた戦場、多くの部族の結束した力が勝利をおさめた場所だった。

ブレントは子供のころに彼らを見た。

少年のブレントが心の底から震えあがった恐ろしい瞬間があった。彼は陸軍の兵士と部族の戦士を見た。すさまじい雄たけびを聞いた。騎兵隊の怒鳴り声を。

慈悲を請う叫び声を。

苦痛と恐怖をまのあたりにし、鼻をつく火薬のにおいをかいだ。

彼は観光ガイドの間違いを訂正しないで口をつぐんでいた。いくらガイドの知らないことを彼が知っているからといって、年端のいかない少年が大人の誤りを正すのは間違っている。そこで黙ってガイドの話を聞き、そのあとネイティブ・アメリカンの宿営地へ向かった。蒸し風呂のなかに祖父と並んで座り、老人や若者たちが、カスター将軍の最後の抵抗が実際はネイティブ・アメリカンの最後の抵抗へとつながったのだと議論するのを聞いた。

あとになって祖父がブレントに話しかけた。祖父にはわかっていたのだ。

「大丈夫だ」祖父が彼に請けあった。「大丈夫だからな」

「あんなものが見えるのは、ぼくの体に先住民の血が四分の一流れているからなの？」ブレントは尋ねた。

すると祖父が彼を両腕で抱きしめた。「さあ、どうかな、わしにはわからん。おまえの母親は古い国からやってきた実に愛らしい娘だと評判だった。彼女の両親はといえば、いわゆる〝魔力の持ち主〟として知られていたらしい。重要なのは、おまえには天から授かった力があること、それにはなんらかの理由があるということだ。たぶんそのうちにおまえはその力におびえなくなるだろうし、なぜそれが自分に授けられたのか理解できるようになるだろう。そしてその力が善なるものであることも」

今でもときどきブレントは、いつになったらそれが〝善なるもの〟だと理解できるのだろうと首をかしげることがある。警官が武器の使用法を学ぶように、彼はその力の用い方を学んだ。自分が手を貸してやったおかげで他人の人生が変わったり、再び生きていく勇気を与えてやれたりしたことがあるのを、彼は知っていた。

しかし、自分自身については……。

夢のなかでブレントはうめいた。

〝またそのときが来た〟祖父が言った。

〝わかっているよ〟彼は答えた。〝それがやってくるのを感じたもの〟

祖父がうなずいた。

彼らが再びブラックヒルズ近くの谷に立っていると、ふたりの周囲で霧が渦巻きだした。先住民族は克己心が強く、感情を表に出さないと考えている人々は間違っている。ブレントは深い夢の奥で、時と空間を超えて届く愛情を感じた。死の真っ暗な境界を越えて。

彼は目覚めた。目を開けると、ベッドルームの窓から差しこむ太陽の光を見てため息をついた。

夢で見たり感じたりすることについては対処のしようがない。予定どおりの生活を続けていくだけだ。

彼が必要になったら、アダムが見つけに来るだろう。

朝、目を覚ましたニッキは、奇妙な疲労感を覚えた。

ほとんど眠らなかったような気がした。疲労を感じるのは、不気味な悪夢の連続で寝返りばかり打っていたからだろう。

夢の中身を思いだすことはできない。ただ不思議きわまりない感情の渦のなかで夜を過ごした感覚が残っているだけだ。

悪い予感。

まあ、なんてこと！

彼女はそれを振り払おうとした。さわやかな朝だ。太陽が……カーテンの隙間《すきま》から差しこむ光だけが目に入った。

悪夢にさいなまれたのは、きっとミセス・モントベロとの会話やコンテッサの占いのせいだと思いながら、彼女は立ちあがった。

普段、このような不安を覚えることはめったにない。〝幽霊たち〟が近くをうろついているときでさえも。幽霊たちはやさしい……現実の世界に記されたかすかな刻印がいつまでも残っているにすぎない。彼女が見たり感じたりするものには甘い郷愁がある。それゆえ彼女は故郷への愛情をいっそう深く感じ、ニューオーリンズは特別な土地だという確信を新たにするのだ。

だが、昨夜の夢にはなにかがあった。なにか……。

やさしいというよりは、悪意に満ちたなにかが。

警告していると思われるなにかが。

「ああ、いいお天気」彼女はひとりごとをつぶやくと、バスルームへ行って冷たい水を顔にかけた。

ふいに彼女は視線をあげるのが恐ろしくなった。洗面台の上の鏡を見るのが怖かった。その鏡のなかをのぞいたら……。

だれかがわたしを見つめ返してくるのでは？

もちろん視線をあげないわけにはいかなかった。いつまでも洗面台の上に身をかがめたまま、バスルームにとどまってはいられない。

彼女は目をあげた。ばかみたい。鏡には自分の姿が映っているだけじゃない。

彼女は気持ちを奮い立たせて急いで身支度を整え、家を出た。

とはいえやはり……。

悪いことが起こりそうな予感が、肌に絡みつくひんやりした湿っぽい霧のように、いつまでも彼女にまつわりつづけた。

3

「最初、人間は自分たちの力を超えた偉大な存在について、正しいことと悪いことについて、あるいはどう生きるべきかについて、あまり考えずにこの地上をさまよっていたんだ。やがてホワイトバッファロー・ウーマンがやってきた。ある日、ふたりの狩人《かりゅうど》が狩猟に出かけたところへ彼女が現れたんだ。彼女はたいそう美しくて、白い毛皮をまとい、なにかをひとまとめにして背負っていた。美しいと言ったけれど、目をみはらずにはいられないほどきれいだったんだよ。彼女を見て、狩人のひとりが考えた。〝うーむ、こういう女なら、ぜひともおれのテントへ連れて帰りたいものだ〟とね」ブレント・ブラックホークは言葉を切って、かわいらしい聴衆たちの目を眺めまわした。

「テントへ連れて帰るだって？」年かさの少年が軽薄な口調でひやかした。

「デートするってこと？」少女のひとりがきいた。

「ま、そんなところだね」ブレントはそっけなく答えた。「だけど、ほら、彼女はなにしろホワイトバッファロー・ウーマンだったから、軽々しく扱ってはいけなかったんだ。狩人のたくらみを見抜いた彼女は、自分のところへ来るように指で合図した。大柄で力の強い狩人は自分を勇敢な猟師で戦士だと考えていたので、恐れずに近づいていった。ところがそのとき、白い霧が突然わいてでて、ふたりを包んだんだ。その霧が消えたときには、たくましい大柄な狩人は骨に変わっていた。その骨が地面へ落ちると、蛇がうじゃうじゃ現れて骨の上やあいだを這《は》いまわったんだよ」

「ひゃーっ！」年少の少女のひとりが悲鳴をあげた。

「それからどうなったの？」さっきひやかしの言葉を投げた年かさの少年がきいた。

「もちろんもうひとりの狩人は腰を抜かすと同時にたいそう怖がった。しかしホワイトバッファロー・ウーマンはその狩人に、急いで村へ帰って、年長者に、首長に、呪術《じゅじゅつ》師に、村人全員に伝えるよう命じた。これから彼女が村へ行って、全員が従わなければならない教訓を話す、とね。そこで狩人は大急ぎで村へ戻り、一部始終を村人に話したので、大首長から幼い子供に至るまですべての村人が最高の装いをし、会合のときに使う大テントに集まって彼女の到着を待った。やがて白い毛皮をまとった美しいホワイトバッファロー・ウーマンが、さっきは背負っていた荷物を手に持ってやってきた」

「それで？　それで？」十一歳くらいの少年がせかした。

「まず彼女は荷物のなかから石をひとつ出して地面に置いた。それから一本のパイプをとりだした。大地の色である赤い石の火皿がついているやつで、大地を象徴しているのだと彼女は言った。さらに彼女は、これには子牛が彫られているけれど、この彫刻は子牛だけでなく、地上のあらゆる生き物を表しているのだと語った。パイプの柄が木でできているのは成長するものすべてを象徴しており、パイプにつけられている美しい羽根は鷹《たか》や鷲《わし》だけでなく、空を飛ぶあらゆる鳥を示している。こういったことを説明したあとでホワイトバッファロー・ウーマンは、このパイプを吹かす者は結びつきについて学ぶだろうと述べた。はじめに、彼らより先に現れた大いなる神《ワカンタンカ》との結びつきを、それから祖父や祖母、父親や母親、そしてそのあとに続く息子や娘たちとの結びつきを学ぶだろうってね。親戚《しんせき》はみなひとつに結ばれていて、敬意を持って接しなければならない。大地はすべて神聖なものであり、大切に扱わなければならない。この世のものはすべて尊重しなければならない」

十一歳の少年は困ったような顔になった。

「どうしたんだい?」ブレントはきいた。

「煙草《たばこ》を吸ってはいけないって言われているよ」少年がきまじめな表情で答えた。

ブレントはほほえんだ。「きみはマイケルだったかな?」彼は少年のファーストネームを思いだそうとしながら尋ねた。

「マイケル・タイガー」少年が誇らしげに答える。

「マイケル、きみの言うとおりだ。煙草は健康に悪いだけではなくて、お金のかかる困った習慣なんだよ」

「だったら、どうしてその神聖なパイプなら吹かしてもいいの？」ブレントのかたわらの少女がきいた。

ブレントは少女のほうへ頭を傾けてほほえんだ。「神聖なパイプというのは儀式の一部になっていてね。ラコタ族のあいだではパイプを吹かしてもいい特別な時間があるんだよ」

「まだ物語を最後まで話していないわ」別の少女が指摘した。

「ああ、そうだったね」ブレントは言った。「物語の残りの部分は、ぼくらが今話していることと関係しているんだ。最初にホワイトバッファロー・ウーマンが地面に置いた石には、小さな刻み目が七つ入っていた。彼女は村人たちに教えた。その刻み目はパイプを吹かしてもいい特別の時を、つまり彼らが大切にしなければならない儀式を示していて、その儀式こそ人々が学ばなければならない結びつきの一部になるだろう、と。大地のことや周囲のことなどおかまいなしに地上をうろつきまわっている獣とは違う存在になるためにね。それからほかにもいくつか教えたあとで、彼女は村人たちから数歩遠ざかった。そして、茶と白の子牛に変身した。また数歩遠ざかったところで、今度は白い子牛になった。そしてさらに数メートル歩くと、大きな黒いバッファローになった。彼女はテントをあとにして丘をのぼり、そこで大地の四隅である東西南北にお辞儀をしたんだ。それから……」

「それからどうしたの？」マイケル・タイガーが先を促した。

「彼女は消えてしまった」ブレントは言った。

「だけど……どうせ消えてしまうのなら、どうして彼女はやってきたの？」マイケルがきいた。

「彼女がやってきたのは、みんながお互いをいたわって、この大地を、あらゆる生き物を、人間に与えられたものすべてを大切にするよう人々に教えるためだったんだ。石や川や地面でさえ大事にしなければいけないのだって」ブレントは語り、ほほえんで立ちあがった。「それがホワイトバッファロー・ウーマンに関するラコタ族の伝説だ」


彼は腕をさっと前へ出して祭りに参加している大勢の人々を示した。その日、フロリダ州のエヴァグレーズの奥地にさまざまな部族が集まっていた。といっても過ぎ去った昔をしのぶ再現イベントが催されているのではなく、行商人がソーダ水やポップコーン、部族のTシャツ、コーンドッグ、そのほか先住民族のものでない食べ物を売っており、ホワイトバッファロー・ウーマンが聴いたら肝をつぶすような音楽をロックバンドが大音響で演奏していた。ブレントは〈荒野の族長《ワイルド・チーフテンズ》〉と呼ばれる一団と一緒にここへ来たが、物語を話すのが上手だと評判だったことから、子供たちに伝説をいくつか話してやってくれと頼まれたのだった。ブレントにとって喜ばしいことに、彼らのなかにはネイティブ・アメリカンでない子供もいた。ミカスキ族やセミノール族、クリー族、クリーク族、チェロキー族など各地の部族出身者が子供たちの多くを占めていたが、アフリカ系アメリカ人やヒスパニックもいれば、いわゆる〝白人〟と呼ばれてはいるが、さまざまな民族の血がまじっているらしい子供も何人かいた。群集のなかからイギリス訛《なまり》やドイツ訛も聞こえたから、祭りに参加しようとやってきた観光客もいるようだった。

「実際のところ、どの民族にもそれぞれの伝説があるんだよ。ある者にとってはグレート・スピリットが神であり、またある者にとってはアッラーが神なんだ。人間がたどる道はたくさんあるけれど、最後にはだれもが同じ場所に行き着く。この物語の大切なところは、われわれはみな尊敬しあっていたわりあわねばならないこと、それからこの大地を大切にしなければならないことにあるんだ」ブレントはそう言ってほほえんだ。

やがて彼の顔から笑みが消えた。子供たちの後ろに立っている大人の一団のなかに、知っている顔を見つけたのだ。

あまりに見慣れた顔を。よく知っている男の顔を。

しかし、ぼくは彼が来るのを予期していたのではないのか？

「あなたは本当にラコタ族なの？」幼い少女のひとりが尋ねた。「あなたの目は緑色をしているわ」

「おいおい、ハイジ」マイケル・タイガーがため息をついて言った。ぼくはきみみたいな小さな女の子よりもずっと物知りなんだぞと言わんばかりの口ぶりだ。「ぼくの妹は青い目をしているよ。なぜって、ぼくのお継母《かあ》さんはドイツ人だからね。人種はまじりあうんだ」

「あなたのお母さんはドイツ人だったの？」少女がブレントに尋ねる。

ブレントはにっこりした。「アイルランド人だったよ」

「でも、お父さんは純粋なラコタ族だったんでしょう？」マイケルが期待をこめて尋ねた。

「父はそうじゃなかったけど、祖父は首長ソアリング・ブラックホークといって純粋なラコタ族だった」ブレントは言った。彼は話しているあいだも食い入るように見つめてくる。アダム・ハリソンの視線を感じていた。アダムの顔に笑みが浮かんでいるのも見えた。どうやら子供たちがブレントを困らせているのが愉快でならないようだ。

「半分ネイティブ・アメリカンのほうが楽かしら？」ひとりの少女が真剣な口調で尋ねた。

ブレントはしばらくアダムを無視することにして、少女の前にしゃがんだ。「きっとそのうちに肌の色が赤でも黒でも黄褐色でも黄色でも白でも、あるいは男だろうと女だろうと、関係のない時代になるよ。そればかりか、ぼくらの信じるのがホワイトバッファロー・ウーマンだろうが、ブッダやアッラーやキリスト教の神の教えだろうが、関係のない時代がやってくるんじゃないかな」

「そうよね！」少女は振り返ってマイケルを見つめた。

「彼女はすごく頭がいいんだ」マイケルがブレントにしぶしぶ打ち明けた。「学校の成績はいつも一番なんだ。特に算数は」そう言って顔をしかめる。

「勉強を手伝ってあげるって言ったじゃない」少女が不満げに言い返した。

どうやら小さな恋が芽生えつつあるようだぞ、とブレントは思った。「彼女の申し出を受け入れたらどうだい、タイガー？」そう言ってほほえみ、手を振って、周囲に集まっている人々の群れから離れる。彼の話が終わったことに気づいた人々が盛大な拍手を送った。ブレントがにっこりして再び手を振ったところへ、アダムが追いついてきた。

「きみは大変な才能の持ち主だな」アダムが言った。

ブレントは肩をすくめた。「子供はどんな土地のどんな人々に関する伝説も好きなんです」足をとめ、アダムを見つめる。「それはそうと、こんなところまでぼくを追いかけてきた理由はなんですか？」

「きみにぜひともニューオーリンズへ行ってもらいたくてね」

ブレントは突然不安に襲われ、内心うめき声をあげた。彼は疫病のようにニューオーリンズを避けていた。ニューオーリンズが嫌いというわけではない。そこはすばらしい人々や美味な食べ物、信じられないほどすてきな音楽に満ちている。

しかし、彼のような人間が決して行ってはならない場所のひとつなのだ。

「ニューオーリンズか」ブレントは苦々しげにつぶやいた。両手をポケットに突っこんでアダムを見つめる。「ぼくは火曜日にはパインリッジ居留地へ戻っていなくちゃならないんです」

「きみが必要とされているのかね?」アダムが言った。

「人はだれでも必要とされていますよ」ブレントは応じた。

アダムはにっこりして、祭りが行われている場所から視線をそらし、菅《すげ》が生い茂っているほうを見やった。湿原はどこまでも広がっているように見えるが、ほんの百メートルほど離れたところをタミアミ街道が走っている。

「きみの目はたしかに緑色をしている」アダムが再びブレントを見て言った。

「いったいなにを言いたいんです?」

「うむ、わたしはきみがすばらしい物語をあの子たちに話すのを聞いていたよ。受容について語るのを!」

「そうですか」

アダムは微笑を浮かべた。「伝統というのはすばらしいものだ。じゃがいも飢饉《ききん》のあとにアイルランド人がアメリカへやってきた。一九二〇年代にはイタリア人が大挙して押し寄せたし、その後キューバ人や南米人が、さらにはカリブ海からも移民が大勢フロリダ州南部へ到着した。そういう人々がしばらくここで暮らすうちに、どうなるか知っているかね?　みんなアメリカ人になるのだ」

ブレントは思わずほほえんだ。「なるほど」

「わたしの言いたいことは、きみがさっき子供たちに話していたのと同じだ。われわれの体にはいろいろな血が流れている。きみの体には、ラコタ族よりも濃いアイルランド人の血が流れている。しかしきみはアメリカ人以外の何者でもないのだ」

「つまり、どういうことです？」

「つまり、きみは受け継いだものを大切にしなければならないと言いたいのさ。きみは教えたり相談に乗ったりする……それから特別な能力に恵まれている。知ってのとおり、きみの母親は生粋のアイルランド人だった」

「それはぼくの〝能力〟について言っているんですか？」ブレントはきいた。

「たいていの人々と同じように、きみには多くの民族の血が流れているという事実を述べたまでだよ。そしてまさに今、きみのなかの、多くの血がまじったアメリカ人的な部分が必要とされているのだ」

「ニューオーリンズで？」

アダムは一瞬目をそらした。「いいかね、わたしはきみがニューオーリンズに対してどんな感情を抱いているか知っている。今度の件を重要だと思わなかったら、きみに頼みはしないだろう」

「あそこはタニアが死んだところです」ブレントは静かに言った。

「知っているよ。今も言ったとおり、重要な件でなかったら、きみに頼みはしない」

「重要なことはいくらだってあります」

「きみが必要なのだ、ブレント」

「あなたの〈ハリソン調査社〉はほかにも人を抱えているじゃありませんか」

アダムはためらった。「きみも知っているように、わたしはなにが必要なのかを慎重に考慮して決める。そして今度の場合、なんとしてもきみが必要なのだ」

「説明してくれるんでしょうね？」

「政府は捜査官をひとり失った」

それでもブレントは腑《ふ》に落ちなくて穏やかに言った。「同情しないわけではないけれど、捜査官はいつだって命を危険にさらしています。ときには死ぬことだってあるでしょう」

「その捜査官は死んだあとで歩きまわっているのが目撃されている」アダムが言った。

ブレントは眉をつりあげた。「わかりました」彼はしばらくして言った。「それについて詳しく聞かせてもらえますか」

「知っていることは全部話すつもりだ」アダムがまじめな口調で請けあった。

「で、ぼくの飛行機の切符はすでに手配してあるんじゃないですか？」

「きみにはすぐにここを発《た》ってもらう」

「新しいストーリーヴィル地区は観光には最適の場所です」ニッキは周囲の人々に向かっ

て断言した。「昔と同じように、そこへ行けば音楽とすばらしい料理にめぐりあえますが、かつて隆盛をきわめた職業を見いだすことはできません。市会議員だったシドニー・ストーリーは、人類最古の職業と呼ばれるものを駆逐するのはとうてい無理だと悟ったものの、規制することはできると考えました。シドニー・ストーリーが懸命に封じこめようとした歓楽街が、彼の名前をとってストーリーヴィルと名づけられたとき、本人が喜んだとはとても思えません。その地区は売春を、そしてやがてはほかの悪徳を一手に引き受ける地域になりました。カスタムハウス通りの南側からセントルイス通りの北側までと、ノースベイスン通りの下流側からロバートソン通りの下流側までの地域です。その地域についてはさまざまな物語があります。売春宿は安っぽくて汚らしいものから金持ち相手の高級なものまであって、女たちも若いうぶな娘から年老いた女までいました。でも、ストーリーヴィルを実際に支配していた女王はジョージーだったのです。彼女は南北戦争直後に生まれて、非常に信仰心の厚い家庭で育てられ、たいそう若いうちに男に誘惑されて情婦になりました。けれどもジョージーには起業家としての才能がありました。若いころの彼女は赤い髪をした激しい気性の持ち主で、彼女が経営する売春宿は、ほかのどこにもないほど猛烈な、しかもこのうえなくおもしろい女同士のとっ組みあいが見られる場所として有名でした。そのうちに喧嘩《けんか》がジョージーにとってさえ耐えられないほどひどくなったので、彼女は方針を変え、広告を出して上流社会の女性を雇い入れることにしました。そうして彼女はひと財産を築き、市内の高級住宅地に豪華な邸宅を購入したのです。晩年になると、彼女は死の観念にとり憑《つ》かれました。死後に自分の魂がどうなるのかを心配したのではありません。死んだあとの肉体がどうなるのか気がかりで、夜も寝られないほどだったのです。ジョージーは生きているときと同じように、死んだあとも華やかでありたいと願いました。そこで彼女は実に壮麗な墓を、柱形と台座のある壺《つぼ》とトーチが備わった墓をつくりました。そこにはまた、片足を踏み段にのせて手をドアへのばしている美しい女性の彫像もついていました。やがてジョージーは死んで、その墓に埋葬されました。けれども相続人が彼女の遺産を濫費したために、家も墓も売りに出されるはめになったのです。新しい所有者は彼女の遺骨を置いておきたくなくて、ほかへ移させました。ニューオーリンズでは、死んで一年と一日が過ぎれば遺骨を処分してかまわないのです。今日、ジョージーの遺骨がどこにあるのか……それは墓に関する数ある疑問のうちでももっとも大きな謎《なぞ》となっています。しかしジョージーの魂は、以前の彼女の墓の入口に今も立っている女性像に宿っているとしばしばいわれます。彼女は天国へ入ろうとしているのでしょうか？ それとも、ほかの人たちについてくるよう誘っているだけなのでしょうか？ 万一、その美しい像が動くのを目撃したとしても、怖がる必要はありません。ジョージーは激しい気性の持ち主でしたが、同時に社交的な女性でしたから、たまたま同じ墓地に葬られた紳士たちを訪問しているにすぎないのだといわれています」

「彼女のお墓はどこにあるのかしら?」ほっそりした女性が大声で尋ねた。

「メタリー墓地です。わたしたちの別のツアーに目玉として組みこまれているので、興味のある方はぜひご参加ください」ニッキは答えた。「それではみなさん、今夜のツアーはこれで終わりですが、このあとなにか質問がございましたら、どんなことでもかまいません、どうぞご遠慮なくお尋ねください。あちらにいるわたしの同僚、ほら、背の高い黒褐色の髪をしたハンサムなジュリアンと、わたしの右手に控えている若い美人のアンドレア、それにこのわたしとで、できる限りお答えいたします。今日はわたしどものツアーに参加していただき、ありがとうございました。ニューオーリンズには当社と同じようなツアーを催している会社がたくさんあります。ですから、わたしどもがみなさんのご期待にそうことができ、みなさんを楽しませると同時に理解の助けになることができたのなら幸いです」

そのあとにいつもの質疑応答の時間が続いた。これまでは気にしたこともないのに、今晩に限ってニッキは知らず知らずのうちに腕時計にばかり目をやっていた。やっと彼女は、まだいくらでも質問がありそうな家族から解放された。

いい晩だった。それどころかいい一日だった。悪いことが起こりそうだという奇妙な予感は、結局思いすごしだったようだ。家族の質問に答えおえた彼女はアンディーとジュリアンを手招きし、三人で〈パット・オブライエンズ〉へ向かった。

「へえ、選挙前にこれほどたくさんのポスターが張られているのははじめて見たな」建設現場の周囲にめぐらされた木製の囲いのかたわらを通っているときに、ジュリアンが感想を述べた。張られているのは、現在話題になっているハロルド・グラントという年配の候補者のポスターだった。「彼はきみに似ているね、ニッキ。きまじめすぎるんだ」ジュリアンがからかった。「この土地のためには、若くて生きのいい人間が必要かもしれないな。もうひとりの候補者のポスターを見たかい？　彼の名前、なんといったっけ」

「ビリー・バンクス」アンディーが言った。「ええ、そう、彼は魅力的な男性だわ。彼を見たことはある、ニッキ？　すごく精力的で、人の心を引きつける強い個性の持ち主なの。彼が相手では、かわいそうに、老いぼれのハロルドに勝ち目はなさそうね」

「魅力的な男性だからって、だれもがその候補者に投票するとは限らないわ」ニッキは言った。

ジュリアンが肩をすくめた。「どちらの候補者も、この郡から犯罪を一掃できるのは自分しかいないと主張しているよ」彼は言った。「いかにも政治家って感じだな。きみたちはどっちを信用する？」

「どちらも信じないわ」アンディーが言った。

「見てごらん……今夜はなんて大勢の人が出歩いているんだろう」目的地へ近づくと、ジュリアンは政治のことを忘れてつぶやいた。

〈パット・オブライエンズ〉はニューオーリンズの人気スポットのひとつで、どのパンフレットにも観光客が必ず訪れるべき店として載っているが、幸い彼らはテーブルを確保することができた。マックスは千里眼と見えて、どんなに離れていても彼らの行動が手にとるようにわかるのか、彼らが一杯めのハリケーンを飲みはじめたとたん、ニッキの携帯電話が鳴りだした。

「もう酔っ払っているのかい?」マックスがニッキに尋ねた。

「ばかなことを言わないで」ニッキは応じた。

低い忍び笑いが電話を通して聞こえた。「まあいいじゃないか、ニッキ。お祝いなんだ、たまにははめを外すがいい。凡人どものなかに身を置いて、少しばかり悪徳に手を染めてみるのさ、どうだ?」

「だれからの電話?」ミッチが騒音に負けない声で尋ねた。

「マックスから?」ジュリアンがきいた。

ニッキはうなずいて、電話機を耳へ押しつけ、声を出さずに口の動きだけで言った。

〝もう酔っ払っているのかってきくの。お祝いだから楽しくやりなさいって〟

「大いに楽しんでいると言ってやってくれ。彼のおごりなんで、気持ちよく酔っ払えそうだってさ」ネイサンが大声でわめき、パトリシアの肩に腕をまわした。「それからパトリシアもご機嫌だって」

「今夜はお熱い夜になりそうだね」ジュリアンが言った。

パトリシアが笑い声をあげた。「この人ったら、わたしを早く酔わせてしまう必要があるみたいなの」

「そんな……生意気言って」ネイサンはからかってパトリシアを抱きしめた。

「なあ、セックスの話をしたりいちゃついたりするのはやめてくれないか。少なくともぼくらほかの者たちに今夜の相手が見つかるまではね」ミッチが言った。「ところでニッキ、マックスの言葉を聞き間違えたんじゃないだろうね？　本当に彼は独身主義《セレベイト》を貫けと言ったんじゃなくて、お祝いしろ《セレブレイト》と言ったんだろうね」

〝ばかばかしいことを言わないで、ミッチ〟と、ニッキは口の動きだけで言った。

「ミッチはなんと言ったんだ？」マックスがきいた。彼はほかにもなにか言ったが、音楽や話し声がうるさくて聞きとれなかった。

ニッキは静かにするよう彼らに手を振って顔をしかめた。「聞きとれないわ、マックス」

ほかの者たちはニッキを無視した。

「わたしは相手を見つけるつもりはないわ、少なくともしばらくのあいだは」アンディーがみんなに言った。「知らない人に用心しなさいって、女呪術師に警告されたの」

「もしもし、マックス？」ニッキは言って、ほかの五人を険しい目でにらみつけた。

「聞いているよ、ニッキ」マックスが言った。「電話したのは、きみたちが立派な仕事をしていると言いたかったからだ。ある旅行雑誌の最新号に、わが社のツアーはニューオーリンズで最高の部類に属すると評価する記事が載っていた。だからネイサンに言ってやってくれ、好きなだけ飲んで、酔いつぶれるなりなんなりするがいいって。きみもそうしたらいい」

ニッキはその考えに心をそそられた。今日のわたしはどうしてしまったのだろう。昨日、〈マダム・ドルソズ〉で薄気味悪い麻薬中毒者に会ったせいかしら。それとも今朝の悪い予感のせい？　今日、次から次へとツアーをこなしたからなの？　とにかくお酒でも飲んで少しくつろがないと。マックスが帰ってきたら、もっと人を雇う必要があると言ってやろう。

ひと晩かけてちびちび飲むつもりでいたハリケーンはすでに空になっていた。お代わりを頼みもしないのに、ウエイトレスが新しいのを持ってきてとり替えた。

ニッキはほほえんで礼を述べ、電話の向こうのマックスに言った。

「マックス、ありがとう。みんなにも伝えておくわ」

「伝えておくって、なにを？」パトリシアがきいた。

ニッキは再びいらだたしげに手を振って、まだ電話中なのだからと、彼らを黙らせようとした。

「いつこちらへ戻ってくるの？」彼女はマックスに尋ねた。「あなたにぜひお願いしたいことが――」

「必要なことがあったらきみの裁量でしたまえ。わたしはいつそっちへ帰れるかわからない。携帯電話の番号を教えてあるんだから、なにか問題が生じたらかけてくれ。それから繰り返すけれど、今夜は仕事のことを忘れて楽しくやるがいい。食べて、飲んで、愉快に騒ぐのさ。また電話するよ」

「マックス――」

彼が電話を切った。

「マックスはなんて言ったんだ?」ジュリアンがきいた。

旅行雑誌に高い評価の記事が載ったことを教えると、歓声があがって、祝杯があげられた。

「お料理を頼んだ?」ニッキは尋ねた。

「わが社の看板娘はもう酔っちゃったのね!」パトリシアがからかった。

ニッキはうめき声をあげた。「ちょっと、本当のところを教えてよ」

「いいよ、本当のところを教えてやる」ジュリアンが請けあった。「ぼくたちが頼んだのはえびとざりがにの前菜に、ガンボと、今日のスペシャルだっていうポーク、レッドビーンズ、ライスと……サコタッシュさ、ダーリン!」彼はふざけてマックスそっくりの口調で言った。

「よし、もう一度乾杯しよう」ネイサンがグラスを掲げた。「われわれは最高だ。それとわれらが美しきブロンドのニッキにも、おめでとう」

「ねえ、振り向いちゃだめよ。あそこにいる男の人、今夜の相手を求めているみたい」パトリシアが言って、店の反対側のほうへ顎をしゃくった。

「彼が見ているのは、わたしじゃなくてニッキよ」アンディーが言った。

ニッキは振り返った。問題の男はハンサムな顔に砂色の髪をしていて、くつろいだビジネスマンか大学生に見えた。

「いいえ、彼はたぶんあなたを見ているんだわ、アンディー」ニッキは言った。

「お嬢さん方、がっかりさせたくはないけど、彼が見ているのはぼくだと思うよ」ミッチが言った。

飲み物のお代わりがまたテーブルへ運ばれてきた。ニッキは頭がくらくらしはじめていたけれど、今夜はお祝いなのだし、たまには気分転換が必要なのだからと、気にしないことにした。

そこで彼女はざりがに料理を食べて、もう一杯ハリケーンを飲み、彼らと軽口をたたいたり笑いあったりした。

飛行機は滑走路を離れて空へと上昇していった。

下に明かりが見えた。

それと闇《やみ》が。

海岸沿いの人口密集地帯が人工の明かりでこうこうと輝いている。住宅建設と商業開発によってエヴァグレーズが徐々に侵食され、境界線が少しずつ奥地へと押しやられつつあるのがわかる。

それでもまだ草が生い茂り、水がゆっくりと流れる、闇に覆われた、人間の住まない広大な土地が残っている。

フロリダ州南部。上空からだと、州南部のかなりの部分がいまだに〝草の川〟によって占められているのが容易に見てとれる。エヴァグレーズが〝草の川〟と呼ばれるのは、厳密にはそこが沼沢地ではないからだ。

ブレントはその土地を愛していたし、セミノール族やミカスキ族が催す祭りが好きだった。友人たちと一緒にギターを奏でるのが好きだった。無限に広がるエヴァグレーズを愛していた。たとえそこに蚊や蛇や鰐《わに》がいても。

エヴァグレーズはまた、死体を処分するのに格好の土地でもある。行方不明になった者がいたら……そう、警察はどこを捜せばいいか知っている。

ブレントはここを住む場所に選んだ。今ではここが彼の故郷になっている。だが、少年時代を過ごした故郷がほかにもあった。

両親の死後、祖父がブレントの法律上の後見人になったので、彼は学校の休暇や祝祭日などに、長い時間を祖父の住むサウスダコタ州で過ごした。しかし、ブレントの母親の家族はアイルランドからアメリカの深南部へやってきた移民で、つい最近まで彼が生まれた郡内に住んでいた。幼いころのブレントは、ほとんどの時間をルイジアナ州の母方の家族のところで過ごしたのだった。

ニューオーリンズ。フレンチクォーター。ブレントの生まれた場所。

彼はそこを知りすぎるほど知っている。フレンチクォーターの向こうの大湿原《バイユー》。果てしなく続く運河。鰐、えびとえび漁船、ざりがに、ケイジャン料理……。

そこにもまた死体がある。そして普通では考えられない奇妙な出来事の数々……。

それがぼくのしていることではないか、と彼は自分に言い聞かせた。

だが、必ずしも好んでしているのではない。

ニューオーリンズ。

くそっ、故郷へは帰りたくない。

4

「助けて！　ニッキ、目を覚まして助けてちょうだい！」

深い眠りから覚めたニッキはぼんやりしていた。無理して目を開ける。

「ニッキ、お願いだから……なにもないの。わたしはなにも持っていない。それを彼らに言ってやって……あなたから彼らに言ってやってよ！」

ニッキはまばたきをした。時計がやわらかな緑色の光を放っていて、つけっぱなしにしてある常夜灯の明かりがバスルームから細くもれている。ベッドルームの引き戸にかかっている厚地のカーテンを、彼女はぴったり閉めておくのを忘れた。この部屋は家の裏手にある狭い庭に面しているが、充分な明かりが建物の裏にまで届いて、窓から弱い光が差しこんでいる。その光は青白くて靄《もや》がかかっているようだったけれど、ニッキは室内の家具の輪郭を見分けることができた。

そしてベッドの足もとのほうに立つ女の姿も。

アンディーはニューオーリンズ・セインツのロゴがプリントされている長いTシャツを

に乱れている。

着て立っていた。たった今ベッドを出たばかりのように、長い黒褐色の髪がくしゃくしゃ

「アンディー、ここでなにをしているの？　さっきの話はなんのこと？」

ニッキは尋ねて、ベッド脇《わき》の時計を見やった。まもなく午前四時。彼らとは二時に別れたばかりだ。ハリケーンを何杯も飲んだあとなので、頭はまだすばやく回転してくれそうにない。それどころかひどい頭痛がする。これはきっと夢なのだろうが、それにしても夢のなかでまでこんなに頭が痛むなんて。

「帰ってよ、アンディー。お酒を次から次へと注文したのはあなただったわね」ニッキは哀れっぽい声で不平を言った。

「マダムのカフェにいたホームレスだけど、あの人は死んだわ、ニッキ」

ニッキはかぶりを振り、そのせいでますます頭が痛くなった。「アンディー、わたしたちはあの人がだれか知らないのよ。死んだなんてこと、わかるはずがないじゃない」一瞬、落ち着いて考えてみようとしたが、アルコールと疲労が重なって、あまりうまくいっていないことに気づいた。「それよりもどうやってここへ入ったの？　みんなでわたしを怖がらせようとしているのなら……。これって、ジュリアンのさしがね？　まあいいわ、どうだってかまいはしない。とにかく帰って。出ていくときに鍵《かぎ》をかけるのを忘れないでね」

「ニッキ！　お願い……助けて！」

「わたしにだって冗談くらい理解できるけど、今はひどい気分なの。だから……ほらほら、早く帰って」

「ニッキ、お願いだから」アンディーが懇願した。「ちゃんと目を覚まして……わたし、思うの……彼らがねらっているのはあなたではないかって」

「アンディー、出ていって。家へ帰りなさい。だいたいそんな格好で出歩くなんて、どういうつもり？　ほら、わたしは目をつぶるわ。目を開けたときには消えていてちょうだいね。ほかのみんなもあなたと一緒にここへ来ているのなら、ばかなことをしていないで帰るように言ってやるのよ……さあ、もう目を開けるわ、まだいたら承知しないから！」

彼女は目を開けた。驚いたことにアンディーはいなかった。

「ちゃんと玄関のドアの鍵をかけていってね！」彼女は大声で呼びかけた。

そしてため息をついた。起きていって、ちゃんと鍵がかかっていることを確かめる必要がある。それにカーテンをぴったり閉めなくては……さもないと朝になって太陽の光が差しこみ、まぶしくてとても眠っていられなくなる。明日の日中はだれも働く必要がない。……夜八時のツアーまでは。時間はたっぷりあるから、必要なだけ眠って体力と気力を回復させておこう。そのためには起きていって……。

できなかった。ニッキは起きあがることさえできなかった。

彼女は目を閉じて再び眠りこんだ。

朝になって目覚めたとき、ニッキは最初、夜中にアンディーがこの室内にいるのを見たことすら思いだせなかった。まだ頭がずきずきする。這《は》うようにしてベッドを出ると、なんとかバスルームへ行ってアスピリンを数錠のんだ。それからキッチンへ行って、トーストを食べたら少しは気分がよくなるだろうと考えた。その前にコーヒーだ。コーヒーを飲まなければ一日が始まらない。そのあとでトーストとオレンジジュースにしよう。

ベッドルームへ戻ったニッキは、ガラス戸の掛け金を外して、建物の裏手の狭い庭を見おろす小さなバルコニーへ出た。南北戦争前に建てられたこの家はきれいに改装されて、現在は六世帯のアパートメントとして使われている。改装工事が完了するとすぐに、ニッキは二階のふたつのベッドルームが気に入って、このアパートメントを選んだ。彼女が寝るのに使っているベッドルームは窓が裏手の庭に面しており、仕事部屋として使っている予備のベッドルームからは、狭い前庭とれんが塀の向こうのバーボン通りが眺められる。この住まいのとりわけすばらしい点は階下にある。共用ロビーを通ってアパートメントへ入るのではなく、彼女の玄関だけほかと別になっていることだ。昔は召使いの通用口だったものらしい。玄関ドアを出たところが広いポーチの端で、そのポーチは建物の住人全員が利用できるけれど、とりわけ彼女に都合よくできている。ポーチの下には草花が咲き誇り、古いオークの巨木からはぶらんこが垂れている。れんが塀があるので、一階から表の通りを眺めることはできないものの、逆に外からのぞかれる心配もない。表に面した部屋は町の喧騒《けんそう》や音楽が聞こえてくるが、裏側の部屋は静かだ。

微風が吹いている。秋が近づいているのだ。美しい昼と夜を連れて。まだあたたかさは残っているが、都市全体を覆っていたうんざりするような湿度はやわらいだ。

ニッキはさっとシャワーを浴びて着替えることにした。少しは気分がすっきりするかもしれない。

そのとおりになった。濡《ぬ》れた髪のままジーンズとニットのシャツを身につけ、キッチンへ行ってコーヒーを注《つ》ぐ。そしてカップを持ってキッチンを出た。

玄関へ行ったニッキは、ドアに鍵がかかり、デッドボルトもしめられたままであるのを発見して、はじめて昨夜の夢を思いだした。心のなかで笑みがこぼれる。

ハリケーンのせいだ。

もう絶対に飲まないわ。

じゃあ……あの人たちは昨夜、たちの悪い冗談を実行しようと、こっそりわたしのアパートメントへ忍びこんだのではなかったのね。

全部、わたしの夢だったのだ！

それを聞いたら、アンディーは笑い転げるだろう。いいえ……アンディーにはなにも言わないでおこう。話したりしたら、わたしには仕事以外の生活がないのがばれて、ますますみんなのからかいの種になるだけだ。彼らはわたしが仕事中毒だとかなんとか言って、たまには酒を飲んではめを外せば人生はずっと愉快になるよ、などとおもしろ半分にそそのかすに違いない。

ニッキはコーヒーカップを片手にドアを出て、ポーチの大きな籐《とう》椅子に腰をおろし、芝生と庭に一年じゅう咲いている花を眺めた。きれいだ。風が心地いい。

コーヒーをあと二、三杯飲んで、トーストを食べたら……きっと生き返った気がするに違いない。

彼女は目を閉じて、頬をなでていく微風を感じた。こうしていると、昨夜のどんちゃん騒ぎの疲れが消えていくような気がする――ええ、とにかくわたしにしては騒ぎすぎだったわ。ニッキはマックスのための仕事を真剣にこなしていた。なるほど現在負わされている責任の大きささからしたら、給料は安すぎるかもしれないけれど、彼には壮大な計画があるのを彼女は知っていた。マックスはツアーの事業を拡大させて全国展開にまで持っていきたがっている。ニッキは昔から旅行が好きで、マックスが計画に着手したら、自分も一から参加したいと考えていた。人はだれでもこのようなツアーが大好きなのだ。そしてニューオーリンズに限らずどんな都市でも、多くの観光客を引きつけるところには、必ずといっていいくらい幽霊が存在する！

たしかにここはわたしのホームグラウンドだ。わたしはずっとここで、この町で、このフレンチクォーターで生きてきた。この町で噂《うわさ》が広まれば、必ず耳にした。この町の歴史なら、眠っていても暗唱できる。そしてわたしはこの町を愛している。おかしいわ、そう思ったとたんにアンディーのことを思いだすなんて。

はじめて会ったとき、ニッキがニューオーリンズでの暮らしを大いに気に入っていると知って、アンディーは目を丸くした。それどころか、なぜ子供みたいにくすくす笑っているのかとニッキが迫ると、アンディーはげらげら笑いだしたのだった。

〝だって……ほら、あなたは酒飲みではないでしょ。それにあなたはどこへ行くにも常にひとりで行きたがるみたいだし……だったら、ニューオーリンズでの暮らしがどうしてそれほど気に入っているの？〟

その質問にニッキは面くらった。〝ここがわたしの故郷だからよ。この町がわたしの知っているすべてなの。それに、ええ、たしかにわたしは大酒飲みじゃないけど、ジャズが大好き！　路上の画家や芸人が好き……それればかりか道を通り過ぎていく人々でさえも好きなの〟

事実、そのとおりだった。

〝謝肉祭《マルディグラ》の最終日のときは、いったいなにをしているの？〟アンディーが相変わらず笑いながらきいた。

〝近くの町の友達のところへ行っているわ〟ニッキはそっけなく答えた。

それも事実だった。ニューオーリンズへは一年じゅう観光客が押し寄せてくる。ニッキは観光客が好きだ。ただ、マルディグラのときにニューオーリンズへやってきて騒動を起こす乱暴者が好きでないだけだ。

いいわ、とニッキはあくびとのびをしながら思った。来年のマルディグラはニューオーリンズにとどまろう。仲間たちはみなパーティーをしたがっている。次のマルディグラにはパーティーを開こう。アンディーのために、ほかのみんなのために。ジュリアンはパーティーとなると目がない。彼とは親友で、わたしは彼が大好き――もっとも今、目の前にいたらこっぴどくとっちめてやるけれど。ジュリアンとは幼いころからの知り合いで、わたしがマックスのためにツアーの仕事を引き受けてくれと頼むと、ふたつ返事で承諾してくれた。最初はたいしてこの仕事に魅力を覚えたふうでもなかったのに。ジュリアンはすごく背が高く、そのうえハンサムで、少々芝居が大げさすぎるとはいえ、観光ガイドとしては充分有能だ。芝居がかっているのはかまわない。幽霊ツアーで彼についてまわる人々は必ず大喜びする。

そうだ、来年は絶対にパーティーを催そう。ここからそう遠くないケイジャン地方出身のパトリシアも、マルディグラにはパーティーを開いて楽しく過ごしたがっている。ニューオーリンズの近くで育ったとはいえ、市内というわけではないので、彼女は騒ぎのまっただなかに身を置いて祭りを満喫したいと願っているのだ。〝吐きそうになる一歩手前までお酒を飲んで〟と彼女は言っている。ピッツバーグ出身のミッチはもちろんお祭り騒ぎをとことん経験したがっている。パトリシアに打ち明けたところによると、彼は町なかでいくら悪行や残虐行為が繰り広げられようとかまわない、とにかくそれを見たいのだという。当然、彼だって感じのいい店でパーティーをやるほうがいいに決まっているけれど、それにしたって……。

ネイサンはどちらかというとニッキに似ている。彼は友人以外に対しては内気だ。もっとも酒が入っているときは別で、それについていえば、ジュリアンと同じように、彼は酒が大好きだ。現在、パトリシアに夢中の彼は、親しい仕事仲間と一緒にいるだけで満足しているようだ。ニッキの見たところ、ネイサンはマルディグラの期間中、町を出て静かに過ごしたい口だろうが、パトリシアがパーティーに前向きなので一緒に参加したがるだろう。

それにもちろん、彼らのような仕事をしている者にとっては稼ぎどきでもある。

彼らはとてもよくやっている。

まだ頭がずきずきしていたにもかかわらず、ニッキは心から誇らしさを感じた。観光客はほとんどの場合、観光ガイドとはこけおどしのためにそれらしい衣装を身につけ、派手な化粧を施しているものだと思っている。

だが、ニッキのグループは違う。

彼らは優秀だ。案内する場所のことを熟知していて、どんな質問にも答えられる。彼らは単にツアーを催しているのではない――彼ら自身が呼び物なのだ。

ニッキは少女時代の夢を実現させたような気分だった。たしかにこの事業はマックスの思いつきと計画、そして彼の資金によって始められたものではあるけれど。マックスともども開業に携わった彼女は、最初はふたりしかいなかったので、市内のあらゆる名所を自分自身の足で歩き、死に物狂いで働いた。ホテルの接客係と親しくなったり、商店主に頼みこんでちらしを置く場所を確保したりもした。旅行代理店の社員を対象にした無料ツアーを発案したのは彼女だ。人を雇い入れるだけの資金をマックスが確保しておいてくれたことを、彼女は感謝した。最初のツアーが成功すると、マックスはジュリアンを雇うように彼女に言った。ジュリアンは観光ガイドなどではたいして収入を得られないだろうと考えていたようだが、ニッキの熱意にほだされて、進んで可能性に賭《か》けてみることにしたのだ。

最初はずぶの素人だったというのに。

事業が軌道に乗りはじめると、マックスは従業員を増やして企画を拡充するようニッキに命じた。そうして彼女はほかの仲間を雇い入れたのだった。彼らは〝実技試験〟を受けなければならなかった。正確な歴史の知識があることや、真っ赤な嘘《うそ》に頼らずとも不気味な物語を上手に語る能力があることを示すためだ。彼らのグループのなかに、吸血鬼や幽霊をはじめとする超自然の生き物が存在するなどと口にする者はひとりもいない。彼らが話すのは実際に語られてきた物語だ。伝説。彼らの会社は〝幽霊散策《ゴースト・ウォーク》〟として知られているが、正式名称は〈ニューオーリンズの神話と伝説ツアー〉という。

ニッキは髪に指を走らせて、風で乾かそうとした。

新聞がれんが塀を越えて飛んできた。新聞配達の少年は――どうしていつもこんなに遅いの！――れんが塀越しにびっくりするほど正確にほうっていった。

新聞がニッキの足もとに落ちた。見出しを見おろした彼女はため息をついた。第一面にふたつの写真が載っている。ひとつは風格のあるハロルド・グラント、もうひとつはカリスマ性に富むビリー・バンクスの写真だ。

「ビリー・バンクス」ニッキはつぶやいた。「いったいだれがお札と銀行《ビリー・バンクス》なんて名前の人に投票するの？」

新聞を拾おうと身をかがめた彼女は、表の門が開く音を聞いた。

と同時に、ものすごく冷たい風が体のなかを吹き過ぎた気がした。まるで突風が北極から吹き寄せて、彼女の血を凍らせたかのようだ。ニッキは息をつめた。

あのいやな予感……。それが現実になろうとしている。

顔をあげたニッキの心の視界を、夢の名残がごちゃごちゃした映画の予告編のようによぎった。

男がひとり、こちらへ歩いてくる。普段着を着ているけれど、彼が警察の人間で、なにか恐ろしいことを告げに来たのをニッキは直感した。

　彼女は立ちあがって口を動かしたが、言葉が出てこなかった。

「あなたは……あなたは警察の方ね。なにかあったのでしょう」ようやく彼女は言葉をしぼりだした。

　男はうなずき、咳払《せきばら》いをして言った。「刑事のマッシー、オーウェン・マッシーです、ミス・デュモンド」

　ニッキはふいになにもかも悟ったことを認めるのがいやで、彼をまじまじと見つめた。彼女の筋肉はこわばり、心は頭に浮かんだことをすべて否定しようとした。

「いいえ、そんな……なにかの間違いだわ」

「お気の毒です」

「だれかが……怪我《けが》でもしたんですか？」

「ミス・シエロの件で来たのです、ミス・アンドレア・シエロの件で」

　彼は途方に暮れているようだった。大柄で、親切で、途方に暮れている男。彼のような職業の人間はしょっちゅう悪い知らせをもたらさなければならないのだろうが、いつまでたってもそれに慣れることができないと見える。

「あなたのことを教わったもので。警察へ連絡をよこしたのはミセス・モントベロでした……どうしても家のなかへ入って確かめてくれと言うのです。毎朝いちばんにミセス・モントベロの様子を見に来るミス・シエロが、今朝に限って来ないからって。彼女の話では、あなたはミス・シエロの親友だったとか？　お気の毒です、慰めの言葉もありません。こんなことをお知らせしなければならないのは実につらい。あの……なかへ入りましょうか？」

「なにがあったんです？　なにがあったのか教えてください！」

「たぶん――」

「話して！　教えてちょうだい、なにがあったんです？」

「どうやら麻薬の過剰摂取のようです。おそらく事故だったとは思いますが、ご存じのように警察としてはきちんと手続きを踏んで処理しなければなりません……。実際問題として、だれかに遺体を正式に確認してもらう必要があるのです」

「遺体ですって？」ニッキはあえいだ。

「ええ、残念ながら――」

「嘘よ！」ニッキは信じがたい思いで刑事を凝視した。嘘だ。きっと手のこんだ冗談に違いない。アンディーが――活発で、陽気で、にぎやかなアンディーが――死ぬなんてありえない。

「お気の毒です。どうやら彼女は――」

「アンディーは麻薬ときっぱり手を切りました」

「おそらく手を切りたいと願っていたことでしょう」

「いいえ！　本当に手を切ったんです」気がついてみると、ニッキは刑事の言葉を否定しながら後ずさりしていた。彼の言葉が真実であるはずがない。「アンディーは麻薬をやめていました。そんなものには二度と手を出さないと言っていたんです。自分で摂取したとは考えられません。そんなことはありえません……」

だが、自分を見つめる刑事の目つきで、ニッキは彼が真実を語っているのだと悟った。

あの夢は正夢だったのだろうか。ニッキは気を失ってしまいたかった。世界が消えてなくなればいいと思った。たしかに彼女は昔から、過去の遺物やとり残された魂に対する鋭い感覚を備えていたが、このようなことは一度も感じたことが……見たことが……なかった。

昨夜。アンディーはすでに死んでいた。あるいは死にかけていた。そして彼女はニッキに助けを求めに来た。ニッキはある意味で友達を裏切ったのだ。

彼女はあきれていることを態度を示し、激しい口調で言った。「アンドレア・シエロは麻薬をきっぱりやめていました。わたしは知っています。アンディーになにかあったとしても、自分でやったんじゃないし、事故でもありません。彼女は殺されたんです」

殺された。

刑事は困惑して顔をしかめ、まじまじとニッキを見つめつづけた。

「本当です、彼女は麻薬と縁を切っていました。信じてくれないなら、警察が信じてくれないと町じゅうに言いふらしてやるわ。彼女がそんなことを……ああ、なんてことかしら」

そう、こんなことはありえない。わたしは夢を見ているのだわ、とニッキは思った。昨夜、アンディーの夢を見たように、わたしは今この刑事の夢を見ているんだわ。

「お気の毒です、ミス・デュモンド。あの、だれかに電話をかけましょうか？　近くにあなたのご両親は……兄弟や友人はいますか？」

ニッキは彼を無視してかたくなに否定しつづけた。倒れないで立っていられたのは怒りのせいだった。「アンディーは麻薬のやりすぎで死んだんじゃありません。体内から麻薬が検出されたとすれば、だれかが無理やり打ったんです。厳密な捜査を要求します。殺人担当の刑事に会わせてください」

「わたしは殺人事件を担当しています」彼は穏やかに言った。「いずれにせよ、われわれは疑わしい死をすべて調べなければなりません」

「そうなんですか？」ニッキは心臓をどきどきさせて彼を見つめなおした。

「彼女の死は自然死ではなかった」彼は言った。「それでわれわれが呼ばれたのです」

「アンディーが殺されたのは何時です？」ニッキはなんとか尋ねた。

「何時に亡くなったか、でしょう？」彼がやさしく訂正した。

「ええ、どちらでもかまいません。彼女は何時に……亡くなったんです？」ニッキは再びしぼりだすように言った。

刑事の表情に警戒の色が表れた。なぜ時刻がそれほど問題なのか腑《ふ》に落ちないようだ。

「正式な検死結果はまだ出ていませんが、たぶん午前四時ごろだったでしょうね」

ニッキは手をのばして手すりをつかもうとした……助けを求めて……そこに存在しないなにかを求めて。刑事はなにが起ころうとしているのか気づいたが、遅すぎた。

ニッキはポーチにばったり倒れた。世界が薄れだした。突然、アンディーの言葉が耳の奥でこだました。

〝助けて！〟

「すみませんね」タクシーの運転手がブレントに言った。フレンチクォーターに入ったとたん、車は今にもとまってしまいそうなのろのろ運転になった。

「かまわないよ」ブレントは応じた。

このあたりでは道路にあふれる観光客のあいだを縫うように進まなければならないので、どうしても車は徐行運転を強いられる。配達用のバンが狭い脇道をふさいでいたり、ちょっとした事故で道路が封鎖されていたりする。しかも商店がぎっしり立ち並ぶこの地区は多くの道路が歩行者専用になっているため、ほとんどの人は車を使わずに歩いていくほうを選ぶ。とはいえ、どうしても車を使わなければならないときはある。遅れは避けることができない。

ブレントは深々とため息をついて周囲を見まわした。魅力的。それがこのあたりの建物や、地元の人々が〝鉄《アイアン》のレース〟と呼ぶ美しい錬鉄製の手すりを表現するのにもっともふさわしい形容だ。音楽の音色、町の色、建物そのもの。そう、この場所は魅力にあふれている。

そして、かつては彼もここを愛していた。

しかし、それは昔の話で、今は違う。戻ってこないですませられたら、絶対に戻ってはこなかっただろう。

「なにかやっているのかな?」パトロール警官が道路に立って通行をとめていたので、ブレントはきいた。

「討論会ですよ」タクシーの運転手が答えた。

「討論会?」ブレントは顔をしかめてきき返した。

「政治家たちが。なにを討論しているのか知りませんけれどね。どちらの政治家も打ちだした公約は似たり寄ったりなんです。この土地の歴史や独自の魅力を大切にしながらも、犯罪を一掃するために全力をつくすと主張しています。どうやら年配の政治家のほうは、自分はすべきことがわかっているし、現に立派な実績を残してきた、われわれはすでに目標を達成しつつあると主張しているのに対し、若い政治家のほうは、老政治家はなにひとつ実績をあげておらず、行動するのが遅いと主張しているようでして……ま、知ってのとおり、それが政治ってものですからね。だれもが自分なら月だって動かしてみせると断言するんです。政治家なんてひとり残らず嘘つきですよ」彼はバックミラー越しにブレントにウインクした。

「しかし、犯罪発生率はさがってきているのだろう？」

「犯罪発生率はさがったかと思えば、すぐにまた上昇に転じる。いいですか、だれがどんな政策を行おうと、世の中はなにも変わりゃしないんです。財産のある人間はそれにしがみつこうとするし、財産のない人間はそれを手に入れようとする。貧乏人ばかりが住んでいる地区もあれば、金持ちだけが住んでいる地区もある。昔から変わりません。人間とは元来そういうものなんでしょう。そういう状況を変えない限り……ええ、どちらの立候補者もそうすると公約しているんですよ……で、普通、有権者はなにを基準に投票するかご存じですか？　嫌悪感の少ないほうに投票するんです。立候補しているふたりはどちらも好感が持てるから、どっちが当選しても同じ、われわれが失うものはないというわけですよ」

「それはよかった」

「そうですとも。それはともかく、わたしはこの町が大好きでしてね。あなたはよくこちらへ？」

「いや」

「どちらのお生まれですか？」

余計なことはきくな、とブレントは言いかけた。

だが、やめておいた。彼は事実を語った。

「ここだよ。この町の生まれだ」

「本当に？　じゃあ、お帰りなさいと言うべきですね！」

車は再び動きだした。

ブレントの乗ったタクシーはロイヤル通りの警察署の前を通り過ぎた。

ようやくタクシーは、ブレントがしばらく滞在する予定でいる朝食つきホテル《B&B》へ到着した。昨夜は別の、空港近くのホテルに宿泊したのだった。

ブレントは運転手に料金を払い、B&Bの経営者である太った男に会って代金を払うと、割りあてられた部屋へ行った。

そしてベッドへ倒れこんだ。ニューオーリンズ。

この都市へ到着してからというもの、体から血液が全部抜かれたような気分だった。リング上で負けそうになっているボクサーの感覚。ハリケーンの荒波が海岸へ打ち寄せるように、頭痛が襲ってきた。

カーテンは閉じられ、ドアが閉まっていて……暗い。
必要なのは少しの時間だけ。そうしたらこの町に適応できるだろう。
適応したくなどなかった。
だが、しなければならないのだ。

5

一年と一日。

墓地に立っているニッキの頭を絶えずその考えがよぎっていた。アンディーはニューオーリンズの出身ではないけれど、ここにもほかの土地にも生きている家族がだれひとりいなかった。ニッキと同じように、彼女は幼くして両親と死に別れ、あちこちの養家をたらいまわしにされて育った。

連絡すべき相手はひとりもいなかった。アンディーは二年前に学校を出たあと、さまざまな半端仕事をしながら旅行に明け暮れてきた。彼女は緊急時の連絡先を残していなかった。チューレーン大学を卒業しているから、その近辺にはまだ友人がいるかもしれないけれど、名前もわからないし、どうやって連絡をとったらいいのか、ニッキには皆目見当がつかなかった。

加えてアンディーには故郷と呼べる土地もなければ、家族と呼べる人たちもいなかったので、ニッキが葬儀の手配いっさいを引き受けることにした。

そんなわけで、アンディーはニッキの家族の墓へ埋葬されることになった。その霊廟《れいびょう》にはまだかなり余地があったのと、そこへおさめられるべき人間が残っていなかったからだ。デュモンド一族は十八世紀の終わりごろからニューオーリンズに住んできた。いちばん初期の祖先がどこに埋葬されているのかを、ニッキは知らない。だが、十九世紀に彼らはガーデン地区に土地を獲得している。やがてある時点でだれかがなにがしかの金を投じ、一族の霊廟を建てた。ニューオーリンズではたびたびの水害に備えて、遺体は霊廟のなかの埋葬室におさめることが多い。凝ったつくりの墓の入口にある錬鉄製の扉を巨大な天使像が守っており、墓石にはデュモンドの名前が大きな字でくっきりと彫られていた。

最後に埋葬されたのは、ニッキがよちよち歩きだったころに交通事故で死亡した両親と、ほんの数年前にこの世を去った彼女の祖父母だ。

扉の前に立っているうちに、両親の死に対する悲しみを痛切に感じたものの、実際のところニッキは母親についても父親についてもほとんど記憶がなかった。もちろん写真は持っている。写真のせいで、彼女は実際よりも両親をよく覚えているような錯覚にとらわれてきた。

一年と一日……。

ニューオーリンズの猛烈な暑さが、かつては生きていた人間の死骸《しがい》を骨と塵芥《じんかい》へ化するのに要する時間。一年と一日がたてば、塵芥はかき集められて容器におさめられ、埋葬室の片隅に置かれるので、新しい遺体を収容できるようになる。デュモンド一族の霊廟にはなんと十二もの埋葬室が備わっている。ニッキは自分の一族と一緒にアンディーを葬ってやることにした。祖先の亡骸《なきがら》が、あるいはその魂が、アンディーを快く受け入れてくれるかどうかわからなかったけれど、彼らが一緒の場所に埋葬されているのだと思えば、ニッキ自身の気持ちが少しは軽くなりそうだった。

もちろん葬儀は生きている人間のために行われるのだ。

ジュリアンがニッキの肩に腕をまわした。仲間たちは彼女が深刻なショック状態にあると考えていた。事実、ニッキは恐ろしいショックを受けていた。ニッキとアンディーがたちまち固い絆《きずな》で結ばれたからだと彼らは考えている。しかし、それが理由ではない。なるほど彼女はアンディーを心から好きだった。だが、ニッキを含めて彼らのだれもがアンディーとはほんの数週間前に会ったばかりなのだ。

理由のひとつは、だれがなんと言おうと、あるいはどう考えようと、アンディーは殺されたとニッキが考えていたことにある。だが、ほかにもっと大きな理由があった。殺人鬼が警察にも気づかれないで自由に町を闊歩《かっぽ》しているという事実が理由ではなかった。もちろんそれはそれで恐ろしいことではあるが。

いちばんの理由は例の夢にあった……。

「ニッキ、終わったよ」ジュリアンが彼女にささやいた。「その花を棺《ひつぎ》の上に置くといい」

彼女はうなずいてごくりと唾《つば》をのみこむと、花を棺の上に供えた。

葬儀には多額の費用がかかり、ニッキひとりではとても用立てられなかった。けれども仲間たちが親切にも金を出しあってくれたし、マックスは必要なだけ会社の口座から引きだしていいと言ってくれた。

花を置いて、ニッキは振り返った。葬儀用のガラス張りの馬車が、今はだれも乗せぬまま通りと霊廟とをつなぐ土の通路の上にとまっている。楽団が演奏を始めた。ニューオーリンズのどこにでもある小さな楽団で、きっとアンディーは喜んでくれるに違いないとニッキは思った。本格的なニューオーリンズ・ジャズによる葬儀ではないが、それに近いのだから。

アンディーは身も心もニューオーリンズの一部になりたいと願っていた。

それが今、現実になったのだ。

アンディーが死んで四日になる。検死が行われたのは、ニッキが要求したからではなくて法律上必要だったからだ。しかし、検死官の提出した報告書は事件解明になんの手がかりも与えなかった。ニッキは相変わらずマッシー刑事に向かって、殺人者は必ずどこかにいると主張しつづけた。

彼女が安心したことにマッシーは、ニッキが親友の死を受け入れられないで嘆き悲しむあまり、そんなことを主張するのだとは言わなかった。おそらく彼はニッキの言葉を信じてはいなかっただろうが、少なくとも捜査を継続するようとり計らってくれた。

彼らが知っているのは、アンディーが友人たちと、〈パット・オブライエンズ〉へ行き、午前二時に別れたということだけだ。

そのあとなにがあったのかは、だれひとり知らない。

警察は午前九時にミセス・モントベロの要請でアンディーのアパートメントのドアをこじ開けてなかへ入り、彼女を発見した。アンディーは毎朝欠かさずミセス・モントベロの様子を見に行っていたのだが、その朝に限って来ないので、老婦人が不安を覚えて警察に連絡したのだ。その不安は的中した。

アンディーはバーで祝杯をあげたときに着ていたおしゃれな短いスカートやチューブトップをまとってはいなかった。彼女が着ているのはニューオーリンズ・セインツのTシャツだけだった。

ニッキが見たままの姿だったのだ。

発見されたとき、彼女の遺体の近くに針をはじめとする麻薬の器具が転がっていた。アパートメント内で検出された指紋はどれもアンディーの友人たちのものと判明したが、その指紋すらも少ししか残っていなかった。家具の表面がきれいにふかれていたのだ。捜査に携わった警官のなかには、アンディーが最近アパートメントを掃除したせいに違いないと信じている者がいることを、ニッキは知った。幸い、マッシー刑事はその見解を多少なりとも疑問視しているらしい。

しかし……それを別にすれば……。

アパートメントへだれかが押し入った形跡はなかったし、その夜、何者かが彼女と一緒にいたことを示すものも残っていなかった。手がかりはひとつもない……。

なにも。なにひとつ。それとも警察は証拠をつかんでいながら、それを隠しているのだろうか。

友人たちはだれひとりニッキの言葉を信じていないようだった。だが彼らは、事件の真相を究明しようとするニッキの助けになろうと奮闘した。彼らは何時間も警察署で過ごし、アンディーを奇妙な目つきで見たり、威嚇するような視線を向けたりした人間がいなかったかどうか思いだそうとした。アンディーよりもニッキを見ていたらしい砂色の髪の男を彼らは思いだしたが、決め手はなかった。実際のところ、あのときは彼ら全員が酔っていたのだ。

アンディーさえも。

アンディーは自宅までつけられたのだろうか。バーで彼女を見つめていただれかに。それとも帰宅途上の彼女を通りで見かけただれかに。

アンディーが誘惑に負けて再び麻薬に手を出したという事実を受け入れられないニッキ

を、同情のまなざしで見ている周囲の人々のほうが正しいのだろうか。たしかに今の世の中はどんな麻薬でも簡単に入手できる。

いいえ。やっぱりだれかがいたのだ。アンディーに無理やり麻薬を打っただれかが。

ミセス・モントベロは物音を聞かなかったそうだが、不思議でもなんでもない。補聴器がなければ、すぐそばで爆弾が炸裂《さくれつ》しても聞こえないだろう。午前四時に彼女が補聴器をつけていたはずがない。彼女は今ここにいて、刺繡《ししゅう》を施したハンカチで目頭をぬぐいながら静かに泣いている。アンディーは絶えず彼女の様子を見に行き、おいしい料理を届けたりちょっとした品物をプレゼントしたりしてきた。気の毒に、ミセス・モントベロはアンディーがいなくなったことを心底寂しく思うだろう。しかし捜査にとって役立つかどうかということになると……残念ながら、彼女はなんの役にも立たない。

アンディーの上階に住んでいる広告代理店の営業担当者は商用でニューヨークへ出張中だった。彼の隣の、幼い二児を女手ひとつで育てている女性は、子供たちを連れて実家へ帰省していた。だから事件当時、アンディーの住んでいるヴィクトリア朝風の古風な屋敷を改装したアパートメントには、物音を聞きつけたり異変に気づいたりした人はだれもいなかった。

警察は事件当夜にアンディーを見かけた人は連絡してほしいという呼びかけを新聞に出した。すると人々は役に立とうとして、町で見かけたあやしげな人物に関する情報を次から次へと警察に寄せてきた。

ニューオーリンズでは、ほとんどだれもがあやしい人物と名指しされうる。

警察は途方に暮れている。ニッキの知る限りでは、犯罪現場捜査部は優秀な科学捜査班を投入してアンディーのアパートメントを徹底的に調べた。しかし、彼女の死の謎《なぞ》を解明するのに役立ちそうなものは髪の毛一本発見できなかった。手がかりはなにひとつ得られていない。

もちろんニッキは奇妙な夢のことを黙っていた。いずれにしても彼女はその夢をはっきり思いだせなかった――思いだせるのは、アンディーがベッドの足もとのほうに立っていたことぐらい。だが、本物のアンディーはそこにいなかった。その時刻には、彼女はすでに死んでいたか、死の間際だったのだ。

警察は、一連の捜査を進めているあいだも、アンディーの死はたとえ事故であったにせよ彼女自身がもたらしたものだと信じている。ニッキの目にはそう映った。それでもマッシーはニッキに、悲しいし悔しいことではあるけれど、これが殺人事件なら、どんなに時間がかかろうと必ず犯人をつかまえると断言した。何カ月、何年かかろうとも。マッシー刑事は口にしなかったが、殺人犯がつかまらずに逃げおおせてしまうことも少なくない。

そのこともニッキは承知していた。

それを知っていればこそ、ニッキは夢のことをだれかに打ち明けたほうがいいのではないかと考えたのだった。結局、ジュリアンにだけは話した。彼に疑わしげな目を向けられて、彼女は話したことを後悔した。ジュリアンはニッキに警告した。そんなばかげた夢の話をしたら警察に変人扱いされるからやめておけ、長いあいだ幽霊ツアーなんかにかかわっているから頭がどうかなってしまったのだと思われるか、さもなければ彼女自身が疑われるかのどちらかだ、と。

だが、例の夢は毎日ニッキを悩ませつづけた。いや、一時間ごとに。間断なく。

彼女は胸にナイフを突き立てられたような鋭い痛みを覚えた。

ああ、アンディー、あなたはあのとき、わたしに助けを求めてきたのね。

それなのにわたしはあなたの求めに応じなかったんだわ。

ニッキは棺のそばに立ってぎゅっと目をつぶり、あの夜に見たことをひとつ残らず思いだそうとした。

「ニッキ」

声をかけたのはパトリシアだった。濡《ぬ》れた目でニッキを見つめている。

「さあ、こちらへいらっしゃい。後ろがつかえているわ」

ニッキはうなずいて周囲を見まわした。ささやかな葬儀だったけれど、列席者が何人かいた。アンディーの隣人たち、カフェの女主人のマダム・ドルソ、そのほかにも地元で事業を営んでいる人たちが数人。

例によってたまたま墓地へ来ていた物見高い観光客が、こっそり列席者にまじって葬儀の進行を見守っていた。

車体の長いリムジンがニッキたちのグループを待っているのを見て、彼女は悟った。そろそろ引きあげる潮時だ。

振り返ると、墓地の作業員たちが霊廟のなかに入って、遺体を指定された埋葬室へおさめる準備をしている。

楽団は最後まで演奏を続けていた。

ニッキたちはリムジンに乗ってフレンチクォーターへ戻り、〈マダム・ドルソズ〉でもうひとつの儀式ともいうべき葬儀後の集いを催した。

マダムは水を得た魚のようだった。背が高く、でっぷりしていて、銀髪を頭の上で高くまとめた彼女は、当然のごとく采配《さいはい》を振るった。マダムはアンディーが好きだった。それになんといっても、ここは彼女の店なのだ。マダムの本名がデブラ・スミスであることや、実際にメイフラワー号に乗ってアメリカへやってきた祖先がいることを知っているのは、ニッキを含めてほんの数名しかいない。だが、フレンチクォーターではフランス人のふりをすることがビジネスにとって有利に働く。

今日、マダムは午前中店を閉めて約束どおり葬儀に列席し、午後になってアンディーをしのぶ集いのために店を開けたのだ。

ジュリアンやネイサンやミッチやパトリシアは、このような場合に一般的に行われる慣習にのっとり、けなげにも愛情と微笑をもって故人の思い出を語ろうとした。アンディーが死んだのは麻薬中毒に陥った彼女自身に原因があると考えながら、なおかつ愛情と微笑をもって彼女の思い出話をするのは難しい。

今は人々も思いやりを示しているが、いったん普段の生活に戻ってしまえば、あの日のことを考える人はほとんどいなくなる。ニッキにはそれがわかっていた。

やがて時刻が遅くなり、人々は去りはじめた。

完璧《かんぺき》な女主人役を果たしていたマダムが、ニッキの隣の椅子にぐったりと座りこんだ。テーブルの上のニッキの手を軽くたたく。「さあさあ、元気を出して」彼女は言った。「あなたがいつまでもふさぎこんでいるのを、アンディーだって望んでいないでしょう」

ニッキはうなずいた。「ええ、そうね、わかっているわ」

マダムはニッキの顔にかかっている髪を後ろへ払った。「あなた、顔色が真っ青よ。まるで幽霊でも見てきたみたい」

ニッキは眉をつりあげた。近くに立っていたジュリアンが振り向いてニッキを見る。

彼女はジュリアンに向かって顔をしかめ、マダムのほうを振り返った。

「あの……アンディーとわたしが最後にこのお店へ来た日のことを覚えているかしら？」

ニッキは尋ねた。

「そうね、なんとなく」マダムが言った。「だって、あなた方は毎日のように顔を見せるから」

「ええ、だけどあの日は、お店のなかに……ホームレスみたいな男性がいたわ。その人、お風呂に入って髪を切ったら、きっとかなりハンサムに見えたんじゃないかしら」

マダムはぽかんとした顔でニッキを見た。

「その人を見たはずよ」ニッキは言い張った。「わたしがその男性のことをあなたに尋ねたでしょ。だから店内へ戻ったときに、あなたはきっと彼に気づいたんじゃないかと思ったの」

「あのね、わたしは毎日数えきれないほど多くの人を見ているのよ。それにここへはホームレスだって大勢来るわ。わたしの店でだれかが酔いつぶれでもすれば、床へ吐かれる前に警察を呼んで連れだしてもらう。そんなことでもなければ、いちいち気づきはしないでしょうよ」

「きっとその人、あなたが忙しくしているあいだに来て帰ってしまったんだわ」ニッキはつぶやいた。

マダムはほほえんだ。「わたしが覚えていることを教えてあげましょうか？　あなたはデートの相手を見つけなくちゃいけないと、アンディーがあなたをからかっていたわ」

「それは、その男性がこのお店にいたときのことだわ」ニッキは勝ち誇って言った。

「ああ、ニッキ、ごめんなさいね。どうしてそれがそんなに重要なのかわからないけれど、本当にその男性を見た覚えがないの」

ジュリアンが顔をしかめてテーブルの椅子に腰をおろした。「ニッキ……きみはその男がきみやアンディーのあとをつけたと考えているのかい？　もしそうなら、警察にその話をしたほうがいいよ」

かぶりを振ったニッキは、ジュリアンが真剣そのものの灰色の目で彼女を見つめているのを意識した。「アンディーとわたしがカウンターからベニエとカフェオレを持ってきたとき、あなたたちは表のテーブルに座っていたから、その男性を見ていないはずよね？」

「うん……だけど、ぼくたちはちっとも注意を払っていなかったからな。あの晩だって、ぼくたちは全然注意を払っていなかった」ジュリアンは残念そうに言った。

パトリシアがやってきて空いている椅子に座った。彼女も同じようにニッキの手を軽くたたく。「あなた、大丈夫？」

「大丈夫よ」ニッキは小声で答えた。「パトリシア、今夜予定されていたツアーをちゃんと組みなおしておいてくれたかしら？」

「ええ、ちゃんとやっておいたわ。それからあなたに言われたとおり、マックスに電話をかけておいた。彼、葬儀に参列できなくてすまないと、みんなに謝っておいてくれって」パトリシアは言って、ニッキに弱々しくほほえみかけた。そして肩をすくめた。「予定を組みなおすのに問題はなかったわ。葬儀の記事が新聞に掲載されたじゃない。だからみんな……」彼女は冷ややかにジュリアンを一瞥《いちべつ》した。「観光客でさえ同情的で……そりゃ好奇心もあるでしょうけれど、やはり気の毒がって……」

「すべての予定を組みなおしたのね？」ニッキは尋ねた。

「ええ、そうよ」パトリシアが答えた。

「その同情的な観光客は、これからはわれわれがニューオーリンズ一の観光ガイドだと思ってくれるんじゃないかな」ジュリアンが言って、パトリシアに苦々しげな視線を向けた。

「どうしてそんな目つきをするの？」ニッキは問いただした。

パトリシアはジュリアンをにらみつけ、ため息をついた。「ああ、こんなことを言った女性がいたのよ。亡くなった仲間の霊魂がついているから、わたしたちのツアーはますますおもしろくなるに違いないって」

「まあ、なんてひどいことを」マダムがそっと言った。

「なかにはそういう心ないことを口にする人間がいるのさ」ミッチが言って、大きな錬鉄製の円テーブルの椅子に身をすべりこませた。「なあ」事務的な口調で続ける。「ぼくらが語って聞かせる物語のなかには、かなり陰惨なものがある。それで思うんだが、今や……そう、好むと好まざるとにかかわらず、アンディーもその物語のひとつになってしまったんじゃないかな」

「ツアーでアンディーの話なんて絶対にしないわ！」ニッキはむきになって否定した。

「もちろんしないさ。だけどきみも知ってのとおり、われわれのような仕事では、そういうのが自然と話題になるんだ」

ミッチは言って、ニッキに皮肉っぽい笑みを向けた。彼にはジュリアンやネイサンのように芝居がかった語り口で客を魅了する力はないが、ニューオーリンズに関して無尽蔵の知識を持っている。いかにもアメリカ的な無邪気な表情と、風になびく灰色がかった金髪、明るい青い目……要するにハンサムな容貌《ようぼう》の持ち主なのだ。若い女性客に絶大の人気を誇っている。彼について市内の名所めぐりをしたがるティーンエイジャーの一団があるところからして、何度もツアーに参加する地元の客がかなりいるに違いないとニッキは確信していた。

ミッチが出し抜けに顔をしかめてニッキを見た。「ぼくらは絶対にアンディーのことを口にしないよ」断言したあとでためらい、咳払《せきばら》いをして続けた。「ごめん、きみはぼくらよりずっとよくアンディーを知っていたんだものね。彼女がぼくらと一緒にいたのは、ほんの数週間にすぎない……。ニッキ、大丈夫か？」

彼女はうなずいた。

「ぼくらのなかのだれかが、きみの家へ泊まりに行ったほうがいいんじゃないか」ミッチが断固たる口調で言った。

「ありがとう、ミッチ。あれからジュリアンがわたしを心配してつきっきりなの」ニッキは彼らを見まわした。「いいわ、わたしの本音を話してあげる。わたしはだれかが無理やりアンディーにヘロインを打ったと信じているの。それが彼女の過去と関係があるのかどうかは知らないけれど。でも、わたしなら大丈夫、子供じゃないんだから、友達に世話をされる必要なんてないわ。だけどありがとう」

「それにしても理解できない、どうしてあなたはひとりで暮らしていられるの」パトリシアが長い黒褐色の髪を横へ払い、最後の会葬者に別れの言葉を述べているネイサンをちらりと横目で見やった。突然、彼女はほがらかな表情になった。「もしかしたらネイサンとわたしは選択を誤ったんじゃないかと考えたこともあったわ……同棲《どうせい》を急ぎすぎたんじゃないかって。それが今では、一緒に生活できるのを心から喜んでいるの。だって、そうした麻薬はどこかからもたらされたんでしょう？　だれかから。ひとりで暮らしていたら、寂しくてみじめなのと、恐ろしいのとで、とうてい耐えられないと思うわ」

「あなたたちふたりはとてもお似合いですものね」ニッキは言った。「だから、あなたたちは一緒に暮らしているのがいいんだわ。とにかくわたしはできるだけ早く立ち直るつもり。あれからまだ数日しかたっていないんだもの、落ちこむのも当然よね。でも、わたしは臆病《おくびょう》者になるつもりはない。警察が殺人犯をつかまえるまでうるさくせっついてやる……そんな目でわたしを見ないで。犯人は必ずいるわ。アンディーのためにわたしができることはそれくらいしかないの」

「いずれにしても、ぼくはニッキと同じ意見だな。路上で無理やりアンディーにヘロインを買わせたにせよ、針を彼女の血管に突き刺したにせよ、だれかがアンディーの死に責任があるのはたしかだ。この町に暮らしているすべての住民のためにも、それがだれなのかを突きとめる必要がある。ぼくらは全員、犯人逮捕に協力しようじゃないか。いいだろう?」ミッチが尋ねた。

全員がうなずいた。

「それはともかくとして」ジュリアンが言った。「今夜はぼくがきみのところに泊まりこむよ、ニッキ」

「ジュリアン、わたしは大丈夫よ」

「ぼくだって大丈夫だ。でも、ふたり一緒のほうが安心できると思うんだ」

「ゲストルームにあるベッドは岩みたいに固いわ。前にあなたがそう言ったじゃない」ニッキはジュリアンに指摘した。

「かまわないさ、今夜は疲れきっているからね。本物の岩の上でだって熟睡できるよ」

ニッキは再び抗議しようとしたが、あきらめてため息をついた。「いいわ、ありがとう。今夜はだれかが一緒にいてくれたほうがいいみたい」

〈マダム・ドルソズ〉を出たのはジュリアンとニッキが最後だった。帰りがてらマダムを家へ送っていこうとジュリアンが言った。時刻は夜の十二時をまわったばかり。ニューオーリンズの、とりわけフレンチクォーターでは、それほど遅い時刻ではない。マダムは送ってもらう必要はないと断った。通りにはまだ人が大勢いるし、至るところを警官が巡回しているから、と。

けれどもジュリアンは散歩がてら送っていきたいのだと言い張った。美しい夜で、秋が訪れようとしていた。町に重苦しくたちこめていた息のつまる湿気が軽くなったように感じられる。

「ああ、気持ちのいい夜だ、生きていてよかったとつくづく思うよ」ジュリアンが快活に言ったあとで顔をゆがめた。

ニッキは彼の腕に自分の腕を絡めた。「いいの、気にしないで。わたしだって、なにかまずいことを口にするんじゃないかとびくびくしながら毎日を過ごすのはいやだもの。本当にすてきな夜だわ。生きているのはすばらしいって思える夜ね」

彼らは数ブロック歩いてマダムを自宅へ送り届け、それから引き返してバーボン通りのニッキの家へ向かった。

「寝酒かなにかいるんじゃないか？」ジュリアンが兄のようにニッキの肩へ腕をまわして尋ねた。

彼女は首を横に振った。「正直言って、奇妙ったらないの。今までわたしは酔うほどお酒を飲んだことなど一度もなかったのに、あの晩に限って二日酔いになるほど飲んだわ。そうしたらアンディーが死んだと聞かされた。あれ以来、お酒は一滴も飲みたくなくなったの」

「毒は毒をもって制するっていうからね、少し飲んだほうがかえっていいかもしれないよ」

「いいえ、それよりも早く家へ帰りたいわ。このところあまり眠れなくて」

「そりゃそうだろうね。きみのような立場に置かれたら、たいていの人間は鎮静剤でも打たなきゃ耐えられやしないだろう。だって、ほら、アンディーを雇ったのはきみだろ。きみたちはすぐに大の仲よしになった。それから彼女が死んで、きみは連絡すべき親戚《しんせき》がいるかどうか調べたり、葬儀の手配をしたり、なんやかやで……そうとも、すごく大変だったんだ。そのうえアンディーがだれかに殺されたと考えているなんて……普通ならとても耐えられはしないよ」

「あなたたちみんなは大丈夫そうに見えるわ」

「今も言ったとおり、きみたちは大の仲よしだったからね。きみとアンディーは……うん、どちらも両親を亡くしていた。きみたちには共通点があったんだ」

「少なくともわたしには祖父母がいたわ。いとこもいたし、おばやおじだっていた……今ではほとんどみな遠くへ移り住んでいるけれど。でも、とにかくわたしには家族や親戚がいた。アンディーには親戚すらいなかったのよ」

「彼女にはぼくたちがいたじゃないか。ぼくらは家族だったんだ」ジュリアンがきっぱりと言った。「そうさ、家族みたいなものだった」

　ふたりはニッキの家をとり巻いているれんが塀の鉄製門扉の前まで来た。

「このややこしい仕掛けはどうなっているんだ？」ジュリアンがぶつくさ言った。

「掛け金が内側の下のほうについているわ。詮索《せんさく》好きの人をなかへ入らせないようについているだけだから、鍵《かぎ》はかかっていないの」ニッキは言った。彼女は唇をかみ、上から手をのばして掛け金を外そうとしたが、ジュリアンは自分で外すと決めているようだった。

ニッキは腕組みをして周囲を見まわした。

　人生のありようにはいつも目をみはらされる。

ひと組の男女が腕を組み、互いにもたれて、ゆったりした足どりで通りを歩いていった。男は黒い肌、女は象牙《ぞうげ》色の肌をしていた。ニッキはほほえんだ。現代のニューオーリンズで、人々はなんと気楽な生活を営んでいるのだろう。老〝ビースト〟・バトラー将軍がニューオーリンズを支配していた時代もあったが、それは遠い昔のことだ。ここでも時代は移り変わっていく。

　騒々しい若者の一団が通りをやってきて、近くで立ちどまった。彼らは酒を片手に、少し先の広場で演奏しているサクソフォン奏者について意見を述べあっている。

さらに何組かの男女が通り過ぎた。

大勢の若者がやってきて、最初の一団と合流した。

「えらくややこしいけど、なんとしても外してみせる」ジュリアンが決意も固く言った。

ニッキはほとんど聞いていなかった。彼女はれんが塀にもたれたまま背筋をのばした。

通りにたむろしている一団のなかにだれかがいる。その男は若者たちの仲間ではない。

髪はぼさぼさに乱れ、着古した服はしわくちゃだ。男がニッキのほうを振り返った。

不ぞろいにのびた無精ひげの下は……。

ハンサムな顔。

男はニッキを知っているかのように彼女をじっと見つめている。

見つめ返したニッキは男がだれなのか気づいた。

彼女はくるりと振り返ってジュリアンの肩を強くたたいた。「ジュリアン……ジュリアン。ちょっと見て。たった今、彼がいたの」

「彼って、だれ?」

ジュリアンは困惑した顔でニッキを振り返った。

「あの日、マダムの店にいた例のホームレスよ」

「どこにいる?」

「あそこ……大学生の一団にまじっているわ」ニッキは大声で言った。

ジュリアンは通りのほうへ目をやり、そこに群れているきれいにひげを剃《そ》った若者たちのあいだを捜した。ニッキも同じように捜す。

「どこにいるんだ？」ジュリアンがきいた。

「あそこよ、彼らの真ん中に」ニッキはそう叫んで通りへ走りだし、十人あまりの若い男たちのなかへ駆けこんだ。

「やあ！」ひとりの若者がニッキにもたれかかるようにして言った。

「おや、これはまた美人のおでましだな」別の若者が呂律《ろれつ》のまわらない口調で言うと、ニッキの肩にだらしなく腕をまわした。

「おい、その手をどけろ」ジュリアンが断固たる口調で命じた。

ニッキは彼らのやりとりをほとんど聞いていなかった。

「あの人……たしかにここにいたのに」彼女は首をひねった。

「だれがここにいたんだい、きみ？　おれならいつでも相手をしてやるよ」ニューヨーク訛《なまり》のある金髪の若者が言って、頭の悪そうなにやにや笑いを浮かべながらニッキのもう一方の側へ歩み寄った。

「彼女にかまうんじゃない」ジュリアンが怒って言った。

「へーえ。そういうあんたはだれだ？　彼女のパパさんか……それともひも、かなにかかい？」

ジュリアンが若い男の顎にパンチを見舞った。男はうっとうめき、よろよろと後ずさりして倒れた。

「ジュリアン……やめて！」ニッキは息をのみ、ホームレスを捜すのをやめて注意を眼前の騒ぎへ戻した。

「おい、きさま、なにも殴らなくたっていいだろうが」ニューヨーク訛のある金髪男が言った。彼は酒の入っているプラスチックのカップを投げ捨て、威嚇するように大股でジュリアンに歩み寄った。

ほかの若者たちも彼にならってジュリアンをとり囲んだ。殴られた男がよろよろと立ちあがる。

「みんな！」ニッキが大声で言った。「今すぐにやめなさい。さもないと大声をあげるわよ。警察を呼ぶわ。さあ、落ち着きなさい」

だれも彼女の言葉に耳を貸さなかった。最初の若者がジュリアンに殴りかかった。彼はさっと身をかわしたが、右側にいた別の若者がパンチを繰りだした。

「やめなさい！」ニッキは若者のひとりの背中に飛びのった。相手は彼女の体重に気づいてさえいないようだった。ニッキは男の頭のてっぺんにげんこつを見舞った。「今すぐやめなさい！」

それでも男は彼女に気づかないようだった。ニッキは男の背中からすべり落ちてしりもちをついた。

一対一の喧嘩《けんか》ならジュリアンは負けないだろう。しかし、相手が十人以上ともなれば……。

ジュリアンに勝ち目はなかった。

ニッキは叫び声をあげようと口を開けた。警察を呼ばなくては！　すぐに来てもらわなくては！

「おい！」

突然、大声がとどろいた。その声があまりにも威厳に満ちた深い響きを帯びていたので、ニッキを含めて全員が急に静まり返った。

凍りついている彼らのなかへ、ひとりの男がずかずかと入ってきた。路上へしりもちをついているニッキの位置からだと、男はとてつもなく背が高く見えた。顔は陰になっていて見えないが、肩幅が広くて、カジュアルなポロシャツとジーンズの下の筋肉は鍛えあげられているように見える。彼はジュリアンに殴りかかろうとしていた若者の腕をつかんだ。

「おまえたち、ここでなにをしている？」

「こいつが始めたんだよ」大学生のくせにすねた小学生のような口ぶりで若者が言った。

「こいつらがニッキに手を出そうとしたんだ」ジュリアンが言った。

「もうやめておけ」男がいらだたしげに言った。

「やめなきゃどうなるんだ？」酔っ払った学生のひとりがくってかかった。

男が学生をにらんだ。それで終わりだった……男がひとにらみしただけで。

「きいただけじゃないか」学生はもごもごとつぶやいた。そして向きを変えて通りを歩きだした。「行こうぜ、みんな。こんなところとはさっさとおさらばしよう」

ほかの若者たちも彼にならって通りを歩きだした。

男はまだ路上に座りこんでいるニッキを振り返った。彼はつかつかと歩み寄って彼女に手を差しのべた。

ニッキは男の顔を見た。

よく日に焼けた顔の色は赤褐色に近く、目はこちらがはっとするほど輝かしい緑色をしていた。のみで刻んだような彫りの深い顔立ちからして、ネイティブ・アメリカンの血が流れているのは明らかだ。漆黒の髪はまっすぐで、少し長い。典型的な美男子とはいえないかもしれないが、ニッキがこれまでに会ったなかで最高に印象的な人物のひとりであることはたしかだ。体じゅうから自信と威厳とが放射されているように感じられる。それも周囲を威圧するような背の高さや肩幅の広さのせいだけではない。こんなに立派な体格の人間にはそぐわないほどのしなやかさと敏捷《びんしょう》さ、そして輪郭のはっきりした容貌のせいで、非常に男らしい性的魅力と揺るぎない頼もしさがにじみでているように思われた。

ニッキに差しのべられた手は大きくて、指が長く、爪はきちんと切ってあって、清潔だ……そして力強い。彼女はすぐそのことに気づいた。

だが、ニッキの気持ちを乱したのは彼女の手を握って楽々と立たせた男の力強さではなかった。

それは男の手の感触だった。

炎のようなエネルギーが電流のように男からニッキへと流れこんできた。

そしてさらに……。

彼の目。

その目がニッキの目をのぞきこむように見た。

彼女の目になにかを見たのだ。

なにを見たのか、ニッキにはわからなかった。男はすぐに手を離して後ろへさがり、彼女をまじまじと見つめた。みだらでも蔑《さげす》みに満ちた目つきでもなかったが、かといって無関心という感じでもなかった。

まるで彼女を知っているような目つき。

「大丈夫かな?」男がていねいな口調で尋ねた。

「ええ……大丈夫」ニッキは口ごもった。

男がうなずいた。「きみは?」彼はジュリアンにきいた。

「ああ、どうもありがとう」ジュリアンは礼を述べ、見知らぬ男を興味深そうに見た。

「あの、お礼といってはなんだけど、酒でもごちそうさせてくれませんか?」

「お礼なんか必要ないよ」男がかすかにほほえむと、顔つきが変化した。突然、魅力的になったのだ。いかめしいことに変わりはないが、魅力的な顔。「ぼくだったら大勢を相手に喧嘩をするのはやめておくね。きみもそうしたほうがいいよ」男は言った。

そして手を振り、向きを変えて歩み去った。

6

ブレントは首を振りながら通りを歩いていった。

ニューオーリンズ。

アメリカのなかでもっともヨーロッパ的な都市。建築物と時代の空気が融合し、うだるような暑さや移ろいゆく影が渾然一体《こんぜんいったい》となっている町。歴史が投げかけている昔日の面影が、人工の建築物の骨組みにまでしみこんでいるかのようだ。歳月がこれまで生きてきた人々の情熱を積み重ねてきた町。

過ぎ去った日々の名残と、活気あふれる現代的な新しい町並みが共存している。人々は由緒ある庭園を愛《め》で、ジャズや娯楽を堪能《たんのう》し、ヴードゥーを信じる。

通りの角を曲がるたびに信じられないほど才能豊かな人々に出会うことができる。たとえばふたつ向こうの通りで、ブレントがかつて聴いたことがないほど見事にバンジョーを演奏していた年老いた黒人。ブレントは道路の端に座ってほほえみながら演奏しているその老人と、前に置かれた楽器ケースへ金を入れていく通行人を見て、彼が生活するに足る金を稼げますようにと願った。

〈ドリーズ・ドールズ〉と看板の出ている閉まった人形店の前を通り過ぎる。その隣では〈ガールズ！　ガールズ！　ガールズ！〉というネオンが輝いていた。

人々は笑い、酒を飲み、画家や演奏家やパントマイム芸人の技を賞賛している……。ぐでんぐでんに酔っ払っている者もいれば、喧嘩《けんか》を始める者もいる。

ブレントは先ほどの出会いに心を乱されていた。そのことについては考えたくなかった。彼の手にはいまだに彼女の手の感触が残っている。

ブレントはすぐにあの場を離れた。賢明な対応だ。とはいえ、彼はあの女性について考えずにはいられなかった。彼女は見たこともないほど大きくて輝かしい瞳の持ち主だった。青。緑。淡い青緑色。それらがまじりあった、海を思わせる色。背はかなり高く、均整のとれた体形をしていた。着ている長い黒のドレスの上からでも、それが明らかに見てとれた。

ゴシック風ファッションだろうか？　それをいうなら、この町の人間はだれもが自分を女呪術師《じゅじゅつし》か、ずっと昔に死んだ公爵夫人か、吸血鬼か、タロットカード占い師と考えたがっているようだ。

いや、たぶん違うだろう。彼女と一緒にいた男は地味な黒のスーツを着ていた。葬儀だ、と突然ブレントは思いあたった。

彼は首を振り、通りの真ん中で立ちどまった。右手の角でロックバンドがローリング・ストーンズの曲を大音響で演奏しており、もう一方の角からはジャズが聞こえてくる。通りをもっと先へ行ったどこかでギターが物悲しいブルースを奏でている。

ブレントは小さく悪態をついた。

ニューオーリンズ。

そうか、お帰りなさいってわけだ。

ああ、そうとも。ここへ帰ってきてよかった。

「きみは頭がどうかしちゃったんじゃないか、ニッキ」ジュリアンが言った。「まったく驚いたよ。酔っ払いの群れに飛びこんでいくんだものな。なにを期待していたんだ？　断っておくけど、だれにも殴りかかっちゃいけないなどとぼくに説教しないでほしいね。きみは性欲過剰な若い酔っ払いどものなかへ駆けこんでいったんだぜ。どういうつもりでそんなことをしたのか教えてくれ」

「彼を見たのよ！」ニッキはそう言って、掛け金を探りあてて外し、門扉を押し開けた。ジュリアンにとがめられて彼女は後ろめたさを覚えた。ジュリアンは親友だ。死ぬ気で彼女を守ろうとするだろう。あのとき見知らぬ男性に助けてもらわなかったら、喧嘩っ早い酔った若者たちを相手に、悲惨な結末を迎えていたかもしれない。しかし、ジュリアンには彼女がどう感じているのか全然理解できていない。「ジュリアン、ごめんなさい、だけど……わたし、彼を見たの」ニッキは繰り返した。

「ああ、ぼくも彼を見たよ、彼が何者なのか知らないけれどね。それに認めなくちゃならないが、あのとき彼が現れて助かったよ。ぼくはどうやらきみほど頭がよくないらしい。なぜって、きみを狼《おおかみ》の群れから助けようと後先考えずに危険のなかへ飛びこんでいったんだから」

ニッキは手を振ってジュリアンの言葉を否定した。「彼のことじゃないわ」そう言ったものの、ジュリアンの言っている〝彼〟もまた、最初に見た男性と同じくらい彼女の心を悩ませていた。「ううん……あの場面に登場して喧嘩をおさめてくれた男の人ではなくて、わたしが言っているのは、あの日、マダムのカフェにいた男性のことよ。アンディーが殺される前の日に」

「わかった、わかった、じゃあきみは彼を見たんだ」ジュリアンは言って、ニッキのあとから玄関ドアへ急いだ。「カフェにいたホームレスだったよね。きみはその男を見た。それはいいとして……だからどうだというんだ？　ニッキ、こんなことを言いたくはないけれど、この町には酔っ払いや麻薬中毒者がごまんといるんだよ。きみはマダムのカフェでホームレスを見かけ、そして今夜、またその男を見かけた。いいかい、ぼくは名前も知らない同じ人間を毎日のように見かけているよ。で、その男だが、ツアーのあいだもきみたちを一日じゅうつけまわしたとか、夜になって……アンディーのあとをつけていったとか、そういうことはなかったんだろう？」

玄関ドアの前へ来たニッキは急に腹立たしくなり、鍵《かぎ》がねじ曲がってしまいそうなほど力をこめて解錠した。そしてジュリアンを家のなかへ入れる前に、くるりと彼のほうを向いた。「あなたはわかっていないのよ、ジュリアン。アンディーは彼について言っていたわ」

「いつ？　マダムのカフェでかい？」ジュリアンがきいた。「アンディーはその男を知っていたのか？　彼女はなんて言ったんだ？」

ニッキは激しくかぶりを振った。「アンディーは彼を知らなかった、というか、少なくともわたしは知らなかったんじゃないかと思う。それにアンディーが彼について話したのは、カフェじゃなくて……夢のなかでだったの。ジュリアン、アンディーは彼が死んだとかどうとか言ったわ。わたし……なんだかそれがすごく重要なことだという気がするの」

ジュリアンは一瞬ニッキをまじまじと見つめたあとで、彼女の両肩をつかんで玄関へ押しこんだ。そしてドアを閉めて鍵をかけ、ニッキに厳しい視線を注いだ。「ニッキ、きみは夢を見たんだ。悪い夢を。不気味だって？　そうだろうとも。心というのは錯覚を起こすものだからね。しかしぼくが思うに、きみはアンディーが殺されたという事実にやましさを感じているだけだ。たいていの人間はそうした思いを抱く……死んだのが、なぜ彼女であって、自分ではなかったのか？　ニッキ、たしかにひどい事件だけれど、世間では起こしい出来事が毎日のように起こっているんだよ。ただ、悪い出来事はあまり身近では起こらないってだけで。だから、いいね、このような状況下では、きみの心が錯覚を起こすのはきわめて当然のことなんだ。普通、人は夢のこまかなところまでは記憶していない。きみだって見た夢を正確には覚えていないはずだ。自分の言っていることをよく考えてごらん。きみのさっきの話では、アンディーはその男が死んだと言ったんじゃなかったっけ。なのにきみときたら、通りでその男を見かけたなどと言う。いったいどっちなんだ、ニッキ。気持ちを落ち着けて、よく考えてみるがいい」

「ジュリアン、もしかしたら――」

「ぼくは医者を知っている、ニッキ。いい医者を」

彼女は口をあんぐり開けてジュリアンを見つめ返した。声が出なかった。ようやくなんとかしゃべれるようになって、彼女は言った。「医者など必要ないわ、ジュリアン。わたしに必要なのは信頼してくれる人よ」

「ニッキ、悪かった、ごめん。しかし……」ジュリアンは立ちどまってため息をつき、リビングルームへ歩いていって明かりのスイッチを入れると、ヴィクトリア朝様式のソファーに座った。「いいとも、わかった、きみは夢を見たと本気で信じている、そしてアンディーがその夢に出てきた……ちょうど彼女が死に瀕《ひん》していたときに」

「あるいは殺されようとしていたときに」

ジュリアンはため息をついた。「あるいは殺されようとしていたときに。アンディーはマダムのカフェで見た男について話した。そして今夜、きみはその男を見た。きみがすべきことは、当然、警察へ行くことだ。マッシー刑事にその男を、その不気味なホームレスだか麻薬中毒者だかを、再び通りで見たと話したら、きみは気持ちが楽になるんじゃないかな。きっとマッシーは彼を捜しだして尋問してくれるだろう」

ニッキは顔をしかめて腕組みをし、憤慨して立っていた。だが、ジュリアンの言うことにも一理ある。

「どうする?」彼がきいた。

「いいわ。マッシー刑事に会いに行く。わたし、その男性の特徴をかなり正確に述べられると思うの。たぶん警察は彼の人相書きをつくれるでしょう。それで彼を見つけて尋問できたら……ええ、きっとわたしは気持ちが楽になるわ」

ニッキはジュリアンが顔をしかめているのに気づいてはっとした。

「どうしたの?」彼女は尋ねた。

ジュリアンは困惑した様子で彼女を見つめた。「ニッキ……マダムのカフェにいた男が麻薬中毒者だったとしたら? それも金に困っている麻薬中毒者で、おまけに異常者だったら? そして……一日じゅうわれわれをつけまわしていたとしたら、どうする?」

「なにを言いたいの？」

「なにも」ジュリアンは即座に答えた。

「なにもって、どういう意味？」ニッキは問いただした。「よしてよ、ジュリアン、隠したってわかるんだから。なにを言おうとしたのか話しなさい」

「話したら、きみを不安にさせるだけだ」

「今だって不安だわ」

それでもジュリアンはためらっている。ニッキにはそのまま彼を見逃す気はなかった。

「ジュリアン、なんなの？」

彼はため息をついた。「わかった、話すよ。きみが見た男だけど……いいかい、ひょっとしたら彼は以前からアンディーを知っていたのかもしれないよ」

「いいえ、アンディーは彼を知らなかったわ」

「彼女は知っていたのに黙っていた、ということもある」

「いいえ、アンディーが彼を知っていたとは、わたしにはどうしても思えないの」

「しかし、彼のほうはアンディーを知っていたのかもしれない」

「つまり……彼女の昔の生活の、どこかの時点で知ったというわけ？」

「あるいは、ちらしで知ったとか」

「あなたが言っているのは、わたしたちが配っているツアーのちらしのこと？」

ジュリアンがうなずいた。「アンディーにはじめて会ったとき、きみはマックスに電話をかけて、彼女の写真を新しく作成するちらしに使うよう進言したじゃないか。覚えているだろう?」

「じゃあ、彼女が死んだのはわたしのせいかもしれないわね」ニッキは小声で言って、ソファーのジュリアンの隣へぐったりと座りこんだ。

「ばかなことを言うんじゃない」ジュリアンはきっぱりと否定した。「悪いのは彼女を殺したやつだ。いいかい、ぼくが言いたいのは……つまり、アンディーに惚《ほ》れていた異常者がいて、彼女をつけまわしていたんじゃないかってことだ。あるいは彼女の過去を知っていたのかもしれない。それだけでなく、やつはきみが疑惑を抱いて警察に捜査を要求したことに感づいた可能性もある。もしそうだとしたら……わかるね、きみだって危険かもしれないんだよ」

ニッキは肌が粟立《あわだ》つのを感じ、ジュリアンをにらみつけた。

「きみを不安にさせるから話したくないって言っただろ。それはともかく、きみはこれまで麻薬中毒に陥ったことはないけど、それでもやっぱり用心しなくちゃいけない」

彼女はうめき声をあげてソファーの背にもたれた。それからぱっと立ちあがって家じゅうを走りまわり、すべての窓に掛け金がかかっていることを確かめたり、ベッドルームからバルコニーへ出るガラス戸に鍵がかかっているかどうか点検したりした。

ジュリアンが彼女のあとについてまわって、念のためにひとつひとつ確認していく。

リビングルームへ戻ったふたりは見つめあった。

「やっぱり言わないでおけばよかったよ」ジュリアンが言った。

「いいえ……いいえ、用心するに越したことはないわ」ニッキは言った。

「ごめん、ニッキ」ジュリアンは言って、髪に指を走らせた。「アンディーに起こったことは、きっと……行きずりの犯行だったんだ。だって、ほら、考えてもごらん。これまで実際にあったことといえば、アンディーが死ぬ前日にきみがひとりの男を見て、そのあともう一度その男を見たということだけだ。そこに意味など全然ないよ。ぼくらが話しに行けば、たぶん警察は機嫌をとって調子を合わせてくれるだろう。しかし、それにもとづいて捜査を進められるような確固たる証拠はなにひとつないんだ。きみは町の人間全員を疑わなければならなくなるだろう」

ニッキはうなずいた。「そうね」だが、同意したわけではなかった。彼女はどうしても例の夢を払いのけることができなかった。「わかったわ。さてと、鍵は全部確かめたし、今夜のところは大丈夫でしょう。わたしはもう寝るわ」

彼女は身を乗りだしてジュリアンの頬にキスをし、階段のほうへ歩きだした。

「一階の明かりはつけたままにしておくほうがいいかな?」ジュリアンがきいた。

「ええ、そうしましょう」ニッキは答えた。

二階へあがると、ジュリアンは客用のベッドルームへ向かい、ニッキは自分のベッドルームへ向かった。

彼女はドアの前で立ちどまった。「ねえ、ジュリアン」

「ん?」

「泊まってくれてありがとう」

「どういたしまして」

部屋へ入ったニッキはすばやく寝支度を整えた。明かりを消してベッドに横たわり、上掛けをかぶったとたん、飛び起きて明かりをつける。彼女は自分に腹が立った。そしてジュリアンにさえも少し腹が立った。アンディーが死んだ最初の夜から、わたしはずっとこの家でひとりで寝起きしている。だけど、今までは少しも怖いと感じなかった。自分がつけまわされているかもしれないと考えたことがなかったからだ。

でも今は……。

ニッキはテレビをつけた。最初に映しだされたのは科学捜査に関する番組だった。彼女はチャンネルを変えた。次の番組は警察が捜査をやりなおそうとしている未解決事件に関するものだった。

ニュース番組にチャンネルを合わせたが、似たようなものだった。ビリー・バンクスなどという信じられない名前を持つ地元の政治家が出演して、ニューオーリンズの暴力犯罪撲滅運動に乗りだすことや、自分ならこの都市から犯罪を一掃できることを力強い調子で語っていた。彼は三十代前半と若く、政治家ならだれもがそうありたいと願うある種のカリスマ性を備えていた。ニューオーリンズのイメージアップを図り、家族が安心して旅行できる観光地にすると話している。この政治家に魅力があるのはたしかだわ、とニッキは思った。人々を不快にさせる独善的なところはなく、この町をよくしようとする決意が感じられる。選挙に勝つのは彼かもしれない。彼なら市政に新風を吹きこんでくれるのではないかしら。それに話術が巧みだ。ニッキは知らず知らずのうちに彼の話に引きこまれていった。けれども彼が話を進めて、自分が当選したら町の通りから麻薬を一掃するのに全力をあげてとり組むことや、そうすればアンドレア・シエロという若い女性のような悲劇的な死亡事故はなくなるだろうと断言するに及んで、ニッキは愕然《がくぜん》とした。

彼女はリモコンのボタンを押してチャンネルを変えた。

今度の番組は連続殺人鬼テッド・バンディーの伝記を放映していた。

ニッキは舌打ちをしてリモコンを操作し、ようやく昔の夜のホームコメディーを再放送している子供向けのチャンネルを見つけた。

『陽気な幽霊』が映しだされたので、彼女はうめき声をもらしたが、終了間際だった。次に放映されたのが『がんばれ！　ビーバー』これならよさそうだ。ニッキは明かりとテレビをつけたまま目を閉じた。

どのくらい時間がたったのかわからなかったけれど、彼女はうつらうつらしていた。そしてジューン・クリーヴァーがウォードになにか言っている場面で目を覚ました。小さな笑い声を聞いて室内にだれかがいることに気づいた彼女は、まばたきして目を開けた。悲鳴が喉もとまでせりあがってきたが、あまりの恐怖に声が口から出てこなかった。

またアンディーがいた。

今夜のアンディーは埋葬されたときと同じ、きちんとした黒いパンツスーツを着ていた。後ろへきれいにとかしつけられた髪はつやつやしている。ちょうど……棺《ひつぎ》のなかでそうだったように。

だが、顔は青白い。真っ青だ、灰色といってもいいくらい……土気色。

死の色。

夜、幽霊たちのゴールデンタイム。

好きであろうとなかろうと、ここが自分の町であることをブレントはよく知っていた。

ニューオーリンズのいちばんの問題は……。

幽霊だ。いまいましい幽霊ども。

ブレントはあちこちの土地へ行ったけれど、ニューオーリンズほど幽霊の存在を――死んでいながら死んでいない存在を、あるいは死んでいながらそれを受け入れられないでいる存在を――濃密に感じる場所はほかになかった。夜の墓地は一般の人々には想像もつかないほど活気に満ちていて、霊をこの世に引きとめている不満の原因も、南北戦争で死没した兵士の嘆きから、昔のストーリーヴィルで不当に扱われた売春婦の恨みまでさまざまだ。もっと最近の殺人被害者の霊たちは、自分を死へ追いやった悪党一味に復讐《ふくしゆう》する手段を求めてうろつきまわっている。セントルイス一番墓地の年老いた黒人は、彼を撲殺した冷酷な主人をいまだに捜し求めていた。何年か前、ブレントはその老人に、彼の主人もとっくの昔に死んでいると説得を試みたことがあった。それでも老人が復讐をあきらめなかったので、ブレントは、時代もこの世に生きている人々も移り変わっていくのだと幽霊を納得させられなかった自分の力不足を認めざるをえなかった。その老人の幽霊については、ヒューイという名前であることしか知らない。

ニューオーリンズにいるとあまりに多くのものを感じすぎる。それを、ブレントはほとんどの人々に説明しようとはしなかった。彼は決して自分の特殊な〝天職〟のことを自ら進んで話しはしない。怪事件を解決するためにアダムが彼を当事者たちに引きあわせるときは、本名を名乗りこそしないものの、ブレントは率直に自分の能力について話す。しかし、新聞や雑誌のインタビューに応じたことは一度もない。マスコミは例外なくセンセーショナルに書きたてるか嘲笑《ちようしよう》的な扱いをするかのどちらかだからだ。幽霊の出没や悪魔祓《ばら》いの儀式に関する情報は、救われた被害者がほっとするあまり多弁になったり、つかのまの名声を欲する人間がいたりで、どうしても外部へもれがちなので、彼はたいてい仕事の際には偽名を使った。アダム・ハリソンは昔からマスコミを嫌っていた。

けれどもこのニューオーリンズへ来るときは、彼はいつも本名を用いた。ブレント・ブラックホークの名を。いにしえの大首長の子孫でありながら、同時にアダムが言ったとおりさまざまな血を受け継いでいる。そしてどんな血がまじっていようと、本質的にはアイルランド人。そういうことはアメリカで、そしてこのニューオーリンズでしばしばありうる。

墓地のなかでさえも。

死んだ人間たちを大勢訪問するはめになるだろう。ブレントには予感があった。今夜はまずセントルイス一番墓地から始めよう。ヒューイに会って、なにか知っているかきいてみるのだ。

ニューオーリンズの墓地を人々が好いているのにはちゃんとした理由がある。彼らは市内にある墓地を〝死者の街〟と呼んでいるが、その呼び名のとおり、墓地は死んだ人々の都市であり、現在と過去のニューオーリンズの縮図なのだ。墓地を見れば、人はやがて自分も死ぬのだと思い知らされて深い悲しみを覚える。翼の折れた天使が夜どおし死者たちを見守っており、石の隙間《すきま》からは雑草がのびていた。墓のあいだの通路はでたらめな方向に走っていて、墓地全体を静寂が覆っている。月光を浴びた墓石や大理石の彫像が不滅と腐朽の両方を物語っていた。

ニューオーリンズの墓地は危険な場所と見なされていて、どの旅行案内書にも、訪れるのは昼間に限ることや断じてひとりで行ってはならないことが書いてある。強盗を働くのに絶好の場所であるため、これまで大勢の不注意な旅行者が金品を奪われるなどの被害に遭ってきた。

この墓地では過去にもっと悪いことも起こっている。大きな墓石や霊廟《れいびょう》は暗がりや陰を生み、悪事をたくらむ人間に格好の隠れ場所を提供する。夜、門の扉に鍵がかかっているのにはそれなりの理由があった。

ブレントは幽霊などまったく恐れていなかった。彼が大いに重視しているのは生きている人間と彼らのしでかす悪行なのだ。ブレントは武器のたぐいを嫌っていたけれど、一方でそれらを軽視してはいなかった。銃を持ち歩くのは好きではないが、所持許可証は持っている。とはいえ、市内を歩きまわるときは銃を携帯しないのが常だった。

しかし、場所によっては武器の携帯が単なる用心のためではなくて必須《ひっす》の場合がある。墓地へ出かけるとき、彼は必ず銃身の短いスミス&ウェッソン三八口径を携えていくことにしていた。

ブレントは墓地の塀のところでためらった。予想どおり、門がきしんだ音を発して開く。自分を誘っているのが邪悪な霊ではなくていたずら好きの霊だと悟った彼は、首をすくめてにやりとした。

彼はなかへ入った。

背後で門が再びきしんだ音をたてて閉じた。

一瞬、彼は目をつぶり、耳を聾《ろう》する奇怪な物音に気持ちを乱されまいとした。目を開けてみると、あたりは暗く、あらゆるものが不気味な闇《やみ》のなかに沈んでいる。そのとき、耳をかすめて石がひとつ飛んでいった。

「驚かさないでくれ、ヒューイ」ブレントは低い声で呼びかけた。

土気色の顔をした黒人の老人が姿を現した。古い作業ズボンに白いシャツを着て、スニーカーを履いている。

老人はブレントを見ていくぶんがっかりしたようだった。破壊行為を働きに来た悪童どもだったら、震えあがらせて塀の外へ追い返してやろうともくろんでいたのかもしれない。長年のうちにヒューイは霊的エネルギーを働かせる能力を磨いて、今では現実の世界に影響を及ぼせるまでになっていた。このセントルイス一番墓地には〝心霊体験〟にまつわる物語がたくさんある。語り手のとっぴな空想にすぎないものもあるが、なかには真実のかけらがまじっているものもある。ヒューイは女性に興味をそそられてその長い髪にさわったり、血気にはやって悪ふざけをしに墓地へ来た若者たちをからかったりするのが好きだった。昔の主人に対する積年の恨みは消えなかったものの、古い墓地に対しては大きな誇りを持っているようだ。

ヒューイが埋葬されたときは靴を履いていなかった。スニーカーを与えたのはブレントだ。彼は何年か前に、靴を履かせてやれば老人は天国へ旅立つ気になるのではないかと考えてプレゼントしたのだった。

ヒューイは天国へは行かなかった。

「なにか用があってまた来たのかね、混血のインディアンボーイ?」ヒューイがきいた。ヒューイは見たままを述べたのであって、彼の言葉づかいには差別に対する配慮はみじんもなかった。

「助けてほしいことがあるんだ」

ヒューイはかぶりを振った。「おまえさんが助けてほしいだと? ニューオーリンズはおまえさんがいるべき場所ではないぞ」

ヒューイの背後の闇が薄らいだように思われた。やがて彼らの姿がブレントの目に見えはじめた……ブレントを見ても無表情のまま動きまわっている幽霊たち。彼らの存在はぼやけていて、神秘的でやわらかな輝きを放つ靄《もや》を背景にした白い線にすぎない。山高帽をかぶった紳士とヴィクトリア朝風のビジネススーツを着た紳士が、ブレントを無視して議論に熱中している。華奢《きゃしゃ》な体つきの美人が低い台状の墓に腰かけて、ブレントを興味深げに見つめていた。変化のない死後の世界の退屈さがほんのいっときでも紛れたのを喜んでいるかのようだ。

「ヒューイ、あんたは年寄りのタフガイになりたがっているようだな」ブレントは言った。「しかし、生前のあんたは気のいい人間だったし、幽霊になった今でも非常に思いやり深いことを、ぼくは知っているよ。そのあんたに助けてもらいたいことがあって来たんだ」

ヒューイは肩をすくめて両手をあげ、頭を一方へかしげた。

「この墓地に埋葬されている者以外のことでは、おまえさんの助けになってはやれんよ」

彼はブレントに言った。「おまえさんがこの世のなにかを捜し求めているなら無理だ」

「ああ、わかっている。しかしときには、よその幽霊がうろつきまわることがあるだろう」

「おまえさんが捜しているのはだれだ？」

「男だ。年齢は三十代の半ばぐらい。死んだときは麻薬中毒者みたいななりをしていた」

「ニューオーリンズのどこかに埋葬されたのかね？」

「いや、その男の家族はケンタッキー州に住んでいて、遺体を埋葬するためにそちらへ運んでいった」

「だったら、なんでそいつがこのあたりをうろついているんだ？」

「この町で殺されたのさ」

「どのようにして？」

「ヘロインの過剰摂取で」

「するとおまえさんが捜しているのは麻薬中毒者か？」

ブレントは首を横に振った。「生きているときの彼はヘロインをやったことがなかった。彼はFBI捜査官で、ここへは身元を隠して秘密の捜査に来ていたんだ。アルジェ地区の出身者からなる悪党一味にもぐりこみ、フレンチクォーターのバーやクラブを内偵していた。彼の幽霊が歩きまわっているのが目撃されている。名前はトム・ガーフィールドだ」

「見たことはないね」ヒューイは探るようにブレントを見ながら言った。「その男はニューオーリンズへ来てから麻薬に手を出すようになったんじゃないかね？　わしはそういう人間を数多く見てきたよ」

「そうは考えられない」

ヒューイは肩をすくめた。「トム・ガーフィールドか。わかった、ちゃんと目を開けて、耳を澄まして気をつけているよ、インディアンボーイ」ヒューイはわずかに後ろを振り返った。「もう行かなくちゃならん」

「行くって、どこへ？」

「あれが聞こえるだろう？」

「なにが？」ブレントの聴覚はかなり鋭いほうだが、そのときの彼には夜風の音以外なにも聞こえなかった。

「さあ、ここを出ていったほうがいい」ヒューイが促した。「裏手の塀を乗り越えて入ってこようとしている者どもがいる。ここへ来るのは、たいてい強盗を働くためと決まっているんだ。ばかな白人のお坊ちゃんなんかがいたら、格好の餌食《えじき》にされちまう」彼はブレントをねめつけた。

「ヒューイ、またそんなことを言って」ブレントはため息まじりに言った。

「わかった、わかった。しかし、これだけ長い年月がたったのに、世の中はちっともよくなっておらん。違うなんぞと言わんでくれよ」ヒューイは腹立たしげに言った。「おまえさんがどういう人間かは問題ではない。金を持っているかどうかが問題なんだ。この町には金を奪おうとねらっているごろつきがわんさといる。さあ、とっとと出ていくがいい。帰って自分のすべきことをするんだな。わしにもやることがある」

「わかった。しかし、さっき言ったことを心にとめておいてくれないか？」ブレントは頼んだ。

「ああ、いいとも、心がけておくよ、ほかの者にも頼んでおこう」ヒューイが言った。ブレントが驚いたことに、ヒューイはしばらくその場を動かなかった。「おまえさんは悪い人間じゃあない」彼はブレントに言った。そしてスニーカーのなかで爪先をもぞもぞさせた。「できたらわしの主人がどうなったか調べちゃあくれんかね？」

ブレントは眉をつりあげた。

「名前を教えてくれ」

「アーチボルドだ。アーチボルド・マクマナス」

「できるだけやってみるよ」ブレントは約束した。

「ああ、頼む、そうしてくれ」ヒューイが相変わらずまじまじとブレントを見ながら言った。

そのときにはブレントにも墓地の反対側でしている音が聞こえるようになっていた。

老人の名を呼ぶ声が空気のそよぎのようにかすかに聞こえた。呼んだのは、墓石に腰かけていた華奢な若い女だった。

「ヒューイ?」

「なんだね、エミー?」ヒューイがきいた。

「今夜はわたしも手伝いましょうか?」若い女が熱意のこもった口調で尋ねた。

「そうだね、お願いしようかな、ここにいる血肉を備えた若者を追い返したら、さっそくとりかかるとしよう」

ヒューイに怒りのこもった目でにらみつけられ、ブレントはうつむいてにやりとした。

「ぼくは退散するよ、ヒューイ」

一分後には彼は通りへ戻っていた。

ヒューイの言うとおりだ。こんな時刻に墓地をうろつくのは賢明ではない。ブレントはフレンチクォーターへ引き返し、宿泊先のB&Bめざして歩いていった。

しかし、彼はゆっくりと足を運んだ。場所によっては生きている人間のほうが死者よりもはるかに危険だが、彼は自分が捜し求めている霊のほうで彼を見つけてくれるのではないかと期待していた。

けれどもブレントには死んだ捜査官を脳裏に思い描くことができなかった。代わりに眼前に浮かんできたのは、あの若い女性だった。ヒューイなら〝血肉を備えた女〟と呼ぶに違いない。彼女の目にはなにかがあった。そればかりか、ふたりの手がふれあったときの感触にもなにかがあった。それがいまだにブレントをまどわせつづけている。

彼女は際立って美しい容姿をしていた。だが、美しい人間はこの世にごまんといる。単なる美しさとは違うものが彼女にはあった。その目に宿っていた恐怖でさえも、乱暴な若者たちやブレントに対する恐怖ではなかった。

彼女が恐れているのはなにか別のものだった。

彼女に見えているなにかへの恐怖……。

ブレントはまっすぐ宿へ向かわずに、わざと少し遠まわりをした。地区によってひとけのない暗い場所もあれば、こうこうと照明がともっているにぎやかな場所もある。カジノ〈ハラース〉ではひと晩じゅうギャンブラーたちが賭事《かけごと》に精を出し、バーやクラブの多くが明け方まで店を開けている。

酔っ払って路上で寝ている数人の年寄りと若者たち。

ブレントが暗い一角を通りかかったとき、彼を襲おうか襲うまいか迷っているらしいひとりの男がいた。

なにかがその男を押しとどめたと見え、ブレントが見つめ返すと、男は視線をそらした。

ブレントは何事もなく宿へたどり着き、すぐに寝ることにした。明朝早く、警察署へ出向こうと考えていたからだ。

だが、ベッドで横になってもなかなか眠れなかった。

思いはたちまちあの若い女性へ戻っていく。やがてブレントは、彼女とまた会うことになるだろうという確信に近い予感を抱いた。

再びアンディーの低い笑い声がした。

わたし自身が死に近づいているのだわ、とニッキは思った。声がつまって……あまりの恐怖に身動きできなかった。明かりはついている。暗闇や月の光のいたずらではない。アンディーがそこにいるのだ。

ニッキは息をすることができなかった。

アンディーがそこにいる。彼女はベッドのそばに置いてあった鏡台の椅子に腰をおろし、テレビを見ながら古い冗談に小さな笑い声をあげている。

ニッキの頭のなかをさまざまな言葉が駆けめぐったけれど、幻影を追い払うことはできなかった。

アンディーは死んだのだ。死んで埋葬されたのだ。

それなのに彼女はここにいる。埋葬されたときと同じきれいな服に身を包んだアンドレア・シエロ。彼女は、口をあんぐり開けてあえぎながら彼女を見つめているニッキを振り返った。心の底までおびえきっているニッキを。

「わたしは昔のビーバーの再放送を見るのが好きだったわ」アンディーがささやいた。「ねえ……わたしよ。それと、ありがとう……この服を着せてくれて。わたしが自分で選んでもこれにしたわ。あなたがばかげたフリルのついた服を選ばなくてよかった。あんなの、絶対に着たくないもの」突然、彼女の口調が哀愁を帯びた。「すてきな葬儀だったわね。ニューオーリンズの葬儀はああでなくっちゃ。ありがとう、ニッキ。わたしには家族がいなかったけれど、あなたがいてくれたんですもの」

もう耐えられない。アンディーは実際にそこにいるかのように話している。生きていたらきっとそうしたように、くだけた調子で礼を述べている。

ついにニッキの喉から悲鳴がほとばしりでた。

どしんという音がしたのを彼女はぼんやりと意識した。ジュリアンがベッドから転がり落ちたのだろうか。

「ニッキ」アンディーもその音を聞いたと見え、ニッキをとがめるように言った。

ニッキは自分が再び息を切らしてアンディーを見つめていることに気づいた。

そのとき、ジュリアンが部屋へ駆けこんできた。

するとアンディーは最初からいなかったかのようにふっと消えた。

「いったいなんだってあんな悲鳴を……?」ジュリアンがきいた。彼はスエットパンツをはき、髪は乱れたまま、寝ぼけまなこをしばたたいて、左の肘をさすっていた。

「彼女が……アンディーがここにいたの!」ニッキはベッドから出た。「ジュリアン、あなたは彼女を見なかった?」

ジュリアンはため息をついて視線を落とした。「いいや、ニッキ、ぼくはだれも見なかった」彼は首を振って再びニッキを見た。この人は怒っているんだわ、と彼女は思った。

「ニッキ、ここにはだれもいない。ドアにはしっかり鍵がかかっているよ」

「彼女がここにいたわ」ニッキはささやいた。

「ふうん、そうか。で、彼女は行ってしまったんだね。なあ、ニッキ、きみは本当に医者に診てもらう必要があるよ」

ニッキはくいしばった歯のあいだから長いため息をもらした。「わかったわ、ジュリアン。でも、警察に話したあとにしましょう」

ジュリアンが部屋を出ていく。ニッキの腕には鳥肌が立っていた。彼女は再び怖くなってごくりと唾をのみこんだ。だが、しばらくするとジュリアンが戻ってきた。枕《まくら》と上掛けを抱えている。

「ジュリアン……」ニッキは哀れっぽい声でもごもごと抗議した。

「眠るといい」ジュリアンが言った。

「あなたがベッドに寝てちょうだい。わたしは床に寝るわ」

だが、早くもジュリアンは床へ横たわっていた。「さあ、心配しないで眠るといい」彼は繰り返した。

言うはやすく、行うは難し……。

しかし、朝が訪れる少し前ごろにニッキは眠りこんだ。

そして夢を見た。アンディーの夢でもなければ、彼女の死の前日とさっき目撃した、ホームレスのような男の夢でもなかった。

ニッキが見たのは、彼女とジュリアンを助けに来た男性の夢だった。彼は人通りの多い道路の反対側に立って、ニッキを見つめていた。

彼の唇は動いていない。ただニッキを見つめているだけだ。高い頬骨、黒い髪、いかつい線をした顎。緑色の目は彼女に据えられている。

ニッキには彼の思いが声となって聞こえた。

〝ぼくがきみを助けてあげる〟

彼の言葉がいっそうニッキをおびえさせた。

だれにもわたしを助けられないわ。すべてわたしの心のなかの出来事だもの。

この人はなんてハンサムなのだろう。人目を引くその魅力的な容貌《ようぼう》は、異なる人種がまじりあっていることをはっきり示している。

彼がほほえんだ……。

そして背中を向けた。

朝になって起きだしたニッキは、ジュリアンにつまずいて転びそうになった。

ジュリアンがうめき声をあげる。ニッキは身をかがめて彼の額にキスし、これまで飲んだことがないほどおいしいコーヒーをいれてあげると約束した。

彼女は夢のことを覚えていなかったし、目覚めたときに恐怖を感じてもいなかった。朝食を終えたら真っ先に警察へ行こう、と決意を固めていた。

わたしがこんなに思いわずらっているのは、わたしが事件の全容を知らないからなのだ、と彼女は確信した。

7

「テレビはなんの役にも立ちやしない」オーウェン・マッシーが愚痴をこぼして、ブレントの前にコーヒーのカップを置いた。

これまでのやりとりからマッシー刑事が霊能者をあまり重視していないことは明らかだったので、ブレントは慎重に言葉を選んで話を進めてきた。アダムが上層部と話をつけてあったため、警察署へ出向いたブレントをマッシーたちは丁重に迎え入れてくれた。ここで下手なことを言って自分の立場を危うくするのは得策ではない。

マッシーはブレントを霊能者に違いないと疑っていたかもしれないが、ブレントが具体的な証拠についてあれこれ質問し、現実の捜査において役立つのは年季の入った警官の直感だと述べると、大いに彼を気に入ったようだ。

机の後ろの椅子に座ったマッシーが首を振った。「つまり、テレビでやっている科学捜査の番組のことさ。ひと晩のうちに捜査班がなにもかも調べあげて殺人犯逮捕にまでこぎつける。誤解しないでくれ、なにも科学捜査に難癖をつけているんじゃないよ。たしかに髪の毛や衣服の繊維を手がかりに犯行を解明できたことは数多くあるし、DNA鑑定は指紋照合と並んで事件解決の有効な手段になっている。しかしほとんどの場合、仮に運よく髪の毛や繊維を発見できたとしても、それをひとつひとつ照らしあわせてだれのものかを突きとめるのは、干し草の山から針を探すようなものだ。いいかい、家庭内犯罪の場合は……たいてい被害者から犯人へたどり着くことができる。麻薬の場合は？　麻薬密売組織のなかに犯人を探せばいい。だが、行きずりの犯罪となるとどうか。高校時代には男を寄せつけなかった娘が、何年もたってからまずい時刻にまずい場所へ足を踏み入れて犯行に遭った事件については？　さらに連続殺人犯や、会ったこともない人間を殺す殺人者たち。こうなってくると事件を解決するのはきわめて難しい」

ブレントは同情してうなずいたものの、さも不満そうなマッシーの長広舌は、目下問題になっている事件と、どんな関係があるのだろうと首をかしげた。「トム・ガーフィールドはなんらかの捜査に携わっていた。彼が自分でヘロインを打ったのでないことは、われわれも知っている」

なにかに気をとられて眉根を寄せていたマッシーの注意が、突然ブレントに向けられ、その大きな赤ら顔がいっそう赤みを増した。「失礼……同じように困難な別の事件をもうひとつ抱えているものだから。トム・ガーフィールドと同じ死に方をした若い美人がいるんだ。違いはその女が元麻薬中毒者だったことで、調べていけばいずれ、彼女が昔の悪い習慣に舞い戻っただけだとわかるだろう。もっとも彼女の友人たちは、彼女は殺されたのだと主張しているが」

ブレントは眉をつりあげた。「死因はヘロイン？」

「ああ」

「彼女は麻薬ときっぱり手を切った。そう友人たちは主張しているのか？」

「そうだ。しかし知ってのとおり、友人というのは見たいことしか見やしない」

ブレントは身を乗りだした。「しかしそれを除けば、ふたつの死は似ているのだな？」

「今も言ったように、その若い女には麻薬の前科があった。それが原因でチュレーン大学を退学させられそうになったくらいだ」

ここは慎重に進めなければ、とブレントはあらためて思った。マッシーの機嫌を損ねれば、警察との接点を失ってしまう。とはいえ、死に方がそれほど似通っているのなら、ふたつの事件の関連を調査すべきであることは明らかではないだろうか。

もちろん、死んだ若い女はＦＢＩの捜査官ではないのだが。

「彼女が死んだ場所は？」

「自分のアパートメントのなかだ」

「不審人物やいつもと違う出来事を目撃した人間は？」

「だれもいない」

「彼女のアパートメントを調べた犯罪現場捜査部の警官たちはなにも発見できなかったのか?」

「あのな、ここの警察はそれほど無能ぞろいじゃないぜ」

「きみたちを無能だなんて言ってはいない。ただ、さっきの話からして……彼女が元麻薬中毒者だったとすれば、他殺事件と同じくらい厳密な捜査が行われているのか疑問に思っただけだ」

「われわれはアパートメントをくまなく捜索したよ。しかし、本人や友人たちのものでない髪の毛や衣服の繊維はまったく見つからなかった」マッシーが冷たい口調で言った。「爪のあいだをこそげてもなにも挟まっていなかったし、検死官が遺体を徹底的に調べたが、それでもなにひとつ不審な点を発見できなかった」

「すまない」ブレントは引きさがった。

マッシーは肩をすくめた。「いや、こちらこそ、むしゃくしゃしていたものだから、ついきみにあたり散らしてしまったようだ」彼は言った。そして突然、机越しにブレントのほうへ身を乗りだし、騒々しいオフィスのなかにもかかわらず、他人に聞かれるのを恐れるかのように声を低めて続けた。「実をいうと、死んだ女の友人たちが今この署へ来ていて、犯罪者たちの顔写真を見ている。彼らは彼女が死んだ晩、一緒に酒を飲んでいた。で、彼らに、そのとき近くにあやしい人物がいなかったかどうか尋ねてみたんだ。もちろんニユーオーリンズの人間の半分はあやしく見える。それはともかく、警官をやっていて気味が悪くなるのはどういうときか知っているかい？　あとに残された者たちがなにかに憑《つ》かれたような目をしているのを見たときさ」

マッシーの視線はブレントを越え、狭い会議室に注がれた。

振り返る前からブレントにはわかっていた。昨夜の男女がそこにいるのを見ることになるだろうと。

男は背が高く、黒褐色の髪にハンサムな顔をしていて、彼女を守るようにかたわらに立っていた。

彼女は座っていた。昨夜も彼は彼女を守ろうと奮闘していた。

目を見ることはできなかったが、ブレントはその色を思いだすことができた。青ではない。緑でもない。カリブ海の水のような淡い青緑色だ。長い髪は蜂蜜《はちみつ》色に近い金色をしている。それに顔形の見事なこと。端整な骨格。まっすぐに通った完璧《かんぺき》な鼻は小さすぎず、頬骨の広さにぴったりの大きさだ。

すばらしい形をした口。ぽってりした官能的な唇と、すっきりとした顎の線。どれも今のブレントには見えなかったが、記憶にしっかりと刻みこまれていた。

彼女は分厚い資料がのっているテーブルに向かって座っている。すぐそばに控えた刑事がゆっくりとページをめくっていた。

彼女が首を振り、かたわらの刑事を見あげたときに顔が見えた。

なにかに憑かれたような目、とマッシーは言った。

うまい表現をしたものだ。友達が死んだあとなのに、彼女の目つきにあるのは単なる恐怖や怒りや失望ではない。必死の思いとでもいおうか。なんとしても見つけだそうという決意。あやふやにしておくのがいやなのだ。どうやら彼女は確固たる信念とありあまる勇気の持ち主らしい。

ブレントは目の前の机を見おろした。そこにはマッシーにもらった、トム・ガーフィールドの鮮明な写真が置かれていた。死亡後の、変装をしたまま撮られた写真だ。ガーフィールドは優秀な捜査官だった。フロリダ州南部やテキサス州、カリフォルニア州などの麻薬密売組織に潜入しては、逮捕すべき人間を警察に通報したあと、自分の正体をばらさずにその場をあとにした。屈強な体つきをした三十代半ばのハンサムな男で、変装のために無精ひげがのびた汚らしい顔をしていても、精神の強靭《きょうじん》さがにじみでていた。巨大な麻薬密売組織に潜入するのには、そうした強さが必要だったに違いない。彼は困難な状況をひとりで切り抜ける能力を備えていたのだ。

ブレントは机の上の写真から目をあげて会議室を見やった。

「彼女は友達が死んだ夜に見かけた人物を捜しているのかい？」

「〝直感〟が働いたんだそうだ」マッシーがうんざりした口ぶりで言った。「友達とカフェにいたときに、ある男を見かけ、ゆうべ、自宅前の通りでまたその男を見たと言っている。

同じ観光客を何度も見かけることはいくらだってあるんじゃないかと彼女に言ってみたが、納得しようとしない。同じホームレスを繰り返し見かけたって不思議でもなんでもない。その男を何度見かけたところで、そいつが殺人を犯したことにはならないと、彼女に言ってやったんだがね。しかし残念ながら、われわれにはほかに手がかりがないときた。それで彼女に顔写真を見てもらっているのさ」

「ホームレスを見つけようというのか？」ブレントが鋭い口調で尋ねた。

マッシーが顔をしかめてブレントを見た。気分を害したのではなく、ただ興味を覚えたのだ。「ああ、彼女が目撃した、カフェで物乞《ものご》いをしていたホームレスをね」

「かまわないかな？」ブレントはガーフィールドの写真を指さしてマッシーに尋ねた。

「死んだ男の写真を彼女に見せようというのかい？」マッシーが問い返した。

「いいじゃないか。どうせほかに手がかりはないんだろう？」

「死んだ男を彼女がゆうべ通りで見かけたなんて、いくらなんでもありえないよ」マッシーが言った。

ブレントは肩をすくめて皮肉っぽい笑みを浮かべた。「あの分厚い本が何冊あるんだ？あんなものをいちいち見せていたら、いつまでたっても終わりはしないよ」

「それにしても死んだ男の写真とは」

「とにかくやらせてくれ」

「うーむ……わかった、やってみるがいい。せいぜい頑張ってくれよ」

ニッキは疲れていた。目の前を顔が次々と過ぎていく。

ニューオーリンズの警察署は不審人物の顔写真の宝庫だ。コンピューターに入っている顔写真も全部見てほしいと頼まれなかったことに感謝しなければ。そんな事態になっていたら、今ごろはもっと激しい頭痛に苦しめられていただろう。

警察は彼女のために対象をしぼり、二十代後半から四十代前半の白人男性の写真だけを見せて、そのなかから選ばせることにした。

犯人かもしれない男たちの写真ばかりを見るのは……恐ろしい！

「どれも違うのか？」ジュリアンが緊張気味の声で尋ねた。

ニッキはかぶりを振った。ジュリアンはしびれを切らしはじめている。彼は知り合いの精神科医に無理を言ってニッキのために予約を入れてもらったのだ。早くそこへ行こうと気がせいているのは明らかだった。

「ごめんなさい」ニッキは小声で言った。

「少し似ている人物さえいないのかな？」そう尋ねたのは、オーウェン・マッシーの若い相棒のマーク・ジューレットだった。「ほら、人間は変わるからね。ひげを剃《そ》ったり髪を染めたりしただけで別人に見えることがある」彼はなんとか自分も役に立とうとして指摘した。マッシーが大柄でがっしりした体格と赤ら顔をしているのに対し、ジューレットは背が高くてほっそりしており、浅黒い顔をしている。彼は白人でも黒人でもないが、人目を引く美しい肌の色をしていた。ジューレットは目立ちすぎて人ごみに溶けこむことはできないだろうが、人を扱う能力に秀でているところから判断するに、刑事として非常に優秀だろうとニッキは確信した。彼の声にはやさしい音楽的な響きがあった。ささくれだった心を慰め、落ち着かせる声だ。物腰もまた穏やかだった。彼の取り調べを受けたら、容疑者は自分でも気づかないうちにすらすらと自白してしまうのではないかしら、と彼女は思った。

ニッキは椅子の背にもたれてこめかみをこすり、再びかぶりを振った。「ごめんなさい。なんとかその男性を見つけたいと思っているんですけど。わたしだって印象だけで逮捕できないことは知っています。でも、彼がなんらかの形でアンディーの死にかかわっていると思えてならないんです。だけど、どうしても彼を見つけられない。わたしのせいであなた方は時間を無駄にしているんですよね、すみません」彼女は謝った。

ジュリアンが不満そうな声を出したが、ニッキは無視した。

ジューレットはほほえんだ。「まあ、こういう仕事はえてして退屈きわまりないものだからね。きみのせいで時間を無駄にしているなんてことは全然ないよ。ほんの小さなきっかけが事件解決に結びつくことがしばしばある。このなかに見つからなかったら、次はコンピューターに入っているのを……」彼は言いかけて振り返った。

ニッキとジュリアンもつられてドアのほうを振り返った。

彼女は思わず声がもれるのを抑えきれなかった。

戸口に立っていたのは、昨夜、乱闘からふたりを救ってくれた男性その人だった。ジューレットと同じように、彼もまた人ごみには絶対に溶けこめそうにない容姿の持ち主だ。

身長は百九十センチ近くあり、屈強ではあるけれどしなやかで、いかにも敏捷《びんしょう》そうな体つきをしている。まっすぐな黒髪が彼の体にどんな血が流れているのかを物語っている。ニッキはいつだったかだれかに、真っ黒な髪などありえない、黒く見えても本当は濃い焦げ茶色なのだと聞いたことがあるのをぼんやり思いだした。

うっかりだまされるところだった。今、目の前にいる男性の髪はとても黒い。しかもただの黒ではなくて、漆黒という呼び方がぴったりだ。

それに彼の目ときたら！　深みのある鮮やかな緑色の目。ブロンズ色の肌に映えている。

ニッキは驚きに打たれてその目を見つめた。ふたりの視線が絡みあったとき、彼女は体の奥に奇妙な震えが走るのを感じた。昨夜、ふたりの手がふれあったときに駆け抜けたのと同じ震えを。

「あなたか」ジュリアンがささやいた。

「きみたちは知り合いなのか?」名前のわからない男性の後ろに立っていたマッシーが驚いて尋ねた。

「昨夜、通りでちょっとした喧嘩《けんか》があってね、そのときに会ったんだ」男性がほほえんだ。

「だから、そう、正式に会ったとはいえない」

本当にこの人はなんてすてきな顔をしているのかしら、とニッキは思った。個性豊かな顔だ。男らしく角張った顎。幅広の高い頬骨。すごく形のいい骨格、この世のものとは思えないほど……。

こんなときに使う形容ではないわ。

「ゆうべは助けてくれてありがとう」ジュリアンが言いながら、握手をしようと大股でテーブルをまわっていった。

「それでは正式に紹介をしよう」マッシーが言った。「ニッキ・デュモンド、ジュリアン・ララック、こちらはブレント・ブラックホークだ。ブレント、こちらはニッキ、それとジュリアン……」

「どうぞよろしく」ブレントが愛想よくほほえんだ。

「あなたは警察の方?」ニッキは尋ねた。

ブレントの笑みがいっそうほがらかになった。「紛争調停者とでも言っておこうかな」

彼はぼかした言い方をした。

「ここへはゲストとして来ているんだ」マッシーが言った。

マーク・ジューレットが立ちあがってのびをした。「ちょうどいい、ひと息入れるとしよう。ニッキ、飲み物を持ってこようか？　ジュリアンは？　みなさんは……？　どうせほかの資料をとってこなければならないんだ。遠慮しなくていいよ」

「ぼくはけっこうだ、ありがとう」ブレント・ブラックホークが言った。「すまない、邪魔をするつもりはなかった。ここへ入ってきたのは、なんというか……そう、興味をそそられたもので。きみが見たのは、ひょっとしたらこの男ではないかと思ったんだ」

彼はテーブルに歩み寄って写真を置いた。

ニッキは写真を見て息をのみ、ブレント・ブラックホークを見あげた。不思議なことに彼の目にはわかっているという表情が浮かんでいた。ニッキはほかの人たちを見まわした。

「この人よ！」ニッキは叫んだ。そして勝ち誇った目で再び全員を見まわした。「この人よ」彼女は繰り返した。

「よかった。これで何者なのか判明しましたね」ジュリアンがうれしそうに言った。

だが、ほかの者たちはひとことも発しなかった。彼らは奇妙な目つきでニッキを見つめていた。マッシーとジューレットは驚きのあまり口もきけないようだ。ブレント・ブラックホークはニッキの心の奥になにかを見ているのだろうか、物思いに沈んだまなざしで彼女を凝視している。

「どうしたんです？　この人はだれ？」ニッキはますます頭痛が激しさを増すのを感じながら尋ねた。

「きっときみは思い違いをしているのだろう」ジューレットが穏やかに言った。

「いいえ、そんなことはありません」ニッキはきっぱりと言った。

「ニッキ、きみにはこのところいろいろあったから」マッシーが言った。

「わたしが見たのはこの人です」ニッキは憤慨して言った。「間違いありません。で、なにが問題なんです？」

「彼を見たなんてありえないよ」マッシーが言った。「ゆうべ彼を見たはずがない」

「どうしてです？」

「彼は死んでいたからね」ジューレットが思いやりに満ちた声で説明した。

部屋がぐるぐる回転した。突然、ニッキは気を失うのではないかと不安になった。恐怖が大きなうねりとなって襲ってきた。

ニッキは懸命にその感覚と闘った。

彼女は歯をくいしばって立ちあがった。

「だとしたら、彼にうりふたつの人なり双子の兄弟なりがいるんだわ。さもなければ、あなた方はだまされているんです。わたしはゆうべ、この人を見ました。本当に見たんです。目はいいんですよ。両目とも視力は正常です」だれひとりそれについてなにも言わないので、彼女は続けた。「失礼させていただくわ、あなた方にわたしを信じる気がないのは明らかですもの」

ニッキは部屋を出ていこうとした。ブレント・ブラックホークはほかの人たちと同じように彼女をじっと見つめている。しかも彼はニッキの行く手をふさいでいた。

ふいになにもかも彼が悪いのだという気がした。なんといっても写真を持ってきたのは彼なのだ。

「失礼」ニッキは言って、ブレントの前を通ろうとした。

「ミス・デュモンド」彼が言った。「きみとぜひ話を――」

「今はだめだ」ジュリアンが彼女の後ろから遮った。ジューレットもマッシーも口をつぐんだままだった。

ニッキは一瞬、ブレントが力ずくで引きとめようとするのではないかと不安になった。彼女の両肩をつかんで、なにがなんでも話をするのだと言い張るのではないかしら、と。

だが、ブレントは後ろへさがった。突然、ニッキは彼の視線だけを意識した。そのとたん、彼女の頭に奇怪きわまりない考えが浮かんだ。

この人はわたしを力ずくでとめる必要がないんだわ。この人にはわかっている、わかっているのよ、いずれわたしを見つけて、わたしと話をすることになるのが。

「ここから出なくては」ニッキは言って、ブレントを押しのけるようにして進んだ。

なんとか自制心を保ちながら、彼女は署内の人たちをかきわけて出口へ向かい、にぎやかな通りへ出た。観光客や物売りが大勢行きかい、いつもの音楽が鳴っている。すぐ後ろをジュリアンがついてきて、歩道で立ちどまったニッキの横に並んだ。

気持ちを静めなければ。ニッキは深呼吸をひとつし、できるだけさりげない口調で言った。「昼食をとらなくちゃね」

「その前にドクター・ブーレのところへ行かなくてはだめだ」ジュリアンはニッキの肘をがっちりつかみ、歩道を引っ張っていった。ヴードゥーショップの前を通り、骨董《こっとう》店と玩《がん》具《ぐ》店を過ぎて……ストリップ劇場の前を通り過ぎた。

なにしろここはニューオーリンズなのだ。

「あの人たちは間違っているわ」ニッキは言った。「あの男の人はきっと生きているのよ。そうでなければ彼にそっくりの人がいるんだわ」

「ああ、そしてアンディーも生きているんだろう？」ジュリアンがそっと尋ねた。

ニッキは黙りこみ、ドクター・ブーレの診療所へ着くまでひとことも口をきかなかった。診療所は土産物店の二階にあって、隣にはさっきのとは別のストリップ劇場があった。当然だわ、ここはニューオーリンズですもの。

「ニッキ・デュモンドとは、いったいどういう人間なんだ？」ブレントがふたりの刑事に尋ねた。

マッシーがふふんと鼻を鳴らした。「変人さ。そうとしか考えられんよ」彼は首を振って言った。

ジューレットが苦笑して肩をすくめた。「それにしてもすごく魅力的な変人だ。しかし、彼女は真剣なんじゃないかな。本当にこの男を見たと信じているのだろう。あの……」彼は年上の相棒に言った。「ぼくはあなたほど彼女と一緒にいた時間が長くないから偉そうなことは言えないけど、彼女はとても聡明《そうめい》な女性にしか見えませんでしたよ」

オーウェン・マッシーがため息をもらした。「ああ、そうだろうとも。だが、彼女は神経過敏になっている」

「彼女は友達の死因が他殺だと信じこんでいるけど、きみはなにを知りたいのかな?」ジューレットがブレントにきいた。

おそらく彼女は正しい。それがブレントの感想だった。

「彼女の職業は?」ブレントは尋ねた。

「彼女は現地ツアー会社に勤務していて、留守がちのオーナーに代わって業務のいっさいをとりしきっている。経営は順調らしい。彼らが催しているのは幽霊屋敷や気味の悪い墓地を中心とする歴史ツアーだ。それと、彼女はこの土地の人間《ネイティブ》だ」マッシーが言った。

「つまり、ニューオーリンズの生まれってことだが」彼は慌てて言い添えた。そして急に顔をしかめた。「それはともかく、きみはなぜ彼女にトムの写真を見せたんだ？」

「単なる直感さ」

「トムは死んでいる。ゆうべ彼女がトムを見たはずはないんだ」マッシーが言った。「彼女が幽霊を見たなどと、まさかきみは本気で信じちゃいないだろうな？」

「彼女はなにかを見た」ブレントは冷静に言った。

「ひょっとしてきみは霊能者なのか？」マッシーが言った。

「いや。ぼくは霊能者ではないよ」

「それでは……？」ジューレットがきいた。

「調査員だ」

「ほう？」ジューレットがたたみかけた。「どういうたぐいの？」

ブレントはほほえんで首を振った。「とりあえず〝ほかとは違う〟とだけ言っておこう。それでいいかな？　始める前からきみたちの反発を招きたくないんで。見たところ、きみたちはどちらも非常に優秀な刑事だ。ここの科学捜査班もきっと優秀な人たちがそろっているに違いない。ぼくは別の角度から調べるために来たんだ」

「ただでさえニューオーリンズはヴードゥーが盛んな土地だというのに」ジューレットがブレントに挑むようにゆっくりと言った。

「ぼくはヴードゥー使いではないよ」ブレントは落ち着き払って応じた。

ふたりの刑事はまじまじと彼を見つめていたが、やがてマッシーが言った。「きみが何者でどんな仕事に携わっているのか知らないが、どうやらきみのボスは警察の上層部にコネがあるらしい。この件にはＦＢＩも絡んでいてね。大勢の捜査官を送りこんできたが、部署間の連絡はもっぱらひとりの男が担当している。ハガティーという名の男だ。そのハガティーによれば、きみは断じてＦＢＩの人間ではないそうだな。実際のところ、ハガティーはきみがここに出入りしているのにえらく憤慨していたぞ」

「ほう？」ブレントは言った。この事件にＦＢＩが捜査官を大勢送りこんできたと聞いても驚きはしなかった。なにしろＦＢＩの人間がひとり死んだのだ。

「ああ、ヴィンス・ハガティーは霊能者みたいなわけのわからないものを毛嫌いしているんだ」マッシーが応じた。

ブレントは、〝霊能者みたいな〟という部分を無視して尋ねた。「きみたちは別々に捜査を進めているのかい？」

「そうともいえない」ジューレットが答えた。「ハガティーはわれわれが入手した情報をなんでも利用できる。しかし、彼は根っからの一匹狼《おおかみ》だ。ひとりで仕事をしたがって、自分が得た情報をこちらへ渡したがらない。とはいえ、結局は知りえた情報を全部われわれに渡すことになるだろう。われわれが彼を見つけられればの話だが。彼の振る舞いを見たら、きみはオーウェンやぼくを湿地帯で生まれ育った、ろくに学校も出ていない無教養な人間と思うんじゃないかな。あるいは」彼は苦々しげに言い添えた。「あの男に話しかけるときは、いまだにぼくが〝ご主人様〟と言うんじゃないかって」

「そんなわけで、現状はこうだ」マッシーが言った。「マークとわたしはふたつの事件について捜査を進めている……そしてどちらの件においても、今のところ解決につながりそうなわずかな手がかりさえない。少なくともガーフィールドの件においては、われわれはクラブを片っ端から強制捜査することができるし、垂れこみ屋に協力させることもできる。アンドレア・シエロの件に関しては、うむ、わたしはニッキ・デュモンドがたしかな手がかりを提供してくれるんじゃないかと期待していたんだ。ところが彼女は幽霊をわれわれに引きあわせただけだった」

ブレントはしばらく黙りこんでいたあと、肩をすくめてため息をついた。「ぼくはミス・デュモンドのツアーに参加してみようと思う」

「それが殺人犯を見つけるきみのやり方だと？」ジューレットが疑わしげにきいた。

「ぼくの考えでは、きみたちが扱っているふたつの殺人事件は互いに関連がある」ブレントは断言した。

「アンドレア・シエロの死に関しては、まだ他殺であることすらわかっていないんだ。なぜきみはふたつの死に関連があると思うのかね？」マッシーが問いただす。「一方は潜入捜査に携わっていたＦＢＩ捜査官、もう一方は元麻薬中毒者。このふたりを殺害するための共通の動機とは、いったいなんだろう?」

「わからない。しかし、きみたちが捜査しているふたつの事件は、どちらもヘロインの過剰摂取によるものだ」

「ほら、彼は霊能者だから」ジューレットがマッシーに耳打ちした。

「いいか、きみたち――」ブレントは言いかけた。

だが、ジューレットが笑いだした。「怒らないで。それより、お望みどおりツアーに参加してみたらいい」

「そうとも、きみは自分のすべきことをすればいい」マッシーが言った。

ブレントは眉をつりあげた。

「正直なところ、ぼくらはきみが気に入っているんだ」ジューレットが説明した。「なぜって、きみはお高くとまったFBIの人間とは違う」

「FBIのことはさておき、きみは幽霊退治屋《ゴーストバスター》だろうがヴードゥーの女司祭だろうが手相見だろうが、好きなやつらの手を借りてかまわんよ。捜査に必要だと思う人間をだれでも仲間にするがいい」マッシーが言った。

「わかった。それじゃ、ぼくは失礼させてもらう。さっそく仕事にかかりたいんで。それと誓ってもいい、ぼくが得た情報はすべてきみたちに教えるよ」ブレントは約束した。

今ごろあのふたりはぼくをさかなにして笑い転げているだろう、とブレントは思いながら警察署をあとにした。

しかし、それがどうだというのか。彼らはこのぼくを気に入った。

それだけでも儲《もう》けものではないか。


ドクター・ブーレは立派な身なりをした四十歳前後の感じのいい男性で、気楽に話せそうな医者だった。

彼の診療所にはソファーがあったが、安楽椅子も一脚あった。

「ソファーに横たわったほうがいいですか？」ニッキは尋ねた。

「そうしたいのなら。椅子のほうがよければ、そちらでもかまいませんよ」

ニッキは安楽椅子を選んだ。

「で、なにが問題なのかな？」彼がきいた。

「わたし、死んだ人たちが見えるんです」

「よかったら詳しく話してみませんか」

ニッキは、こんなことはばかげているけれど、と言わんばかりに手を振った。「幽霊です」

「あなたには昔から幽霊が見えたのですか？」医者はまばたきもせずにきいた。

ニッキはほほえんでうつむいた。「見えるようになったのは友達が死んでから。というより、たぶん彼女が死ぬ間際からです」

「はじめから詳しく話してみてはどうでしょう」

そこでニッキは最初から説明した。ドクター・ブーレは真剣な表情で彼女の話に熱心に耳を傾け、メモをとった。

ニッキがカフェで見た男の話から始めて、今日の午前中に警察署で見せられた写真にショックを受けたことまで一部始終を語りおえると、医者は書くのをやめて待った。

「それで全部です」ニッキは言った。

「あなたは幽霊の存在を本気で信じているのかな?」彼が尋ねた。

「間違いなくわたしは……わたしは幽霊を見ているんです」

彼の笑みが大きくなった。「しかし、今度の件があるまで、あなたは幽霊を見たことがなかったのですね?」

「それは……はい」

「あなたは幽霊ツアーのお仕事をしているのに?」

「わたしには以前からあったんです……その、感覚といったらいいかしら」

「感覚?」

ニッキはぼんやりと手を振った。「どう説明したらいいかわかりませんけれど。そう……ある場所へ行ったときなど、過去の出来事が感じられて……靄《もや》のようなものが見えることさえあるんです」

「ははーん」ドクター・ブーレは書きはじめた。

「やめてください、〝ははーん〟だなんて！」ニッキは抗議した。「わたし、以前は幽霊など見たことはありませんでした。ましてや幽霊に話しかけられたことなど一度もありませんし」

「あなたにとって大切な人が悲しい死に方をしたのでしたね」彼はやさしい口調で指摘した。

「ええ」

「心というものはどんなコンピューターよりもはるかに複雑な働きをします。あなたは夢を勝手に現実と思いこんだのかもしれませんね。それはお友達の身になにがあったのかを聞いたときに心へ植えつけられたのかもしれないし、警察官があなたを訪ねてきた時点で早くも植えつけられたのかもしれません。たとえば既視感《デジャヴュ》というのがあります。ある場所を訪れたときなど、そこへは一度も来たことがないとわかっているのに、なぜかその場所を知っている気がする。すると……そこへは前世で来たことがあるのだろうか？　それとも脳が存在しない記憶をわれわれに与えたのだろうか？」

「わたしにきいているのですか？」ニッキは尋ねた。

「あなたにいくつかの可能性を提示しているのです。親しい人間が殺されたとき、人はしばしば後ろめたさを覚える。生存者の罪悪感と呼ばれるものです。彼女は死んだのにわたしは生きている、というわけです」

「でも、わたしはそういう後ろめたさは覚えていません。自分も死ぬべきだったなんて思わないいわ。わたしはアンディーの死に衝撃を受け、怒っているのです。だれにせよ彼女にあんなことをするなんてと腹立たしくてならないのです」

そのとき、ドクター・ブーレが腕時計に目をやった。

医者がもらしたため息から、ニッキは彼が考えていることを悟った。次に聞かされるであろう言葉も。

「残念ながら時間です。わたしが言ったことについて、よく考えてみたほうがいいでしょう。それから来週の診察ですが、わたしの秘書に予約を入れておいてください。眠れないようでしたら、なにかお出ししましょうか？」

「薬を？」

「ええ」

「必要ありません」

「本当ですね？」

「本当にけっこうですね？」

「それでは来週また。そのときにもっと深く掘りさげて検討しましょう」彼は快活な口調で請けあった。

「じゃあ……わたしは少しも……頭が変になったのではないのですね？」ニッキはうれしそうに尋ねた。

「さっきも言ったように、心は非常に複雑なものです。あなたは恐ろしい体験をして心に深い傷を負った。あなたは答えを求めている。なぜそんなに恐ろしいことが起こったのか、その説明を求めているのです。幽霊を見る理由はいくらでもあるでしょう」

「幽霊は実在するかもしれませんよ」ニッキはほのめかした。

「われわれの心のなかに、もちろん幽霊は存在します。だれかを愛し、そしてその人に死なれたとき、ある意味で、愛する人は死んだあともずっとわれわれのもとにとどまるのです」

「わたしはあの男性にそれまで会ったこともないんです。そんな人を愛しているわけがありません」

「ええ……しかし、アンディーが死ぬ少し前に彼を見た記憶が心を混乱させているとも考えられます」

「なんにでも論理的な説明がつけられるんですね」ニッキはつぶやいた。

「われわれの心からすべての幽霊を追いだすには、ある程度の時間を要します」ドクター・ブーレは言って、また腕時計をちらりと見た。

ニッキは立ちあがった。「ありがとうございました」彼女はなんとか礼を述べた。診察室を出ると、ジュリアンが待合室でうろうろしていた。彼はさっとニッキのところへ駆け寄った。「どうだった？　少しは気分がよくなったかい？」

「ううん、あんまり」

「妄想を抱いていると言われたのか？　それとも……彼はなんて言ったんだ？」

「わたしのことを頭が変だとは言わなかった。心はいろいろと錯覚を起こすものだとか、わたしを苦しめているのは生存者の罪悪感だとか、そんな話をしたわ」

「ほらね、言ったとおりだろ」

「ええ。だけど、それでわたしが死んだ男の人を見た説明がつく？　わたしはいまだに彼がだれなのか知らないのよ。ちょうどあの場に現れた例の男性が彼の写真をわたしに見せたというだけで。それよりもおなかがすいたわ。なにか食べに行きましょう」

「ニッキ、来週もドクター・ブーレに診てもらうんだろうね？」ジュリアンはため息をついた。「きみには助けが必要だ」

「ええ、また診てもらうつもりよ。さあ、食事に行かない？」

そのしばらくあと、〈マダム・ドルソズ〉でサンドイッチを食べているときに、ジュリアンが言った。「きみは少し仕事を休んだほうがいいかもしれないな」

「どうして？」ニッキは彼をまじまじと見て尋ねた。

「だってさ、ぼくらがどう呼んでいようと、われわれが主催しているのはまぎれもなく幽霊ツアーだからね」

「わたしたちがツアーで語るのは歴史よ。歴史には長い年月のうちに育《はぐく》まれた迷信や噂《うわさ》話が含まれるわ」

「それはそうだが、今のきみにとってはよくないんじゃないかな」

「そんなことないわ！」

ジュリアンはため息をついて椅子の背にもたれた。「そうか、きみは今夜八時からのツアー担当だ。ちゃんとこなせるんだろうね？」

「もちろんよ。わたしと組むのはだれ？」

「ぼくだ。なんなら役割を交代して、今夜のツアーはぼくが案内役になってもいいよ」

ニッキはほほえんで首を振った。「アンディーにひどいことをした犯罪者に、わたしの生活まで台なしにさせてたまるものですか」

ジュリアンは黙りこんだ。

「どうしたの？」彼女はきいた。

「どうもしない。ただ……やっぱりきみは休暇をとるべきだと思う」

「休んでなんかいられないわ。わたしたちはガイドをひとり失ったばかりなのよ。忘れたの？　ほかのみんなだって動揺しているのに頑張っているわ」

ジュリアンが身を乗りだして穏やかに言った。「きみ以外は幽霊を見ていないんだ、ニッキ。それにどこをうろついているのか知らないけど、マックスをさっさと呼び戻して手伝わせればいいじゃないか」

「わたしなら大丈夫」ニッキは言い張った。

ふたりが座っているのは中庭だった。いつものようにマダムがコーヒーポットを持って出てきて、彼らのテーブルへ来てお代わりを注《つ》いだ。

「大丈夫、ニッキ？」

「ええ、ありがとう、マダム」

「いや、彼女はちっとも大丈夫じゃないよ」ジュリアンが言った。

ニッキがテーブルの下で彼を蹴《け》った。

「彼女は幽霊を見ているんだ」ジュリアンが顔をしかめて向こうずねをなでながら言った。

「幽霊を？」マダムはショックを受けた様子もなく、ただ心配そうな声で尋ねた。

「夜になるとアンディーが現れては彼女に話しかけるんだって」

「ジュリアン！」ニッキはもう一度彼を蹴ろうとした。

「まあ、ニッキ」マダムが同情のこもった声でやさしく言った。「あなたにとって、とてもつらい出来事だったんですものね」

ニッキはため息をついた。「わたしはどうもしていない。本当に大丈夫なんだから」

「それならいいけど。わたしがいつでも力になるわ、ニッキ。必要なときは声をかけてちょうだいね」マダムは言って、ジュリアンをにらんだ。「ときどき……ええ、深い悲しみや精神的な痛手が心に奇妙な作用を及ぼすことがあるわ。話をしたくなったら遠慮しないでわたしのところへ来てちょうだい」

「マダムは手相占いとかタロットカード占いを始めたのかい？」ジュリアンがきいた。

マダムが彼をにらみつけた。「友達のくせにニッキをからかうものじゃありません」

「やられた。ごめん」ジュリアンが言った。

マダムは蔑《さげす》むように彼を一瞥《いちべつ》してから隣のテーブルへ移っていった。

「あなたの首をしめてやりたいわ」ニッキが怒りのこもった声でささやいた。

「ごめん。だけど、きみは現に幽霊を見ているじゃないか」

「そんなことをいちいち人に話すものじゃないでしょう。実際になにが起こっているのかわかるまでは黙っているべきよ」

「じゃあ、本当は幽霊を見ているのではないかもしれないって認めるのかい？」

ニッキは舌打ちをした。「ジュリアン、わたしは本当に幽霊を見ているわ。それが幽霊が実在することを意味しているのか、わたしの頭が変になっていることを示しているのかはわからないけど。重要なのは、そのどちらにせよ、混乱したわたしの精神状態を世間に知らせたくはないってこと」

「ごめん……悪かった」ジュリアンが即座に小声で謝った。「ぼくはただ、さっきみたいに大っぴらに言ったら、きみが……その、どれだけばかげたことか気づいてくれるんじゃないかと思ったんだ」

ニッキは腕時計に視線を走らせた。「ここでの打ち合わせまであと十分しかないわ」

「十分だって？」

「もうすぐ三時よ」

「なんてこった、もうそんな時間なのか」

「時間がたつのは早いわね。ことに今日は警察へ行って話をしたり、死人が歩きまわっているのを見たなんてことを精神科医に説明したりと、いろいろ忙しかったから」

「あのさ、ぼくたちにはわかっていないことがあるよ」ジュリアンが言った。

「なに？」

「例の男の正体さ……トミーホークとかなんとかいう名の」

「ブラックホーク」

「そう、それ……彼があの写真を持ってきて、きみがこの人だと言ったら、その男はすでに死んでいると聞かされて……きみはすっかりとり乱してしまった」

「とり乱してなんかいなかったわ」

「とり乱したよ」

「いいわ、そういうことにしておきましょう。それで？」

「ぼくらは彼についてもなにひとつ知ってはいない。最初は死んだ男、そして今度はブラックホーク。このふたりについて、ぼくらはできる限り調べてみるほうがいいと思うんだ。特に死んだ男については徹底的に調べるべきじゃないかな」ジュリアンは盗み聞きされているのではと不安になったのか、にわかに周囲を見まわした。「いいかい、可能性はふたつある。ひとつは、きみが突然幽霊を見る能力を身につけたという可能性。もうひとつは、そしてぼくはこちらだと思うが、心が錯覚を起こしているという可能性だ。なぜそんなことが起こるかというと、きみの心の奥底になにかが隠されていて、それが表へ出てきたがっているのに出てこられないでいるからだ」

「いったいどういう意味？」ニッキはきいた。

「もしかしたらきみはなにかを知っているのかもしれない。きみが知るべきではないなにかを。アンディーもそれを知っていた。たぶんきみとアンディーはあの日、この店にいた男と関係のあるなにかを知ったんだ」

「死んだ男の人？」

「そう。もっとも、最初にきみたちが見たときは、彼はおそらくまだ死んではいなかっただろう」ジュリアンが彼女のほうへ身を乗りだした。彼の声の調子に、ニッキは背筋に冷たいものが走るのを感じた。「彼がなにかを言ったのかもしれないし、彼には普通でないところがあったのかもしれない……アンディーはそのために死んだ。そしてそれは……そう、きみにとっていい知らせとはいえないだろう」

ニッキは椅子に深く座り、恐怖のまなざしでジュリアンを見つめた。「いったい全体、あなたはなにを言っているの？」

どうやらジュリアンはニッキを震えあがらせてしまったことに気づいたらしく、同じように椅子へ深く座りなおした。「別に……なんでもない！　ぼくにもわからないんだ」

「いやね、ジュリアン……あなたのせいですっかり怖くなってしまったじゃないの」

「きみを怖がらせるつもりはなかった。ただ用心してほしいんだ。いいね、気をつけるんだよ。警察が殺人犯をつかまえるまでは……他殺としての話だけれど。つまりぼくが言いたいのは、きみのまわりで起こっていることを理解する必要があるということだ。おっと、ぼくはなにも知らないよ。ぼくは単なる物語の語り手にすぎないからね」

「それでも……」

「それでもぼくらは生きていかなくちゃならない、息をし……仕事をして。ぼくらの生活をもとどおりにしなくては。そうだろう？　おっと……恋人たちがやってくるよ。時間きっかりだ。ぼくたちも打ち合わせに集中しよう」

ジュリアンは立ちあがった。ニッキの目にこちらへやってくるパトリシアとネイサンの姿が映った。ふたりともコーヒーカップを手にしている。

ニッキは無理して笑みを浮かべたが、腕には鳥肌が立っていた。
じゃあ、ジュリアンはわたしがなにかを知っていると考えているのだ。
なにを？
わたしがしたことといえば、あの男の人に二十ドルをあげたこと。
その人は、そのあとで死んだ。
そしてわたしは、本当に幽霊を見ている。

8

ニッキ・デュモンドに対する興味はますますふくらんでいたが、ブレントは午後の早い時間帯を地元の図書館で有意義に過ごそうと考えた。

なぜもっと早く図書館へ来る気を起こさなかったのかと、彼は首をひねった。たぶん、ヒューイをただの愚痴っぽい老人にすぎないと思っていたからだ。

ラコタ族の伝統とともに育ったブレントは、生活の苦しさや不当な扱いについて多くを学んできた。だが、過去は過去でしかない。今や人々は進歩と技術の恩恵を受けながら、維持するに値する貴重な伝統を見失うことなく、未来へ邁進《まいしん》していかなければならない。

ただし、ヒューイの場合は違う。彼は過去に生きていた。彼を虐待した男には名前があった。ブレントはヒューイの境遇をもっと前に調べるべきだったのだ。あの年老いた幽霊のために、そうしてやるべきだったのだ。

土地建物の所有権に関する記録が奇特な人間の手によってデータベース化されていたので、マクマナス家の名前を用いて必要な記録に行き着いたあとは、ヒューイの冷酷な主人を見つけるのは容易だった。

アーチボルド・マクマナス。

アーチボルドはせっせと殖産に励んだ父親から大農園を相続したようだ。彼は三度結婚したが、三人の妻はみな長生きができず、結婚後数年以内に死んでいる。それぞれの結婚でアーチボルドはひとりずつ子供に恵まれた。

南北戦争勃発《ぼっぱつ》直後の、ニューオーリンズがまだ北軍に占領されていなかった一八六一年、奴隷が反乱を起こして、マクマナス邸は炎に包まれた。マクマナス家の三人の子供がどうなったかについてはなんの記述も残っていないが、焼け落ちて廃墟《はいきょ》となった屋敷の玄関広間でアーチボルドの死体が発見された。

ばらばらにされて。

幸福な人生の終わり方ではない。たとえどのような悪人に対しても、このような最期を願う者はだれひとりいないだろう。

とはいえ……。

アーチボルドが実際に奴隷たちを虐待し、あげくに殺してしまったばかりか、三人の若い妻たちをも死へと追いやったのかどうかについては、神のみぞ知る、だ。

アーチボルドの遺体はマクマナス家の所有地に埋葬され、その後、一家の土地はニューオーリンズ市に所有権が移って、現在は公有地になっている。それだけだ。子孫についてはほとんどなにもわからない。最初の妻は一八四八年に娘のテレサを出産し、二番めの妻は一八五五年に息子のアルフレッドを、三番めの妻は一八五七年に娘のエディータを産んでいる。彼らはこの土地を離れたに違いない。屋敷が焼け落ちてアーチボルドの死体が発見され、その後まもなく土地の所有権が市に移ったあとは、一族に関する記録はなにも残っていない。

ブレントはマクマナス家に関する部分を印刷して、その紙を折りたたみ、手数料を払うと、親切な図書館員に礼を述べた。彼は墓地へ行こうと考えたが、やめておくことにした。昼間の墓地は観光客やツアーの団体客であふれているに違いない。地元の警察が夜に墓地を訪れるのは危険なのでやめるようにと盛んに広報活動をしているからだ。

彼は墓地へ行く代わりに警察署へ戻ることにした。マッシーとジューレットの両刑事はこの時間に署にいるだろうか。

行ってみると、ふたりとも机に向かって座り、書類仕事にいそしんでいた。

「やあ、ブラックホーク、どうして戻ってきたんだ？」マッシーがきいてきた。

「アンドレア・シエロの件で、その後、なにかわかったことがあるかと思ってね」ブレントがふたりに言った。

ジューレットがたちまち体をこわばらせた。

「ふたつの事件には関連があるんじゃないかと思うんだ」ブレントは言った。

マッシーが顔をしかめた。「きみはさっきもそう言ったよな。しかし、わたしには関連性が見えないんだ」

「よかったらわかっていることを教えてくれないか?」ブレントは頼んだ。

きっとジューレットがだめだと答えるに違いない、とブレントは思った。しかしジューレットは返事をする代わりにいっそう体をこわばらせ、ブレント越しに入口を見やった。

振り返ったブレントはひとりの男が刑事たちの机へ向かって歩いてくるのを見た。背が高く、やせていて、黒褐色の髪を短く刈りこみ、レイバンのサングラスをして、黒いスーツを着ている。

見るからにFBIの人間といったところだ。

「やあ、諸君」男はそっけなくうなずいて言い、少し興味深げにブレントを見た。「きみたちがなにか新しい事実をつかんだのなら、ぜひ聞かせてもらおうと思ってね」男はマッシーとジューレットに言った。「ところで、きみはだれだ?」彼はブレントにきいた。

マッシーが立ちあがった。「ヴィンス・ハガティー、こちらはブレント・ブラックホークだ」

どうやらハガティーはブレントの名前を聞いたことがあったらしい。うれしそうな顔をしなかった。

「きみがここを訪れるだろうとは聞いていたが、われわれの仕事を邪魔しに来るとは思わなかった」ハガティーが言った。

ブレントは周囲を見まわした。「たしかにこの場所は狭くて窮屈だが、ぼくがみんなの邪魔になっているとは思えないね」

「われわれは非常に重要な仕事に携わっているんだ」ハガティーがブレントに言った。勝手に入ってきた菓子売りの少年にさっさと出ていけと命じるような口ぶりだ。

「それを聞いて安心したよ」ブレントはつぶやいた。

「新しい事実はなにもつかんでいない」マッシーがハガティーをじろりと見て言った。

「隠したりすると……」

「とんでもない、われわれだって新しい情報が欲しくてならないんだ！」マッシーがいらだちもあらわに応じる。

「きみたちはちゃんと捜査を進めているのだろうな？」ハガティーがずけずけときいた。

「それが全然。われわれはただここに座って椅子をあたためているだけなのさ」ジューレットが言った。彼は怒りを隠そうともしなかった。

「うちの科学捜査班は役立ちそうな手がかりをなにひとつ提供してくれなかった。それはあなたのところも同じだ、なんの役にも立っていない」マッシーは表情を変えないままハガティーに説明した。「仕方がないんで、われわれは聞きこみ捜査を行ってきた。バーを一軒一軒まわって目撃情報を求め、あなたの仲間のＦＢＩ捜査官を見かけた人間がいないか探しているんだ。そのうちに突破口が開けるだろう。突破口が開くのは、われわれがこつこつ歩いてしらみつぶしに調べてまわるからだ。どうだろう、あなたも同じようにやってみては」

「現にそうしているよ」ハガティーの口調は硬かった。

「へえ。きっとあなたはハリウッド映画に出てくるＦＢＩ捜査官よろしく、さっそうとバーの聞きこみをしてまわるんだろう。すると堕落しきった麻薬密売人どもは進んでぺらぺらしゃべってくれるってわけだ」ジューレットが言った。

「きみはわたしが捜査のやり方をわきまえていないと思うのか?」ハガティーは机の上へ身を乗りだしてきた。

「われわれはだれひとりなにもつかんじゃいないと言っているのさ」ジューレットはうんざりしたように言った。

ハガティーの表情は石のようにこわばっていた。彼は体を起こし、疑惑に満ちた目でブレントを見つめた。

「そしてきみだが、なにかつかんだら、どんな些細《ささい》なことでもいい、なにか手がかりになりそうなことを見つけたら……」ハガティーはブレントに警告するように指を突きつけた。

「だれよりも先に、このわたしに教えるんだ、わかったな。ところできみたちはさっき聞きこみをしてまわるのに忙しいと言ったぞ。それなのに、こんなところでなにをしているんだ?」

それを聞いてジューレットも立ちあがった。「ほかにもやることはあるんだ、ニューオーリンズ警察の仕事が。それとあなたの管轄権とはなんの関係もない」彼は言った。「ブラックホーク、きみの欲しがっていた例のファイルをとってくるよ」

ハガティーが顔をしかめた。「ブラックホークは特殊な任務でここへ来ていると、わたしは理解していたが」彼の声には警告の響きがこもっていた。

「そうかい?」マッシーが言った。「われわれは警部補から直接、ブラックホークは非常に大きな権限を持ってここへ派遣されてきたのだから、可能な限り便宜を図るようにと命令されているよ」

ハガティーはマッシーの机の上へ身を乗りだし、ゆっくりと息を吸ってから、ふうっと大きく吐いた。「いいか、きみたち。わたしがうるさい要求をしてきみたちに不快感を与えているのはわかっている。しかし、われわれは仲間をひとり失ったんだ。きみたちも警官なら、われわれがどんな気持ちでいるか理解できるだろう」

「はっきり言っておこう、ハガティー。法執行機関の人間が殺されたら、それがだれであろうと、われわれは仲間を殺されたと見なす」マッシーが言った。「それにわれわれは自分の仕事をちゃんとわきまえている。なにかつかんだら必ずあなたに教えるよ、どんなちっぽけなことでも」

ハガティーは再び体をまっすぐ起こした。「いいとも、絶対にそれを忘れないでくれよ」彼はぎこちない口調でなんとか礼を述べた。「ありがとう、協力を感謝する」そして言い添えた。「ブラックホーク、会えてよかったよ」

彼は向きを変えて歩み去った。

「ふうむ、あれでも少しは感じよく振る舞おうと努力しているようだな」ハガティーが聞こえないところまで去ったのを見て、ブレントは口を開いた。

「ああ、そのようだね」そう言ったのはジューレットだった。彼はちょうど戻ってきてブレントの言葉を耳にしたのだ。「あの男は少々時代遅れなのさ。ぼくやマッシーを右も左もわからない子供か無能な田舎者ぐらいにしか考えていない」

「たぶん彼は死んだ捜査官と親しかったのだろう。友達を失うのは受け入れがたいことだ。つらさのあまり他人に八つあたりしたくなるのも当然さ」ブレントは言った。

「彼らは会ったことさえないと思うよ」ジューレットが反論した。

「それでも……」ブレントは言いかけて肩をすくめ、言わんとすることをわかってもらおうとした。

マッシーが笑った。「あの男にはなにかある……うむ、それはたしかだ。そのアンドレア・シエロのファイルを向こうの会議室へ持っていってもかまわないよ」

「ありがとう」ブレントはそれだけ言って、あとはなにも言わなかった。ふたりの刑事がやけに親切なのはブレントを受け入れはじめたからでも好きになったからでもなく、自分たちに押しつけられたあの横柄なFBI捜査官を心底うとましく感じているからなのは明白だ。

だが、そんなことはどうでもいい。彼は望んでいたものを手に入れたのだ。

薄汚れた会議室に座って最初のファイルを開いたとき、ブレントは必要としていた情報に行きあたったことを知った。


「じゃあ」パトリシアはカフェオレをすすりながら、ニッキの顔を穴の開くほど見つめた。「明日の午後、ネイサンとわたしはセントルイス一番墓地を担当するのね」

「ええ、あなたたちが金曜の午後いつもしているように」ニッキはなぜパトリシアがそんな目つきでじろじろ見るのだろうと不思議に思いながら言った。気がついてみると、ほかのみんなもニッキにじっと視線を注いでいる。「ねえ、どうしたの?」彼女はきいた。

パトリシアがネイサンを見た。するとネイサンはミッチを見て、ミッチはジュリアンを見た。

「なんなのよ?」ニッキは強い語調でまたきいた。

「わたしたちが……その、ネイサンとわたしが墓地のツアーを担当するとなれば、ミッチかジュリアンのどちらかがあなたと一緒にガーデン地区を担当することになるわ」

「そうよ……それがどうかした？」

ニッキを見つめるパトリシアの目に深い同情の色が浮かんだ。ニューオーリンズのことならふたりとも詳しい。ニッキは市内で生まれ育ったし、パトリシアも近郊の生まれだったからだ。しかし、経歴はまったく違った。パトリシアはヴァージニア州の学校へ行って訛《なまり》のない話し方を学んできた。

もっとも、パトリシアはそうしたいと思えばいつでもケイジャン訛のある話し方に戻ることができた。彼女の家族はえび漁を生業としていて、勤勉で正直者の両親はよく家族全員を連れてバイユーへ出かけては、とれたてのえびで最高の料理をこしらえたという。アンディーと会ったとたん強い絆《きずな》を感じたように、ニッキはパトリシアと会った瞬間から彼女を好きになった。パトリシアはすばらしい人生観と愉快な性格の持ち主で、自分が受け継いだ伝統を大切にしようと考えていた。ふたりはよく連れだって買い物に行った。とりわけふたりとも書店めぐりが好きで、絶版の本を見つけて買ったときなど、意気揚々と宝物を見せあったり貸し借りしたりした。

けれどもパトリシアは今、耄碌《もうろく》した親戚《しんせき》の老女を見るようなまなざしをニッキに向けている。

「ニッキ」パトリシアがやさしく言った。「わたしたちみんな、あなたがガーデン地区のツアーを担当するのはよくないと思っているの」

ニッキはうめいた。「わたしはマックスとこの仕事を始めたときからガーデン地区の案内をしてきたわ」

ミッチが咳払《せきばら》いをして髪に指を走らせた。「そりゃまあ、そのときのきみは、まだアンディーに死なれてはいなかったからね。しかし今となっては、そこを案内してまわるのはきみにとってつらいことに違いない」

「わたしはアンディーに死なれたんじゃないわ！」ニッキは憤慨して言い返した。だが心のなかでは、友達をないがしろにしたという思いにうめき声をあげた。彼女がジュリアンに非難のまなざしを向けると、彼はニッキをうつろな目で見つめ返した。「あなた、この人たちになにをしゃべったの？」

「ぼく？　なにも」ジュリアンは椅子ごと引っくり返りそうになりながら否定した。自分が後ろめたそうな顔をしているのに気づいたのか、急いで言い添える。「嘘《うそ》じゃないよ」

「マダムから聞いたけど、きみは幽霊を見ているっていうじゃないか」ネイサンが穏やかに言った。

「ううん、見ていないわ。ただの悪夢よ。恐ろしい体験に対する自然な反応なの。だから、ガーデン地区を担当するのになんの問題もないわ。みんな、わかったわね？　ほかに仕事の件でなにかきいておきたいことがある？」

「ひとつだけ」パトリシアがまだ腑《ふ》に落ちないような声で言って、カフェオレのカップに視線を落とした。これに強い酒が入っていればいいのに、と願っている目つきだ。

「なに?」ニッキは問い返したあとで、口調が厳しすぎたことに気づいた。意地悪く聞こえたかもしれない。

パトリシアが彼女を見つめた。「アンディーの代わりをどうするかってこと」

ニッキは血管に冷たい液体を流しこまれた気がした。感情が顔に表れないよう、必死にとりつくろう。

「ああ、そうね、もちろん考えているわ。早くマックスが帰ってくればいいのに。だれを雇うか決定するのは、やはり彼の責任ですものね」

「しかし彼は面接したり雇ったりする仕事をきみに任せているじゃないか」ジュリアンが指摘した。

ニッキは肩をすくめた。「そうだけど、やっぱり彼に戻ってきてもらいたいわ」

「きっとマックスは気にしないんじゃないかしら。これまでも全部あなたがやってきたんだし」パトリシアが言った。

「心配しないで。できるだけ早く求人広告を出して面接を開始するつもりよ。それでみんな納得してくれる?」

彼らは互いに顔を見交わした。最初にネイサンがつくり笑いをし、ほかの者たちがそれにならった。

「そうね、わかった。それでいいわ」パトリシアが言った。彼女はあきらめてカップを置いた。「さてと、それじゃあそろそろ仕事にかかりましょうか」

「今わたしたちが来ているのは、小説に描かれている恐怖よりも現実の恐怖がはるかにまさっている場所です」ロイヤル通りへ達したところで、ニッキは引き連れてきた一団を振り返り、大きな声で説明した。今夜の客は引率しやすかった。十二歳以下の子供はひとりもおらず、夫婦か恋人同士がほとんどで、なかにひとり鼻先に眼鏡をのせてしきりにメモをとっている大学生とおぼしき若い女性がいた。ツアーを先導しているのがニッキなので、ジュリアンは随行員として実務面の仕事を引き受け、到着した観光客に挨拶《あいさつ》したり、彼らから金を集めてチケットを渡したりしている。今夜は四十人ぐらいいるわね、とニッキは自分をとり囲んだ人々を見まわして思った。彼女はもっと少ない三十人程度のほうが好みだったけれど、四十人くらいならなんとか相手にできる。ツアーシーズンの真っ盛りにはもっと大勢の客を相手にしなければならないこともしばしばで、そうなると全員に聞こえるように話したり車の邪魔にならないように道路を横断させたりするだけでもひと苦労だ。だが、会社のほかのメンバー同様、ニッキはよく通る声を持っていて、指示を無視して勝手な方向へさまよっていく客でもいればともかく、めったに話を繰り返す必要はなかった。もっとも、客たちをがちょうの群れのようにひとまとめにしておくのは随行員の責任だ。

「かっこいい家だ」若い男がニッキの背後の建物をしげしげと眺めてつぶやき、彼女ににっこりと笑いかけた。


「わたしたちが今いるロイヤル通り一一四〇番地は、一般にはラローリー邸として知られています。デルフィーン・ラローリー夫人とその夫のドクター・ルイス・ラローリーが、エドモン・ソニア・ドゥ・フォッサからこの屋敷を買いとったのは一八三一年のことでした。伝えられるところによれば、ラローリー夫人は大変な美人であると同時に、なにがなんでもニューオーリンズの社交界で名をあげようという野心の持ち主だったそうです。そのために彼女は優雅なドレスをまとい、パーティーや舞踏会には必ず顔を出して、上流社会の人々のあいだでさっそうと立ちまわり、上品でしとやかな女性であるという評判を獲得しました」

　ニッキが話しているあいだに人々は歩道の上で少しばらばらになり、問題の屋敷を見あげた。角を曲がったあたりの一軒の店からブルース調ジャズの美しい旋律がかすかに聞こえてくる。地元の人々は気をきかせて観光客の一団をよけて通っていく。ときどき酔っ払いがふらふらした足どりで一団のなかを通り過ぎたが、たいした妨害も受けずに話はスムーズに進んでいった。

「一八三三年になるころには、ラローリー夫人に対する人々の賛嘆の念は別のものに変わっていました。疑惑です。悲鳴が聞こえたとか恐ろしい出来事を目撃したとかいう噂《うわさ》が、最初は水がにじむように少しずつ、やがて洪水のような勢いで人々のあいだに広まりました。ラローリー夫人が結婚した相手は、解剖学に魅了され、人間の体がどこまでの暴力に耐えられるかに興味を抱く医者でした。そうこうするうちに恐ろしい残虐行為が実際に目撃されたのです。ラローリー夫人が奴隷の子供を殴打しているところを見た者がいました。責め苦に耐えられなくなった少女は迫害者から逃れてバルコニーへ駆けだし、それでもなお追いかけられて、ついに転落しました。少女は即死でした」

「ラローリー夫人は逮捕されたのですか？」だれかが尋ねた。

「いえ……当時は今と時代が違いましたから」ニッキは小さいけれども全員に聞こえる声で言った。質問は大歓迎だった。意味深長な沈黙に劇的効果を添えてくれる。「ラローリー夫人は罰金を科され、彼女の奴隷たちは没収されて、競売で売り払われました」

「よかったわ」ひとりの女性が言った。

ニッキはほほえんだ。「ところがそういうわけにはいかなかったのです。その後、ラローリー夫人は奴隷たちをとり戻そうと画策しました。彼女は親戚の人たちに警察からひどい扱いを受けたと訴え、少女の死は自分のせいではないと信じこませました。ここで思いだしていただきたいのは、当時、奴隷は所有物だったということです。なかには奴隷に親切だった主人もいましたが、言いつけに従わないからといって奴隷を殴ったり蹴《け》ったりした所有者の話には事欠きません。いずれにしてもラローリー夫人は親戚を説得して奴隷たちを買い戻してもらいました。そのために気の毒な奴隷たちは再び彼女の残酷な手に運命を握られることになったのです。人前ではあれほど美しくてやさしそうなのに、家へ帰ってくるや恐ろしい女へと変貌《へんぼう》するラローリー夫人の手に……。そしてついにある日、火災が発生して消防士や救急隊員が屋敷のなかへ入り、小説のなかでもお目にかかれないほど凄惨《せいさん》な場面を目撃することになりました」

「どのような？」人ごみのなかからひとりの女性がきいた。

「発見されたラローリー夫人の奴隷は、その多くが曲芸師でさえできないような無理な格好をさせられて、壁に鎖でつながれていました。骨折している者もいれば手足が動かなくなっている者も大勢いました。なかには犬小屋よりも小さい檻《おり》に押しこめられたり、手術台の上に縛りつけられたりしている者さえいたのです。そんなことを思いつけるのは解剖や人体実験に魅了され、おぞましい心に支配されたドクター・ラローリーしかいません。屋根裏部屋では床へまき散らされたばらばら死体が見つかりました。筋金入りの消防士でさえみな気分が悪くなり、実際に何人かは気絶したといわれています」

「それじゃあ、今度こそラローリー夫妻は逮捕されたのでしょう？」ひとりの女性が尋ねた。

ニッキは答えようとしたが、声が喉につかえて出てこなかった。

客たちのなかにアンディーの姿を見たのだ。

アンディーはいまだに埋葬されたときの服を着ていた。彼女はいつもどおりきれいではあったけれど、顔色が……。

青白かった。真っ青。

死の色。

ニッキが見つめつづけていると、アンディーは悲しそうな、と同時に申し訳なさそうな笑みを浮かべた。

「あの、警察は夫妻を逮捕したんですか?」ひとりの男性が質問を繰り返した。

ニッキにはほとんど彼の声が聞こえなかった。相変わらず声を出せず、ただアンディーを見つめつづけた。そのうちになんとかささやくことができた。「こっちに来ないで」

近くにいた若い男がそれを聞きつけて尋ねた。「だれに言っているんだい?」彼は不思議そうにあたりを見まわした。

「なんだか寒気がするわ」客のなかのだれかが言った。

「ニッキ!」ジュリアンが大声で呼びかけた。

ニッキはやっとのことでアンディーから視線をそらし、客たちの背後にいるジュリアンを見やった。

さっきまで客のなかにいなかった人物がジュリアンの横に立っていた。昨夜、彼女たちを助けに駆けつけ、今日また警察署で会ったあの男性だ。マダムのカフェで見かけたホームレスの、つまり昨晩幽霊になって通りに立っていた男の顔写真を、ニッキに示した男性。ブレント・ブラックホーク。

なぜかブレント・ブラックホークを見たとたん、ニッキは現実へ立ち返った。彼女はアンディーが立っていた場所を見ないように必死の努力を払った。

「ラローリー夫妻は……」

最初のうち、かすれた声しか出てこなかった。ニッキは再び聴衆のなかへ視線を走らせた。アンディーはまだそこにいたが、だれも彼女の存在に気づいていないようだった。

わたしは正気を失いかけているんだわ、とニッキは思った。

いいえ、そうじゃない。そんなことになってはならない。

ニッキはアンディーに背を向けて屋敷のほうを向いたが、拷問されて苦悶《くもん》のうちに息絶えた大勢の奴隷たちが家から駆けだしてくるような気がして、急に怖くなった。土気色の体をした、朽ちつつある幽霊たち。彼女にしか見えない幽霊たち……。

「火災と聞いて家々から駆けつけてきた隣近所の人々は、屋敷でなにが行われていたかを知ってぞっとしました」ニッキは気持ちを駆りたて、よく通る力強い声で語った。「彼らは夫妻の行為に仰天し、ふたりを私刑にしようとしたのです。ところがラローリー夫人とその冷酷な夫である医師は、怒り狂った人々の機先を制してまんまと逃げおおせました。馬車で脱出した彼女は、セントジョンズ・バイユーでどうにかスクーナー船に乗り換え、セントタマニー郡へ逃走したのです」

「それからどうなったんです?」ひとりの女性が怒った口調できいた。「人々は彼女を追いかけたのでしょう?」

「そのあとは残念ながら事実と伝説が錯綜《さくそう》しはじめます」ニッキは言った。「ラローリー夫人はパリへ行き、彼女と夫はそこでまた奴隷たちを使った新たな実験を始めたと言う人もいますが、本当のところはだれも知りません。夫妻は死ぬまでセントタマニー郡のノースショアにとどまったと主張する人たちもいます。さらにまた、ラローリー夫人は一八四二年に死んで、彼女の遺体は現在、ニューオーリンズのどこかに埋められていると主張する人さえいるのです」

「ひゃあ」十八歳くらいの若い女性が悲鳴をあげたので、聴衆たちのあいだから安堵《あんど》と不安のまじった笑い声があがった。

「しかし、屋敷が今も立っているところを見ると」ひとりの男性が言った。「焼け落ちはしなかったのかな?」

ニッキは聴衆のほうを振り返った。〝どこかへ行って、アンディー。お願いだからどこかへ行ってちょうだい〟

アンディーの姿はさっきの場所から消えていた。

ニッキは深く息を吸った。

「屋敷はたしかに焼け落ちたのですが、一八三七年に再建されました。奇妙な物音を聞いたり不思議な光を見たりしたという噂が流れるようになったのはそのときからです。最初のうち、だれもその屋敷に長くとどまることはできないようでした。ある所有者などは三カ月暮らしただけで売り払っています。市内の女呪術《じゆじゆつ》師たちがその土地は呪《のろ》われていると警告しはじめました。そこに開業した理髪店は数カ月しか持ちませんでしたし、そのあとの家具店も似たようなものでした。けれどもやがて南北戦争で国が二分され、人々の関心はその屋敷から離れていきます。戦争後に南部が再統合された時期には、しばらくのあいだそこは白人と黒人双方の少女たちの学校として用いられました。そのうちに白人と黒人は別々の学校へ通うものと制度が変わり、黒人だけの学校になったのですが、わずか一年しか続きませんでした。次にそこは音楽院になりました。しかし、評判はますます悪くなる一方で、コンサートを開いても聴きに来る人はひとりもいないありさま。音楽院は完全な失敗で、最後のコンサートの夜には、あの世から来たラローリー夫人と彼女の残忍きわまりない友人たちが祝宴を開いて高笑いをしているのが聞こえたと主張する地元の人たちもいました。もちろんそれは噂にすぎません。実際のところは……」

再び聴衆のほうを振り返ったニッキは、話すのをやめてごくりと唾《つば》をのみこんだ。

アンディーが戻ってきていた。彼女は人ごみに紛れこもうとしているようだった。

ジュリアンから遠いところにいる。

ブレント・ブラックホークからも。

ブラックホークはニッキを見つめていた。夜の暗がりのなかでさえ、ニッキには彼の目の色がはっきりと見えた。突き刺すような緑色の目でじっと見つめている。彼女が心の奥底に隠しておきたいと思っているものすべてを見通すかのように。

〝アンディー、あなたは実際にはそこにいないのよ。これは全部わたしの心のなかで起こっていることなんだわ〟

「実際のところはどうなんです？」だれかがきいた。

ニッキは歯をくいしばってアンディーをじっと見つめ、すべては自分の心のなかの出来事なのだと自分に言い聞かせた。

「実際のところですか？」ニッキは言った。「屋敷はアパートメントに改造されて、一八八九年にジョゼフ・エドワルド・ヴァインという名前の男性がそのひとつに入居しました。人々は彼のことを、よその土地から来た流れ者で、その日の暮らしにも事欠くほどの貧乏人だと信じていました。ところが一八九二年に彼がラローリー邸内で死んでいるのが発見されたとき、彼の家のあちこちに一万ドル以上の大金が隠してあったのが見つかったのです。彼の死因はなんだったのでしょう。金目当てで殺されたのだとしたら、犯人には隠してあったお金が発見できなかったことになります。自然死だったのでしょうか。それともラローリー邸の幽霊たちの仕業だったのでしょうか。どう考えるかは、みなさんの自由です。いずれにしても噂によれば、現在、自由と助けを求めて鎖を鳴らしながら広間をうろついている虐待された奴隷たちの幽霊にまじって、ジョゼフが自分のお金を探して邸内をうろつきまわっているのだそうです」

「ふーん、なるほど。幽霊か」ひとりの大柄な男性が言ったが、腕を妻にさわられて飛びあがった。

〝それからどうなったの？〟人ごみのなかからアンディーが口の動きだけで問いかけてきた。彼女は悲しそうにほほえんでいた。これは生前の彼女が好んで語った話のひとつだった。

「建物の完全な状態を見てもわかるように、現在の所有者は、わたしどもの知る限り、なんの問題にも遭遇していないようです。建物内のアパートメントはどこも入居者がいます。一九九〇年代のはじめにはここに〈幽霊酒場《ホーンテッド・サルーン》〉と呼ばれるバーがあって、けっこうはやっていました。次にここに店を開いた家具店はあまり繁盛しませんでした。商品が壊されているのを何度か見つけた店主は、何者かが夜中に忍びこんでいたずらをしているのだと考えました。壊れた家具には悪臭を放つ、ぬめぬめするものがこびりついていたのです。いくらいたずらにしてもたちが悪すぎると腹を立てた店主は、猟銃を携えて売り物の家具のあいだに身をひそめて待つことにしました。やがて夜になり……夜が明けて、朝になるまで彼はなにも見ませんでした。しかし、またしても商品が壊されて、店内には腐敗臭がたちこめ、気味の悪い物質があちこちにこびりついていたのです。そんなことがあってまもなく、店主はよそに店を開くことにして移っていきました」

「でも……現在、ここには人が住んでいるのでしょう？」ひとりの女性が尋ねた。さっき飛びあがった大柄な男性の妻だ。彼女は夫の腕にしっかりつかまっていた。

「ええ。そして何事も起こっていないようです」ニッキは快活な口調で言った。〝いいわ、アンディー、そこにいなさい。わたしはきっと正気ではないのでしょうけど、狂気とともに生きていこうって決めたの。あなたのことはだれにも話さないわ〟「最後にもうひとつ、この屋敷にまつわる話があります。一九四一年にセントルイス一番墓地でデルフィーン・ラローリー夫人の名前が刻まれた墓標が発見されました。ですが、それはどこかのお墓にあったものでも、共同埋葬棟のどれかに付属していたものでもありません。すると……彼女はニューオーリンズへ戻ってきたのでしょうか。そして人々が噂するように、今もここにいるのでしょうか。その答えはこの屋敷にまつわる物語を聞く人々の心次第です」

ニッキは体の向きを変えてツアーの次の目的地へ急いだ。歩いていくうちに、かたわらにアンディーの存在を感じた。

「そばに来ないで」ニッキは視線を前方に据えたまま言った。

「ごめんなさいね、わたし、くっつきすぎているかしら？」

ニッキは振り返った。尋ねたのは、やわらかな灰色の髪をした六十歳前後の感じのいい女性だった。淡い青色の目に困惑の表情を浮かべている。

「いいえ、とんでもない……すみません」ニッキはもごもご言って、適当な言い訳を探した。「声に出してみなさんにお話しする練習をしていたんです」彼女は急いで謝った。

「まあ、そうだったの」女性はにっこりした。

女性の向こうには、もちろんアンディーがいた。

「あっちへ行きなさい」ニッキはささやいた。

「なんですって?」女性が言った。

「いいえ、いいえ、ごめんなさい。あなたに言ったんじゃありません。本当です」

女性は、錯乱した人間を見るような目でニッキを見た。

実際、わたしは錯乱した人間みたいに振る舞っているんだわ、とニッキは思った。アンディーを無視しなくては。

ニッキは強固な意志のもとにその決意を実行した。やがて一行はツアーの次の目的地である居酒屋に到着した。そこは、かつては海賊たちの集会場所で、現在は南部のカントリーミュージックを演奏して聴かせるバーになっているが、いまだに過去を宣伝材料にしている。

そこへ来るまでのどこかの時点でアンディーはいつのまにか消えていた。

だが、ブレント・ブラックホークはいつまでも去ろうとせず、ずっと客たちの最後尾をついてきた。

その夜のツアーはそれまで彼女が先導したツアーのなかでも最高の出来だった。客たちは信じがたい話を喜んで受け入れ、さまざまな質問を浴びせた。存分に楽しみ、聞かせどころでは大喜びで震えあがったりした。彼らはなにが事実で、なにが噂なのか、そしてなにが憶測なのかを知りたがった。

マダムの店へ戻ってツアーを終えたとき、客の多くは翌日の墓地ツアーに参加すると言い、ニッキはかつてなかったほどたくさんのチップをもらった。

少なからぬツアー客がすぐには帰りたがらなかったので、マダムの店は夜ながら活況を呈していた。ニッキが何人かの参加者と話をしているあいだ、ジュリアンは少し離れた場所で、別の参加者に会社が行っているほかのツアーの説明をしていた。

アンディーは戻ってこなかった。

だが、ブレント・ブラックホークは去らなかった。彼はニッキと話をしていた最後の客がマダムの店のカウンターへカフェオレか菓子を注文しに行くまで辛抱強く待っていた。

そしてニッキに近づいてきた。

「ブレント・ブラックホークです、ミス・デュモンド。警察署で会いましたね」

「あら、ええ、もちろん覚えているわ」ニッキは応じたあとで、自分の声に氷のような冷たさがこめられていたのに気づいた。

「きみとぜひ話をしたい」ブレントが言った。

「話す必要なんてないわ」

　彼女はかすかに顔を赤らめて言った。彼はいろいろな点でニッキの気持ちをかき乱す。ひとつには、彼がニッキの心に恐怖をあおりたてるからだ。ふたつめは、彼がすごく魅力的で男性的な力強さを放射しているからだ。いかにも自分自身をよくわきまえている男といったところ。三つめは、彼にはニッキを強烈に引きつけるものがあるからだ。有無を言わせない強い力。違う状況下で彼と出会っていたら……。そして最後は、彼がニッキを心の奥底まで見透かすような目で見るからだ。

「そうですとも、話す必要があるとは思えないわ」ニッキは繰り返し、不安げに視線をそらした。

　ジュリアンはどこにいるの？　まあ、しょうがない人。あんなところで二十歳そこそこの美人といちゃついているわ。

「ぼくならきみを助けてあげられると思うんだ」

　ニッキの目がブレントの目と合った。彼女はあたかも夢のなかで彼がそう言ったのを聞いたような気がした……。眠りのなかでかしら。それとも、罪悪感にさいなまれた心がつくりだした別の幻覚のなかでかしら。

「今はわたしたちにとってとても大変な時期なの」ニッキは小声で言った。

「ああ、知っているよ。気の毒に思う」

「ありがとう」ニッキは硬い声で答えた。

「しかしぼくは……その、たぶんきみには助けが必要で、ぼくなら助けてあげられると思うんだ」

「わたしには力になってくれる友達が何人もいるわ」

彼はほほえんでうなずいた。「そうだな……ぼくと一杯やるっていうのはどうだろう?」

「このところあまり飲まないことにしているの」

「じゃあ、コーヒーは?」

ニッキは手をあげてマダムの店を示した。

「ここではないほうがいい」ブレントがにっこりとほほえみかけてきた。すてきな笑顔。

彼の顔がいっそう魅力的になった。

だったら、なぜわたしは彼を怖がるの?

なぜなら……。

彼のせいで幽霊が現実のものになるかもしれないから?

「わたし……その……」

「きみは今夜、彼女を見たね」ブレントがきっぱりと言った。「きみは友達を見たんだ。殺されたアンディーを」

ニッキは口をあんぐりと開けた。

そしてかぶりを振った。「いいえ、そんな……もちろん見なかったわ。アンディーは死んだのよ。幽霊なんて存在しないわ」

彼は訳知り顔にほほえんでニッキを見つめている。

「どうしてあなたはそんなことをおっしゃるの？」ニッキは気分が悪くなるのを感じながら尋ねた。「そうよ……どうしてあなたにそんなことがわかるの？」

「なぜなら、ぼくも彼女を見たからさ」ブレントが穏やかに言った。

9

ブレントは目の前の若き美人に心を奪われていた。苦悩、疑惑、それと不思議なことに希望にも似たなにかが、彼女の目の奥で相争っている。彼女は身をこわばらせてかたくなな態度で立っているが、それでも……。

「おわかりかしら」ニッキが言った。「わたしは友人たちから、理性を失っていると思われはじめているのよ」

「そういうことはたびたび起こる」彼は言った。

「ずいぶんなことをおっしゃるのね。でも、彼らはわたしを閉じこめるかもしれないわ。それに、あなたにわたしを助けることはできないでしょう。あなたはできると考えているようだけど」

「助けてあげられるよ」ブレントは断言した。「きみがぼくの助けを拒んだりしなければ」

それを聞いて彼女は残念そうにほほえんだ。「ジュリアンは絶対にわたしをあなたとふたりきりで行かせようとはしないでしょう」

昨夜の乱闘時にニッキを守ろうと奮闘し、今日は彼女に付き添って警察署に来ていた男を、ブレントはしげしげと眺めた。彼女の恋人だろうか。そう考えると、ブレントの心は乱れた。自ら認めるとおり、彼はニッキ・デュモンドに強く引かれていた。このような感情を抱くのはここ何年もなかったことだ。ひとりの女性を見て、その女性を驚くほど美しいと思うことはいくらでもある。若さはしばしばそれ自体が美しいものだからだ。しかもニッキの場合は二十代半ばから後半へかけての女盛りで、成熟がもたらす洗練が整った容《よう》貌《ぼう》や体形とあいまって、いっそう優雅な印象を与えている。ブレントはなんといっても生きているのだ。タニアに死なれてからの年月を、彼は生活し、呼吸をし、喪失のもたらす苦しみのあらゆる段階を経験し、さらには何人かの女性と出会って心を引かれ、ベッドをともにし、そして……。

人生を歩んできた。この世は人間であふれている。人生の途上で出会う人々。なにかを分かちあい……ともに歩んできた人々。一瞬を、一夜を、数週間を、数カ月をともに歩んだこともさえある。

だが、このようなことは……一度もなかった。

これまで仕事に個人的な感情を持ちこんだことはない。ブレントをはじめとして〈ハリソン調査社〉に関係している者たちは、超常現象に関する専門家だという理由でしばしばあざけりの対象にされているが、それでも彼らはプロ意識を持って仕事をしている。

しかし、ニッキ・デュモンドにはなにかがあった……。

それは単に彼女の外見ではなく、彼女の……。

魂だった。

彼女の存在の本質。

彼女の目、彼女の情熱、彼女の身のこなし、彼女の声音……彼女に関するすべて。

「ジュリアンはきみの婚約者なのかい？　それともボーイフレンド？」ブレントはていねいな口調で尋ねた。

ニッキはにっこりして一瞬目を伏せた。「いいえ、彼はわたしの親友なの。長年にわたるいちばん親しい友達よ」

ブレントはほほえんだ。「しかし、彼はきみの話をひとことも信じてくれない。違うかな？　きみがアンドレア・シエロの死に恐ろしいショックを受け、そのために頭のなかで幽霊をつくりあげた。彼はそう思っているのだろう」

ニッキが不安そうな表情になったので、ブレントは図星だったことを悟った。

「さっきも言ったけど、わたしは友人たちから精神の均衡を欠いていると思われているの」

「で……きみ自身はどう思っているんだい？」ブレントはきいた。

彼女の目が細くなった「あなたは何者？　警官？」そして自嘲《じちょう》するようにほほえんだ。

「霊能力のある警官といったところかしら？」

「ぼくは警官ではない」

「ＦＢＩ？」

「いや」

「それじゃ……？」

「ぼくは政府からいろいろと変わった仕事を請け負っている民間機関のために働いている」ブレントは言った。「しかし、政府とは関係のない仕事もしているんだ」

「なるほど」

「で、ぼくと一緒にコーヒーをどうだろう？」

ニッキは返事をはぐらかした。「もうアンディーは見えないわ」彼女はささやいた。

「そうだね、彼女はここにいないから」

ニッキは再びためらった。「アンディーは……あなたに話しかけたの？」

ブレントは首を横に振った。「彼女がいることに気づいているのを、ぼくは彼女に悟られないようにしていたんだ」

「へえ、そうなの。もちろんよね」ニッキがあざ笑った。

「彼女が信頼しているのはきみだ。ぼくではない」

「あら。じゃあ、幽霊に話しかけてもらうには、まず信頼してもらわないとだめなのね？」

「幽霊によるよ」挑戦的な口調の彼女に対し、ブレントは平静な声で応じた。

ニッキは迷っているようだった。一瞬、ブレントは彼女に追い払われるに違いないと確信した。

「ちょっと待っていて」

ブレントは彼女がジュリアンのところへ歩いていくのを見守った。彼らのツアーに参加した最後の客が別れの挨拶《あいさつ》をして去っていく。

ブレントはジュリアンに信用されていないのを知っていた。加えて、ジュリアンは命をかけてでもニッキを守るつもりでいる。ブレントがツアーに参加したとき、ジュリアンは快く迎え入れてくれたが、それはブレントがほかの客と一緒についてまわって話を聞くための料金をきちんと彼に払ったからだ。

今、ジュリアンは明らかにニッキと口論している。だが、ジュリアンは彼女を思いとどまらせることができなかった。どうやらニッキを説得しようとして口論すると、彼女は逆の決心を固めるらしい。後々のために覚えておかなくては、とブレントは心にとめた。

やがてニッキは向きを変えてブレントのほうへ戻ってきた。彼はジュリアンがニッキの背中をずっと見送っているのを見た。ジュリアンはブレントを見て、手に持っているコーヒーカップを掲げて挨拶した。

「じゃあ、おやすみ」ジュリアンが大声で言った。「で、ふたりでどこへ行くんだい?」

ブレントはこのあたりでもっとも人の出入りが多いホテルのバーの名前をあげた。ニッキをふたりきりになる場所や危険なところへ連れていく気はないとジュリアンを安心させるためだ。

「楽しい夜を過ごすといい」

ニッキがブレントのところへ戻ってきた。

「彼は了解してくれたようだね」ブレントはほほえんで言うと、ニッキと並んで通りを歩きだした。

「いいえ、ジュリアンはわたしをばかだと思っているわ。わたしはばかかしら?」

「いいや」

「たぶん彼はわたしたちのあとをつけてくるでしょう」

「それは警告なのかな?」ブレントは穏やかに尋ねた。「ぼくにはよからぬ意図などこれっぽっちもないのだけどね」

「そうやってわたしの心をもてあそぶつもりでいるのなら、いいこと、それをよからぬ意図というのよ」

ブレントはそっとため息をついた。ツアーに参加した客たちが通りかかって、大声で呼びかけてきた。「すてきなツアーだったわ、ありがとう!」

「どういたしまして。当社のほかのツアーにもぜひ参加してくださいね」ニッキが大声で応じた。

「まるで幽霊が目に見えるようでしたよ」ひとりの女性が笑いながら言って、一団は遠ざかった。

ホテルはそこから少し行ったところの角にあった。ブレントは先に立って歩いていき、ニッキのためにドアを開けた。彼女は小さい声で礼を述べてなかへ入り、ふたりはバーのあるほうへ進んでいった。

そこはこの界隈《かいわい》にあるほかのバーよりも静かだった。ピアニストが主として映画音楽を静かに演奏していた。オーク材でできたボックス席のいくつかをビジネスマンたちが占領している。外でのディナーから戻ってきた女性たちは美しく着飾っていた。一般の観光客はショートパンツやタンクトップやホルターネックのドレスなどのくつろいだ服装で座っている。空いているのはカウンターのふたつの椅子と三つのボックス席だけだった。褐色の肌をしたホステスがふたりを奥の狭いボックス席へ案内した。そのホステスは真っ黒い髪と輝くような笑顔の持ち主で、香水のいいにおいをさせていた。

腰をおろすとすぐにニッキは話をしようと口を開けたが、ウエイターがやってきたのでやめた。彼女は削ったチョコレート入りのラテを注文した。ブレントも同じものを頼んだ。

ウエイターが去った。

ニッキはブレントを見て形ばかりの笑みを浮かべた。そして両手でそわそわとカクテルナプキンのしわをのばした。彼女の指は長く華奢《きやしや》で、爪は普通の長さに切られ、透明のマニキュアが塗られていた。

「するとあなたは警官でもFBI捜査官でもないのに警察署に出入りができて、死んだ男の人の写真を持ち歩き、それまで正気だった人々に恐怖のあまり気が変になったと思わせてまわっているのね。それともあなたは人間の心理を研究している精神科医かなにかなのかしら」ニッキが鋭い口調で切りだした。

「いや」

「そう。だったら……あなたはいつから幽霊を見るようになったの？」彼女が尋ねた。

「ずっと前から」

「あなたはインディアンなのでしょう？　あら、ごめんなさい、今はネイティブ・アメリカンという言葉をつかわなければいけないんだったわね」

「一部分は、そのとおり」

「どの部族？」

「ラコタ族だ。父方の祖父が」

「じゃあ……」

ウエイターが注文した飲み物を運んできたので彼女は口を閉ざした。ウエイターはふたりが酒を飲んでいないのを少しも気にしていないようだった。というのは、たいていのバーでは熟成したブランデーよりもラテのほうが値段が高いからだ。ウエイターが去るやいなや、ニッキは青緑色の目で探るようにじっとブレントを見つめた。「じゃあ、教えてちょうだい、あなたは幻覚剤《ペヨーテ》を吸うかなにかして、幽霊とかかわるようになったの？」

彼女はおびえると同時に怒っている、だからこんなにむきになるのだ、とブレントにはわかっていた。にもかかわらず、緊張が自分の体を波のように伝わるのを感じた。使っていた小さなマドラーが指のあいだでぽきんと折れた。

彼は深く息を吸った。

「いや。ペヨーテとはなんの関係もない」

「そう、ごめんなさい」彼女はラテをかきまわしながら言った。「こんなことはとうてい……あなたには想像もできないわ。わたしは自分が正気だとは思えないの」

「しかし、きみは正気だよ」

「いいわ、そういうことにしておきましょう。で、あなたには幽霊が見える。そしてあなたに言わせると、わたしにもまた幽霊が見えるのはしごく当然のことで、わたしたちはそれぞれの幽霊の友達についてきちんと話しあうべきだというのね」

「幽霊が見えるのは当然だなどと言った覚えはないよ」ブレントは言った。

ニッキは小さなマドラーを使って、ラテに浮いているホイップクリームと削ったチョコレートをまぜた。

「じゃあ、わたしたちは狂気の世界に陥ったの？」

「いいや、そうじゃない。世の中には生まれつき音楽の才能に恵まれた人間がいる。彼らは訓練を受けたこともないのに楽器を手にして旋律を奏でることができる。一方、なかにはいくら練習を積んでも演奏が上達しない者もいる。また、生まれながらにして絵の才能がある人間もいる」

「すると、あなたは生まれつき幽霊が見えたの？」ニッキがきいた。「だとしたら、〝想像上の友達〟という言葉に新しい意味が与えられたんじゃないかしら」

ブレントはかぶりを振った。「ぼくが言いたいのは、人生にはあいまいな領域があるということだ。今、きみはおびえている。だからといってきみを非難するつもりはないよ。きみ自身の精神衛生に疑いを抱くことのほうが、きみが幽霊と交信していると認めることよりも、はるかに恐ろしいことかもしれない。幽霊が見えるのはちっとも当然なんかじゃない。しかし、幽霊が見えるからといって頭がおかしいとは限らない。この世にはいまだに理屈で説明できない物事があることは科学者ならだれでも知っている。われわれは引力や生命、進化、遠い昔の時代について知っている。われわれは絶えず信仰に疑いを抱く。人間は信念のために生き、信念のために死ぬ。それでいながら、だれひとりたしかな答えを得てはいないんだ」

ニッキは疑わしそうな笑みを浮かべた。「あなたでさえ得てはいないの？　あなたの幽霊たちは、あなたになんでも教えてくれるんじゃないの？」

「幽霊たちだって、たいていはわけもわからずに、途方に暮れてうろついているのさ」

「わかった。幽霊たちがいつまでもうろついているのは暴力的な死に関係しているんだわ。彼らはなにかに決着をつけなければこの世を去ることができないのよ。だれかを見つけるとか、復讐《ふくしゅう》を果たすとか。そうじゃない？」

真剣さと疑惑が半々にまじった質問だった。

「ほかにも理由はあるよ」

ニッキは目を伏せて再びカクテルナプキンのしわをのばした。ブレントが自分のナプキンに手をのばすと、ふたりの指が軽くふれた。ニッキが驚いて彼を見る。じっと見つめ返したブレントは、ふたりのあいだに電流が走るのを意識した。彼の全身を小さな震えが貫く。彼女はぞくぞくするほど男の心をそそる。媚《こ》びたところは少しもなく、ただ自然に振る舞っているだけなのに、実に官能的だ。

しかし、ニッキはブレントを信用していない。彼と一定の距離を保ちたがっている。

ブレントは指を引っこめた。慎重に振る舞わないとニッキを失ってしまいそうな気がしたのだ。彼女は立ちあがり、二度とわたしに近づかないでと言い残して出ていってしまうかもしれない。

「ニッキ、ぼくなら必ずきみの助けになれると信じているよ。それと、ぼくもまたきみの助けを必要としているんだ」

彼女は立ち去らなかったものの、目を伏せたままだった。やがて彼女は目をあげてブレントを見た。「今日あなたが見せた写真の男性は、いったいだれなの？　その人が死んだのはいつ？　マダムのカフェで見たときはすでに死んでいたの？　それとも、そのあとで殺されたの？」

「検死官の調べでは、おおよその死亡時刻しか判明しなかった。これはぼくの想像だが、きみが最初に見たときは、彼はまだ生きてはいたものの、なんらかの深刻な状況に陥っていたのだろう。たしかなところはわからないがね。彼の正体は潜入捜査に携わっていたFBI捜査官で、非の打ちどころのない人間だった。金で買収できるようなたぐいの男ではない。いくら大金を積もうとも。彼はこのニューオーリンズの貧民街で抗争を繰り返している悪辣《あくらつ》な麻薬密売組織に潜入し、ひそかに取り引きの実態を調べていたんだ。確実な証拠をつかむまで、正体を知られないようにうまく立ちまわってきたに違いない」

「あなたは彼を知っていたの？」

ブレントは首を横に振った。「いや。そこが問題なんだ」

「だったら、彼は非の打ちどころのない人間だったと、どうしてわかるの？」ニッキが穏やかに尋ねた。「それに、彼を知らなかったことがどうして問題なの？」

「ぼくは政府内のもっとも高い地位にある人々とつきあいのある男のために仕事をしている。しかし、その男は証拠のないものはなにひとつ信用しない。アダム・ハリソンという男だが、彼は必ずその人間をいちばんよく知っていた人々や、もっとも親しかった人々のところへ事情をききに行くことにしているんだ。そうして徹底的に身辺を洗っても、潔白だという話以外になにも聞かなかったら、それを真実と信じてまず間違いないということだ」

「すると、わたしがホームレスだと思った人は、本当はたいした人物だったのね。ほら、これでわかったでしょう。わたしには人を見る目がないのよ」

「きみは彼が意図したとおりに見ただけだ」ブレントは言った。

「あなたが直接彼を知らなかったことが、なぜそんなに問題なのかしら？」

「なぜなら、彼のほうもぼくを知らなかったので、今になってぼくを信用する理由がないからだ。しかし、きみは再び彼を見た。ゆうべ、路上で。そしてそれが問題のひとつでもあるんだ。そうだろう？」

ニッキはぼんやりとマドラーをなめた。

またもやブレントの全身を小さな震えが走った。

これは仕事なのだ。ぼくはプロなのだ。プロのゴーストバスターなどとあざける人たちもいるが、プロであることに変わりはない。

仕事とお楽しみを混同してはいけない。断じて。この件に関しては絶対にだめだ。生死にかかわる問題においては。洞察力や理性を弱める可能性がほんのわずかでもあるときは……。


「ええ、わたしは彼を見たわ」ニッキが小声で言った。そして大きな目で懇願するようにブレントを見つめた。「きっと警察は間違いを犯したのよ。彼は死んでなんかいない。だれか別の人に違いない――」


「いいや」

ニッキは大きく息を吐いた。

「きみにはわかっているはずだ」ブレントは言った。「アンディーだって死んでいるんだよ」

彼女はブレントを見て悲しそうにほほえんだ。「ええ、アンディーは死んだわ」

「それなのに、きみはいまだに彼女を見ている」

「そうね」ニッキはつぶやいて視線を落とし、すぐにまた目をあげた。「アンディーったら、服まで着替えていたのよ。死んだときに着ていたTシャツから……埋葬のためにわたしが選んであげた黒いスーツに」

「彼女が現れるのはきみを助けるためなんだよ」ブレントは穏やかな口調で諭した。

「わたしを助けるためですって？　アンディーのせいで、わたしは友人たちから頭がおかしいと思われているし、今夜だってツアーのときにひとりの女性に変な目で見られたのに」

ブレントは同情に満ちた笑みを浮かべた。「きみにとってはさぞつらいことだろうね」

ニッキは空のマグのなかでマドラーをまわした。「お酒でも飲みたい気分だわ」彼女は言った。「いいえ、だめ。きっと水玉模様の象かなにかが見えはじめるに決まっているもの」

「ラテのお代わりは？」ブレントがきいた。

突然、ニッキが青緑色の目で彼を値踏みするように見た。

「わたしには特殊な才能があるって、あなたは言ったわね。画家や音楽家が生まれつき持っているのと同じような才能が。そしてその才能が引きだされたのは、アンディーがわたしを助けたがっているからだというのね。そしてあなたにも――あなたがどういう人か知らないけど――同じ才能があるのね。そしてわたしは頭がおかしくなってなんかいないのね」

「そのとおり」

「で、ほかにもこの才能を持っている人たちがいるの？」

「いるよ」

「どうして今までそういう人のことを聞いたことがなかったのかしら？」

ブレントは肩をすくめて両手をあげた。彼はニッキにふれないよう気をつけていた。彼女がつけている香水のほのかなにおいがする。その香りは、彼女のちょっとした動きやかすかな吐息のようにとらえがたかった。

「たぶんきみは読んだことがあるだろう……その、幽霊に関する物語を。そうした物語はたいてい社会的に疎外された人たちによって書かれる。普通の人々が経験するのとは別の次元でなにかにふれることができる人たち、幽霊たちと深くかかわることができる人たちによって。彼らは……そう、何事に関しても非常に用心深いんだ」

「へえ、そうなの」ニッキがつぶやいた。

「ぼくにはきみの助けが必要だ」ブレントは繰り返した。

彼女はため息をついて、再びじっと彼を見つめた。

「そしてきみもぼくの助けを必要としている」

「だけど……だけど、あなたはわたしにどうしてほしいの？」

「ぼくはきみが見た幽霊たちと知り合いになる必要がある」ブレントはあっさりと言った。

「あなたはただ……彼らに歩み寄って自己紹介をしたらいいんじゃない？」ニッキはわざとらしい笑い声をあげて尋ねたが、その声は不安そうに消え入った。

「彼らはぼくを知らない。だから、ぼくを信用していない」

「きっとアンディーはあなたを好きになったでしょうね」ニッキは小さな声で言って、首を振った。「教えてちょうだい、どうやってあなたを幽霊たちに紹介したらいいの？ わたしは例のFBI捜査官だったという人と会話らしい会話をしたことさえないのよ。マダムのカフェで、死んでいたのか生きていたのかわからない彼を見かけ、そのあと二回、今度は間違いなく死んでいる彼を通りで見かけただけ。それにアンディーはといえば……いつ彼女がわたしの前に現れるのか見当もつかないんですもの」

「ぼくらのほうで彼女を捜せばいい。きみとぼくが一緒に」ブレントは言った。「きみがぼくを信用しているとわかれば、たぶん彼女もぼくを信用するだろう」

「あなたを信用していいものやら、わたし自身にもわからないわ」

「きみはぼくを信用していると思うよ」ブレントは思いきって言った。

それを聞いて、ニッキがきまり悪そうに頬を赤くした。

彼女が立ちあがった。きっと行ってしまうつもりだ、とブレントは思った。

「もうコーヒーはいらないわ。それにお酒も飲みたくはないし。家まで送ってちょうだい」ニッキが言った。

「いいとも」ブレントは応じた。

ニッキがよく知らない男と出かけたので、ジュリアンは気が気ではなかった。ニッキの私生活までジュリアンが管理しているわけではないが、あの男のなにかが彼を不安にさせた。

しかもニッキは正常な心理状態にない。アンディーが死んで以来、ずっと。

ふたりが歩み去るのを、ジュリアンは不安な面持ちで見送った。

そして今はマダムのカフェの前を行ったり来たりしている。

そのうちにマダムが店から出てきた。「なにをしているの?」彼女が尋ねた。

「なにって……ニッキが……その、デートしに行ったんだ」ジュリアンは言った。

「あら、そう」マダムはつぶやいて通りの先を見やった。彼女はしばらく黙っていたあとで言った。「こんなときにデートするのはニッキにとってよくないんじゃないかしら。そう思わない?」

「ぼくがニッキにああしろこうしろと指図することはできないよ」ジュリアンは言った。

「引きとめればよかったじゃない」

「引きとめたさ」

「それで……彼女は幽霊を見ているんですって?」

「アンディーの件で、彼女はすっかり動揺しているんだ」

「そりゃそうでしょうとも」マダムはジュリアンをしげしげと見た。「あなたは相手の男性を知っているの?」

「少しだけ。ゆうべ、通りで彼に会い、今日は警察署で会った」

「警官なんてみんなやり方が……」

「どうだというんだい？」ジュリアンはきいた。

「汚いのよ」マダムはそっと言った。

「ふたりをつけていったほうがよかったと思う？」ジュリアンが尋ねた。

「ええ」

ジュリアンはマダムをじっと見たあと、ニッキとブレントが去った方角へ脱兎《だっと》のごとく駆けだした。

気に入らなかった。なにもかもが気に入らない。あの知らない男も……幽霊に関する話も。すべてが彼の不安をあおりたてずにはおかなかった。

こんなのは健全なことではない。だれにとっても。

とりわけニッキにとっては。

「立派なアパートメントだね」ポーチから建物を眺めながらブレントが感想を述べた。

「そうでしょう。気に入っているの」ニッキが応じた。ふたりはしばらくぎこちない様子でドアの前に立っていた。

「きみがなかへ入ってちゃんと鍵《かぎ》をかけるまで、ぼくはここで待っているよ」ブレントが言った。

ニッキは微風に髪がそよぐのを感じた。ブレントのつけているオーデコロンのにおいが風に乗って漂ってきた。不思議なことに、たくましい彼の肉体がそばにあるだけで頼もしさを覚えた。

と同時に怖くもあった。この男性のことを、自分はほとんどなにも知らないのだ。彼は明らかに普通の男性とは違う。ふたりがデートの最中だとしたら、この瞬間はどのようなものになっていたかしら、とニッキはぼんやり考えた。彼女には自分なりに決めた規則がいくつかあって、ずっとそれらの規則を守ってきた。最初のデートは相手を知るためのものだ。それ以上でもそれ以下でもない。『セックス・アンド・ザ・シティ』は大好きで、毎回録画したものだけれど、ドラマに描かれている生き方を自分もしようとは思わなかった。私生活でも仕事でも、彼女はすべてにおいて慎重かつゆっくりと物事を運んだ。

しかし、これがデートだったとしたら……。

ニッキの心臓はまるではじめてのキスをするときのように激しく打っていた。そよそよと吹き過ぎる心地よい微風が、もっと彼のそばへ寄れとそそのかしているかのようだ。彼の肌の感触に酔うがいい、彼の肉体の熱さを感じるがいい、と。彼女は激しい誘惑に駆られた……顎を上へ傾けて、目をつぶり、にっこりして、唇を開き……彼がキスしてくれるのを待つ。

だが、もちろんこれはデートではない。

そうだとわかってはいても、鼓動の乱れはおさまらなかった。シャツを脱いだ彼はどんな体をしているのかしら、彼に寄り添って眠ったらどんな感じがするかしら、と彼女は考えにふけった。

ニッキの空想はそれだけにとどまらなかった。彼の愛し方はきっと攻撃的に違いないが、やり方は上手だろう。ときにはやさしく、ときには情熱的に愛してくれるのではないかしら。女の体の扱い方を心得ているに違いない。きっと彼は……。

彼女はさっと後ろへさがり、彼に人の心が読めませんようにと祈った。

「あの……わたしたち、まだ話を最後までしていなかったわね。あなたさえよければ……どうぞなかへ入って。ごめんなさいね、わたし、あれ以上バーに座っているのに耐えられなかったの。今のわたしは精神が不安定で、正気を保っているだけでもひと苦労なのよ」

ニッキが驚いたことに、ブレントはなかへ入るのをためらった。

「ニッキ、ぼくはきみに無理強いしたくはないんだ」

無理強いですって？　わたしはもう心構えが……。

「ぼくはきみの信用を得たい。ぼくという人間を信じてほしいんだ。そのためには今すぐ立ち去るべきだというのなら、ぼくはそうするつもりだよ」

これはどこからどこまでも仕事なのよ、とニッキは自分に言い聞かせた。彼には幽霊が見えるし、わたしにも幽霊が見える。わたしたちはメモを比較しあっている刑事みたいなもの。恋人になろうというんじゃないわ。

「あの」ニッキはほほえもうとしたが、ぎこちない薄笑いしか浮かばなかった。「わたしがなかへ入って鍵をかけるのはいいけれど、それでは幽霊に対してあまり役に立たないいんじゃないかしら？」

「生きている殺人者に対しては大いに役立つだろう。きみの友達やＦＢＩ捜査官を殺害したのは間違いなく生きている人間だ」

「そう。わたしは用心しなくちゃいけないってことね」ニッキは言った。「ジュリアンはゆうべ親切にここへ泊まってくれたの」

「ジュリアンが？」ブレントが繰り返した。

「で、なかへ入る？」

彼は返事をしなかった。

ニッキはじりじりしてきて、いくぶん腹まで立ってきた。「生きている人間のために、生きている殺人者がいないかどうか、家のなかを調べてくれてもいいと思うわ」

ああ、この人の笑顔はなんてすてきなのだろう、とニッキは思った。笑うと顔のいかつい線がやわらいで、とても感じがよくなる。目の輝き、わずかにゆがんだ唇……どれもこれもすごく魅力的。だが、もうひとりの自分が、早すぎるわ、と戒めた。わたしはこの人を知らないのよ。

気がついてみると、ニッキは息をつめていた。息をつめていたのは、わたしがチャンスをつかもうと考えていたからだ。わたしにとって世の中が危険きわまりない状態にあるときに。チャンスをつかもうなどと考えてはいけないときに。

「お願い、どうかなかへ入ってちょうだい。この町に生きている犯罪者たちが存在するのは知っているけど、今のわたしがいちばん怖いのは生きている人たちではないの」

「ミス・デュモンド、じゃあお言葉に甘えて入らせてもらうよ」ブレントが言った。

ニッキは自分が震えているのに気づき、慌てて背を向けた。

彼女が鍵を開けてなかへ入る。ブレントも入ってきて一階をぐるりと見まわした。

「一階がリビングルームになっているんだね。ベッドルームは二階にあるのかな？」彼が尋ねた。

ニッキは眉をつりあげた。「そんなことも知らなかったの？」

ブレントはほほえんで首を振った。「ぼくは霊能者ではないからね」

「ええ」ニッキは言った。「あなたは幽霊と話をするだけですものね」

ブレントはなにも言わず、壁にかかっている絵を眺めていた。ほとんどはニューオーリンズ市内とその近辺を描いたものだ。通りの光景、ミシシッピ川、人々。ニッキはなるべく地元の画家たちから絵を買うことにしていた。アメリカのあちこちの風景をテーマに選んだものも何枚かあり、フィレンツェを題材にした一連の水彩画もある。

ブレントはセントルイス一番墓地を描いた油絵がとりわけ気に入ったようだ。建築物の美しさと荒廃の様子を見事にとらえた絵だった。こうべを垂れたひとりの若い女性が、翼を持つ天使像がある墓にふれている。見る者に生と死のあいだに横たわる一線をまざまざと思い起こさせると同時に、神秘的な雰囲気と可能性を漂わせる作品だ。

「きみはこれを描《か》いた画家を知っているかい？」ブレントが絵に近づいていきながら尋ねた。

「いいえ」ニッキは答えた。「彼女はチュレーン大学の大学院生だったんじゃないかしら。ジャクソン広場の近くで買ったの」

「いい絵だ」ブレントがほめた。

「ありがとう。わたしもすごく気に入っているの。画家はなにかをとらえたんだわ……。奇妙に聞こえるかもしれないけど、この絵には一種の霊気がある。もっとも、あなたに向かってそう言ったところで、たいして奇妙には聞こえないかもしれないわね。気を悪くしないで。侮辱するつもりで言ったんじゃないのよ」ニッキは言い添えた。ああ、わたしとしたことが、どうなってしまったのだろう。さりげない会話もできないなんて。わたしたちふたりのあいだになにが起こったというの？　この人には最初からなにかがあった。だけど、わたしは怒っていたときのほうが、そしてできるだけこの人を遠ざけておきたいと思っていたときのほうが、たぶんもっと頭を働かせることができたのではないかしら。

ブレントが笑った。「たしかにこの絵には一種の霊気がある」ニッキに向かって断言する。「幽霊が見えようと見えまいとね。それが芸術というものだとは思わないか？　顔でも物でもそっくりそのまま写しとるのではなくて、主題に感情やあたたかさや、なにか特別なものを吹きこんでやるのさ」

「ええ……たぶんあなたの言うとおりよ。だけどもっといえば、わたしたちはみなそれぞれ違うものを見ているんじゃない？」

「まったくそのとおり。ぼくの友達に、犬を描いた大きな絵をバーに飾っている男がいてね、彼はその絵を、過小評価されている世界最高傑作のひとつと考えている。つまるところ、われわれはみな違うものを見ているんだ」

ニッキは顔が赤くなるのを感じた。「ええ、死んだ人たちが歩きまわっているのを見る人がいるように」彼女は自分の言葉にたじろいだ。「わたし、あの、紅茶をいれるわ。紅茶でいいかしら？」

ブレントは眉をつりあげた。「ぼくが紅茶を嫌わなくちゃならない理由でもあるのかな？」

「いいえ」ニッキはまたしてもたじろいだ。「だって……ほら、わたしはインディア……ネイティブ・アメリカンが、どんなものを飲むか知らないから」ああ、どうしよう、わたしときたら、ますますひどいことを口走っている。

「強い酒以外に、って意味かな？」ブレントがきいた。

「わたし……」ニッキは言いかけてブレントにからかわれているのだと気づき、話すのをやめた。

「ぼくの体にはラコタ族よりもアイルランド人の血のほうが濃く流れている」ブレントがそっけなく言った。「だから民族的には紅茶が合っている。しかし後学のために言っておくと、ぼくの知っているラコタ族には紅茶が好きな人もいれば嫌いな人もいる。つまり個人の好みの問題ってわけだ」

ニッキはつくり笑いをしてうなずいた。彼女が住んでいるのは世界じゅうでもっとも複雑に人種がまじりあっている都市だ。ニッキの友人には白人もいれば黒人もいるし、複数のルーツを持つ人もいる。ゲイもいればストレートもいる。カトリック教徒、ユダヤ教徒、ヴードゥー信者、魔術崇拝者がいる。彼女は今まで人種に関してまずいことを口にし、それが原因でこれほどまごついた経験は一度もなかった。

ブレントはにこにこしながら彼女を見つめている。彼を見つめ返しながらニッキは思った。わたしは口を開くたびに失言しているどじな人間みたいだわ。

彼女はキッチンのほうへ手を振った。「お湯をわかしてくるわ」

「ありがとう」

ニッキが最初に違和感を覚えたのは、キッチンに入ったときだった。なにもかも彼女が出ていったときのままになっていた。カウンターの上はきちんと片づけられて、きれいにふかれ、コーヒーポットが……。

ほんの少しだけ違う。いつも彼女が置く場所よりも遠いほう、カウンターの端に近いところにある。

それともそれは……彼女がなにか異状を見つけようとしているから、そう見えるだけのことだろうか。

ニッキは戸棚や引き出しを開けはじめた。銀食器類はいちばん左手奥の引き出しにあるべき形で入っていた。戸棚のガラス窓の向こうには上等な磁器がきちんと並んでいて、わずかに動いた形跡もない。ニッキはやれやれと首を振った。アパートメントへ押し入ってコーヒーポットを数センチだけ動かした人などいるはずがないのだ。やかんはいつも彼女がそうしておくようにこんろの上にのっている。

彼女はやかんに水を注いで火にかけ、周囲の様子を探りつづけた。いつもと変わったところはなにもない。

ニッキがリビングルームへ戻ってみると、ブレントは相変わらず壁の絵を眺めていたが、特にどの絵を見ているというのではなかった。

「彼女は今ここにいないのだろう？」ブレントが尋ねた。

ニッキは彼の好みがわからなかったので、カップとティーポットのほかに、ミルク、砂糖、レモンをトレーにのせて運んできた。

彼女の手のなかでトレーがかたかたと鳴りだした。

「彼女って？」ニッキは問い返したが、ブレントがだれのことを言っているのかは承知していた。

「アンディーさ」

ブレントは彼女からトレーを受けとって、ソファーとラブシートのあいだにあるコーヒーテーブルへ置き、ラブシートに座った。

ニッキはまじめな顔でかぶりを振った。「いないわ」

彼女もラブシートに腰をおろし、客をもてなすべくティーポットに手をのばしたが、ブレントがきっぱりと申しでた。「ぼくが注《つ》ぐよ、いいだろう？」

なぜかどぎまぎしてしゃべれなかったニッキは、ただうなずいた。

「彼女は毎晩現れるわけではないんだね？」ブレントは紅茶を注ぎながらさりげない口調で尋ねた。ニッキは自分のカップにミルクと砂糖をひとさじ加えた。

彼女が見ていると、ブレントはなにも入れずに飲んだ。

「ニッキ？」ブレントが繰り返す。「彼女は毎晩現れるんじゃないだろう？」

「ええ、毎晩じゃないわ」ニッキはためらって、紅茶を長々とすすった。「毎晩出てこられたら、わたしは完全に錯乱して今ごろは病院に閉じこめられているでしょう。たぶんアンディーにはそれがわかっているんじゃないかしら」

「ああ、たぶんわかっているだろう。きっと彼女はきみを傷つけたくないんだ。それどころか、彼女はきみを助けようとしているんだよ」

ニッキは身震いした。ブレントの膝が彼女の膝にふれていた。ふたりの顔はすぐ近くにある。気持ちをしっかり保たなくては、と彼女は思った。わたしは生まれてこのかた見たこともないほど魅力的な男性と出会った。そしてその男性が今、わたしのアパートメントにいるのだ。わたしたちはふれあっている。ふたりの顔があまりに接近しているので、彼の瞳の濃いエメラルド色の虹彩《こうさい》が見えるほどだ。彼の肌のきめが感じられ、彼の体のあたたかさに包まれるような気がする。

それでいながらわたしたちは幽霊の話なんかしているのだ。そうするのが当然であるかのように。

「わたしを助けようとしているのなら」ニッキの耳に鋭い口調で言っている自分の声が響いた。「どうしてアンディーはマッシー刑事やジューレット刑事のところに現れて、彼女を殺した犯人を教えないの?」

「たぶん彼女は犯人を知らないのだろう」

「自分を殺した犯人を知らないなんて、ありうるかしら?」

「彼女は暗がりで襲われたか、寝ているところを殺されたかして、それで相手を見なかったのかもしれない。しかし彼女は、きみも危険にさらされていることを知っているか、あるいは感じているのだろう」ブレントが言った。「ぼくはなんとしてもアンディーと話をする必要がある。ぼくが手を貸そうとしているのだと納得しなければ、彼女はぼくを認めようとはしないだろうし、そばへ寄せつけようともしないだろう」

ニッキの腕に鳥肌が立った。「わかったわ。で、例のFBI捜査官はどうなの？」彼女は尋ねた。「彼とは知り合いでもなんでもなかったのよ。それなのにどうしてわたしの前に現れるの？」

「ぼくにもわからないんだ。それについても調べてみなければならない」

ニッキは咳払《せきばら》いをした。「お願いだからこんなことは言わないで……」

「こんなことって？」

「これからわたしはどこへ行っても死んだ人たちを見るようになるってこと」ニッキはささやいた。

「心配しなくてもいいよ、ニッキ」ブレントがやさしく言った。「はっきり言っておこう、きみに彼らが見えるのには、ちゃんとした理由があるんだ。それに彼らはきみを助けようとしているんだよ」

ニッキは再び紅茶をすすった。「ちゃんとした理由ですって。彼らのせいで親友はわたしを精神科医のところへ送りこんだのよ。友人たちはみな、わたしが重病人かなにかみたいに気をつかってこそこそしているし。それどころかもっと事態は悪くなりそうなの。ジュリアンときたら、ショック療法でわたしの目を覚ましてやろうと考えたのね。マダムにわたしが幽霊を見ているってしゃべっちゃった。だから、今ではマダムまでわたしに気をつかっているの。マッシー刑事やジューレット刑事なんか、わたしを妄想にとり憑《つ》かれた人間としか見ていないわ」

「あのふたりはぼくのこともかなりいかれた人間だと思っているよ」ブレントがニッキを安心させようとして言った。

「だからって、あなたは気にするの？」

「そのためにぼくの行動が制限されるのでなければ気にしない。幸い、あのふたりはぼくをそれほど嫌ってはいないようだ。なにしろ新たにやってきたＦＢＩ捜査官があまりに鼻持ちならないやつだから。正直な話、そいつはえらく威張りくさった男でね。しかし、今のところ、それがぼくにとって有利に働いているんだ」

　ニッキはいまだに腕の鳥肌が消えていないことに気づいた。

　彼女は怖かった。今まで経験したことがないほど怖かった。

　自分でもなにを言いたいのかわからないまま、彼女は口にしていた。「アンディーは何度か真夜中に現れたわ」

「ほう？」

「わたしはよくテレビをつけたまま眠りこんでしまうのよ。アンディーはテレビを見るのが大好きなようね」

「彼女はきみを見守っているんだよ」

それを聞いて、ニッキの口から言葉が一気にほとばしりでた。「ここにはゲストルームがあるわ。あなたが本気でアンディーと会う機会を求めているのなら、そこに泊まったらどうかしら。彼女が現れたら……すぐにわたしが大声であなたを呼ぶわ。あなたのことは、わたしが彼女に説明してあげる。そうすれば、そこであなたは彼女と会うことができるじゃない」まあ、なんてことかしら！　わたしときたら、狂気の沙汰《さた》としか思えない言葉を口走っている。

「さっきも言ったとおり、きみに無理強いしたくはない」ブレントがやさしい口調で言った。「ぼくはまずきみにぼくを知ってもらって、信頼してほしいんだ」

「やめてちょうだい」ニッキは立ちあがった。「あなたを知って、信頼してほしいですって？　そんなことを言ったって、あなたが今までにしたことといったら、わたしをいやというほど震えあがらせたことくらいよ。あなたはなにが欲しいの？　印刷した招待状？二階にゲストルームがあるわ。今のわたしは自分の影にさえおびえているくらいなの。あなたがその部屋に泊まってくれたら心から感謝するわ」

彼女はブレントの顔にゆっくりと笑みが浮かぶのを見た。その笑みによって、彼の岩のように険しい顔つきがやわらいで魅力的になった。

「そうか、わかった。きみがそれほどまでに言うのなら……」

ニッキはかぶりを振って背を向けた。それ以上なにか言うのが怖かった。次に口を開いたら、どうかわたしの部屋に泊まってちょうだい、わたしと寝て……わたしを抱きしめてちょうだい、と彼に懇願してしまいそうな気がしたのだ。

「幽霊はいたずら好きなの？」ニッキは尋ねた。

「どういう意味だ？」

「彼らは悪ふざけをする？　物を動かすとか？」

ブレントは肩をすくめて返事をためらった。そして問い返した。「つまり……ポルターガイストみたいに？」

「ええ、そんなところ」

「どうして？」

「ちょっと興味を覚えただけ」

再びブレントはためらったあとで言った。「はっきりとは答えられない。幽霊が物を動かすのを見たことがあるか？　あるよ。セントルイス一番墓地に、塀を乗り越えて忍びこんでくる略奪者どもに小石やなにかを投げつける老人がいる。彼は墓地を守ろうとする気持ちがすごく強いんだ。しかし……そうだな、幽霊には古いのもいれば、なりたてのもいる。物を動かすには試行錯誤を繰り返して経験を積む必要がある。現実の世界に影響を及ぼすのは、最初は非常に難しいらしい。彼らがおびえているときには、ほとんど不可能らしいよ」

「幽霊がおびえるなんてこと、あるの？」

「よし、幽霊が見えるという理由で、きみがみんなから正気でないと思われていることは、ひとまず忘れよう。そして幽霊であるとはどういうことかを考えてみよう。彼らは心と魂と人格とでできている。人間として生きていたときにおびえたことがあったなら、幽霊になってからでもおびえることはある。とりわけ、なりたての幽霊は。人間だったときに感じたことは、幽霊になってからも感じることができるんだ」

ニッキは頭のおかしくなった人間を見るような目つきでブレントを見つめている自分に気づいた。

彼女はうなだれた。「アンディーがわたしのコーヒーポットを動かした可能性はあるかしら？」

彼が眉をつりあげた。それから視線を落とし、ティーカップをいじりながら口もとにかすかな笑みを浮かべた。「コーヒーポットが動いていたって？　たしかなのか？」

「それは、まあ、確信はないけれど」

ブレントがまっすぐニッキを見た。「家のなかを調べてまわったほうがいいかもしれないね。なくなっているものがないかどうか調べるんだ。なにもかも普段と同じ場所にあるか……ここはどうだい？」

ニッキはリビングルームをぐるりと見まわした。「いつもと同じみたい」

「二階を調べたほうがいいのでは？」

彼女はうなずいた。

ブレントが彼女について二階へあがった。

ニッキが宝石箱や引き出しやクロゼットを調べているあいだ、彼はベッドルームの入口に立っていた。

「なにか異状は？」

ニッキは首を振った。「わたしは本当に正気を失いつつあるんだわ」

「いや、そんなことはないよ」ブレントがやさしく請けあった。

「隣がゲストルームなの」ニッキは言った。

だが、ゲストルームのなかも普段と変わっている点はなさそうだった。ニッキはそっとため息をもらした。

「さっき話したコーヒーポットだけど、わたしがいつもより遠くへ置いただけかもしれないわ」彼女はそう言って肩をすくめた。

「こうして調べておけば安心できるよ」ブレントがあっさりと言った。

「そうね。じゃあ、わたしは自分の部屋のバルコニーのドアを確認するわ。あなたにはほかのところのチェックをお願いできるかしら？」

「いいとも、わかった」

ベッドルームへ戻ったニッキはバルコニーのドアにしっかり鍵がかかっているのを確認した。このドアを開けっぱなしにしたことはなかったわ、と彼女は思った。

「全部鍵がかかっていたよ」ブレントが廊下から大声で言った。

「ありがとう」

「大丈夫か？」

「ええ、大丈夫。あの……心地よく寝てもらえるといいんだけど。おやすみなさい」

「おやすみ。それと、心配しないで。ぼくがついている。なにか怖いものを感じたら大声で呼べばいい。どんなちっぽけなことでもかまわないよ」

「わかったわ。ありがとう。おやすみなさい」

ニッキはドアを閉めたが、鍵はかけなかった。それから彼女は寝る前の習慣にしている行為をひととおり行った。機械的に歯を磨き、顔を洗って、服を着替える。

バスルームで彼女は再び違和感を覚えた。シンクの上の戸棚にしまったお気に入りの香水の大瓶のひとつ――パトリシアからのクリスマスプレゼント――の位置が、ほんの少しずれているように見える。いつもよりも棚の端に近すぎるようだ。

ばかばかしい、とニッキは自分に言い聞かせた。たしかにわたしは度がすぎるほどきちょうめんだ。それは自分でもわかっている。だけど、よりによってこんなときに、なにもかもをもとあった場所へ寸分たがわず戻していると信じる理由はひとつもない。今朝、わたしはその香水を使った。今朝、あのコーヒーポットを使ったように。それらを戻すときに、たぶんいつもほど正確には戻さなかったのだ。

とはいえ……。

やっぱり気になる。

なにもかも気になって仕方がないんだわ。きっとわたしは些細《ささい》なことがらを大げさに考えているのよ。感情を制御するすべを失ったら、そのうちに通りですれ違う人たち全員の顔に邪悪なものを見るようになるだろう。

気持ちを引きしめなくては、と決意してニッキはベッドへ向かった。

ベッドに横たわったが眠れそうになかった。

部屋のものが動かされていた……。

そんなの、ばかげている。コーヒーポットや香水の瓶を動かすためにアパートメントへ侵入する人間などいやしない。

たぶんアンディーがやったのだ。まだなりたての幽霊であろうとなかろうと。

そしてたぶん、わたしは本当に頭がどうにかなりかけているのだ。

眠り。眠りが必要なんだわ。

いいえ、絶対に眠れないだろう。

そうはいうものの……。

まぶたが落ちかかり、ニッキは快い眠気を覚えた。わたしはほとんど見ず知らずの男性を家のなかへ迎え入れたのだ。でも、その人がすぐ近くにいるおかげで、わたしは安心感を覚える。あれ以来、感じたことがない心強さを……。

アンディーが亡くなって以来。

ニッキは目を閉じた。

次に気がついたときは朝になっていた。

10

朝早くに目覚めたパトリシアは自分に腹を立てた。目覚まし時計が鳴る前に起きてしまうことほど不愉快なものはない。夜は遅くなることが多いので、朝の眠りは貴重だ。

室内はまだ暗い。彼女を目覚めさせた原因はなにもなかった。

かたわらではネイサンがまだぐっすり眠っている。パトリシアは彼がそこにいるのをうれしく思った。

仕事においても、私生活においても、なにもかもがうまくいっていた……。

アンディーが死ぬまでは。

パトリシアは心に恐怖のさざなみが立つのを感じると同時に、アンディーに対して深い同情の念を抱いた。彼女はアンディーをそれほどよくは知らなかったけれど、そんなことはたいして問題ではない。とにかく知っていたのは間違いないのだし、アンディーの身に起こった出来事は実に恐ろしかったからだ。いいえ、あんなにはつらつとしていた、若くて美しい、希望に満ちていた女性が死んだのだ。その事実は、恐ろしいなどという言葉ではとうてい言い表せない。

死んだのはアンディー自身のせいだろうか？　それともニッキが信じているように、ほかの人間の手によってだろうか。

アンディーは昔の悪い習慣に戻ったのだろうか。

それとも本当に被害者だった？

彼女は自分の運命を知っていただろうか。おびえていただろうか。殺人者と戦い、そして負けたのだろうか。

パトリシアはごくりと唾《つば》をのみこみ、再びかたわらへ視線を移した。室内へもれ入ってくるわずかな明かりで、枕《まくら》の色と黒褐色をしたネイサンの髪の色がどうにか見分けられる。彼の規則正しい寝息が聞こえた。

ニッキがしつこく言い張るので、警察はアンディーの事件について真剣に調べざるをえなくなった。だが、これまでのところなんの手がかりも得られていない。マッシー刑事はそのことを彼らに包み隠さず話してくれた。

たとえアンディーが襲われたのだとしても、物音を聞いた人はだれもいなかった。しかしそれをいうなら、だれが聞きつけるというのか。近くにいたのは、ほとんど耳の聞こえない年老いたミセス・モントベロだけだったではないか。

アンドレア・シエロなんかと知りあわなければよかった。パトリシアはふいに思った。

痛切に。アンディーの身になにが起こったにせよ、それは彼女の過去に原因があるに決まっている。

それとも誤解だろうか。アンディーは異常者による行きずりの犯行の被害者だったのだろうか。

指紋ひとつ、繊維や髪の毛一本、残していかなかった異常者。

いいえ、異常者が殺人を犯すときは、わざわざ麻薬の過剰摂取が原因で死んだように見せかけたりはしない。

「なあ」

パトリシアは飛びあがった。それほどネイサンの声にぎょっとしたのだ。

「ああ、びっくりした！」彼女はあえぎながら言った。

「パトリシア、いったいどうしたんだ？」ネイサンが彼女に腕をまわして尋ねた。「肌が氷のように冷たいぞ、それにひどく震えているし」

「あなたが驚かせたのよ」

「なんでぼくがきみを驚かせるんだ？　ぼくはひと晩じゅうここにいたじゃないか」

ひと晩じゅうここにいた……。

ネイサン。パトリシアが最初に彼に引かれたのは欲望を覚えたからだ。ある晩、ツアーが終わったあとでネイサンが家まで送ってきて、気がついたらふたりは見つめあっており、そのうちに相手の服を脱がせあっていた。そうしてベッドをともにしたあと、やっとパトリシアは自分がネイサンに夢中であることに気づいたのだ。

互いに相手を愛していると気づいたことを、彼女は感謝していた。今はもうひとりではない。

ひとりではない……。

しかし、あの夜は……。

アンディーが死んだ夜は……。

仲間たち全員で飲みに出かけた。そしてしこたま飲んだ。パトリシアとネイサンは一緒に家へ帰った。真夜中、目が覚めたパトリシアはアスピリンをのもうと思い、ふらふらする足どりでバスルームへ行き、戻ってきてシーツの上へ倒れこんだ。なにかがおかしいと感じたのはそのときだ。どこかがいつもと違った。

ベッドが……。

空っぽだった。

それとも、そうではなかっただろうか？

今となってははっきりしない。パトリシアは大量に酒を飲んでいたし、疲れてもいた。ベッドへ戻ったときにどこかがいつもと少し違う、あたたかなものが近くにないと思ったけれど、たいして気にもしないで再び寝入り、目が覚めたときは、ネイサンが横にいた。

まるでひと晩じゅうそこにいたかのように。だから彼女は、ベッドに自分しかいないと感じたのは、酔って頭がぼうっとしていたせいと結論づけたのだった。

「わたし……かわいそうなアンディーのことを考えていたの」パトリシアはささやいた。

ネイサンが彼女を抱き寄せた。パトリシアは彼の腕にあたたかさと力強さと頼もしさを感じた。

「アンディーに起こったことをいつまでもくよくよ考えていたって始まらないよ」ネイサンが静かに言った。

「わかっているわ。でも、なかなか忘れられないの」

「そりゃそうだろう。彼女が死んだのになにも感じないとしたら、ぼくらは人でなしもいいところだ」

ネイサンはまじめそのもので、思いやりにあふれていた。

「アンディーがかわいそうで仕方がないわ」

「もう終わったんだ。だれも二度とアンディーを傷つけることはできない。彼女は神の御《み》許《もと》へ召されたのだからね」

「あなたはそう信じているの？　本気でそう信じているの？」

「神を信じているかって？　ああ、信じているとも。それに死んでしまえば、もうだれからも傷つけられはしないってことも信じているよ」パトリシアにはネイサンの顔がはっきりとは見えなかったけれど、彼の低い豊かな声を聞くと安心感を覚えた。ネイサンがそっとため息をついて彼女の髪を後ろへなでつける。「パトリシア、きみは今、アンディーが天国にいて、ぼくたちを見守ってくれていると考えなくちゃいけない」

彼はパトリシアをいっそう近くへ抱き寄せ、背後から両腕を彼女にまわした。一瞬、ほんの一瞬だけ、彼女はネイサンの腕のなかから逃れたくなった。

「アンディーの死を乗り越えるには、ぼくたち全員、相当な時間がかかるだろう」ネイサンが小さな声で言った。「とりわけニッキは。彼女は相変わらず……」

「具合が悪そうに見える？」パトリシアがほのめかした。

ネイサンはしばらく黙っていた。「正気ではなさそうに見える」彼はパトリシアをぎゅっと胸に抱きしめた。「ぼくたちみんな、ニッキから目を離さないよう気をつけていないと」

「そ、そうね」パトリシアは口ごもった。

「彼女がおかしな振る舞いをするのに気づいたら、すぐぼくに教えるんだ、いいね？」

パトリシアはほんの少しだけネイサンから離れた。「おかしな振る舞いって、どんな？」

「わかるだろう。おかしな振る舞いだよ」

「そりゃ、もちろん、わたしだって――」

「しーっ……」

パトリシアの体をやさしく抱いていたネイサンの手が上へすべっていって、指が彼女の唇にあてられた。

「今はやめておこう。ぼくたちは前へ進んでいかなければならないんだ」

「わたし、どうしても考えずには——」

「ぼくが考えるのをやめさせてあげるよ」ネイサンがささやいた。

彼はパトリシアを自分のほうへ向かせた。そして彼女の唇にキスをしないで、喉もとへ唇を押しつけると、胸のほうへゆっくり舌を這《は》わせていった。

「ネイサン、わたし……」

「ぼくらは生きている」ネイサンの声は、唇を彼女の肌に押しつけているせいでくぐもっていた。「そしてこれからも生きていかなければならないんだ」

「ネイサン……」

じらすようなゆっくりした愛撫《あいぶ》ではなかった。ネイサンはパトリシアの体の下のほうへ全身をすべらせ、太もものあいだへ唇を押しつけて力強い官能的なキスをした。

パトリシアはたちまち性的興奮をかきたてられて、声を押し殺してうめき、指を彼の髪のなかへ差し入れた。ネイサンの指の動きが彼女をいっそう高みへと押しあげる。

「ネイサン……お願い……」

「どうしてほしいんだ？」

「わたしを愛して」

新しい一日。

オーウェン・マッシーはベッドに横たわり、空中を漂っているこまかな塵《ちり》を眺めていた。厚手のカーテンを数センチだけ開けておいたので、そこから朝の光が差しこんで、州間高速十号線沿いにある彼の小さな家のみすぼらしさを浮きださせていた。

フレンチクォーターで働いてはいても、彼にはそこに住むだけの金がなかった。

「ああ、また新しい一日の始まりだ」彼はつぶやいた。

しばらくして彼はごろりと反転し、ベッドを這いでた。古いエアコンが息苦しそうにうなったりがたがた鳴ったりしている。壊れないでちゃんと働いている限りはどんな音を出そうとかまいはしない。今日も残暑が厳しくなりそうだ。殺人的な暑さ。地元の人間はそう呼んでいる。

暑さがあまりにひどくなると人々の自制心は働かなくなる。しかし、だれかが自制心を失って行動したときは、たいがい目撃者がいる。

隠蔽《いんぺい》工作はきかない。

新しい一日。

キッチンへ歩いていったマッシーは、大金をはたいて性能のいいコーヒーメーカーを買っておいたことを喜んだ。毎朝六時四十五分になると自動的にコーヒーをいれはじめる。七時に彼がキッチンへ来たときにはすでにコーヒーができているというわけだ。

マッシーはカップにコーヒーを注《つ》ぎ、煙草《たばこ》を探した。近ごろはニューオーリンズでさえも署内で煙草を吸うのは禁じられている。だが、ここは彼の家だ。いかにみすぼらしくとも彼の所有物なのだ。マッシーは煙草に火をつけた。「なんとでも言え」彼はだれにともなくつぶやいた。

新しい一日。うんざりするほど暑い一日。

だれがどのように偽装したにせよ、アンドレア・シエロの死は事故によるものではない。心の底では、彼はブラックホークと同じ考えだった。あの男を前にすると、自分がばかみたいに思えてくる。ふたりの人間が同じ死に方をしたのだ。その真実にジューレットもやがて気づくだろう。

新しい一日。

マッシーは目をこすった。今日もまたこれまでにつかんだ手がかりを検討し、別の角度から事件の解明に努めなければならない。FBIが行っている彼らの仲間の死に関する捜査も、警察の調べと同じくほとんど進展を見せていない。どこかに突破口を見つけなければ。それもできるだけ早く。清廉潔白な男が麻薬の過剰摂取によって突然死亡した。検出された指紋は彼自身のものだけ。かつて麻薬中毒者だった若い女が同じ死に方をした。現場からは髪の毛一本、繊維ひとつ発見されなかった……異常者にはそれほど手際のよい犯行はできない。

だれもかれも堂々めぐりをしている。

ただひとり、幽霊と仲のいいあの男を除いて。

あの男は最初からふたつの事件は関係しているとはっきり見抜いていた。

くそっ！

マッシーは煙草の火をもみ消して立ちあがり、うなっているエアコンの前へ戻ると、涼しい風にあたった。

あの幽霊男にはどのくらいわかっているのだろう？


気持ちのいい朝だった。

こんなにぐっすり眠ったのはいつ以来か、ニッキは思いだせないほどだった。もっとも目が覚めたとき、知りあったばかりの男性に泊まってくれと頼むなんてわたしは正気だったのかしら、と彼女は首をひねらずにはいられなかった。

だが、ぐっすり眠れたせいで気分爽快《そうかい》だった。隣室に泊まった男性に肉体的魅力を感じているという自覚のあったニッキは、いつもならまずコーヒーをいれに行くのに、今朝はシャワーを浴びて服を着替え、化粧をしてから部屋を出た。

しかし、コーヒーの心配をする必要はなかった。客がすでにコーヒーをいれていた。カップにコーヒーを注いだニッキは、中庭に出ている彼を見つけた。

「おはよう」彼女は声をかけた。

「おはよう」ブレントの視線がすばやくニッキに注がれた。肉体的に引かれていることを態度に出さないよう気持ちを引きしめなければ、と彼女は思った。彼はまるで希少種を調べる動物学者のような目でニッキをまじまじと見つめた。彼の目つきにそれ以上のものはなかった。とはいえ……。

なにかが進行していた。ニッキはブレントと一緒にいることに、彼がすぐそばにいることに、心地よさを覚えた。

「よく眠れたかい？」彼が尋ねた。

「ええ、ぐっすりと。あなたは？　ジュリアンはあの部屋のベッドは寝づらいとこぼしてばかりいるわ」

ブレントが眉をつりあげた。「それほど悪くなかったよ」彼は自分でいれたコーヒーをすすった。それから彼が眉をひそめたのを見て、ニッキは彼の目の表情がかすかに変化したように思った。「するとジュリアンは……ゲイなのかな？」

ニッキはほほえんで否定した。不思議なことに人々はたいてい、ふたりのあいだに関係があるか、さもなければジュリアンはゲイに違いないと勝手な推測をする。

「いいえ」

「ほう」

彼女は笑い声をあげ、そのあとでわれながら感じのいい笑い声だと思った。

「ジュリアンと寝るなんて、兄と寝るようなものだわ。それだけのこと。男と女はただの友達ではいられない、どうしても片方がもっと深い関係を望むようになるってよく聞くけど、わたしたちの場合は本当にただの友達なの。昔からそうだったわ」

「なるほど」

この人にどれくらい理解できたのかしら、とニッキはいぶかしんだ。

「きみと一緒に仕事をしている人たちのことを話してくれないか」ブレントが言った。「それとマックスについても。彼は何者で、現在どこにいるのかを」

「マックスはお金持ちで、今の会社を設立するにあたって資金を提供したの。彼は人の能力を見抜いて職権をゆだねる才能も持っているのよ。彼にはわたしがいる。だから彼は旅行していられるってわけ。彼が今どこにいるのか、わたしは知らない。たぶんコロラドあたりじゃないかしら。それからほかの人たちは……彼らのなにについて話せばいいの？」

「なにについてって、ほら、彼らは何者で、きみは彼らとどのようにして知りあったのか、彼ら同士の関係はどうなっているのか、きみが彼らと知りあってどのくらいになるのか……そういったことだ」

なぜかわからなかったけれど、ニッキはたちまち身構えた。「あなたがそういうことを尋ねるのはアンディーのため？」

「ぼくは状況をもっとよく把握するために尋ねているんだ」

「彼らはいい人たちよ、ひとり残らず」ニッキは憤慨して言った。

「違うなんてぼくは言っていない」ブレントは緑色の目で彼女を見た。「ぼくはただ、物事を正しく理解しようと努めているだけだ」

「あなたに求められているのはＦＢＩ捜査官の殺害に関する捜査の手伝いだとばかり思っていたわ」ニッキは鋭い口調で応じた。

「それはそうだが、ぼくはアンドレア・シエロを殺人事件の被害者だと考えているし、ふたつの事件にはつながりがあると確信している。そうでなければ、なぜきみがいまだにふたりの幽霊を見つづけているのか説明がつかないよ。それ以外にも明らかな共通点がある。どちらも死因は麻薬の過剰摂取だ。薬はヘロイン。ふたりには腕の同じ箇所に針の跡があった」

「でも、アンディーは以前、麻薬中毒者だったのよ」

「そんなことは問題ではない。彼女が自分で打ったのでないことは、きみも知っているはずだ」

「たぶんわたしは頭がどうかしているんだわ。彼女を死なせてしまったという罪悪感のせいで妄想にさいなまれているの。それにひょっとしたら、あなたはわたしよりもっとひどい妄想を抱いているんだわ。完全にいかれているのよ」ニッキはブレントに向かって言い放った。彼は激高することもなく、ただ知的な光を放つ緑色の目で彼女を見つめつづけていた。

ニッキは視線をそらした。ブレントは彼女を怒らせたが、怒りはかえって彼にふれたいという彼女の衝動をいっそうあおりたてた。それに気づいたニッキはますます腹立たしくなった。

「あなたはわが社の観光ガイドたちについて知りたいのね？　だったらマダムのカフェへ行きましょう」

「〈マダム・ドルソズ〉へ？　きみがはじめてガーフィールドを見た店かい？」

「わたしは彼をホームレスだと思ったわ」

ブレントは顔をしかめた。「出かけるのなら、その前にシャワーを浴びて服を着替えたい。ひとまず宿泊先へ戻らないと」

「ここでシャワーを浴びて着替えたらいいわ。ジュリアンの服や下着がクロゼットに入っているの。あなたたちは同じぐらいの体格をしているから着られるでしょう」

「彼のものを無断で借りるのは気が引けるな」

「ジュリアンは気にしないわ、大丈夫よ」

ブレントがためらった。ニッキはいまだに怒りが静まらなかったが、いくら神経にさわろうと、今はまだ彼に去ってほしくない。

「本当よ。ジュリアンは気前がいいし、服の趣味もいいの。きっとあなたの気に入るものが見つかるわ」

ブレントは両手をあげ、それから両脇《りょうわき》に垂らした。「わかった」

ニッキは彼についていかないことにした。ほうっておいてもブレントは自分で適当な服を見つけるだろう。彼とは距離を保っていたほうがいい。家に泊まるよう誘いはしたものの、彼のことはほとんどなにも知らないのだ。彼に身をゆだねたいという情けない衝動に駆られるのは、アンディーの身に起こった事件のせいで、わたしが奇妙な精神の病にかかっているからだ。

それに昨夜、ブレントがわたしの部屋のドアをこじ開けて入ってこようとしたわけでもない。わたしの知る限り、彼はドアの近くにさえ来なかった。ニッキはそう考えて皮肉な気持ちになった。

「さあ、シャワーを浴びていらっしゃい。適当な服を選んで着てね。わたしはここで待っているわ」

「そうしよう」ブレントは言ったものの、相変わらず奇妙な目つきでニッキを見つめていた。

「なんなの？」

「なんでもない。すまない。支度をしてくるよ」

ニッキはうなずいた。

しばらくしてブレントが二階から戻ってきた。石鹸《せっけん》とシャンプーとほのかなアフターシェーブローションのにおいを漂わせている。髪の乾ききっていない彼は普段よりもいっそう魅力的に見えた。

「戸じまりをしないとね」ブレントがまじめに言った。

「もちろんよ」


カフェは大にぎわいで、カウンターのところに長い列ができていたけれど、マダムはいつもどおり親しみのこもった態度でニッキに挨拶《あいさつ》した。

「ニッキ、おはよう、ほかの人たちはまだ来ていないわ。いつものテーブルへどうぞ」マダムはブレントにほほえみかけた。「いらっしゃい。わたしたち、まだ正式な紹介がすんでいなかったわね。わたしはマダム・ドルソ。みんなからマダムと呼ばれているわ」彼女は唇を曲げてかすかな笑みをつくった。

「彼女、実際はアメリカの北部《ヤンキー》出身なの」ニッキはからかうようなひそひそ声でささやいた。

マダムはくるりと目をまわしてみせた。「それは内緒でしょ」彼女は言った。「この人を雇う予定なの？」

ブレントは首をわずかにかしげてニッキを注視した。彼を雇うという考えはちらりとも彼女の頭に浮かんでいなかったが、ブレントのほうでは現場にとどまる手段のひとつとしてすでに考慮していたのではないかしら、とニッキは気づいた。

「ええ……そうね」ニッキはブレントを見つめて言った。「ただし、マックスは採用にあたってまずテストを受けさせることにしているの」

「ニューオーリンズに関することなら、どんなテストを受けさせられても通る自信があるよ」ブレントが断言した。

「いずれわかるでしょう」ニッキは受け流した。

パトリシアとネイサンがやってきて列の最後尾に並んだ。

「あなた方ふたりは並ばなくていいわ、いつものテーブルへ行っていて」マダムが彼らに呼びかけた。「あとでウエイターにコーヒーとベニエとジュースを持っていかせるから。それでいいかしら？」彼女はニッキにきいた。

「そんなに親切にしてもらったら悪いわ」ニッキは言った。

「観光客ばっかり」パトリシアがぶつくさ文句を並べて首を振りながら、みんなの先頭に立って歩道際に置かれたテーブルをめざし、観光客たちのあいだを縫うように進んでいった。太陽がかっかと照っていたけれど、道路に面したマダムのカフェのテラスは涼しくて心地よかった。マダムは装飾を兼ねた小型扇風機を設置し、日光をできるだけ遮るために頭上に縞《しま》模様の布を張っていた。

「観光客を悪く言うものじゃないわ。わたしたちは彼らのおかげで生活していけるんですもの」ニッキがとがめた。

しかし、パトリシアは聞いていなかった。彼女はブレント・ブラックホークを見つめていた。「こんにちは」彼女はうわべだけの笑みを浮かべて挨拶した。

「やあ、どうも」パトリシアの後ろからやってきたネイサンがブラックホークをじろじろ見て言った。「ぼくはネイサン、それとこちらはパトリシア」

「はじめまして」ブレントは言って、自己紹介をした。

パトリシアは好奇心に満ちた視線をニッキに向けながらブレントに尋ねた。「あなたは観光ガイドとして来ているの？」

「それに応募しているところなんだ」ブレントが言った。

「ずいぶん手まわしがいいじゃないか」ネイサンがニッキに言った。楽しそうな口調を装ってはいるものの、ネイサンの声にもどことなく非難めいた調子がまじっていた。

そのときジュリアンが姿を現し、テラスのテーブルへやってきた。「ブレント、今日もぼくらのツアーに加わるつもりかい？」

「あなたたちは知り合いなの?」パトリシアが尋ねた。

「何度か会ったことがあってね」ブレントが説明した。「それと、ぼくならきっと大いにきみたちの助けになれると思うよ。少なくとも一時的な代役として」

パトリシアがジュリアンを見やった。彼はしかめっ面をしてブレントを見つめていた。

「ぼくはそれとそっくりのシャツを持っている」ジュリアンが言った。

「これはきみのシャツだからね」ブレントが言った。「ぼくが借りて着てもきみは気にしないとニッキが言い張るものだから」

それを聞いて全員がニッキを見つめた。彼らがなにを考えているのかをはっきり悟ったニッキは、思わず顔を赤らめた。

「ジュリアン、あなたが気にするとは思わなかったの」

「そりゃまあ……」ジュリアンは両手をあげた。

パトリシアの口もとにかすかな笑みが浮かんだ。「へえ」彼女は心得顔につぶやいた。「そういうことなのね」

「ブレントはお友達なの」ニッキは言った。

「新しい友達なんだ」ジュリアンが言った。

「ふーん」ネイサンが小声で言った。

「ねえ、ミッチが来たわ」ニッキはそう言って、ミッチの注意を引こうと手を振った。

ミッチが彼らのいるテーブルへ歩いてきて興味深げにブレントを見た。「どうも」

「ブレントはニッキの新しいお友達なの」また紹介が繰り返されたあとで、パトリシアが言った。

「ジュリアンも前に彼と会ったことがあるんだってさ」ネイサンが言って、ジュリアンに向かって顔をしかめた。

「このあいだの夜、ちょっとした喧嘩《けんか》騒ぎがあったの」ニッキが説明した。「そのとき、ブレントが割って入ってわたしたちを助けてくれたのよ」彼女は警告のこもった視線でジュリアンをにらみつけた。〝わたしが幽霊を見ていることや、昨日ブレントに警察署で会ったことをみんなにしゃべってごらんなさい、ただではおかないから〟

「なんてすてきなのかしら」パトリシアが言った。「あら、喧嘩騒ぎがあったことを言ったんじゃないのよ」

ジュリアンがたいしたことではないと言わんばかりに手を振った。「酒に酔った大学生の一団が絡んできたんだ」彼の言葉つきがニッキには不平がましく聞こえた。「ブレントが仲裁してくれて助かったよ」

ニッキはほほえんでジュリアンの腕に手をまわした。「ジュリアンったら、わたしを守ろうとして彼らに突っかかっていったのよ」

「やるじゃない」パトリシアが言った。「ニューオーリンズの路上で酔っ払った若者たちを相手に立ちまわりを演じたのね。光景が目に浮かぶわ」彼女はおどけた口調で言い添えた。

「まあね」ジュリアンがつぶやいた。彼はニッキに向かっておざなりにほほえんだ。「もうブレントはぼくらの仲間だね。ぼくのシャツを着ていることだし」

ちょうどそのとき、マダムがほかの者にはまねのできない器用な手つきで大きなトレーを掲げ、さっそうと登場した。彼女はニッキたちのテーブルにトレーを置いた。

「マダム、あなたにこんなことまでさせてごめんなさい。わたしたち、列に並んでもよかったのに」ニッキが申し訳なさそうに言う。

マダムは目をきらめかせて笑った。「あなた方はうちのお得意様ですもの。あなた方に接客できないなら商売をやめたほうがいいわ」彼女は空いている椅子のひとつに腰をおろし、ナプキンをとって自分の顔をあおいだ。「なんだか秋が近づくにつれてますます暑くなるみたい」

「ブレントはガイドの仕事に応募するんだって」ネイサンが視線をブレントに据えたまま、マダムに言った。ネイサンの顔にはどことなく疑わしげな表情が浮かんでいた。「彼はこの土地のことに詳しいらしいよ。ぼくらには代役が必要だから、ちょうどいいんじゃないかな」

マダムはナプキンで顔をあおぎながらうなずき、ブレントを見た。

マダムも含めて全員が、ブレントに対して警戒心を抱いているらしいことにニッキは気づいた。彼に興味を覚えながらも、明らかに警戒している。ブレントは新参者だから当然といえば当然だ。観光ガイドみたいな単純な仕事に応募するような人間には見えないのかもしれない。

ブレントには人々に警戒心を抱かせずにはおかないなにかがある。いくら愛想のいい態度を装っていても、軽々しく扱うことを許さない、不屈の意志を持つ男という印象を与える。ええ、そうよ、彼なら優秀な警察官になれるでしょう。あるいは諜報《ちょうほう》員に、それでなければFBI捜査官に。だけど彼はそのどれでもないと主張している。

違う、彼はゴーストバスターなのよ。

「じゃあ、あなたはニューオーリンズのことをよくご存じなのね？」マダムが尋ねた。

「自分のてのひらみたいに」ブレントが軽く言った。

「全部頭に入っているのかい？」ジュリアンがしつこくきいた。「ニューオーリンズのことならなんでも？　ガーデン地区については？　フレンチクォーターは？　海賊、フランス人、イギリス人……ルイジアナ購入……〝ビースト〟・バトラー、南北戦争は？　それからこれがいちばん重要なんだが、この町の幽霊については？」

ブレントはそっと笑った。「この町の幽霊のことなら任せてもらおう」彼は自信ありげに言って、まっすぐニッキを見た。

「すごいじゃない」マダムが言って、ポットからコーヒーを注いではカップをまわした。全員に行き渡ったところで、彼女は自分で注いだコーヒーをすすり、ブレントに言った。「ベニエをいかが。自慢するわけじゃないけど、こんなにおいしいベニエはニューオーリンズじゅうどこを探しても見つからないわ」

「本当に全部頭に入っていて、そらで言えるのかい？」ミッチがきいた。

「言えるよ」ブレントはうなずき、コーヒーをすすってベニエに手をのばした。

「きみたちふたりの午後の予定はどうなっている？」ミッチがパトリシアとネイサンにきいた。

「重要なものはひとつもないよ」ネイサンが答えた。「セントルイス一番墓地のツアーの時間までは」

「あなたのほうは？」パトリシアがミッチにきいた。

「なんの話をしているの？」ニッキが問いただした。

「午後のガーデン地区のツアーのことよ。あなたとジュリアンの担当になっているけど、わたしたちもついてまわって、ここにいるブレントにガイドとしての力があるかどうか見せてもらおうと思うの」

「まあ、そんなのだめよ。みんなはまず最初にペーパーテストを受けたじゃない。覚えているでしょう？」ニッキは言った。

「でも、わたしたちはブレントほど自信満々ではなかったもの」パトリシアがにっこりして言った。

ニッキは突然、そこにいる男性陣が全員ブレントの失敗を願っていることに気づいた。テーブルの周囲に男同士の競争意識のようなものが漂っていた。パトリシアは少々恐れをなしているように見える。たしかにブレント・ブラックホークには威圧的な雰囲気があった。

「こんなやり方はわたしたちらしくないわ、人に無理難題を突きつけるなんて」ニッキはぎこちなく抗議した。

「いいじゃないか、やらせてみようよ」ジュリアンが言った。

どうやらニッキに賛成してもらう必要があるとはだれひとり考えていないようだ。

ブレントは厳しい視線をジュリアンに注いでいた。「いいとも」彼は言って、またコーヒーをすすり、緑色の目をきらりと光らせた。「お安いご用だ」

11

「みなさんはここニューオーリンズの、〝死者の街〟について聞いたことがあるでしょう。現に門を通ってこのラフィエット一番墓地を訪れたとき、みなさんはひとつの街へ、驚くほど多様な建築様式の建造物が立ち並ぶ街へ、足を踏み入れた気がしたに違いありません。〝墓地《セメタリー》〟という言葉は〝眠りにつかせる〟とか〝休ませる〟あるいは〝安息所〟を意味するギリシア語に由来します。わたしたちはよく〝安らかに眠る〟という言葉が墓標に刻まれているのを目にしますが、事実、わたしたちは親しい者を失ったときに、彼らが安らかに眠るようにと祈ります。ニューオーリンズではさまざまな理由から、生者のために構築する建物に劣らないほど立派な建造物のなかで、死者を安らかな眠りにつかせるのです」

ブレントが観光客の一団に向かって説明している。彼らの後ろをついてまわっていたニッキが横目でジュリアンを見やると、彼は肩をすくめて両手をあげ、最後まで見届けないことにはなんともいえないと身振りで示した。

「彼はとてもよくやっていると思うわ」パトリシアがニッキにささやいた。

実際、彼はよくやっていた。

すでにニッキにはわかっていたように、ブレントは群集にまじってもひときわ目立った。その理由は彼の背の高さだけではなくて、ほかを威圧せずにはおかない堂々たる身のこなしにあった。

「たとえば」ブレントが先を続けた。「ニューオーリンズを比類のない都市にしている歴史の多くを、わたしたちはこの墓地を歩きまわりながら見聞できます。ニューオーリンズを、ある者はカリブの最北の都市と呼び、またある者はアメリカのなかでもっともヨーロッパ的な都市と呼びます。この墓地は一八三三年にリヴォーデ一家が所有していた大農園の一角につくられました。そのころのニューオーリンズにはすでにフランス人やスペイン人、イギリス人の豊かな文化が根づいており、さらにドイツ人やアイルランド人が移り住むとともに、もっと昔にアメリカへ移住した、さまざまな民族の血が入りまじった北部の人々が大挙して押し寄せはじめていました。彼らの種々雑多な歴史観と、頻発する洪水の被害を免れるために地面よりも高い墓を築く必要性とがあいまって、ここに見られる独特の外観を持つ墓が生まれたのです。ご存じでしょうが、われわれがいるのはいちばん古い墓地ではありません。そちらへは別のツアーでご案内します。それはさておき、ここに見られる多種多様の墓をつくるにあたっては、洪水以外にも考慮しなければならない要因がありました。〝一年と一日〟という考えは、単に水位の高さや炎暑が原因で生まれたのではありません。それははるか昔のユダヤ教とキリスト教の死者を悼む儀式にまでさかのぼります。みなさんはひとつの墓にたくさんの名前が彫られているのを目にされることでしょう。なぜそのようなことが行われるかといえば、一年と一日がたつと、そしてその短い期間に再び埋葬場所が必要になると、愛する者の遺体を棺《ひつぎ》から出して、棺は廃棄し、遺体を墓の後部か下側の埋葬室へおさめるからです。死ぬと、多くの家族の遺体がこうしてひとつにまとめられるのです」

「ええっ」客のなかのきれいな若い女性がうなった。「それってつまり……遺体を引きずりだすってことかしら? 棺を片づけて、たくさんの遺体をいっしょくたにするのですか?」

「灰は灰に、塵《ちり》は塵に」別の女性が言った。

「そうか、それだと高価な棺を買ってほしいと願っている人たちに大金を費やさなくてすむな」恰幅《かっぷく》のいい男性が、明らかにそれを大きな利点と考えている口調で言った。

「そのとおりです」ブレントが言った。「しかし、われわれのだれもが知っているように、死は決して安あがりなものではありません」

「そりゃそうだ」恰幅のいい男性が同意し、彼らは先へ進みだした。

ブレントは墓石に彫られている多くの異なる名字を指さしては読みあげ、そのあとでこの墓地がつくられた直後に町を襲った疫病の話をした。続いて南北戦争について語り、誇り高き南軍兵士にとって最後の安息地となった墓や、北軍に忠誠をつくした末に遺体となって故郷へ帰ってきた兵士たちの魂が安らぐ墓の数々を指し示した。

途中、ブレントは、ラフィエット一番墓地が現在も死者たちの終《つい》の住処《すみか》として役立っている事実について語った。

観光客の群れを隔ててブレントと目が合ったとき、一陣の風が髪を乱して吹き過ぎたにもかかわらず、ニッキはあたたかなものが身内にたぎるのを感じた。

まるでふたりのあいだに特別な絆《きずな》が生まれたかのようだった。それは今でもたびたび彼女を襲う、ブレントの腕のなかに身を投げだしたいという衝動よりも、はるかに強い感覚だった。

慰めを、安らぎを求めて……。

さらにもっと多くを求めて。

ニッキは背を向けた。彼の声が単調な響きになり、気がついてみると彼女は後方にとり残されていた。

死者の街。

この特別な街……。

何列にも並んだ多数の霊廟《れいびょう》。うなだれて祈っている見事な天使の像のなかには、朽ち果てて悲しげに見えるものもある。

ニッキ自身の家族の墓。

その前にひとりの女性がこうべを垂れて立っていた。

ニッキは知らず知らずのうちに人の群れを離れて、自分の先祖たちが眠っているギリシア様式の美しい霊廟のほうへ歩いていった。

死んで、今はひとつにまじりあっている先祖たち。灰は灰に。塵は塵に。

そしてその前に、ニッキに背を向けて立っているひとりの女性。

恐怖がニッキの喉もとまでせりあがってきた。彼女は女性の黒褐色の髪と力なく垂れている肩を見た。

ニッキはぐっと唾《つば》をのみこんだ。「アンディー?」彼女はささやきかけた。

女性が振り返った。

アンディーではなかった。

女性がニッキにほほえみかけた。「ごめんなさい、わたしはスーザン・マーシャルという者です」

まったくばかみたい、とニッキは自らをののしった。「いいえ、こちらこそごめんなさい。ほかの人と間違えたんです。すみませんでした」

「ここにあるのはなんて立派なお墓でしょう」

「どうもありがとう」

「あなたの家のお墓なの？」

「わたしの一族の墓です」

「まあ。自分が由緒ある家系に属していると思えるのは、きっとすてきでしょうね。うらやましい限りだわ」スーザン・マーシャルはそう言ったあとで身震いした。「なんていうか……少し気味が悪いけど、それでもやっぱりすてきだわ」にっこりとしてつけ加える。

ニッキはもう少しで悲鳴をあげるところだった。だれかが彼女の肩に手を置いたのだ。悲鳴をのみこんで振り返ると、ジュリアンが立っていた。

「驚かさないで！　心臓がとまるかと思ったわ」彼女はなじった。

「きみが心配で来たんだ。急にどこかへ行ってしまうんだもの」ジュリアンが顔をしかめて言った。

「こちらはスーザン・マーシャル」ニッキは彼の注意をほかへそらそうと、急いで紹介した。

「どうも」ジュリアンが手を差しだし、自己紹介をした。そのときになってニッキはスーザンがたいそう魅力的な女性であることに気づいた。

「ここへはひとりで来たのですか？」ジュリアンがスーザンに尋ねた。

「ガーデン地区は安全だと聞いていたものですから」スーザンが言った。

「みんなと一緒のほうが安全ですよ。ツアーに加わったらいかがです？」ジュリアンが誘った。

「あの、それが、そういうわけにはいかないんです。料金を払っていませんので――」

「わたしたちのツアーはすでに半分以上を終えているの。どうぞ遠慮しないで参加してちょうだい」ニッキは言った。ちらりとジュリアンを見やると、彼はニッキがいることをすっかり忘れているようだった。彼の注意はすべてスーザンに向けられていた。

「どうです、参加しませんか？」ジュリアンは言った。

「本当にかまわないのでしたら……」

「かまいませんよ」

ニッキは少し遅れてふたりのあとをついていった。驚いたことにそのとき、ごろごろと低い音が聞こえた。見あげると空に嵐雲《あらしぐも》が集まりだしている。

「ツアーが半分以上すんでいてよかった」ニッキはつぶやいた。

前を行くふたりのどちらにも彼女の声は聞こえなかったようだ。

三人は観光客の最後尾に追いついた。ミッチが問いかけるような笑みを向けてきたので、ニッキはなんでもないと安心させるためにほほえみ返した。

雨は降りださなかったけれど空が暗くなりはじめた。科学的な根拠があるのかどうかニッキにはわからなかったが、地面から霧が立ちのぼりはじめた。そのような現象が起こるのは、普通はまず雨が降って、それが地面の熱によって水蒸気へと変わるときだ。

「こういうツアーには格好の日和じゃないか？」ネイサンがパトリシアの体に腕をまわし、ニッキにささやきかけた。「天候さえも彼が優秀に見えるよう力を貸している。実際、彼は優秀だよ、ニッキ。あの男はぼくでさえ知らないニューオーリンズの歴史を持ちだして客の興味をかきたてた」

「彼って、ほんとにすてき」パトリシアが言った。

ネイサンが彼女を小さく揺さぶった。「パトリシア、あの男の尻ばかり見つめるのはやめろよな」

「そんなこと、していないわ」パトリシアがくすくす笑いながら否定した。「それはともかく、ほんとに彼はこの土地に詳しいのね」

「彼がほかの現地ツアー会社へ応募する前に、マックスに推薦して雇用契約を結ばせたほうがいいよ」ミッチが提言した。

ニッキの周囲で霧がぐるぐるまわっているように思われた。ふいに彼女は背後を振り返りたい衝動に駆られたが、振り返ったらロトの妻のごとく塩の柱に変わってしまうのではないかと恐ろしかった。

しかし……なにかに呼ばれている。

ニッキは衝動に屈するまいと体をこわばらせて立っていた。

ほかの者たちは先へ進んでいったが、彼女はその場を動かなかった。怖くて息をするのもままならない。

とうとうニッキは歯をくいしばって振り返った。

彼女の家族の霊廟へと続く通路に沿って霧が渦巻いていた。どう見ても幽霊としか思えない不気味で謎《なぞ》めいた霧が、しつこく彼女を光と闇《やみ》のあいだに横たわる場所へ招いている。生と死のはざまの世界へ……。

だが、そこにはなにもなかった。

アンディーの気配さえも。

ニッキはみんなのほうへ向きなおった。

そして飛びあがり、悲鳴をあげそうになった。

アンディーがいた。ニッキのすぐ前に。観光客の群れから離れた場所で、渦巻く灰色の霧に囲まれている……。

アンディーが振り返ってニッキを見た。

ニッキはかぶりを振った。「だめよ、だめ……お願い、出てこないで」彼女はささやいた。

なんとかしてブレントの注意を引かなければ。

ブレントはずっと前方だ。共同埋葬棟のかたわらに立って、若いブルネットの女性の質問に真剣に耳を傾けている。

「アンディー、消えてちょうだい」ニッキは目をつぶって懇願した。

なにかが、だれかが、近づいてくる。

息が頬にあたるのを感じて……。

彼女は目を開けた。

ジュリアンだった。彼はスーザンのかたわらを離れ、心配そうに顔をしかめてニッキを見つめていた。「いったいだれに話しかけているんだ？」彼がきいた。

ニッキはジュリアンの向こうを見た。

アンディーの姿はなかった。霧のなかへ消えてしまったかのようだ。

「だれにも話しかけてなんかいないわ」ニッキは嘘《うそ》をついた。

「ニッキ、きみときたら――」

「爪先を石にぶつけたの」ニッキは小声で言うと、ジュリアンを押しのけるようにして観光客たちのほうへ急いだ。

ブレントが彼女を見て眉根を寄せた。

ニッキはつくり笑いで応《こた》えた。アンディーは消えてしまったのだ。今さらブレントの話の邪魔をして、アンディーを見たと教えたところでなんになるだろう。

今はやめておこう。まだ午後の二時にもならないのに、不思議な霧が立ちのぼっている墓地のなかで話すのは。

「やるじゃないか」ミッチがブレントをほめた。

「あれほど見事にやられたんじゃ、ぼくら全員、脱帽せざるをえないね」ジュリアンが潔く認めた。

「この土地のことに、どうしてあんなに詳しいんだい？」ネイサンがきいた。

ブレントはニッキを見つめたまま答えた。「ぼくはここの生まれだからね」

「でも、あなたはインディアンでしょ」口を挟んだパトリシアは、すぐに自分の言い方がまずかったことに気づいて顔を赤らめた。「ごめんなさい……ネイティブ・アメリカンよね」

ブレントは笑った。「一部はね。一部はアイルランド人なんだ。それにネイティブ・アメリカンの祖父が結婚した相手、つまりぼくの祖母は北欧系の血筋だった。ぼくの父と母はたまたまニューオーリンズで出会って結婚した。だから、一家はあちこち旅してまわったけど、ぼくの本当の故郷はここなんだ」

「セントルイス一番墓地のガイドもやってみるかい？」ミッチがブレントにきいた。

ブレントはニッキがさっきから黙りこくっているのが気になった。彼はミッチの問いかけには答えずに、周囲でささやきを交わしている風の音に耳を澄ました。次の墓地ツアーをだれが先導するにしても、集まっている人々のところへ急いで行かないと遅くなる。

彼としてはセントルイス一番墓地のガイドをすることに異存はない。もっとも、ヒューイは彼を見て当惑するかもしれないが。それにしてもニッキがいつまでも黙りこくっているのが気にかかる。彼女はブレントに笑いかけたが、ぎこちない笑みだった。

彼女はアンディーを見たのだ、とブレントは悟った。

彼の胸にわいたのは怒りよりもむなしさだった。ニッキはアンディーを見ながら彼に黙っていたのだ。

ブレントはアンディーの存在を感じてもいいはずだった。その日、彼は興味をそそられた幽霊たちが少なくとも十人はツアー客にまじってついてきているのに気づいた。しかし、ブレントが知っている幽霊はひとりもいなかったし、そのなかにアンドレア・シエロらしき幽霊もいなかった。彼女は知らない人間に自分の存在を教えるつもりはないのだろう。

ブレントはニッキを揺さぶって、ぼくに手を貸してくれなきゃだめじゃないか、と責めたい衝動に駆られた。彼は深呼吸をひとつした。

「ねえ、あなたの新しいガールフレンドはどこへ行ったの?」パトリシアが突然ジュリアンをからかった。

「妹と会う約束があるんだってさ」ジュリアンが説明した。

「ぼくが会う女の子たちは、さよならしたいときはみんなそう言うんだ」ミッチがため息まじりに言う。

「彼女はちゃんと電話番号を教えてくれたよ」ジュリアンがミッチに自慢した。

「ちょっと、のろけ話はあとにしてちょうだい」パトリシアが言って、腕時計に目をやった。「みんな、セントルイス一番墓地のツアーの時間よ」

「で、そのガイドを引き受けてくれるのかな?」ミッチが再びブレントにきいた。

「ニッキがそれでいいのなら」

ニッキは肩をすくめた。「いいわよ。わたしはやめておくけど、あなたたちはブレントについてまわったらいいんじゃない」

ブレントが抗議の言葉を探していると、パトリシアが機先を制して言った。「あら、あなたも来なくちゃだめよ。マックスに話すのはあなたですもの。わかっているでしょ、あなたが彼を雇うように推薦しさえすれば、マックスはそのとおりにするわ」

ニッキは肩をすくめた。「マックスはここにいないし、わたしたちは穴を埋めなくてはならない。だからブレントに仕事をしてもらうわ」彼女はあっさり言った。

「そうと決まったら急ごう」ミッチが言った。「バンを用意してあるんだ。みんなをマダムの店の前まで乗せていってやる」

「わかった」ブレントは応じた。

「急いだほうがいいわ。さもないとせっかく集まった客たちが、ガイドが来ないからと帰ってしまうかもしれないもの」パトリシアが言った。

「きっとマダムが気をきかせて引きとめておいてくれるだろう」ジュリアンが言った。

「そうはいっても、やっぱり急いだほうがいい」

バンのなかでブレントがニッキに話しかける機会はなかった。車内は狭くて、ぎゅうづめ状態だったからだ。だが、マダムの店の前で車をおりたときには、ニッキは落ち着きをとり戻しているように見えた。「とても上手だったわ」彼女は明るい青緑色の目を無邪気に輝かせ、ブレントにほほえみかけさえした。

「ありがとう」

ジュリアンが先に立って歩いていって、店の前に集まっている人たちに向かい、これからセントルイス一番墓地のツアーを行うので興味のある方はどうぞご参加ください、と大声で呼びかけた。

仲間たちについていこうとするニッキを、ブレントはつかんで引きとめた。「きみは彼女を見たのだろう？」

彼女は腕をつかんでいるブレントの手を見、続いて彼の目を見た。「いいえ」

「どうして嘘をつくんだ？」

「ついていないわ」

「いや、ついている」

ニッキはため息をついた。「わかったわ……わたしは彼女を見たかもしれない。でも、ほんのちらりと目にしただけで、本当に彼女だったのか確信がないの」

「彼女が現れたら、ぼくに教えてくれなくては」

「あのね、今も言ったように、確信がなかったのよ。それにあなたは説明で忙しかったもの。それよりもそんなに強くつかんだら痛いじゃない」

ブレントはすぐに手を離した。「ニッキ、頼むよ……」

「そしてこちらが」ジュリアンが大声でツアー客に紹介する声が聞こえた。「市内の通りから墓地までのガイドを務めるブレントです。彼は死者の街にまつわる魅力的な歴史と伝承について語ってくれることでしょう」

ブレントは観光客の一団の前に進みでた。恋人同士、家族、ひとりで参加している者、十代の若者などさまざまな人たちから構成されていて、なかにひと組、八十代ぐらいの、きらきらした淡い青色の目を持つ銀髪の夫婦がいた。

「みなさん、ようこそニューオーリンズへ。これから目的地の墓地へ向かう道すがら、三日月都市《クレセント・シティ》、ビッグ・イージー、ノーリンズなどとも呼ばれるニューオーリンズの歴史についてお話ししたいと思います。その前にひとつお願いしておきます。どんなときもグループを離れないよう団体行動を心がけてください。ここはすばらしい町ではありますが、ほかの都市同様にすりが横行していますので」

セントルイス一番墓地まではわずか数ブロックの距離だが、なにしろ人数が多いのでなかなか前へ進まなかった。ブレントはフランス人、スペイン人、イギリス人、ルイジアナ購入、ミシシッピ川のもたらす豊かさと災害などについて語り、古い居酒屋の前で立ちどまって、そこが海賊どものたまり場であったことや、のちの大統領ジャクソンが自らの大義のために兵員を補充するにあたって、悪名高い男たちと会う約束をした場所であることなどを説明した。また運河に面したある家では、自分を吸血鬼と思いこみ、被害者の死体から血液を抜きとった二十世紀の殺人鬼について話した。その犯人は警察に説得されて自分が錯乱していたことを悟り、拳銃《けんじゅう》自殺をした。彼によって殺された被害者は死んで吸血鬼になったと思いこみ、今も幽霊となって町をさまよい歩いては、人々の吐く息を吸いこもうとしている――少なくとも一部の人たちはそう信じている。

墓地へ到着したときにはほかの団体客がいたけれど、ブレントは巧みな話術で楽々と客たちの関心をつなぎとめた。まず有名なヴードゥーの女王マリー・ラヴォーの墓から始めて、一八九六年の歴史的な〝プレッシー対ファーガソン〟裁判の当事者ホーマー・プレッシーの墓へ案内する。人種差別に対して、〝隔離すれども平等〟の原則が確立される契機となった事件だ。きっとヒューイがどこか近くにいるはずだと確信したブレントは、ヒューイに関する物語を披露することにした。

「疫病がはやったり一度に死者がたくさん出たりして不足した場合は、霊廟が所有者でない人たちによって利用されることがありました。正確な場所の記録は残っていませんが、この近くに、主人によって殺された勤勉な老奴隷ヒューイが葬られています。彼は虐待によって殺されたのだと主張する者もいれば、あらかじめ計画された殺人の犠牲者だと主張する者もいます。そのヒューイは正義を求めて今なおセントルイス一番墓地をさまよっているといわれます。彼はいたずらもすれば、自分の死に恨みを抱いて、乱暴な振る舞いに及ぶこともあるのですが、根は人のいい老人で、この墓地を荒らそうと侵入してくる不届き者たちを追い払っているのです」ブレントは声を高めた。「しかしながらヒューイには、冷酷な主人のアーチボルド・マクマナスが恐ろしい苦悶《くもん》のうちに死んだ事実を教えてやるべきでしょう。天罰は存在するに違いありません。われわれはしばしば、なぜ悪者に対し天罰が下されないのだろうと疑問に思いますが、場合によっては天罰が下されることがあるのです」

ブレントは言葉を切り、今の話が人々の胸にしみこむのを待ちながら、周囲を見まわしてニッキの姿を捜した。彼女はジュリアンと並んで立ち、ひそひそ話をしていた。さっきまでと違ってくつろいだ様子だ。楽しんでいるようにさえ見える。彼らはこれまでヒューイの物語を耳にしたことがなかったのだろう。

「アーチボルド・マクマナスですって？」二十代前半くらいの魅力的な女性が大きな声をあげた。友人たちふたりとツアーに参加していた女性だ。

「彼女の名字はマクマナスというんです」

「マクマナスはありふれた名字ですよ」ブレントは言った。

「いいえ」問題の若い女性が言い、笑顔を見せた。「わたしがここへ来たのは、わたしのルーツがこの土地にあると聞いたからです。父の話によれば、わたしの祖先はここに大農園を所有していたのですが、なにか恐ろしい事件があって、彼の子供たちはよそへ移り、それ以後は互いに連絡をとることもなくなったとか。ヒューイという人物について、あなたはもっとご存じですか？」

ブレントはうなずいた。「市の図書館へ行けば、いろいろと詳しいことがわかりますよ。もっとも、あなたにとってはつらい事実が判明するかもしれませんが」

「どんな一族にも、たぶんひとりくらいはどうしようもないろくでなしがいるのではないかしら。痛い！」突然、彼女は悲鳴をあげ、隣にいる赤毛の友人を振り返った。「なにをするのよ？」

「なんのこと？」赤毛の女性が問い返した。

「わたしの髪を引っ張ったじゃない」

「そんなことしてないわ」

ブレントはたじろぎ、あんな話はしなければよかったと後悔した。今やヒューイが姿を現していた。昔の主人のアーチボルドが天罰を受けて苦悶のうちに死んだと知っても、ヒューイはちっとも満足していないようだ。それどころか冷酷な主人の子孫であるその若い女性に腹を立てていた。

「先へ進みましょう」ブレントは慌てて言った。

彼は観光客の先頭に立って死者の街の入り組んだ通路を歩きだした。ヒューイがかたわらにいるのが感じられた。

「そこの女性に手を出すな」ブレントは穏やかな口調で命じた。

「彼女にはあの男の血が流れている。悪い血が」

「祖先が犯した罪の責任を子孫に負わせるものではない」ブレントは言った。

「なんだって？」

ブレントは右手へ視線を走らせた。ヒューイの姿はそこになく、いるのはジュリアンだった。顔をしかめてブレントを見ている。

ブレントは歯ぎしりして顔をそむけた。気をつけなければ。ジュリアンの隣にニッキがいて、不思議そうにブレントを見つめていた。

彼は割れた墓石に飛びのった。「祖先が犯した罪の責任を子孫に負わせることはできません」ブレントはヒューイに言った言葉を繰り返した。そして裕福なイギリス人一家の息子と駆け落ちした美しいクレオールの娘について語った。「男が疫病で死ぬと、彼の母親は義理の娘を家から追いだして結婚が無効になるよう画策しました。数年を経ずして美しいクレオールの娘は、生活費を稼ぐための過労がたたり、病死しました。けれどもその数年後には、彼女を追いだしたイギリス婦人も孤独のうちに病気にかかり、ある日、フレンチクォーターの通りを歩いていて倒れたのです。彼女を助け起こしたのが、数年前に死んだ義理の娘に生き写しの若い美人でした。クレオールの娘の子供、婦人にとっては孫娘です。その若い女性は祖母を通りへほうりだすこともできたのですが、そうしないで修道院へ連れていき、修道女たちに最期をみとってもらいました。それから彼女は祖母の亡骸《なきがら》をこのセントルイス一番墓地に埋葬するようとり計らいました。現在、彼女たちはみな一緒に眠っています。ところでその孫娘ですが、彼女は祖母の遺産に対する相続権を主張しませんでした。しかし、弁護士たちが彼女を捜しだして、ジャクソン広場の近くにある家の相続手続きを行ったのです。その後、彼女はさっそうとしたアメリカ軍人と結婚し、五人の子供を儲《もう》けました。彼らの多くもまたこの墓地に埋葬されています。墓石は風化しますが、精巧な鉄製門扉の上には次のような言葉が掲げられています。〝神はわが証人、キリストはわが判事、人生とは生きることにして、生のなかにこそ愛はあり〟」

ヒューイが観光客の真ん中からブレントを見つめていた。

少なくとも彼はもう若い女性の髪を引っ張ってはいなかった。

日が暮れようとしていた。まもなく墓地の門が閉ざされて鍵《かぎ》がかけられる。ブレントは自分も含めて全員が墓地から出るべき時間だと悟った。

彼は客たちに向かってツアーに参加してくれたことへの礼を述べ、ほかにもさまざまなツアーがあることを紹介してから、これからみなさんを出発点の〈マダム・ドルソズ〉の前までお連れいたしましょうと約束した。そうすれば、今夜の予定がなんであれ、そこから目的地へ向かうことができるでしょう、と。

観光客を墓地から出しているとき、ヒューイがブレントのかたわらへ寄ってきた。「あとで戻ってくるのだろうな、インディアンボーイ？　あれからどうなったのか、正確なところを教えてくれるのだろう？」

ブレントはほかの者たちを先に行かせ、自分の声の届かない距離まで彼らが遠ざかったのを確認して答えた。

「持ちつ持たれつだ、ヒューイ。ぼくにはあんたの助けがいる」

「わかっている、わかっているとも」

「それと、髪の毛を引っ張るのはやめろ」

「彼女は昔のアーチボルドに生き写しだ」

「おいおい、ばかなことを言うんじゃないよ、ヒューイ」

「ヒューイって、だれ？」

パトリシアだった。ほかの人々と一緒に行かないでブレントを待っていたのだ。彼女は不安そうにほほえんでいる。

「なんだって？」ブレントは問い返した。

「ヒューイって、だれなの？　それに、ばかなことってなに？」パトリシアがきいた。

ブレントはちらりと彼女にほほえみかけた。「すまない、ひとりごとを言ったんだ」

「安心したわ」パトリシアがにっこりして言った。「ひとりごとを言うのはわたしだけかと思っていたの」

彼らは大通りへ出たところだった。足をとめたブレントは、ニッキの仲間たちがひとかたまりになっているのを見た。

ニッキがブレントのところへやってきた。「とてもよかったわ」彼女は小声で言った。ブレントにふれようともしないで、爪先立ち、彼の耳もとでささやいただけだ。たったそれだけ。ほかになにもありはしない。さわやかな空気のなかで、彼女の息は湿っていてあたたかく、ブレントはたちまち体内を熱と電流が走るのを感じてよろめきそうになった。体じゅうの筋肉が緊張し、苦しいほどの欲望がわきあがった。

その欲望がはた目にわかることのないよう、彼は祈った。

ブレントは話すことができなかった。ただ性的な衝動を必死に抑えながら歩いていくしかなかった。

ニッキはマダムのカフェへ戻りたくなかったし、今日はもうそれ以上ツアーについてまわる元気もなかった。ニッキが判断する限り、ブレントが有能であることは充分にわかった。ほかの人たちが夜のツアーもブレントにやらせてみようと考えているのなら、彼らとブレントのあいだで決めればいいことだ。

セントルイス一番墓地をあとにするとき、彼女はひとりだけ少し遅れて歩いた。ジュリアンがやってきて並んで歩きだした。「彼はたしかにニューオーリンズをよく知っているようだ」彼は言った。

「ええ、そうみたいね」ニッキは同意した。

「それでもやっぱりぼくのシャツをやる必要はなかったと思うよ」

ニッキはびっくりして彼を見やった。「ジュリアン、いつものあなたらしくないわ。彼にあなたのシャツを貸してあげたことを、本気で怒っているのね」

「ぼくはきみが彼を家へ泊めていることが心配なんだ」

「ああ、そのこと」

「ぼくらは彼のことをほとんどなにも知らない」

「警察の人たちは彼を信用しているようじゃないの。わたしの知る限りでは、彼は警察も一目置くどこかの重要な機関に所属しているみたいよ。いずれにしても彼はわたしの家に泊まっただけ。わたしは彼と寝なかったわ」

パトリシアに話しかけられるまで、ニッキは彼女がいつのまにか近くへ来ていたことに気づかなかった。「寝なかったの？　わたしだったら寝ちゃったのに。あら、もちろんネイサンに首ったけでなかったらの話よ」パトリシアは長い髪を後ろへ払った。「まじめな話、彼がわたしたちの仲間に加わってくれることをわたしは喜んでいるの。彼がニッキを守ってくれるでしょう。ええ、きっと守ってくれるわ」

「ニッキにはぼくがいるよ」ジュリアンが主張した。

「そうね。だけど、あなたがほかの女性とデートしているときになにか起こったらどうするの？」パトリシアがきいた。

「守ってもらう必要があるなんてまったく考えていないわ」ニッキはきっぱりと言った。

「いいえ、あるわ」パトリシアはそれだけ言って、ニッキを見つめた。その目つきから、ニッキは悟った。パトリシア自身がおびえているのだ。

「きみが」ジュリアンがパトリシアを指さして言った。「あの男を信用するのは、彼がハンサムだからだろう。ぼくはあの男にどことなく不気味なものを感じる。ニッキ、用心しなくちゃだめだよ」

　またもやニッキの胸が不安でいっぱいになった。ジュリアンにこう言ってやりたい。〝あなたは起こっていることの半分も知らないくせに〟

　マダムのカフェへたどり着くまで、ニッキはどこを通ってきたのかほとんど覚えていなかった。ミッチが彼らのところへやってきた。ニッキの目に、ブレントに話しかけているマクマナス家の娘の姿が映った。ブレントは彼女のためにメモを書いている。すると夢中で話していた彼女がブレントになにかを手渡した。彼女が宿泊しているホテルのカードかなにからしい。ニッキはブレントがうなずいたのを見て、マクマナス家の祖先に関する情報を入手したら彼女に連絡すると約束したのだろうと察した。

「どこかで夕食をとろうじゃないか」ミッチが提案した。

ニッキはかぶりを振った。「悪いけどわたしは帰らせてもらうわ。といっても――」

「夜のツアーはネイサンとわたしがするから心配しないで」パトリシアがニッキに請けあった。「でも、夕食をとってから帰ったほうがいいわ」

「正直なところ、おなかがすいていないの。それよりも早く家へ帰って休みたいわ」

マクマナス家の娘がマダムの店のなかへ入っていくと、ブレントが歩道に立っている彼らのところへやってきた。「で、これからどうするのかな?」彼はきいた。

「夕食にしよう。腹の虫が鳴いているんだ」ミッチが言った。

「ニッキは疲れているんですって」パトリシアがブレントに言った。「彼女はこのまま家へ帰るそうだけど、あなたは一緒にどうかしら」

ブレントがニッキを見た。「そうだな。その前にニッキを家へ送り届けたほうがよさそうだ」

「わたしは大丈夫よ。まだ明るいし、嵐もやってこなかったもの」ニッキは言った。

ブレントは承知しなかった。「ぼくがきみを家へ送っていく」

ネイサンがロイヤル通りの店の名前をあげ、そこへ食事をしに行くからブレントもあとで来るようにと誘った。ブレントは待っていないで先に始めてくれと言い、パトリシアがそうさせてもらうわと応じて、彼らは別れた。

「わたしのことはほうっておいて、あの人たちと一緒に行けばよかったのに」ニッキは言った。

「そうはいかない」

彼女は横目でブレントを見やった。彼の声にとげとげしさが感じられたのだ。

「まだ怒っているのね」

「いいや、怒ってなんかいない」

「いいえ、怒っているわ」

「いいとも、そういうことにしておこう。きみはアンディーを見たら、すぐぼくに教えてくれなくては。たとえどんな状況にあろうともだ。わかったね」

「いいわ。まわりに人が大勢いようとおかまいなしに、手を振って大声でこう叫べばいいんでしょ。〝ねえ、ブレント、ここに彼女がいるわ、アンドレア・シエロが。あなたの会いたがっている幽霊が〟って」

ブレントが彼女をにらみつけた。

ニッキは首を振り、足を進めて彼を追い越した。「さっきから言っているように」振り返って肩越しに言う。「わたしは大丈夫。あなたに送ってもらう必要なんてないわ」

ってくる。

　だが、ニッキはブレントを追い払えなかった。

　そして正直なところ、彼女はそれがうれしかった。

　ブレントが彼女について門を入り、ポーチへあがって、玄関ドアから家のなかにまで入

　ニッキはなかへ足を踏み入れたとたん、それを感じた。

　前にも抱いた、どこかが微妙に違っているという感じ。

　彼女は周囲を見まわした。どこかが微妙に違っているという感じ。

「どうかしたのか？」ブレントが張りつめた声できいた。

　ニッキは首を振った。「どうもしないわ」

「そんなはずはない」

「そうね、感じるのよ」

「なにを？」

「どこかが違うって。なにかが動かされているって。でも、位置が違っているものはなにもない。だから、気のせいにすぎないんだわ、きっと」

「家のなかを調べてまわろう。いつもと違っている点がないか確かめるんだ」

　ふたりはまず一階を調べてまわり、二階へあがった。ニッキは普段と違っているものをなにひとつ発見できなかったが、違和感は消えなかった。ふたりが一階のキッチンへ戻る

と、ニッキは冷蔵庫からコーラをふたつ出した。「今日はずいぶん暑かったわね」そう言ってコーラをブレントに渡したニッキは、ふいに気まずさを覚えた。

「ああ、まさに灼熱《しゃくねつ》のノーリンズだ」ブレントが完璧《かんぺき》な訛《なまり》でニッキを笑わせる。

だが、彼女はブレントと距離を置いた。彼の微笑やハスキーな声があまりに魅力的なので危険を感じたのだ。

いまだにニッキは胸の底で小さな怒りの炎がくすぶっているのを感じていた。けれどもそこには彼がいてくれることへの感謝の気持ちと、体の奥の官能の中心で燃えている性的欲望がまじっていた。

「本当に夕食に行ってかまわないのよ」

「配達を頼んだらいい。料理をするという手もある」

ニッキはさらに一歩後ろへさがった。「あのね、わたしは汗だくで、むしゃくしゃしていて、みじめな気分なの。シャワーを浴びに行くわ。たぶん体をなめたら塩からいでしょうね」なぜかわからないが、突然、自分の言葉が不適切きわまりなかったように思えた。

体をなめる、ですって？

「あなたもシャワーを浴びるといいわ」

わたしと一緒に……。

だめ、だめ……。


今のが彼に聞こえたかしら？　それともわたしが心のなかで思っただけ？

「またジュリアンの服を借りるはめになるよ」ブレントが言った。どうやら彼はニッキの言葉を額面どおりにしか受けとらなかったようだ。

「いくらでもどうぞ」

「よし、じゃあぼくもシャワーを浴びようかな。そのあとで宿泊先へ行って着るものをとってこよう。そうだ、きみも一緒に行って、帰りにどこかで食事をしてくるというのはどうだろう」ブレントが提案した。

「いいわ」ニッキは言った。そしてためらったあとで言い添えた。「今夜もここへ泊まるつもり？」

「それはきみ次第だ」


シャワーは気持ちよかった。汗だくだと言ったのは嘘ではなかった。事実、ニッキは体じゅうが塩からい気がした。

暑くて、汗まみれで、体がかっかと火照っている……。

ニッキは栓をひねってシャワーの勢いを増し、シャンプーを髪に注いで泡立ててから、目を閉じてシャワーを頭から浴びた。湯が勢いよく体を流れ落ちていく。やがて彼女は目を開けた。
そして悲鳴をあげた。

12

ジュリアンがニッキのところへ泊まる際、ゲストルームを使っていたのは明らかだった。部屋のクロゼットに彼の服がかかっていたし、いちばん上の引き出しには清潔な靴下やTシャツ、カルバンクラインのブリーフがたくさんおさまっている。バスルームに置いてある石鹸《せっけん》も、アイルランド製のすがすがしいにおいがするものだ。使用後の男性の肌から〝さわやかな春の若木〟の香りがすると宣伝文句にうたっている。

暑い一日だったので、裸になってシャワーを浴びたときは本当に気持ちがよかった。ブレントは最初、ニッキがシャワーを使いおえるころまで待とうかと考えた。このような古い建物では、水圧が低くて同時にふたつのシャワーを使うと出が悪いことがしばしばある。しかし、栓をひねってみるとあたたかな湯が勢いよく出てきた。ブレントはその下に立って歯をくいしばり、たけり狂っている欲望を仕事に持ちこんではならないと自分を戒めた。彼女とは一定の距離をとり、いつも平常心を保つ必要がある。ニッキは重大な危険にさらされている。彼女を守りとおすにはどんなときも警戒心を解いてはならない――死者に対して、それ以上に生者に対して。

悲鳴があがった。

一瞬、ブレントは空耳かと思ったが、再び聞こえたので空耳ではないとわかった。バスルームを飛びでた彼はしずくを垂らしながら裸のままメインベッドルームへ走っていき、バスルームへ駆けつけた。そしてシャワー用カーテンをつかんでカーテンレールから引きむしった。

ニッキがカーテンの裂ける音にびっくりして振り返り、またもや悲鳴をあげた。

「どうした？」ブレントは叫んだ。どこを見ても恐ろしいものは目に入らなかった。

「なにをしに来たの？」ニッキが大声で言って、引きむしられたカーテンに手をのばした。彼女の視線がブレントの濡《ぬ》れている裸の体を上から下まで眺めまわし、最後に彼の目に落ち着く。彼女の顔が真っ赤に染まった。

「きみが悲鳴をあげたから来たんじゃないか！」ブレントは彼女を非難した。「いったいなにがあったんだ？」

ニッキが唇をなめた。濡れた肉感的な唇。彼女が視線をさげたので、まつげが目にかぶさった。密生した長いまつげ。髪がブロンドであることを考えると、まつげの色が濃いのは不思議だ。

本当のハニーブロンド。

上から下まで。

ニッキがかすれた声でひとことつぶやいたが、ブレントには理解できなかった。

「ニッキ？」彼は声を落としてききながら一歩近づいた。

ニッキがブレントの目を見た。「ごきぶりよ」さっきよりもはっきりした声だった。

「ごきぶり？」ブレントは問い返した。

「そう、ごきぶり」彼女の声には怒りがこもっていた。「すごく大きいの！　茶色くて羽のあるやつよ。それがシャワーヘッドにとまっていて、わたしめがけて飛んできたの」

「ごきぶりだって？」ブレントは安堵《あんど》の吐息をついて言った。信じられないという思いが、そして怒りさえもが声ににじみでる。やれやれ、彼女になにかあったのかと心配して駆けつけてみれば……。

「なによ、わたしに怒らなくたっていいじゃない」ニッキが叫んだ。「ほんとにびっくりしたんだから」

「びっくりしただって？　びっくりしたのはこっちのほうだ。きみのおかげで十年は寿命が縮んだよ」

ニッキは言い返そうとしてブレントを見つめた。ふたりとも緊張しきっていた。

そしてふたりとも裸だった。

ニッキの胸から怒りが消えたようだった。彼女はほほえんだ。

「今のあなたは元気いっぱいに見えるわ」ニッキがそっと言った。

そのとおりだとブレントは気づいた。彼は自分が鋼でできているような気分だった。溶けた、熱い、強靭《きょうじん》な鋼。

ブレントは彼女の目から視線をそらさなかった。ニッキの怒りが薄らいだのと裏腹に、彼の怒りが一気に高まった。ひょっとしたらそれは怒りではなくて、彼の内部で抑えつけられ、せめぎあっている感情の爆発だったかもしれない。

ブレントが向きを変えはじめたとき、ニッキの湿った指が彼の肩に置かれた。吹き寄せるそよ風のようにやさしい手つきだった。

「ブレント」

彼の名前をささやくニッキの声といったら……。

かつて経験したことのない心のうずきを覚えつつ、ブレントは振り返った。

カーテンは落ちていた。湯がまだ勢いよく降り注いでいて、もうもうと立ちのぼる湯気がニッキの体を包んでいる。シャワーの音が心臓の鼓動のようにブレントの耳の奥で鳴り響いた。

「わたしには……わたしにはどこかいけないところがあるの？」ニッキがカリブ海のような深みのあるきらきらした目で彼を見つめながらきいた。

「いや」ブレントはそっけなく答えた。

わ「だったら……？」

「だったら、なんだというんだ？」今にも自分が粉々に砕け散ってしまいそうな感覚に襲われながら、彼はぶっきらぼうな口調で問い返した。

「ふたりの大人……夜、遠くから聞こえてくる音楽。裸の男と女。男のほうは背が高く、漆黒の髪をしていて、性的に興奮しているのが明らかに見てとれる。女はといえば……男にすっかり魅了されて、彼の腕のなかに抱いてもらいたいと願っている。彼を得ることができるならなんでもする……それがかなわなければ死ぬまで屈辱にまみれて過ごしてもいいと考えているの」ニッキが言いおえた。

きみほどあらがいがたい魅力を持つ官能的な女性はほかにいない、そうブレントは説明したかった。もしいるとすれば……その女性に会ったのははるか昔のことに思われる。しかし……。

しかし、ニッキは危険にさらされている。重大な危険に。ブレントが感情に負けて分別を欠いた行動に及んだら、彼女をさらに深刻な危険にさらす事態を招くかもしれない。ブレントはそれを彼女に教え、説明しようとした。

だが……。

どうしても言葉が出てこなかった。

ブレントは手をのばしてニッキの腰をつかむと、彼女を持ちあげてタイルの段を踏み越え、流れ落ちる湯の下に入って、自分の体へ彼女を押しつけながらゆっくりと床へおろした。ふれあうたびに、高まった部分を通して彼の欲望がニッキの肌の隅々にまで刻みつけられる。ついに彼の口から声がもれた。うめき声が。ブレントは彼女の喉もとに顔をうずめて首と肩のなめらかな肌に唇を這《は》わせた。指が彼女の濡れた豊かな髪のなかへすべりこみ、口が彼女の口を探りあてる。

ああ、彼女はなんとすばらしいのだろう。

ブレントにまわされたニッキの両手が濡れてつるつるしている背中を這い、彼のヒップにあてがわれて体をいっそう近くへ引き寄せた。熱く火照っている濡れた肌と肌がこすれ、激しさを増す鼓動のように音高く降り注ぐ湯がふたりの周囲に湯気を立ちのぼらせる。ニッキの口を離れた彼の唇が再び彼女の肩へ移動していき、そこから胸のふくらみへと伝っていった。胸の頂を探りあててその周囲をなぞり、歯でもてあそぶ。彼はニッキのあえぎ声を聞き、激しい心臓の動きを、狂おしい鼓動を感じた。ふたりの体のあいだにあったニッキの手がブレントの胸を下へすべりおりていき、情熱のあかしを探りあてて握りしめた。潤んだ青緑色の大きな目がからかうように、そして魅惑するように、ブレントの目を見つめている。

彼は再びニッキを抱えあげ、巧みに高ぶらせながら彼女の背中をひんやりしたタイルの壁へ押しつけた。じっと彼女に視線を注いだまま、ますます彼女を高みへと導いた。絶え間なく浴びせられる湯が滝となってふたりの体を流れ落ち、ハニーオイルのように肌をつるつるにして、彼らを狂気へ、忘我へと駆りたてる。

ニッキが充分に高ぶったところで、ブレントは彼女を自分の上へおろしていった。最初はゆっくりと。そのあいだも目は彼女の目を見つめつづけている。やがてブレントが体を動かしはじめると、ニッキは小さく叫んで視線をそらし、彼の肩に顔をうずめた。激しく降り注ぐしぶきの絶え間ない音はブレントの脈打つ血管のリズムに呼応し、彼の緊張しきった筋肉のなかで鳴り響いている。ブレントにはニッキの重さがまったく感じられず、彼女の四肢が自分の腰にまわされていることもほとんど意識にのぼらなかった。ニッキがブレントを包んだまま、切迫した彼の力強い動きを受けとめる。唇からもれた小さなあえぎがブレントをいっそう狂気へと駆りたてた。彼女の指は彼の髪に差し入れられ、唇は彼の唇を荒々しくむさぼり、舌は彼の口の奥深くで暴れつづけた。そのうちにブレントは、湯気と、熱と、高まりゆく鼓動と、肉体のある一部に集中する欲望しか意識できなくなった。ニッキの口から叫び声がほとばしり、彼もまた官能の渦からさらなる高みへと駆けあがった。彼女はタイルの壁にあてた背を弓なりに反らしている。そのとき、ブレントの全身をめくるめく快感が津波のように走り抜けた。

今や彼女は、体を小刻みに震わせながらぐったりとブレントにもたれかかっている。まるで彼に体を預けたまま気を失ってしまったかのように。

しばらくして彼女が身じろぎし、ブレントの目を見つめたまま指で彼の濡れた髪をすいた。そしてほほえみ、感謝の言葉をささやいてブレントを驚かせた。「ありがとう」

彼はニッキとともにゆっくりと動いてシャワーをとめたが、そのあいだも彼女の目から視線をそらさなかった。ほんのわずかに後ろへさがって、喪失感を覚えながらニッキの体から出ていき、彼女をそろそろと床へ立たせた。

「ありがとうだって？」問い返した彼は再びニッキに体を寄せて、親指で彼女の頬をやさしくなでた。

「わたしにはいけないところがあるのではないかって思いはじめていたの」

ニッキはわざと軽い調子を装っている。ブレントは気づいた。なにかを拒もうとしているのではなく、ただ彼に気持ちのうえで引きさがる余地を残しておこうとしているのだ。

ブレントは重々しくかぶりを振った。「きみにいけないところなどなにひとつありはしないよ。それどころか、きみには女としての魅力がたっぷり備わっている」

ニッキの笑みが広がり、やがてふっと消えた。彼女はブレントの目をじっとのぞきこんだ。「だったら……どうしてそんなに時間がかかったの？」

「ぼくはきみの悲鳴を聞いてすぐ駆けつけたよ」

「そのことを言ったんじゃないわ」

「実際のところ、ぼくらは知りあってまもなかったからね」

「わたしはあなたを見た瞬間に、わたしが欲しいのはこの人だってわかったのに」ニッキの真剣な声には、どことなく物足りなげな響きがこもっていた。

「どうしてわかった……？」

「あなたがわたしにふれたから」ニッキはあっさり言った。

ブレントは彼女を抱き寄せた。湯がとまって、熱狂の瞬間が去り、エアコンがききだしていたので、濡れたまま裸で立っていると体が冷えてきた。ブレントはタオルをとって彼女の肩をくるんだ。

ニッキの顎に手を添え、上を向かせ目を合わせる。

「ぼくがきみにふれたからだって？」彼はささやいた。「ぼくはてっきり、最初はきみに好かれてさえいないのだと思っていたよ」

「そのとおりよ」

「ずいぶん正直じゃないか」

「あなたを好きになりたくなかったの」ニッキは静かに言ってバスルームを出ていった。

ブレントはあとに続いた。彼女はベッドの足もとのほうの、濃さを増しつつある暗がりに立っている。バルコニーへ出るドアは閉められており、厚手のカーテンも引かれていたので室内は薄暗かった。

乾きかけの髪に指を走らせながら待っていたニッキがタオルを落とすと、やわらかな光のなかに立っているその姿は、現実に存在する人間でありながら、この世のものとは思えないほど美しかった。彼女は画家の想像力がとらえたなにか完璧《かんぺき》なもの、神秘的な芸術作品、目覚めつつある美と愛の女神だった。

彼女のほうへ歩いていったブレントは、しばらくふれないで見つめていたが、やがて彼女の顎へ手をのばした。彼はゆっくりと唇を求めてやさしくキスをしながら彼女を抱き寄せた。「白状するよ……あの晩、通りできみと出会ったあと、ぼくはきみのことばかり考えていた。あまりにもきみに心を奪われてしまったために、かえってきみから遠ざからなければならないと思った。ぼくは自分の気持ちに……おじけづいたんだ」

ニッキがほほえんでブレントのほうへ頭をかしげた。「いつものわたしは、こんなふうには振る舞わないのよ。わたしはどちらかというと内気なたちなの。今夜のわたしを見たら、とてもそうは思えなかったんじゃない？　でも、きっと相性ってあるんだわ。それに……わたしは……わたしときたら、なにを言っているのかしら、自分でもわからない」

「ぼくにはわかるよ」ブレントは再び彼女を腕のなかに抱きしめた。

理性を超えた、あるがままの情熱というものが、人生にはたしかに存在する。

そして、ひとたびその情熱が解き放たれると……。

ブレントは今度こそなにもかもを得たいと望み、なにもかもを与えるつもりだった。自分たちには時間がいくらでもあるように感じられ、一生をかけて互いのことを知ればいいのだと思った。そう考える一方で、彼は言葉を口に出したくも耳にしたくもなかったし、過去や未来について考えたくもなかった。今は息をし、香りを求め、心臓の鼓動を感じて、肌の感触を楽しみ、ふれあう歓《よろこ》びにふけるときだ。ブレントはゆっくりと念入りにニッキの髪をかきあげて、うなじにキスをし、背骨に沿って唇を這わせながら彼女の肌の甘いにおいを吸い、肌の下にひそんでいる肉のやわらかさを、そのしなやかさを存分に探索して味わいつくそうとした。ニッキは長いあいだ身じろぎもしないで彼のなすがままになっていたが、やがて彼の腕のなかで向きを変え、飢えたように唇をむさぼった。長くて深いキスは濡れていて熱く、親密で、そのあとに続くものを予感させた。

　互いに相手の体をくまなくまさぐっているうちに、気がついてみるとふたりはひんやりしたベッドの上に倒れこんでいた。ブレントの意識にあるのは肌をすべっていくニッキの指先と唇、そして肩や肋骨《ろっこつ》や胸にこすれる彼女の歯のエロティックな感触だけ。からかうようにふれてくる……。

　手、唇。

　彼の。

　彼女の……。

　軽くふれるだけなのに、肌を焼かれるような感覚。このうえなく親密な、熱く、濡れた愛撫《あいぶ》。

闇《やみ》が濃さを増した。やがて彼らは体を絡みあわせたまま眠りの世界へ入っていった……。

ブレントはニッキの体がびくっと震えたのを感じ、ぱっと目を開けた。彼女にまわした腕に力をこめる。

「ニッキ？」彼はやさしく言った。

ニッキは体をこわばらせていた。「なんとなく今……」

「アンディーか？」

「いいえ……きっとばかげたことよ。なんとなく今、だれかが玄関のドアノブをまわしたのが聞こえた気がしたの。でも、二階のこの部屋からそんな音が聞こえるはずがないもの。きっと空耳よね？」ニッキが小さな声できいた。

ブレントはそっとベッドを出て、ニッキがほうり捨てておいたタオルを拾いあげて腰に巻き、足音を忍ばせてベッドルームを出ようとした。

「待って」ニッキが懇願した。

「ニッキ、きみはここに――」

「わたしも一緒に行くわ」ニッキはきっぱりと言った。

彼女はバスルームへ行ってタオルをもう一枚とってくると、暗闇に閉ざされた家のなかを彼について歩いた。キッチンにともる小さな明かりを頼りに、ふたりはすばやく玄関へ向かった。

最初、ブレントはドアにふれようとしないで、じっと聞き耳を立てて待った。物音ひとつしなければ、ノブも動かなかった。しばらく待ったあと、彼は静かにデッドボルトを外してドアを開けた。

戸外では、ひと晩じゅうついているニューオーリンズの街灯がれんが塀に明るい光を投げかけ、木やポーチやぶらんこの影を生みだしていた。そよ風が昼間の暑さを吹き払ってくれたせいで、夜の大気は心地がいい。それまでポーチにだれかがいたにせよ、今は影も形もなかった。

「ほら、ばかげているでしょう？」ニッキがささやく。

ブレントはなかへ引き返してドアを閉め、デッドボルトをしめた。そしてニッキの顎に手を添えた。「ちっともばかげてなんかいないさ。なにか変だと感じたら、どんなことでもいいから、すぐぼくに教えるんだ」

ニッキはほほえんだ。「さっきはいろんなことを感じたわ」

「うれしいことを言ってくれるね」

彼女が笑い声をあげると、その声がブレントの耳に快く響いた。

「おなかがすいたわ」

「ぼくならいくらむさぼってもらってもかまわないよ」彼はからかった。

ニッキはそっと笑った。「食事のことを言ったのよ」

「もう夜中の二時になるな」

「おいしいサンドイッチを出す終夜営業のレストランを知っているの」

ブレントは彼女の提案について検討した。「じゃあ、そこで食事をしてから、ぼくの宿泊先へ行って着るものをとってこようか」

ニッキはにっこりした。「服を着なくては。あなたもね」

彼女は階段へ向かって歩きだしたが、ブレントはためらってその場にとどまり、耳を澄ました。

なにも聞こえない。さっきの音がニッキの空耳だったのかどうかはわからないけれど、ブレントは気になった。

アンドレア・シエロがアパートメントへ帰り着いたのは午前二時ごろだ。

今とほぼ同じ時刻。

それからまもなく彼女は死んだ。

しかもブレントはニッキと同じように、アンディーはだれか他人の手によって死へ追いやられたのだと確信していた。

何者かが、押し入った痕跡《こんせき》をなにひとつ残さずに、アンディーのアパートメントへ侵入したのだ。ニッキから聞いた限りでは、だれに侵入されたのかをアンディー本人は知らなかったようだ。すると、アンディーがドアに鍵《かぎ》をかけ忘れたか、さもなければ侵入者が彼女のアパートメントの合鍵を持っていたことになる。

今夜、ニッキの家の玄関には間違いなく鍵がかけられていた。だれかが合鍵を使って入ろうとしたのだろうか。

「ブレント?」階段の途中からニッキがいぶかしげに呼んだ。

「すぐに行くよ」ブレントは返事をした。

彼はドアの鍵をもう一度確かめた。しっかりかかっていた。

ブレントはニッキについて階段をあがっていった。

パトリシアははっと目覚め、なぜ眠りから覚めたのかしらといぶかしんだ。それからベッドに自分しかいないことに気づいた。彼女は起きあがり、ローブを見つけて羽織った。古いエアコンががたがたとうなりをあげるのを聞きながら、キッチンへ歩いていく。

ネイサンがそこでグラスにジュースを注《つ》いでいた。はだしで、シャツは着ていないものの、ジーンズをはいている。

「ねえ」パトリシアは言った。カウンターをまわって歩いていくとき、彼女は靴につまずきそうになって、それを足で脇《わき》へどかし、彼のところへ行った。

「起こしてしまったかい? ごめん」ネイサンが言う。彼の黒褐色の髪が乱れていた。なんてセクシーなのかしら、とパトリシアは思った。

彼女はにっこりしてネイサンの後ろへ歩み寄り、彼の腰に両腕をまわして背中に頬を寄せた。「あなたのせいじゃないわ。なぜか目が覚めたら、あなたがいなかったから、寂しくなって捜しに来たの。それにちょっと怖かったし」

ネイサンがパトリシアのほうを向いた。彼の肌には薄く汗が浮いている。まるで悪夢にさいなまれたか、あるいは体を動かしていたかのように。

「このところ、あまり眠れなくてね」彼が言った。

「わたしのせい？　ひょっとしてあなた、わたしたちは一緒にいるべきではないと考えているんじゃない？」パトリシアは真剣な口調できいた。心臓が激しく打って苦しい。

「まさか、もちろんそんなことは考えていないよ」

「わたしは大人よ。本当にそう考えているのなら正直に言ってちょうだい」

ネイサンは愛情のこもった手つきでやさしく彼女の頬にふれた。「きみはこの世で最高の女性だ。きみのようなすばらしい女性にはまたとめぐりあえないだろう」彼は静かに言った。

パトリシアは彼がつかんでいるジュースのグラスをとりあげ、彼の手をとってベッドルームへ戻っていった。「わたしがあなたを寝かせてあげる」彼女は約束した。

「へえ、本当に？」

「そりゃ、すぐにじゃないわよ。でも、頼りにしてもらっていいわ。あなたをへとへとに疲れさせてあげるから。そうしたらきっと眠れるでしょう」

かたわらでネイサンが寝入って安らかな寝息をたてはじめたとき、パトリシアははじめて彼がジーンズをはいていた事実について考えた。

しかも、底に少し泥がこびりついている彼の靴がキッチンに脱ぎ捨ててあった。

ネイサンは外出してきたのかしら。

ニューオーリンズはいつだって、どこかしらにぎわっている。

でも、外出してきたのなら、なぜ彼はそのことを言わなかったのだろう？


ニッキはこれほど遅い時刻に——それとも早い時刻にというべきか——町へ出たのはいつぶりだろうと思った。ストリップ劇場から音楽がかすかにもれてきたりして町の一部に活気があったものの、昼間に比べればずっと静かで気持ちが落ち着いた。明かりが影だけでなく色をつくりだし、それが建物の正面をどことなくあやしげに彩っている。通りを数人の酔っ払いがうろついていたけれど、暗い町には不思議な魅力があった。

ニッキはブレントを〈マクシーズ〉という安レストランへ連れていった。近くにカジノがあるので、この店には二十四時間客がやってくる。

そこが出す食べ物はサンドイッチくらいしかないが、とびきりおいしかった。ニッキは空腹であると同時に、いまだに気分が高揚していた。わたしの顔は真っ赤で、目はダイヤモンドのようにきらきらと輝いているのではないかしら。愛しあったあとは世の中がすばらしく感じられると人は言うが、その言葉には多くの真実がこめられている。

ブレントはそのレストランが気に入ったようだし、少なくともニッキに負けないくらい空腹のようだった。

「このお店へ来たことはないの?」アイスティーとサンドイッチが運ばれてきたとき、ニッキがブレントにきいた。

「こんな店があることすら知らなかったよ。この町のことなら隅から隅まで把握していると思っていたのに」

「たしかにあなたはこの町のことに詳しいわね。あなたは昨日、わたしも知らない興味深い話をいろいろと披露したじゃない。たとえば奴隷のヒューイの話。彼の主人の子孫が観光客のなかにいたなんて、本当にびっくりしたわ」

ブレントは肩をすくめて足もとに視線を落とした。「それほど驚嘆すべきことではないかもしれないよ。マクマナスには子供が三人いた。現在、その子孫が大勢いたってなんの不思議もない。それに人はだれしも自分のルーツを探りたがるものだからね」

「そうはいっても、昨日、彼女があの場にいたのはやっぱり驚くべき偶然だわ」

ブレントは肩をすくめた。「たしかに興味深いね」

ニッキは彼が自分を見ていないことに気づいた。ブレントの視線は彼女を通り越してあらぬ方向へと向けられている。彼は壁を背にして入口のほうを向いており、ニッキは入口を背にして座っていた。

「どうしたの？」ニッキはききながら振り返った。「ミッチ」驚いて言う。

ミッチが入口のところに立ってテーブルへ案内されるのを待っていた。ニッキの声に気づいたのか、さっと振り返る。彼女とブレントを見て最初は面くらっていたが、すぐに笑みを浮かべてふたりのテーブルへやってきた。

「こんな時刻に出歩くなんて、いったいどうしたの？」ニッキが尋ねた。

ミッチは額に垂れているひと筋の金髪を後ろへかきあげ、ニッキの隣の椅子を引きだして座った。「腹が減ったから食べに来たんだ。きみたちはここでなにをしているんだ？」

「きみと同じさ」ブレントが言った。

ミッチがニッキに笑いかけた。「しかしきみは……起きていたのかい？　驚いたな」

ニッキは首を振ってブレントを見やった。「わたしは仲間のあいだでは早寝早起きとして知られているの。夜更かし型の人間ではないのよ」

「ぼくなんか十時にはどこの店も閉まっちゃうペンシルヴェニア州の出身だけど、ここみたいに昼間も夜中もどこかでなにかが行われている、にぎやかな場所が好きなんだ」ミッチがブレントに言った。

「きみはいつもこんなに宵っ張りなのか？」ブレントがミッチにきいた。口調はさりげなかったし、笑みもあけっぴろげだったが、ブレントの関心はさりげないどころか、その正反対であるのをニッキは感じた。

「本当はそうじゃない。しかし、ぼくが言いたかったのはそこだ。しょっちゅう午前の三時や四時に出歩きたくなるわけではないけれど、目がさえて眠れないときに出かけられる場所があるというのはいいものだよ」

ミッチは体をひねって、人を捜すように店内を見まわした。だれかと待ち合わせでもしているのかしら、とニッキは思った。

本当に人を捜していたのかどうかはともかく、ミッチはとある人物を見つけた。

「なあ」彼はひそひそ声で言った。「あそこの……奥のボックス席にいるのは……アンディーの件を調べている刑事じゃないか？」

ニッキもブレントも体をひねって、ミッチが示している方角を見やった。

実際、そこにいるのはオーウェン・マッシーだった。うつむいて分厚い書類をめくっている彼はくたびれきった様子だ。

「そうね、あれはマッシーだわ」ニッキは言った。

「さてと」ミッチが腕時計を見て言った。「もうずいぶん遅い。というより早い。帰らなくっちゃ」

「帰るだって？」ブレントが冷たい緑色の目に鋭い光をたたえて言った。「きみは来たばかりじゃないか。食事をしに来たんじゃないのか?」

「えっ、ああ、そうだったっけ。注文するのを忘れていたよ」ミッチは言って、手をあげた。ウエイトレスがやってきた。「紅茶と、彼女が食べているのと同じチキンのサンドイッチを頼む」彼はニッキの皿を指さして言った。

ウエイトレスはうなずいて離れていった。

「ところで……はじめてガイドをしてみて、どうだった?」ミッチがブレントにきいた。

「楽しかったよ」

「みんなと一緒に仕事をするのはたしかに楽しいよね」ミッチが言った。「なあ、あの刑事に挨拶《あいさつ》をしに行ったほうがよくはないか? 新たに判明した事実を教えてくれるかもしれないし」

「そうね、それがいいわ」ニッキは同意し、承諾を求めてブレントを見た。

ブレントが両手をあげた。「いいとも」

三人が席を立ってテーブルへ近づいていくと、マッシーが顔をあげた。彼はそれまで読んでいたマニラ紙の表紙の書類を急いで閉じた。

「こんばんは、マッシー刑事」ニッキは声をかけてほほえんだ。「姿を見かけたので挨拶をしようと思ったの」

マッシーは重々しくうなずいて三人を順繰りに見た。「きみたちが入ってくるのが見えたよ」彼は言った。「邪魔されるのはいやだろうと思って声をかけないでおいた。とりわけわたしみたいなのに声をかけられたのではかなわないだろうからね」

ニッキは慌てて言った。「とんでもない、あんなによくしていただいて。あなたが真剣に事件を調べていることはわかっています。お骨折りには感謝しているんですよ」

「なにか新しい手がかりはつかめたんですか？」ミッチが尋ねた。

「それが残念ながらなにひとつ」マッシーが認めた。「どうやら長期戦になりそうだ」彼の口調は穏やかだった。ニッキはブレントを見るマッシーの目つきを奇妙に感じた。おそらくマッシーは幽霊の存在を信じていないのだろうが、それでいてブレントがなにか突破口を見つけてくれるのではないかと期待しているのだ。

「こんな遅い時刻だというのに、よくここへ来るのかい？」ブレントがさりげない口調でマッシーにきいた。

「眠れなかったものでね。出勤までにはまだ何時間もあるが……」

「ぼくも眠れなかったんです」ミッチが言った。「おかしな夜ですよね？」

「きっとあやしい雰囲気が町を覆っているのだろう。ついさっきも、ここできみたちの仲間を何人か見かけたよ」マッシーが言った。

ニッキは驚くと同時に興味をそそられた。「だれを？」

「ひとりは、いつもきみについてまわっているハンサムな若い男だ」

「ジュリアン？」

「そう。彼はあそこの隅に座っていた」マッシーは店の反対側を指さした。そこはいちばん奥の人目につかない場所だった。「若い女性と一緒だったんで、邪魔しては悪いと思って声をかけなかった」

「ほかにはだれがここに？」ブレントがきいた。

「例の、偽のフランス女」

マッシーの言葉にはかすかな嫌悪感がこめられていた。

「偽のフランス女？」ミッチがけげんそうに問い返した。

「マダムのこと？」ニッキは言った。「彼女はいい人よ。そりゃ、たしかに本物のフランス人ではないけれど」彼女は笑った。「あの人のお店はとてもすてきなの。あなたはあの店に入ったことがないんですか？」

「あそこは少々値段が高いと聞いているものでね」マッシーが言った。「きみたちのテーブルへまた食べ物が運ばれていったようだが」

「ぼくのサンドイッチだ」ミッチが言った。

「それじゃ、また今度、マッシー刑事」ニッキは言った。

「ああ。わかっているね、なにか思いだしたら――」

「すぐに連絡するわ。ありがとう」

ミッチについて自分たちのテーブルへ戻ってから、ニッキはブレントがついてこなかったことに気づいた。彼はマッシーの向かい側の席に身をすべりこませ、何事か真剣に話しこんでいる。

「なにを話しているんだろう？」ミッチがニッキにきいた。

「さあ」

「なあ、ジュリアンは昨日墓地で出会った女の子を、うまくものにできたのかな？」

「うーん、どうやらだれかとはうまくいったみたいね」

ミッチがふいに顔をしかめた。「で、きみはどうなんだ……あの男は何者だ？　きみだって当分のあいだは用心しなくちゃいけないんだよ。つまり、彼が慎みを欠くとか、まともではないとかいうんじゃないけど……ほら、見てごらん、彼はえらく打ち解けた様子でマッシー刑事と話しているじゃないか」

「あの人なら大丈夫よ、心配いらないわ。彼は警察にコネがあるの」ニッキはミッチに請けあった。

「へえ、そうなのか？」

ニッキはうなずいた。「あの人は警察に協力している、ある機関のために働いているの。わたしもこまかいところまでは知らないけど、彼なら本当に大丈夫よ」

「今はぼくらのために働いているんだと思ったよ」

「担当のツアーに遅れないで来て、ちゃんと仕事をこなしさえすれば、残りの時間を彼がどう使おうとかまわないわ」

「ふーん」ミッチはサンドイッチを食べながら、奥のボックス席で話しこんでいるふたりの男を凝視した。

「あなたたち男の人って、男や女が寄り集まっているところへ別の男性が来ると、すごく気にするのね」

「かもしれない。しかし、とにかくぼくは彼から目を離さないでいようと思う」ミッチの口調はまるで自分がニッキの兄であるかのようだった。

彼女は笑顔で応じた。「わかった。それでかまわないわ」

数分後、ブレントがテーブルへ戻ってきたが、なんの説明もしなかった。それからしばらく彼らはその店にとどまっていたが、やがてミッチが幽霊伝説に関する本を出版したらどうかと提案した。「どこの会社もやっているよ」彼はふたりに向かって断言した。

「そこが問題なんじゃない？　みんながすでに同じことをしているってところが」ニッキがミッチに言う。

ミッチはかぶりを振った。「ぼくらはぼくらの物語を書けば――」

「ニューオーリンズでツアーをやっている人々のほとんどが同じ物語を使っているわ。それらは歴史の一部なんだから。忘れたの？」ニッキが指摘した。

しかし、ミッチは引きさがらなかった。「あのさ、ブレントはぼくが今日まで一度も耳にしたことのない、おもしろい物語を知っている。それにぼくらの本はよそで出しているものよりもずっと迫力に富む、すばらしい作品になるよ、ぼくらのツアーと同じように」

「だったら、さっそくとりかかったらどう？」ニッキが促した。

「きっとほかとはまったく違う本ができるよ。われわれだけの幽霊を載せればいいんだ、そうだろう？」

われわれだけの幽霊を載せる。アンディーみたいな。

突然、ニッキは立ちあがった。「もう遅いわ」彼女は言った。「仕事の前に少しでも眠っておかないと」

「支払いをしよう」ブレントが彼女に言った。

「ぼくが払っておくよ」ミッチがきっぱり言った。「お先にどうぞ。ここの払いは、あとで経費で落とせばいいからね」彼はにやりとニッキに笑いかけた。

ブレントがニッキと一緒に出ようと立ちあがったとき、奥のボックス席からマッシーが急ぎ足でやってきた。首を振ってぼやく。「ばかな娘たちだ。セントルイス一番墓地で襲撃事件があった。用心してくれ。なにかあったら連絡するように」彼は言ったが、心ここにあらずといった感じだった。

外へ出ると、ニッキはブレントと腕を絡めた。「それで、なにをあんなに真剣に話しあっていたの？」

「なにって？」ブレントは宝石のような緑色の目でニッキを見たが、そこにはなんの感情も表れていなかった。

彼女はため息をついた。「あなたとマッシーよ」

「この前の話の蒸し返しさ」ブレントは簡単に言った。「それにしても奇妙だとは思わないか？ 今夜はだれもかれも外出している」

「でも、わたしたちだって外出しているのよ」

「それにミッチ。そしてジュリアン。それからカフェを経営しているあの女性」

「あと、マッシー刑事も」ニッキはいらだってきた。「いったいなにが言いたいの？」

「別に」ブレントは言った。彼の視線は通りに注がれていた。そろそろ人々が活動を始めていたが、まだ暗くて静かだった。「ただ奇妙な夜だと言っただけさ。生きている人間が大勢出歩いていて、それ以外には……」

ニッキは眉をひそめて彼を見た。小さな震えが彼女の体を走る。「あなたにはいつも幽霊が見えるの？」ばかばかしい質問に聞こえたが、本気だった。彼女は答えを聞くのが怖かった。

「いや。いつもというわけではないが」ブレントはためらった。この人も自分の返事がばかばかしく聞こえるのがいやなのだわ、とニッキは思った。「ニューオーリンズは……そういう場所のひとつなんだ」彼はそれだけ言うと、そっけなくつけ加えた。「今夜は、死者たちは静かにしている。騒いでいるのは生きている人間だけらしい」

「騒いでいるようには思えないけど」彼女はつぶやいた。

「そこを左へ曲がろう。B&Bへ寄って着るものをとってこなくては」

ニッキは彼が宿泊先に選んだコンティ通りのB&Bを知っていた。十九世紀半ばに建てられた古い建物だ。ブレントが鍵穴へ静かに鍵を差しこんでドアを開け、ふたりは足音を忍ばせてベッドルームへ入った。彼が小さな革製のダッフルバッグに荷物をつめるあいだ、ニッキはベッドに腰かけて待っていた。それから再びふたりは静かに外へ出て、ブレントがドアにちゃんと鍵がかかったことを確かめてから、そこをあとにした。

彼女のアパートメントへ歩いていくとき、曙光《しょこう》が東の空にきざしはじめた。

「奇妙だ」ブレントがひとりごとのようにつぶやいた。

「なにが？」

「きみの友人たちが起きていて、外を出歩いているのがさ」

ニッキの胃のあたりがきゅっと縮んだ。「なぜそれが奇妙なの？」

ブレントはまっすぐ前方に視線を据えていた。ニッキの質問に答える代わりに彼は言った。「アンドレア・シエロのアパートメントに、無理やり押し入った形跡はなかったそうだ」

「ああ、そうだったわね。するとアンディーを殺したのは、彼女の知っているだれかってわけね」

ブレントは黙っていた。

「わたしの友人たちに疑いをかけるのはやめて」ニッキは彼に警告した。

「怒らないでくれ」ブレントが言った。「犯罪を捜査するにあたっては、ありえない要素をひとつずつ除外していかなければならない。そうやってあとに残ったものを調べるんだ。それがどんなにありそうもないことに思えようと、そこに答えがあるはずだ」

ニッキはブレントから腕を離して彼をまじまじと見た。「幽霊の存在はありえないとされているわ」彼女は憤然と言い放ち、道路をすたすたと歩いていった。

突然、ニッキは予感めいたものを覚えた。

彼女の世界が今にも裂けて大きな口を開けようとしているのだ。

危険をはらんだ時間が前方に立ちはだかっている。恐怖、怒り……不信。

ふいに、切実な願いが彼女の心を満たした。未来などやってこなければいい。

アパートメントへ入ったところでニッキはくるりとブレントのほうを向き、彼の肩からダッフルバッグをもぎとって床へほうり投げた。「喧嘩《けんか》はあとでもできるわ」自分の声が消え入りそうになっていることはわかっていた。「でも、今朝は……幽霊なんか見えないふりをしましょう。恐ろしいことや悪いこと……危険なことについて考えたり話したりするのはやめておきましょう。お願いよ」

彼女はてのひらでブレントの頬にふれた。やさしく、懇願するように。

ブレントは彼女の指をつかんでそのまま頬にあてがっていた。

次の瞬間、ニッキは彼の腕のなかにいた。

ふたりは階段をあがりながら服を脱ぎ捨てていった。ニッキは裸の背中にブレントがふれるのを感じ、その次に気づいたときは、自分の部屋のベッドに彼と並んで横たわっていた。

ニューオーリンズに日がのぼり、新しい一日が始まった。

カーテンの閉じているベッドルームの薄暗がりのなかで、ニッキは朝が訪れたことに気づかないふりをした。

13

ニッキとブレントがマダムのカフェへ着いたのは九時半ごろだった。すでにミッチはいつものテーブルに着いていたし、数分後にはパトリシアとネイサンが到着し、そのすぐあとにジュリアンがやってきた。

「どうやらきみは熱い一夜を過ごしたようだな？」ミッチがジュリアンをひやかした。

「なんだって？」椅子に座りかけていたジュリアンが驚いて言った。

「ゆうべ〈マクシーズ〉で女と密会していたと聞いたぜ」

ジュリアンはミッチをまじまじと見つめ、それからほかの者たちを見まわした。「なんてことだ。この町がそれほど狭いとは思わなかった」

「ブレントとわたしも〈マクシーズ〉へ出かけたの」ニッキは言った。

「ミッチも一緒に……？」ジュリアンがいぶかしげにきいた。

「彼はぼくらとは別にやってきた」ブレントが答えた。

「教えてよ」パトリシアがからかった。「あなたが一緒にいたのはだれ？」

ジュリアンはにやりとした。女性とデートしていたことを全員に知られようがまったく意に介していない様子だ。ブレントは考えをめぐらせた。玄関ドアのノブがまわる音をニッキが聞いたのは、あながち空耳ではなかったかもしれない。彼が最近ニューオーリンズで知りあった人間の多くが夜中に町を出歩いているらしい事実からして、そのなかのだれかがドアを開けようとした可能性もある。

「昨日ラフィエット一番墓地で会った、あの若い女性？」ニッキがほほえんで尋ねた。

「ご名答。その件ではきみに感謝しなくちゃいけないね」ジュリアンが言う。「きみがいなかったら彼女と出会えなかったんだから」それから彼は懇願するようなまなざしでニッキを見た。「ニッキ、午後一番に予定しているラフィエット一番墓地のツアーを、きみとブレントとで引き受けてくれないかな？　セントルイス一番墓地のほうはパトリシアとネイサンに担当してもらって、ぼくはミッチと夜のフレンチクォーターのツアーを受け持ちたいんだ。それでみんながよければだけど。どうだろう？」

「午後、また熱々のデートをするのかい？」ミッチがきいた。

ニッキはジュリアンに向かってほほえんでいた。彼女は楽しんでいるようだ、とブレントは判断した。

明け方に彼女のアパートメントへ帰り着いたときから、ニッキはそれまでの出来事をほんの数時間でも忘れようと決意し、今もなおその決意に従って振る舞っているかのように見えた。

そのとき、マダムがコーヒーポットを持って姿を現した。「お代わりの欲しい人はいるかしら？　お若い方々《メ・プティート》」

「もう一杯お願いするわ、マダム」ニッキが答えた。

「ぼくも頼もうかな」ブレントは言った。「あなたもゆうべ遅くに出歩いていたんですね、マダム？」

マダムはブレントに向かって眉をつりあげた。「あらまあ、どうして知っているの？」

「知り合いの刑事もわたしたちも、同じ店でサンドイッチを食べていたの」ニッキが代わりに答えた。

マダムは笑い声をあげた。「あらそう、彼はわたしたちを見張っているのね。もっとも、顔見知りの人間が同じ店にいたら気づかないほうがおかしいけど。その刑事さんも、もっと重要なことを見張っていればいいのに」彼女はほほえんだ。「それにしても不思議な夜だった。目がさえて全然眠れなかったの」

「夜中にひとりで出歩くのはやめたほうがいいよ、マダム」ジュリアンが真剣な口調で忠告した。

「まあ、心配してくれるのはうれしいけど、この町のことならよく知っているわ。用心しているから大丈夫。どこなら安全で、どこへ行ったら危険なのかくらい、ちゃんとわきまえているもの」

　アンドレア・シエロは自分のアパートメントを安全な場所と考えていたという事実が、突然、彼らの頭上に声なき言葉となって浮かんだように思われた。ブレントはニッキがさっと青ざめるのを見て心を痛めた。

「充分に気をつけなくちゃだめだよ」ジュリアンが言った。

「わかっているわ。心配してくれてありがとう」マダムは言った。「でも、わたしはどこへ行くにも必ず唐辛子スプレーを身につけていくことにしているの」彼女はにっこりしてから、彼らの背後へ視線を向けた。「まあ、ハロルド・グラントがわたしの店へコーヒーを飲みに入ってこようとしている！」うれしそうに顔が輝く。「あの人、生意気な若手候補のビリー・バンクスに議席を奪われると心配しているんじゃないかしら。たいそうやつれた様子をしているわ」

　ブレントは振り返った。ハロルド・グラントは六十歳前後のがっしりした体格の男だった。背が高くて肩幅が広く、ふさふさした鉄灰色の髪を短く刈っている。彼は決定を下すにあたってとことん慎重を期す堅実な人物だが、その半面、おもしろみや魅力に欠けることで知られていた。

「今日の午後、彼とビリー・バンクスがジャクソン広場で政治討論会を行う予定なの」マダムが言った。「だから今日は町じゅう警官だらけよ、きっと。となると、この店も大忙しになるわね。警官たちはみな、うちのカフェオレとベニエが大好きですもの」マダムは彼らに手を振って歩み去った。

ブレントの携帯電話が鳴って全員を驚かせた。彼はすまなそうな顔をして電話に出た。

「ブラックホークです」

「マッシーだ。ちょっと署まで来てくれるかい？」

ブレントはほかの人たちを見まわした。全員が彼を注視している。「いいよ。なにかあったのか？」彼は張りつめた声できいた。

「できるだけ早く来てくれ」マッシーの口調に非難の響きはなく、不安そうな調子だけが感じられた。

「わかった、すぐに行く」ブレントは携帯電話を閉じた。「ラフィエットのツアーは十二時からだね？」彼はニッキに念を押した。

「ええ、十二時からよ」ニッキは答え、物問いたげに彼を見つめた。

「きみたちふたりはニッキと一緒にいて……ラフィエットまで送っていってくれないか？」ブレントはパトリシアとネイサンに頼んだ。

「今は真っ昼間よ。どこもかしこも観光客であふれているわ」ニッキが言った。「それに町じゅう警官だらけですもの。マダムの話を聞いていなかったの？」

「わたしたち、喜んでニッキと一緒にいるし、それからラフィエットへも送っていくわ」

パトリシアが請けあった。

「そうとも……なんならそのあともしばらくついていて、ツアーの手伝いをしたっていいよ」ネイサンも言う。

「お願い」ニッキは抗議した。「繰り返すけれど、今は昼間で、ニューオーリンズ市内を警官が大勢パトロールしているのよ」

「そうか、そうしてもらえたら安心だ。彼女のそばにいてやってくれ」ブレントはニッキの言葉が耳に入らなかったかのように言って立ちあがった。

「だれにもついていてもらう必要なんかないのに」ニッキが言い張った。

「われわれはみな、だれかを必要としているんだ」ブレントが顔をしかめる。「ニッキ、頼む。友達がきみと一緒にいたがっているんだ、そうさせてやってくれ」

ニッキは両手をあげた。

「ねえ、〈コンテッサ・ムードゥーズ・フードゥー・ヴードゥー〉へ行ってみない？」パトリシアが提案した。

「なにをしに？」ニッキはきいた。彼女は自分が不安に陥っていることも、アンディーが殺される前日に彼女とふたりでその店へ行ったことも、話したくなかった。とりわけ彼らがニッキに気づかいを示している今は。

「さあ、知らないよ。だけど、そうだな、ヴードゥーの儀式に使う鶏の脚を買うとか、踊ったりはしゃぎまわったりするとかしたらいいんじゃないか」ジュリアンがニッキに言った。「きみはあそこが好きなんだと思っていたよ」

「パトリシアと一緒に行くんだ」ブレントは断固たる声でニッキに命じた。なにかがニッキを悩ませている、そのことに彼は気づいた。友達と一緒にいることだろうか？　そうではあるまい。ヴードゥーショップへ行くことだろうか？

ニッキがブレントにほほえみかけた。彼女が心配ないと確信できない限り、ブレントはこの場を離れないことを悟ったのだ。「あなたがあの店へ行ったことがないのなら、いつか連れていってあげなくちゃならないわね」

ブレントもほほえんでうなずいた。コンテッサのことなら知っている。彼女はヴードゥー使いとしてかなり昔から活躍してきたのだ。

ニッキがひとりになることはないと安心したブレントは、彼らをテラスに残してカフェをあとにし、ロイヤル通りへと急いだ。そのころにはマッシーの用件のほうが気になっていた。

ブレントが署に着くと、マッシーはパトカーのなかにひとり座って彼を待っていた。

「きみの相棒はどこにいるんだ？」マッシーにパトカーへ乗るよう促され、ブレントは座席へ身をすべりこませながら尋ねた。

「聞きこみであちこち駆けずりまわっているよ、被害者たちの写真を持ってね」マッシーがうんざりしたように答えた。

「で、われわれはどうするんだ？」ブレントはきいた。

「病院へ行く」

「なんのために……？」

「わたしがゆうべセントルイス一番墓地へ呼ばれたことは覚えているだろう？」

「ああ」

「襲撃されたのはマリー・マクマナスという若い女性だ。彼女がきみの名前を教えてくれた」

ブレントはうめいた。

「彼女を知っているんだろう？」マッシーがきいた。

「ああ。彼女は昨日のツアーに参加していた。しかし、夜の墓地は門を閉められて鍵《かぎ》をかけられていたんじゃないのか。彼女もその友達もなかへ入ってはいけないことを知っていたはずだ」

「それがそうではないらしい。友達のひとりが死者の霊を呼びだす方法について書かれた本を持っていたんだと。マリーはある種の儀式を行って、先祖に代わって奴隷に謝罪したかったのだと言っている」

ブレントは悲しみと怒りを同時に覚えて首を振った。いったい人間はいつになったら賢くなるのだろう。

「彼女の怪我《けが》の程度は？」

「頭を一撃されて、打ち身とすり傷がいくつかできた程度だ。石が飛んできたので、友人ふたりは慌てて門を乗り越えて外へ出たという。ふたりの悲鳴を巡回中の警官が聞いて駆けつけた。そのマリー・マクマナスという娘は、だれの姿も見なかったし、声も聞かなかったそうだ。ただ後ろから頭をがつんとやられたらしい。しかし、彼女はきみと話したがっている。それに、わたしもひょっとしてきみならなにかつかめるんじゃないかと思ってね。それで来てもらったんだ」

「わかった。彼女に会ってみよう」ブレントは言った。

マリー・マクマナスは打ち身をこしらえ、おびえているように見えた。彼女は早く退院したがっていたが、経過観察のために二十四時間は病院にとどまらなければならない。髪はきれいにとかしていたものの、化粧はまったく施しておらず、幼いといってもいい顔には恐怖の表情が浮かんでいた。

「こんにちは。わざわざ来ていただいてすみません」マリーは言った。

彼女がいるのは狭い個室で、ブレントとマッシーがかろうじて同席できるだけの余地しかなかった。

「墓地でいったいなにをしていたんだ？」ブレントがマリーにきいた。「夜中に墓地の近くへ行くのは危険だと、昨日あれほど言っておいたじゃないか」

マリーは顔を赤らめて目を伏せた。「正直に話すけど、わたしたち、お墓を荒らそうとか、そんなつもりはなかったんです。わたしはヴードゥーショップでろうそくを何本か買って……それから小さな銀の十字架と、薬草も少し。そして友達と一緒にこっそり墓地へ忍びこみ、お祈りを唱えるつもりでした。ところがそのとき石が飛んできて、だれかがわたしの頭を殴ったんです。気がついたときには、この病院に運びこまれていました」

ブレントはちらりとマッシーを見やり、ほんのわずかに肩をすくめた。「マリー、きみが殺されずにすんだのは運がよかったんだよ」

「わかっています」彼女は小声で言って、ちらりとマッシーに視線を走らせた。「この刑事さんから聞いたけれど、犯人を突きとめるのは不可能に近いんですってね」

「それを知っているんだったら、なぜぼくならきみを助けてやれると思ったのかな？」ブレントはきいた。

マリーはかぶりを振った。「それは……その、あなたに助けてもらいたかったんじゃありません。そうではなくて……たぶん、わたし、あなたに謝らなければいけないと思ったんです」

ブレントも同じように首を振り、やさしく言った。「マリー、きみは被害者なんだよ。

謝らなければならないのは、きみに怪我をさせたどこかの不良どもだ。しかし、今後は迷惑をかけたくないと考えているのなら、警察に世話を焼かせないでくれ。警察が危険区域だと警告している場所へは立ち入らないようにするんだ。いいね？」

マリーはうなずいた。「あなたはわたしの先祖のアーチボルド・マクマナスに関する情報を入手したとおっしゃった。それを見せていただけるかしら？」

「きみ自身が図書館で調べれば、ぼくが入手したものよりはるかに詳しい事実がわかるだろうけど、ぼくの入手した情報でよければ、喜んで渡すよ。できるだけ早くここへ持ってこよう」

「いいえ……。わたしたち、フレンチクォーターのホテルに滞在しているんです……ジョージーとセーラとわたしの三人で。ご面倒でも宿泊先のホテルへ届けておいていただけたらありがたいのですが」

「わかった、そうしよう。じゃあ、暗くなってからあの墓地へ近づくようなまねは二度としないと約束してくれるね？」

「約束します」マリーが誓った。

ブレントとマッシーは早く元気になるようマリーに言って病室を出た。「きみはどう思う？」マッシーがブレントにきいた。

ブレントは肩をすくめた。「いくつか打ち身ができた程度ですんだのは運がよかったんじゃないかな」

「ああ、わたしもそう思う。彼女はなにも見なかった」マッシーは腹立たしげにため息をついた。「みな肝心なことはひとつも見やしない。さてと、なにか考えついたら……教えてくれ。どこでおろせばいい？」

ブレントは腕時計に視線を走らせた。ガーデン地区のラフィエット一番墓地でツアーを開始する時刻まであまり時間は残っていないが、セントルイス一番墓地へちょっと寄るだけなら大丈夫だろう。そこから道路まで走って市街電車に乗り、ラフィエット一番墓地へ行くのには、数分あれば充分だ。

「セントルイス一番墓地の入口で。今のうちにこの目で見ておきたいんだ」

「われわれがすでに犯行現場の周囲に立入禁止テープを張りめぐらせておいたし、今ごろは墓地のなかを観光客が大勢歩きまわっているぞ」

ブレントはうなずいた。「とにかく少しだけでも見ておきたい」

「きみの幽霊の友達に手を貸してもらおうと考えているのか？」マッシーがきいた。

ブレントは彼を見た。マッシーがあざけっているのか、それとも藁《わら》にもすがりたい気持ちになりかけているのか、どちらとも判断がつきかねる。

「ちょっと見ておきたいだけだ」彼は言った。「さっき聞いたが、今日、ジャクソン広場で政治討論会があるそうじゃないか。警察はそちらの警備で忙しいのだろう？」

「たしかに制服警官たちは大忙しだろうな」マッシーが同意した。

数分後、マッシーは門のすぐ前でパトカーをとめた。ブレントはなにかわかったら必ず教えると約束して車をおりた。

ちょうど墓地をいくつかの団体客が訪れていたが、彼らはマリー・ラヴォーの墓の周囲に集まっているようだった。ブレントは奥の塀沿いに共同埋葬棟のほうへ進んでいった。

彼はしばらくそこで待ち、最後の団体客が墓の向こうへ姿を消したのを見届けてから、低い、けれども激した声で呼びかけた。「ヒューイ、今すぐあんたの不細工な面《つら》を見せろ」

一瞬後、青白いヒューイの透けた姿がぼうっと現れた。「わしの不細工な面だと？　そういう偉そうな口をきくおまえさんは何様だ？」

「ヒューイ、あんたはあの若い女性に怪我をさせただろう」

「やけにふくれっ面をしているじゃないか。なにをそう息巻いている。いったいなにがお望みなのかね、インディアンボーイ？」ヒューイがきいた。彼の声には後ろめたさが感じられた。後ろめたさと、ふてぶてしさだ。

「あんたはここにいるあいだにずいぶん力をつけた。今では、ほかの幽霊にはとうていまねができない芸当までできるようになっている」

「霊魂とか霊的存在とか呼んでもらいたいね。近ごろではそれが好ましい呼び方らしいじゃないか」ヒューイが笑いながら言った。「利口な監視員のひとりがそんな話をしているのを聞いたぞ」

「たいしたものだ。今ごろになってそんなことを口にしだすのか？ 〝霊的存在〟と呼んでもらいたいだと？ 自分じゃいつもぼくをインディアンボーイと呼んでいるくせに」

「怒っているのかい？」ヒューイがきいた。

「いいや。ぼくが怒っているのは暴力に対してだ。なにもあの若い女性に怪我をさせることはなかったじゃないか」

ヒューイはうなだれたが、すぐに視線をあげて目をきらりと光らせた。「正直なところ、あの娘さんに怪我をさせるつもりはなかったよ、正直者のインディアン」彼はそう言ったあとで、自分の冗談に笑った。「それに、彼女に怪我をさせたのはわしではない。もっとも偶然あたっちまったか、それとも彼女がここから逃げだすときに怪我をしたのなら別だがね」

「あんたが彼女に石を投げつけたのは偶然だったというのか？」

「いいや……ゆうべ、また例のやつらがここへ来たんだ。たちの悪いやつら、性根の腐っている連中だ、わしにはわかる」

「どんな連中だった？」

ヒューイはくだらんとばかりに手を振った。「麻薬中毒者たち。それとそうではない者たち。麻薬をほかの人間に売って大金を儲《もう》けている連中だ。やつらはこの墓地のことなどちっとも気にかけちゃいない。死者を敬う心なんぞ、これっぽっちも持ちあわせておらんのさ。それどころか、生きている人間に対してもまったく敬意を抱いておらんとくる。あの娘たちは……」ヒューイはやれやれと首を振った。「思慮が足りなかった。今どきの若者ときたら、いったいなにを考えているのやら……わしにはさっぱり見当がつかんよ。日が暮れてからこんなところへ来るのは危険なことくらい、だれでも知っているはずなのに。夜になると、この墓地は悪い連中のたまり場になる。あの娘たちが殺されなかったのは運がよかったとしかいえん」

「その悪い連中とはどういうやつらなのかを、ぜひ教えてくれないか、ヒューイ。彼らが悪事を働いている現場を押さえられれば、警察につかまえてもらうことができるし、そうすれば、あんたも彼らのことで頭を悩まさずにすむだろう」

ヒューイは肩をすくめた。「おまえさんにこいつらだと正しく教えてやれる自信はないね。たとえこの瞬間に観光客に紛れてやってきたとしても、見分けがつかないかもしれん。そんなに驚かないでくれ。やつらが来るのは夜と決まっているし、いつも目出し帽をかぶっているのでな」

「毎晩来るのかい？」

ヒューイは周囲を見まわしてから否定した。「毎晩ではない。次にいつ来るのか、正確なところはわしにもわからん。しかし……このところちょくちょく来ておる」

「このところ？」

「ああ、そうだ。数週間前……いや、ひと月か、その少し前くらいからだったかな。数夜おきに……そんなところだ」

「ありがとう。また夜に来るよ。ところで、例のＦＢＩ捜査官のトム・ガーフィールドだが、まだ見かけていないのか？」

「どうしたらその男だとわかるのかね？　わしら死んだ人間は、はじめて会う相手にいちいち自己紹介なんぞしないからな。みなそれぞれにすべき仕事を抱えている。それはおまえさんたち生きている人間も同じだろう。通りで会う人間全部にいちいち自己紹介したり挨拶《あいさつ》したりはしない、違うか？」

「なんとか手を貸してくれ、頼む。ついでに言っておくが、あのマクマナス家の娘はあんたのためにお祈りを唱えようとして来たんだからな」

「わかった、わかったよ……わしにできることなら手を貸そう。それと、本当のことを話しておくよ。あの娘に怪我をさせたのはわしではない」ヒューイはためらったあとで続けた。「それどころか、彼女はわしのおかげで助かったともいえる。たしかにわしは石を投げたよ。しかし、悪い連中めがけて投げたんだ」

「さすがだな、ヒューイ」

「それでも彼女がマクマナス家の人間であることに変わりはない」ヒューイは鼻を鳴らし

て言った。

「彼女が悪いんじゃないよ。ぼくは警察に頼んで墓地を監視してもらおう。麻薬中毒者たちが来ないか見張ってもらうんだ」

ヒューイは首をかしげてブレントを見つめた。「わしも気をつけて見張っているよ。といって、おまえさんが本気でやつらをつかまえたいと考えているならだが。やつらは警官の姿を見ると……こそこそ塀を乗り越えてどこかへ行っちまう。ノーリンズには隠れるのに格好の暗い場所がいくらでもある。やつらをつかまえたかったら、警戒させて外へ逃がしちまわずに、ここでつかまえなきゃだめだ」

「なるほど、そのとおりだ。ありがとう、ヒューイ」

どこかの団体客が大きな共同埋葬棟の角を曲がってやってくると、ヒューイはすーっと消えた。

ブレントは団体客とすれ違って墓地の出口へ向かった。歩道へ出たところでひとりの男とぶつかりそうになり、はっとした。

彼は目をあげた。

相手はFBI捜査官のハガティーだった。今日のハガティーは野球帽をかぶってサングラスをかけ、ジーンズにあつらえのシャツといういでたちだった。彼は行く手に立ちふさがっているブレントを見て舌打ちをした。「いったい全体、こんなところでなにをしているんだ？」

「墓地を見物していた」

　ハガティーは再び舌打ちをした。ブレントは彼の外見を値踏みした。この男は有能だ。彼はもはや型にはまったＦＢＩ捜査官には見えなかった。

　ハガティーがブレントに近づいてきた。「まったく、こっちの邪魔をするなよ。わたしはひとりで仕事をしている。ほかの者たちとは別行動をとっているんだ、わかったか？　仕事中は、警官はおろか、ほかのＦＢＩ捜査官たちとも話をしないことにしている。話しているのを見られたら、身元がばれて殺されかねん。だから、外できみと話をするのはこれきりにしたい。さあ、わかったらそこをどくんだ。今後、外で会うことがあっても、絶対にわたしを知っているふりはするなよ」

　ハガティーは急ぎ足で通り過ぎた。あの刑事たちは正しかった、この男はとんでもないろくでなしだ。ブレントはそう思って胸が悪くなった。

　彼は首を振って腹立たしい気持ちを振り払い、歩を進めた。どうやらハガティーはトム・ガーフィールドの足どりをたどろうとしているらしい。一匹狼《おおかみ》となって。

　しかし考えてみれば、ハガティーは正しいのかもしれない。生きのびることはいつだって容易ではないのだ。とりわけＦＢＩの捜査官にとっては。とはいうものの……。

　あの男についてはもっと知っておくべきではないだろうか、とブレントは不快感とともに考えた。きっとアダムが手を貸してくれるだろう。将来、〈ハリソン調査社〉が仕事を請け負った際、いつまた彼と衝突しないとも限らない。今のうちに彼のことを調べておいたほうがいい。

ブレントはハガティーとの不愉快な出会いを頭から払いのけ、通りを小走りに駆けて市街電車に乗った。ラフィエット一番墓地へ着いて、腕時計を見ると、驚いたことにまだ十一時半だった。

彼はさんざん迷ったあげく、この時間を利用して彼個人にまつわる心痛む訪問をしておこうと心を決めた。

「あなたはだれに投票するの、ミッチ？　そもそもあなたには選挙権があるの？　わたしたちはもう北部の人たちに選挙権を与えたんだっけ？」パトリシアがからかった。

ミッチは顔をしかめた。「もちろんぼくにだって選挙権はあるよ！　この土地に住んでいるんだから」

「で、だれに投票するんだ？」ネイサンがうるさくきいた。

「さあ、まだ決めていない。片方は年寄りの嘘《うそ》つき、もう片方は若手の嘘つきときたもんだ」

「ずいぶんひねくれた見方をするのね」ニッキは言った。彼らは通りをぶらぶら歩いているところだった。その一帯は間違いなく普段よりもいっそうにぎやかだった。どの角にも警官が立っていて、道路はジャクソン広場をめざす人々であふれている。

「選ばれたあとでちゃんと選挙公約を果たす政治家って、いったい何人いるだろうな?」ミッチがきいた。

「公約をするよりも公約を果たすほうが、たぶんずっと難しいんだわ」ニッキは言った。

「しかし、それは大事なことだよ。立候補者のなかに、だれかひとりくらいは正直な政治家がいなくては。真実を語る政治家が。ぼくならこう公約するね。〝そりゃまあ、わたしには世界を変える力はないけれど、少しだけでも世の中をよくすることはできます〟ってさ」

ニッキは笑った。「あのね、世界をたいして変えられないような顔をしていたら、だれもあなたに投票しないわ、きっと」

彼女は足をとめて、街灯に張ってあるポスターを見た。ビリー・バンクスの選挙ポスターだった。ハンサムで、感じのいい笑顔をした、カリスマ性に富む男。

ミッチがニッキの肩に腕をまわした。「魅力的な男じゃないか。だからきみはこの候補者に投票するんだろう?」

「ばかにしないで、ミッチ。わたしはもっともすぐれた候補者に投票するわ」

「で、どちらがすぐれた候補者だと思う?」

ニッキは肩をすくめた。「まだわからない」

「わたしも。それはともかく、わたしは政治討論会を聞くためにここへ来たんじゃないわ。そこが〈コンテッサ・ムードゥーズ・フードゥー・ヴードゥー〉だからよ。なかへ入りましょう」パトリシアは政治なんかもうたくさんだと言わんばかりの様子だ。

ニッキは顔をしかめ、しばらく店の前でためらっていた。

そのとき、人ごみのなかのなにかがニッキの注意を引いた。視野の端に入ったなにかが、彼女の心の奥底に不安のさざなみを立てたのだ。

しかし、それがなんなのか、ニッキにはわからなかった。彼女は通りを切れ目なく歩いていく人々の群れを眺めた。ショートパンツ姿の観光客もいれば、ホルターネックのトップを着た若い女性や、Tシャツ姿の若者、ビジネススーツを着た男たちもいた。

たった今、目の前を通り過ぎていった人々の、いったいなにがわたしを不安にさせたのだろう。

奇妙にもよく知っているもののようだった。

だけど、いったいなに？

少なくともそれがアンディーではなかったことに感謝したニッキは、ほかの者たちについて店へ入った。

友人たちはおしゃべりしたり店内の品物を手にとったりしていたが、ニッキの胸から不安は去らなかった。

　コンテッサが自分を見つめている。

　友人たちが媚薬《びやく》についてあれこれ品定めしているのを聞きながら店内をぶらついているうちに、ニッキはヴードゥーの歴史に関する本や、現在もヴードゥーの呪術《じゅじゅつ》を実践している人たちのことが書かれた書籍が並んでいる一角へ来た。だれかがそばにいる。そう感じて彼女は緊張した。最近の彼女は絶えず不安にさいなまれていた。わたしはそこにいるはずのない人の姿が見えるのではないかしら？　遅かれ早かれ悲鳴をあげて卒倒し、病院へ収容されるのではないかしら？

　だが、そばへやってきたのはコンテッサだった。ビー玉のような目には憂慮が浮かんでいる。「彼女は死んだのね？　あなたのお友達のことよ。彼女はもうこの世にいないんでしょう？」

「ええ、彼女は死んだわ。あなたは彼女が死ぬことを知っていたのね」ニッキは非難がましい口調できいた。

　コンテッサはかぶりを振った。「彼女を色がくるんでいたわ。暗い色だった。それは大きな危険の前兆なの。彼女が死ぬとわかったわけではないけれど。彼女は自らの手によって死んだのではないわね」

「ほとんどの人が、アンディーの死は自業自得だと考えているわ」

「今のは質問ではないわ。わたしは事実を述べただけ」

ニッキはうなずいた。「そう、その点では、わたしもあなたと同じ意見よ。わたし、彼女は殺されたと信じているの」ニッキは顔をしかめた。「ひょっとしてあなた、彼女を殺した犯人や殺害の動機を知っているんじゃないでしょうね？」

コンテッサは首を横に振って否定した。「でも……」

「ニッキ」パトリシアが呼んだ。「もう行くわよ」

ニッキはうなずいた。「でも、なんなの？」

コンテッサはほんの一瞬ためらった。ほかの人たちは大声でコンテッサに礼を述べ、ニッキに早く来いと手招きしながら出口へ歩いていく。

「でも、なんなの？」ニッキは繰り返した。

真剣な表情をたたえたビー玉のような目がニッキの目をのぞきこんだ。「あなたも危険にさらされているわ。同じ危険に。同じ色、怒りに満ちた濃い紫色……それがあなたの周囲にも漂っているの」

14

墓地へ入ったところでブレントは立ちどまった。彼は目を閉じ、それから開けた。数えきれないほど大勢いた。

大勢の幽霊が。

ブレントを知っていて会釈してくる者もいれば、そうでない者もいた。気難しい顔をして、途方に暮れた様子で座っている幽霊たち。または憤慨した表情で、なにか目的がありそうな様子で歩きまわっている幽霊たち。

そのなかにタニアはいなかった。

彼女はずっと以前に去っていた。もう何年も前に。

彼女の墓のほうへ歩いていったブレントは、いくつかのツアーの参加者たちが集まりはじめているのに気づいた。〈ニューオーリンズの神話と伝説ツアー〉に参加するつもりで来た人たちも何人かいるようだ。

だれがそうなのかブレントにはわからなかったけれど、気にしなかった。

まだ時間がある。

石棺がひとつあるきりの彼女の墓は、常に手入れがなされていた。ブレントがそのようにとり計らったのだ。タニアは所属する教会を愛していたので、ブレントがいないあいだ墓を守ってくれる修道女たちがいまだにいた。彼女が永眠している墓の、コンクリートとれんがでできた土台の上に、泣いている天使の像が立っている。墓石に彼女の名前が生年月日や命日と一緒に記されていて、簡単な言葉が添えられていた。〝永遠に愛される娘にして妻〟

ブレントはこうべを垂れて、心の平安が訪れることを願った。少なくとも正義はなされた。タニアを殺した犯人は終身刑に処せられた。ブレントは憎しみのあまり、ルイジアナ州に存在する死刑制度を裁判所が適用することを願ったが、そうはならなかった。彼女は流れ弾にあたって死んだのだ。運の悪い時刻に運の悪い場所にいたとしかいいようがない。

タニアを殺した男は刑務所内で仲間の囚人によって殺された。ナイフで喉を刺され、長時間苦しんだ末に死んだ。

しかしブレントは、たとえ神の意思によるものであろうと復讐《ふくしゆう》で喪失の苦しみは終わらないことを知った。心を癒《いや》すことに関しては、彼はたいていの人々よりも高い能力を備えていてよさそうなものだが、人は愛する者を失うと、たとえどのような信念を抱いていようが、いつまでも深い喪失感にさいなまれつづける。彼のように特別な能力に恵まれていなくても、揺るぎない信仰心を備えているがゆえに、彼よりもたくましく人生の不当な仕打ちに耐え抜く人々もいる。だが、それが問題なのではない。愛する者なしにこの人生を生きていかねばならない事実は、なにによっても変えることはできないのだ。

ブレントはタニアを愛した。彼女の明るい笑みを、笑い声を、声音を、彼女の存在そのものを。彼女は笑ったりからかったりすることもできれば、時と場合によっては含蓄のある言葉を口にすることもできた。彼女はまた、偏見なしにあるがままの世界を見ることができた。

彼は墓石に手を置いて、タニアの霊が今も存在すればいいのにと願った。ぼくはここにいる。幽霊を見て話をすることのできるぼくが。それなのにぼくの妻は去ってしまった。彼女は今ではぼくの心のなかに、頭のなかに、記憶のなかにしか存在しない。彼女が去ったことは喜ばしい。なぜなら、神の恩寵《おんちょう》を受けるに値する魂があるとすれば、彼女の魂こそがふさわしいからだ。そうとわかってはいても……。

多くの霊がいつまでもとどまっている。なかには自分がとどまっている理由も知らなければ、自分はなにを求めているのか、なにを探しているのか、なにが安らぎをもたらしてくれるのかもわからないまま居残っている霊もある。

タニアは違う。

ぼくはそれをうれしく思う。タニアのために。

そしてぼく自身のために……。

十年ものあいだ、ブレントは途方に暮れて孤独のうちに自分自身の薄い影となり、亡霊のように地上をさまよいつづけてきた。しかしその一方で、人生に目的があるように感じられる瞬間もあった。生きることには意味があるのだと思える瞬間が。なにより時間がもっとも偉大な治癒者だというのは真実だった。

きみを感じられたらいいのに、とブレントは思った。

だが、感じることはできなかった。両親が死んだ夜以来、二度とふたりのどちらにもふれることができなかったのと同じように。

そこに立っているブレントが感じるのは悲しみだけ。その悲しみはいつまでも彼とともにあるだろう。しかし、今やブレントは先へ歩みだしたのだ。自分でもそれはわかっている。そしてその事実が、かつて経験したことのないかすかな罪悪感を彼に抱かせた。タニアに死なれたあと、ブレントはほかの何人もの女性と知りあって、笑ったり楽しんだりしてきた。

だが、ニッキと一緒にいるときほど相手を大切に思ったこともなければ、生きているという充実感に満たされたこともなかった。タニアといたときでさえ、これほど瞬時に絆《きずな》を感じはしなかったし、気持ちの高揚を覚えもしなかった。

深い物思いに沈んでいたブレントは、空気と影だけにとり巻かれているような気分だった。現実の世界が薄らいでいき、存在するのは周囲の闇《やみ》と眼前の墓だけになった。

やがて世界が戻ってきた。ニッキが咳払《せきばら》いをする前から、ブレントは彼女がそこにいることに気づいていた。

彼はニッキを振り返った。彼女の顔は青白く、とり乱していて、思いやりに満ちていると同時になんとなく気まずそうでもあった。

「あなたの……奥さん？」ニッキがそっと言った。

ブレントはうなずいた。

「お気の毒に」

「はるか昔のことだ」

「あなたは……その……結婚していたことや奥さんがここに埋葬されていることを話してくれてもよかったのに」ニッキが小さな声で言った。

「きみはこの墓に一度も気づかなかったのか？」ブレントがきいた。

ニッキは顔をゆがめた。「このお墓は新しいわ。わたしたちが語るのはたいていい古いお墓についてですもの」

ブレントはうなずき、ニッキが思わず体を小さく震わせたのを見た。彼女は目を見開いてブレントを見つめた。

「彼女は……今も……あなたは……？」

「妻はこの墓地をさまよっているのかと言いたいのかい？　アンディーみたいに？」ブレントがきき返す。

　ニッキはうなずいた。

　彼は首を横に振った。「彼女はここにいない。一度も現れたことがないんだ。たしかに彼女はここに埋葬されている。しかし……彼女は立ち去った。ずっと昔に」

「なにがあったの？」ニッキがやさしく尋ねた。彼女はブレントから少し離れ、石棺の反対側へ移動した。死者への敬意から、そうしなければならないと考えているようだった。

「流れ弾にあたった」ブレントは簡単に説明した。「たまたま妻はまずい時刻にまずい通りを歩いていたんだ」

　ニッキはたじろいで顔を伏せた。「だとしたら……そんな死に方をしたのなら……」面《おもて》をあげてブレントを見る。「彼女はこちらの世界にとどまってもよかったのではないかしら。なんて恐ろしいことでしょう。そんな経験をしたら、だれだって心に深い傷が残るわ」

「犯人は逮捕されて刑務所へ送られ、そこで死んだ」ブレントはあっさり言った。彼は小鳥のさえずりを聞き、そよ風が吹き過ぎるのを感じた。「きっときみは妻を好きになっただろう。彼女もきみを好きになったに違いない。しかし、彼女は去ってしまった。いつまでも恨みを抱きつづけるような人間ではなかったんだ。彼女は快活で、信仰心が厚く……

穏やかな心の持ち主だった。向こうになにがあるのか知らないけど、彼女はそこへ行くことを選んだのさ」

ニッキは落ち着かなげにうなずき、ごくりと唾《つば》をのみこんで視線をそらすと、胸の前で自分の両腕を抱きかかえた。「彼女が亡くなったときに……あなたはそのときから……幽霊を見るようになったの？」

「いや。子供のときからぼくには幽霊が見えた。両親が死んだときから」

ニッキの目が大きく見開かれた。「ご両親が亡くなったときから？」彼女は繰り返した。

もちろんブレントにはわかっていた。ニッキにも同じ感覚が備わっていながら、彼女は長いあいだ一度もそのことに気づかなかったのだ。彼女が感じていたのは、かつて存在したものの名残、単なる影にすぎない。しかし、感知できるという点では同じだった。彼女は何年も前から特別な能力を授かっていたのだ。

アンディーが死んで、はじめてニッキははっきり気づいたに違いない。自分には霊的な現象を見たり聞いたり感じたりする力があることを。

ブレントはほほえみ、頭を一方へかしげて観光客のほうを示した。「ほら、もうツアーを始める時間じゃなかったかな」

「ええ、そうね。あなたは大丈夫？」ニッキがブレントにきいた。

「大丈夫さ。この墓碑銘を読んでごらん。タニアが死んだのはずっと昔のことだ。それよりきみはどうなんだ？」

「もちろん大丈夫よ」ニッキは言った。

それでもブレントはニッキの口調にどことなく奇妙な響きを感じた。「またアンディーを見たんだね？」

「いいえ」

「本当に？」

「本当に見ていないわ。でも、今日の午後、また姿を現すのではないかしら」ニッキは肩をすくめた。「なぜって、ここはある意味……彼女の場所だから」

だが、その日の午後、アンディーは姿を現さなかった。

ツアーは滞りなく進行した。コンテッサのヴードゥーショップを出てからずっと不安にさいなまれどおしだったニッキは、拍子抜けしたような気分だった。

コンテッサに告げられた不気味な言葉については、だれにも話さないでおくつもりだった。それでなくてもジュリアンに精神科医のところへ行かせられたのだ。市内には至るところに女呪術師《じゅじゅつ》がいる。コンテッサの予言を真剣に受けとめなければならない理由はない。

ただひとつ気になるのは、コンテッサはアンディーの場合も周囲に漂う不吉な霊気を見たことだ。しかもあのときはすぐに結果が明らかになった。

それでもニッキは口をつぐんでいようと決めていた。ブレントにさえも。妻の墓前でニッキがいることにも気づかずに深い物思いにふけっている彼を見つける前から、彼女はその決意を固めていた。

何事もなくツアーが終了したので、彼らは夜のツアーをミッチとブレントに担当してもらって、ジュリアンにひと晩休みを与えることにした。

「今夜のツアーはできるけど、いつも体が空いているわけではないからね」ブレントが彼らに念を押した。

ネイサンが疑わしげに彼を見た。「緊急の用事が入ったりするのかい？」

「ときどきは」ブレントがネイサンに冷ややかな視線を向けると、ネイサンは気まずそうに目をそらした。

「いいよ。とにかく今夜はやってくれ。パトリシアとぼくはひと晩休みをとる必要があるし、ジュリアンもそうしたいようだから」

「ええ、彼の人生における新たな恋の始まりね」パトリシアがからかった。

フレンチクォーターへ戻ったとき、ミッチがブレントとニッキに夕食に同行してもかまわないかと尋ねたので、ブレントはかまわないと答えた。ブレントとふたりきりになるのを急に気づまりに感じていたニッキにとって、連れができることは歓迎だった。なぜそんなふうに感じるのか、ニッキ自身わからなかった。ブレントが嘘《うそ》をついていたわけではない。結婚したことがないとは言わなかったのだから。ただニッキが、彼には結婚歴があるかもしれないとは考えなかっただけなのだ。加えて、妻の墓前に立っているブレントと会ったとき、ニッキはなんとなく自分を侵入者のように感じたのだった。

彼らが選んだのはイタリアンレストランで、料理は満足のいくものだったし、店員の応対も申し分なく、くつろいだ楽しい気分のうちに食事は進んだ。

そのうちにブレントがニッキの膝に手を置いた。彼女はもう少しで飛びあがるところだった。ニッキがにらむとブレントがほほえんだので、彼が気持ちを解きほぐそうとしているのだとわかった。わたしが気まずい思いをしているのをわかっているんだわ。

ニッキはほほえみ返して、膝に置かれているブレントの手に指を絡めた。

それでもコーヒーを飲んでいるとき、彼女は何度も震えにとらわれた。コンテッサの言葉が彼女につきまとい、忘れたころに突然顔を出すような感じだ。アンディーをとり巻いていたのと同じ色が、今度はニッキをとり巻いている。濃い紫色。死の警告……コンテッサがそのとおりの言葉をつかったのではないけれど。

わたしは予言なんか信じない、とニッキは自分に言い聞かせた。

でも、信じているかもしれない。アンディーが死んだのはたしかなのだ。

ブレントに目を向けると、彼は奇妙な目つきでニッキを見つめている。まるで彼女の心のなかでなにが起こっているのか見抜いているかのように。ニッキは無理に明るい笑みを浮かべた。臆病者《おくびょう》になどなるものですか。

　実際のところニッキは、これからはもうアンディーに会っても絶対に怖がらないわと心に誓った。それどころか、アンディーに会ってみたい。彼女に会って、なにがあったのかを突きとめ、自分の身に同じことが起こらないようにしなければ。

　ミッチがあくびとのびをし、ため息をついた。「あーあ、金持ちだったらよかったのにとつくづく思うよ。そりゃ観光ガイドも悪くはないけどさ、金があったらもっと幸せだと思うんだ。そしたら日がな一日、自宅のポーチに座ってミントジュレップをすっていられるのに」

　ニッキは笑った。「あなたは以前、ミントジュレップなんか好きではないって言ってなかったかしら？」

「慣れたんだ」ミッチがきっぱり言った。

「でも、わたしたちのなかにありあまるほどお金を持っている人なんてひとりもいないわ」ニッキは言ったあとで顔をしかめ、ブレントを見た。「あなただって大富豪ではないでしょう？」

「残念ながら」ブレントが言った。

「そう、わたしは断じて金持ちなんかじゃないし。だからぼちぼちマダムのところへ行ってツアーを開始することにしましょう」ニッキは言った。

彼らが到着したときには、マダムの店の周囲に黒山の人だかりができていた。

「これ、みんなぼくらのツアーに参加する人たちなのか?」ミッチがささやいた。

「いや」ブレントはカフェの通りに面したガラス窓から店内をのぞいて言った。「なかに政治家が来ている」

ニッキが首をのばしてなかをのぞくとビリー・バンクスが見えた。ハンサムで魅力的な彼は店内のテーブルに座って、支持者と話をしたり有権者に挨拶《あいさつ》しながらサインをしたりしているようだ。

カウンターのなかのマダムは顔を紅潮させ、いかにもうれしそうだった。

「彼は若くて情熱的だし、エネルギッシュだわ」ニッキは考えながらつぶやいた。「彼が当選するかもしれないわね」

「彼の公約はなんだ?」ブレントがニッキにきいた。

「犯罪撲滅を主な公約にしているわ。だけど、たしかハロルド・グラントもそれを第一の公約としていたはずよ。ハロルド・グラントの仕事ぶりが全然だめだったなんて、わたしは思っていないの」ニッキは鼻にしわを寄せた。「それにしてもビリー・バンクスだなんて、政治家にしてはこっけいな名前よね。わたしは名前で彼を判断しているかしら?」

「きみはもともと保守的なんだと思うよ」ミッチが言った。

ニッキは反論した。「わたしは政党で投票するんじゃないの。自分の信念に従って投票するのよ。それにわたしはそれほど保守的じゃないわ。それはともかく、マダムは有頂天でしょうね。少し前にはハロルド・グラントが来店し、今度はビリー・バンクスですもの。きっとここは人気スポットのひとつになるわ」

「すみません」穏やかな声がした。

ニッキは振り返った。十代の子供を三人と、ショートパンツからやせこけた脚をのぞかせている男性を伴った、きれいな女性が近くに立っている。

「ツアーの集合場所はここでよかったかしら？」

「ええ、ここです」ニッキは言った。「出発は……」彼女は腕時計に目をやった。「十分後です」彼女はミッチを指さした。「お支払いはそこのミッチにお願いします。もうひとり、そちらにいるのはブレント・ブラックホークで、彼がツアーの先導をします。なんでしたら、今のうちに彼に質問をしてもかまいませんよ」ニッキはミッチとブレントに向かって眉をつりあげ、皮肉っぽい笑みを向けて、わたしはひやかし半分についていくだけですからね、とほのめかした。このツアーの担当は彼らなのだ。

参加者たちがブレントとミッチの周囲に集まりだしたとき、ニッキは知らず知らずのうちに店内をのぞきこんでいた。マダムがカウンターのなかから出てきて、エプロンで手をふきながらビリー・バンクスのところへ行き、頬を赤く染めてうれしそうにほほえみながら、メニューのひとつにサインをしてもらっている。

「おーい!」

ニッキが振り返ると、ミッチが人さし指で〝ぼくらはあっちへ行くよ〟と合図を送ってよこした。彼女はうなずき、最後尾のツアー客が歩きだすのを待った。今夜の参加者は相当な数にのぼる。

遠くからブレントを眺めているうちに、ニッキは体のなかに甘美なあたたかさが満ちてくるのを感じた。彼はなんてすてきなのかしら。

ブレントは人々との交流が楽しくて仕方がないらしく、嬉々《きき》として質問に答えている。彼の声は深く豊かで、顔には絶えず笑みが浮かんでいた。ニッキは彼のなにもかもが好きだった。

好きになりすぎたといえるかもしれない。

一行はロイヤル通りの角の骨董《こっとう》店の前でとまった。ブレントはそれまでニッキが耳にしたこともない、南北戦争の兵士に関する物語を観光客に語り聞かせている。

彼は兵士本人から直接その物語を聞いたのかもしれない、とニッキは思った。

そこから一ブロック進んだところで、壁にもたれてアンドリュー・ジャクソンにまつわる物語をぼんやり聞いていたニッキは、急に身をこわばらせた。

昼間、彼女の注意を引いたのは例のホームレスだったのだ。そのホームレスこそ、FB

I捜査官のトム・ガーフィールドにほかならない。

　そのときに彼だとわからなかったのは、立派なスーツを着ていたからだ。そのうえきれいにひげを剃《そ》って、髪をきちんと刈り、清潔でハンサムだった。

　そして今また、ニッキは彼を目撃していた。

　彼がいるのはニッキから離れた場所で、彼女を見てさえいなかった。人々の真ん中に立って、ブレントの語る物語に熱心に耳を傾けているようだ。ニッキは壁から離れた。

　どういうわけかトム・ガーフィールドはニッキを信用しているらしい。それにブレントはなんとしてでも彼と接触したがっている。

　だが、今はツアーの最中だ。ブレントに向かって大声で、〝幽霊よ！　FBI捜査官の幽霊が観光客のなかにいるわ〟と叫ぶわけにはいかない。

　ニッキ自らがガーフィールドのところへ行って話をしなければ。

　まだ心を決めかねて彼女がためらっているうちに、ブレントの話が終わって人々が移動を始めた。

　ニッキは決意を固め、人々のあいだを縫うようにしてガーフィールドがいるほうへ急いだ。

　しかし、すぐ近くまで行ったとき、幽霊が右手の方向を見て顔をしかめた。

　そして幽霊は人々のあとをついていく代わりに狭い路地へすっと入りこんだ。そのあたりは住宅地と商業地が混在している地区で、中庭のある住居やB&Bや事業所が軒を連ねている。

ニッキは走ったが、暗い路地へ達したときにはガーフィールドの姿は消えていた。

「ああ！」彼女は舌打ちをした。

ニッキは暗い路地のなかへ五、六メートルほど駆けこんだ。

「ねえ？　ミスター・ガーフィールド？　どこにいるの？　わたしを助けてちょうだい、お願い。わたしもあなたを助けてあげられるわ。どうか姿を現して。あなたがここにいるのはわかっているの。あなたを見たんですもの。お願いよ、わたしを見ても逃げださないで」

どちらへ行くべきだろう？

左側はれんが塀になっているところからして、どこかの家の中庭の裏手と思われる。ごみ箱や砂利を敷いた駐車場があって、右手からはジャズの演奏が聞こえてくる。さらに数歩進んだところで、ニッキは所有地を仕切っている低い赤れんがの塀に出た。反対側からレストランの出した生ごみのにおいがかすかに漂ってくる。

「ミスター・ガーフィールド？」

そのとき一陣の風が吹き寄せ、そのすぐあとに背後から近づいてくる足音が聞こえた。さっと振り向いたニッキの目に、彼女に襲いかかろうとしている男の姿が映った。だが、わかったのはそれだけだ。

男は目出し帽をかぶり、手袋をはめていた。ニューオーリンズのこの暑さのなかで。

ニッキは叫び声をあげた。男が黒い布か袋のようなもので自分を黙らせようとしていることを即座に見てとったのだ。

男が手をのばしてくる前に、ニッキは思いきり足を前へ蹴《け》りだした。彼女が携えているハンドバッグはかなりの重みがある。ニッキは蹴るのと同時にハンドバッグを振りまわした。

男が悪態をついた。口から苦痛のうめき声がもれ、体がふたつ折りになる。

激しい動悸《どうき》を覚えながら、ニッキは路地を走って逃げようと向きを変えた。

男が彼女のくるぶしをつかんで引きずり倒した。

だが、ニッキは倒れながらも必死に叫んだ。喉から悲鳴がほとばしり、心臓は早鐘のように打ちつづける。

男が彼女の上へ這《は》いのぼりはじめた。

「ニッキ！」

最初、彼女は自分の名前が呼ばれたのかどうか確信がなかった。だが、再び呼ぶ声が聞こえ、駆けてくる足音がした。

襲撃者は動きをとめ、それから立ちあがろうとした。激しい怒りの感情に見舞われたニッキは、気がつくと死に物狂いで男につかみかかっていた。

助けが来る。ブレントが。

しかし、襲撃者は屈強だった。彼はニッキの手を振りほどきながらも彼女の腕からハンドバッグをもぎとろうとした。

ただのハンドバッグだ。中身はたいしたものではないし、金もそれほど入ってはいない。ニッキはこれまでいつも、襲われたときに単なる金品にしがみつきつづけるのはばかげたことだと考えてきた。〝手を離しなさい〟と彼女は自分に命じた。

しかし、離さなかった。

なぜそんなものに固執するのか自分でもわからなかったが、彼女はハンドバッグから手を離そうとせず、地面に寝転がったまま殴りかかったり足を蹴りあげたりして必死に抵抗した。砂利や小石が背中にくいこんだけれど意に介さなかった。

どうやら襲撃者にはそれ以上争ってまで奪う気はなさそうだった。彼もまたニッキの名が呼ばれるのを耳にし、路地を駆けてくる足音を聞いたのだ。足音は次第に近づいて……。

襲撃者はハンドバッグから手を離して走りだし、暗い路地のかなたへ黒い影となって消えた。

ブレントが駆けつけてニッキのかたわらにひざまずき、鋭いまなざしに不安と緊張の色を浮かべて呼びかけた。「ニッキ、大丈夫か？　いったいなにがあったんだ？　ニッキ、教えてくれ。大丈夫なのか？」

彼女はうなずいてぐっと唾をのみこんだ。「大丈夫。わたしは大丈夫よ」

「いったい全体……まあいい、あとで話そう」

どうやら本当に大丈夫だと確信できたらしく、ブレントはさっと立ちあがると、襲撃者が逃げ去った方角へ走っていった。

足音が遠ざかり、彼の姿が路地の向こうに消えた。

やがて警察のサイレンが響き渡って、ほかのあらゆる音をのみこんだ。ニッキが肘をついて上半身を起こしたころにはミッチが駆けつけていて、彼女のかたわらにひざまずいていた。「ニッキ、なんてことだ！　大丈夫か？」

彼女は暴漢に襲われたけれど大丈夫だったとミッチに請けあい、周囲に集まってきた大勢の観光客にも同じ説明を繰り返した。それから現場へ最初に到着した警官にも。

突如、そこらじゅうに警官があふれだし、路地をうろつきはじめたように思われた。ひとりの警官が群集に立ち去るよう頼んでいる。

ジャズクラブやレストランの裏口からも人々が出てきた。

長い時間がたったように感じたころ、ようやく彼女は心配して周囲に集まっている人々に後ろへさがってもらい、警官のひとりの手を借りて立ちあがった。

ニッキが質問に答える一方、立ちあがるのに手を貸してくれた警官は部下たちに、ぐずぐずしないで徹底的に捜査しろと厳しい指示を出した。

そのあいだミッチはずっとおろおろしていた。

とうとう彼は観光客に向かって告げた。「今夜のツアー代金は払い戻しをします」

ツアーの終了までにはまだかなりあったけれど、だれも払い戻しを受けようとしなかった。しかし彼らは帰ろうともせず、いつまでもその場にとどまっている。

騒乱状態のさなかに戻ってきたブレントは見るからにいらだっていた。襲撃者をとり逃がしたのだ。

次にニッキが気づいたときには、彼女とブレントとミッチは警察署にいて、現場へ最初に駆けつけたオマリーという名前の警官の話を聞いていた。彼によれば、このところハンドバッグの引ったくり事件が相次いでおり、犯人の特徴はどれも彼女が述べたとおりだという。

彼女はブレントとふたりきりで会議室に残された。ブレントにいらだたしげに見つめられ、ニッキは彼がかろうじて怒りを抑えているのを悟った。彼の首筋の血管が脈打っている。

「ブレント、あなたが駆けてくるのが聞こえたわ。だからこそ、わたしはあの男と戦ったのよ」

「そうだとしても、あまりに愚かな行為だった」ブレントは立ちあがり、部屋のなかを歩きまわりはじめた。

ニッキは驚いた。「わたしは襲われたのよ！　反撃するのは当然じゃない」

「やつはナイフを持っていたかもしれない……下手をしたらやつは……」ブレントは両手をあげてののしりの言葉をつぶやいた。「そもそもなんできみは路地なんかにいたんだ？」

ニッキははっとして口を開けた。説明をしたら、ますます彼の怒りをあおるだけだ。

ブレントはふたりのあいだのテーブルに両手をつき、彼女のほうへ身を乗りだして鋭いまなざしを注いだ。「きみはだれかのあとを追いかけて路地へ入った。そうなんだろう？」

ニッキは返事をためらった。なぜブレントにわかったのだろう。なぜ彼はわたしの心を簡単に読むことができるのだろう。

「アンディーか？」ブレントがきいた。

ニッキは首を横に振り、警官たちが戻ってきませんようにと願ってドアのほうを見やった。自分が正常だという確信がいまだに持てない。

「例のホームレスよ」ニッキは言った。「もっとも、彼はもうホームレスではなかったわ。実際は昼間に一度見かけたけど、そのときは彼だとわからなかったの。彼は……きれいにひげを剃っていたから。それにスーツを着ていたし。昼間、彼がそばを通り過ぎるのを見たんだけど……」

「いつだ？」ブレントがきいた。

「みんなでヴードゥーショップへ向かう途中よ」コンテッサがニッキの周囲に漂う紫色の霊気を見たことは、断じて話さないでおこうと心に決め、咳払いをして彼女は続けた。「あのね、わたしはFBI捜査官の幽霊に襲われたんじゃないのよ。わたしを襲ったのは間違いなく生きている人間だった。彼らのあいだに関係などまったくないわ。それと、たとえなにがあろうとも、わたしは断じて路地へ入るべきではなかった。身をもって学んだんですもの。今では充分に理解しているわ」

「きみはトム・ガーフィールドを見たのに、ぼくに教えなかったのか?」ブレントが静かにきいた。

「できなかったの――」

「なにかあったらすぐに教えろと言っておいたはずだ」

「仕方がないでしょ、ブレント。あなたはツアーを率いている最中だったし、彼はわたしのほうへ寄ってきさえしなかったんだもの。彼はわたしの前方にいた。わたしは彼をつけていったの。できれば……なんというか、そう、接触しようと思って。だって、ほら、今回の一連の状況を考えてみると、わたしはその幽霊を知っていて、あなたを彼に紹介することになっているでしょ。だけどよく考えてみたら、わたしは彼と知り合いでもなんでもないのよね。まあ、わたしたちときたらこんなばかげた会話をして、とても正気の沙汰《さた》とは思えないわ」ニッキは話しおえた。

会議室のドアが開いた。ブレントは脇《わき》へどき、ニッキは椅子に座ったまま背筋をのばした。

ブレントが霊能者であることを警官たちが知っていようといまいと、ふたりとも彼らの前で今のような会話をする気はない。

「マッシー刑事」ニッキは彼が姿を見せたことに驚いて言った。

「きみはわれわれを駆けずりまわらせるのが好きらしいね」ほほえんだマッシーは、できるだけ軽い口調を装っているようだった。

ニッキは肩をすくめた。「すみません。あなたは挨拶をしに寄っただけ？　それとも今度の引ったくり犯は麻薬や殺人に関係があると考えているのかしら？」

マッシーはかぶりを振った。彼は奇妙な目つきでニッキを見つめている。彼女はマッシーの態度にブレントが不安を抱いたのを感じとった。

マッシー本人もどことなく当惑しているようだ。

「なにか……あったのか？」ブレントが言った。

「あまりに奇妙なんだ」マッシーが言った。

「なにが？」ブレントがせっついた。

「最初に現場へ駆けつけた警官のなかにロビンソンという名の若い者がいる」

ニッキは眉根を寄せ、そしてうなずいた。「ロビンソン。ええ、彼は報告書を書いてくれた警察官と一緒にいたわ。ふたりはペアで仕事をしているみたいね」

「背の高いやせた男か？」ブレントがマッシーにきいた。

　マッシーがうなずいた。

「それで？」ニッキが促した。

　マッシーはため息をつき、テーブルの椅子を引きだした。「わかった、話すよ……きみのハンドバッグを奪おうとした男は……きみはその男を見なかったのだろう？」

「あら、見たわ。男の顔を知っているかという意味？」ニッキは尋ねた。「それならノーよ。彼は目出し帽をかぶっていたの。体格は小柄ではなくて、中肉中背といったところ。でも、すごく力が強かったわ」

「それで……その……現実の人間だったかい？」マッシーは尋ね、ふたりに見つめられて顔を赤くした。「つまり、うむ、きみは幽霊に襲われたとは考えなかったんだね？」

　ニッキは憤慨して歯をくいしばり、椅子に深く座りなおした。「マッシー刑事、わたしはまだ病院に収容されるつもりはありません。襲ったのは生きている人間でした」彼女はきっぱりと言った。

「たしかに生きている人間だった。ぼくはやつが逃げていくのを見て追いかけたんだからな」ブレントがニッキの肩を持った。まだ怒りが静まっていなかったが、必要とあれば進んで彼女の弁護にまわるつもりだった。「そんなことをきくからには、それなりの理由があるのだろう?」

マッシーはため息をついて首を振った。「ふたりとも気を悪くしないでくれ。実はこうだ。ほかの女性がやはり引ったくりに遭ったとき、ちょうどロビンソンが勤務についていた。被害者の女性は引ったくり犯の顔を見なかったものの、だれがやったのかについては確信を持っていた。ロビンソンはといえば、もともと署内の似顔絵画家だったが、刑事になりたくて現場担当の警官になった男だ」

「刑事になれたらいいわね、彼が本当にそう望んでいるんだったら」ニッキは礼儀正しく言った。「でも、それが今度の事件とどう関係しているの? さっきも言ったように、わたしは犯人の特徴を述べることができないのよ」

マッシーは閉じているドアを肩越しに振り返った。「これから話すことを、ふたりともいっさい他言してはいけない」彼は警告した。その押し殺した声に、マッシー自身もまた不安を覚えていることがはっきり表れていた。

「どういうことだ?」ブレントが緊張した声でじれったそうにきいた。

「その女性は被害に遭う直前に近くをうろついていた男の人相をロビンソンに教えた。問題は……彼女が述べたとおりにロビンソンが描《か》いてできたのが、トム・ガーフィールドの似顔絵だったことだ。ニッキ、きみは……まさか、被害に遭う前に彼が路地をうろついているのを見かけはしなかっただろうね? そりゃ、トム・ガーフィールドが死んでいることは、わたしだって知っている。しかし、彼にそっくりの人物がこの界隈《かいわい》を歩きまわっていないとも限らないし、さもなければ……」

「さもなければ、なんだというんだ?」ブレントが鋭い声で促した。

マッシーはブレントのほうへ不安そうな視線を向けた。「さもなければ、彼の幽霊がこのあたりをさまよっているのかもしれん。それと引ったくり犯とどういう関係があるのか、なんとしても突きとめたいと思っている」

15

　ニッキの住まいへ歩いて帰るあいだ、ブレントはほとんど口をきかなかった。いまだに彼が張りつめた様子をしているので、アパートメントへ帰り着くまでニッキも口をつぐんでいた。

　なぜかはわからなかったが、玄関のドアを開けたとたん、ニッキは不安を感じた。またもや留守中にだれかが家のなかへ入ったという異様な感じを抱いたのだ。

「どうした？」ブレントが言った。

　彼女は困惑を隠そうともせずに鍵穴《かぎあな》から鍵を抜いた。「わからない」

「アンディーか？」

「いいえ」

「だったら……？」

「ほんとにわからないの。ただここにだれかがいたような感じがするだけ」ニッキはこれからする質問が自分の精神衛生に悪い作用を及ぼしはしないかと思ってためらった。「わたしはやっぱりこんな奇妙な感じを覚えるかしら？　たとえ……たとえ留守中に家のなかを歩きまわっていたのが幽霊だったとしても」

ブレントは肩をすくめた。「どうだろうな。ぼくにはわからない。よし、家のなかを調べてみよう」

ふたりは調べてまわったが、なくなっているものはなかったし、位置が変わっているものもなかった。

それでもやはりニッキは、なにかがおかしいという印象をぬぐいきれなかった。

神経が高ぶっているからそんな気がするだけよ、とニッキが自分に言い聞かせながらキッチンに向かって歩いているとき、ブレントが彼女の肩をつかんで強引に彼のほうを向かせた。

「よく聞くんだ、もう二度と今夜みたいに危険なところへひとりで入っていってはいけない」

「危険なところへ入っていったんじゃないわ」ニッキは反論した。

「幽霊を見たらすぐぼくに教えるよう言っておいたはずだ」

「できればそうしたわ――」

「〝できれば〟なんて言うんじゃない。二度とあんなまねをしてはだめだ。下手をしたらきみは殺されていたかもしれないんだよ。ぼくが知っていたら……」

「知っていたらって……なにを？　トム・ガーフィールドはすぐに消えてしまったかもしれないのよ」ニッキはそう言って、ぐいと彼から身を引き離した。「失礼させてもらうわ。まだ服にも体にも土埃《つちぼこり》がついているの」

ブレントはすぐに手を離した。彼は顔を伏せていたので、ニッキは彼の目を見ることも彼がなにを考えているのか確かめることもできなかった。しかし、その身振りから彼がいまだに緊張しているのが読みとれた。

階段をあがっていくとき、ニッキは一歩ごとにふたりの隔たりが大きくなるのを感じた。彼女は途中で足をとめて振り返った。もちろんその気になれば階段をおりていって、ブレントに尋ねることもできる。引ったくり被害に遭った女性が襲われる直前にトム・ガーフィールドを目撃したと確信している、この事実についてあなたはどう思うかと。

だが、それは単なる口実にすぎない。ニッキは手管を用いたくなかった。

彼女は階段をあがりきって手すりにつかまり、階下のブレントに呼びかけた。

「ねえ！」

「どうした？」ブレントが驚いて見あげた。

「あの……わたし、またごきぶりを見なくちゃいけないのかしら？」

「なんだって？」

ニッキはじれったそうに小さなため息をもらした。

「あなたにここへあがってきてもらうには、また悲鳴をあげなくてはならないの？」彼女はそっと尋ねた。

ブレントの顔にぱっと笑みが浮かんだ。漆黒の髪に指を走らせ、額に垂れている髪をかきあげる。

「今そっちへ行くよ」

「わたしは本当にシャワーを浴びなくちゃならないの」

「それなら一緒に浴びよう」ブレントは言い、一段抜かしで階段をあがってきた。ニッキは彼を待った。そしてブレントがそばへ来たとき、彼女は一日じゅう悩まされどおしだったことをすべて忘れ去った。

ニッキが危険な紫色の霊気に包まれていると警告したコンテッサの言葉。

墓地……ブレントの妻の墓。

今ではきれいにひげを剃《そ》って、相変わらず通りを歩きまわっているトム・ガーフィールドの幽霊……。

路地でニッキを襲った、生きている黒ずくめの男……。

ブレントの腕に抱かれていると、元気がわいてきて、人生の喜びが感じられる。ニッキの体にまわしたブレントの腕は力強く、彼の唇にふれられた瞬間、彼女は体じゅうを電流が走り、血管という血管を熱い血潮が勢いよく駆けめぐるのを感じた。

階段の上での……彼のキス……体にまわされた彼の腕の感触……。

ふたりは抱きあったまま彼女の部屋のほうへ、さらにバスルームのほうへ移動していき、その途上で相手の服を脱がせてはほうり捨てていく。ニッキがシャワーの栓を手探りするときも、ブレントの唇は彼女の唇にしっかり押しつけられていた。

ふたりは舌を絡ませあったまま、勢いよく降り注ぐ湯の下へ歩み入った。やがてニッキは体を流れ落ちる湯と一緒に、ブレントの唇と舌がむきだしの肌を下へすべっていくのを感じた。ふたりの周囲にもうもうと立ちのぼる湯気が、エロティックな気分をますますあおりたてる。欲望をそそり、じらし、責めさいなむ彼の手、指、舌……あくなき探求。

軽くこすれ、接触し、侵入してくる……。

ニッキはブレントの上へくずおれてしまいそうだったが、ふれられていたいという切望は強く、彼に応《こた》えたいという衝動はもっと強かった。彼女の両手はにわかに動きを速めて彼の肌と筋肉をもてあそび、奔放な気分の高まりに任せて彼を刺激した。

ただの石鹸《せっけん》がこれほど見事に興奮をかきたて、泡がこんなにもエロティックな気分をそそるとは、一度たりとも考えたことがなかった。ニッキの体は震えて力が抜けていたけれど、新たな欲求の目覚めを待っていた。やがてふたりは手探りでシャワーをとめ、バスルームを出た。

床に濡《ぬ》れた足跡を残しながらベッドへたどり着いたふたりは、先ほどと同じ行為をすべて最初から繰り返した。そうした至福の瞬間に世界が後退し、現実に存在するのは彼のたくましい筋肉、彼女の深い渇望、彼の力強い動きとともに彼女の体内を駆けめぐる快感だけになった。ふたりは体を絡ませて動き、すべてが終わると、ブレントがニッキのかたわらに横たわった。ふたりの心臓はまだ狂ったように打ち、呼吸は荒かった。

彼とこうして身を寄せあっていれば、世界がどんなにひどいものであっても耐えられる。ブレントに抱き寄せられたニッキの心にそんな思いが押し寄せた。

バスルームからやわらかな光がもれていたが、ベッドルームのなかは暗かった。ブレントと交わした愛がもたらす安心感に浸っているうちに、ニッキはこれまでのさまざまな出来事を忘れ、いつのまにか眠りの世界へ入っていった。


なにか意味がある。

しかし、どのような?

夜中、寄り添っているニッキの体のあたたかさと感触を心地よく感じ、彼女が寝入ったことにほっとしながら、ブレントは横たわっていた。

彼自身は眠れなかった。頭のなかをいつまでも考えが駆けめぐっている。いったいなぜ引ったくり事件の現場に、トム・ガーフィールドの幽霊が決まって現れるのか。

まったくわけがわからない。意味などないのではなかろうか。引ったくり犯と思われる男の特徴をロビンソンに教えた女性は、彼が描《か》いた似顔絵に同意しただけなのかもしれない。あるいはできあがった似顔絵がトム・ガーフィールドにそっくりだったのは、単なる偶然だったのでは？

ブレントは横たわったまま姿勢を変えた。起きあがってニッキのかたわらを離れたくはなかったし、彼女を起こしてしまうのも不本意だ。

このままじっとしていよう。そうしていれば、いつものように心の安らぎが訪れるに違いない。どうせ今できることはなにもないのだ。明日になったらまた警察署へ足を運び、ロビンソンが似顔絵を描くのに協力した被害者の女性について、もっと詳しく教えてもらおう。なんとかしてマッシーからその女性の名前と住所を聞きだし、彼女と直接話をするのだ。彼女と話ができれば、どのようなつながりがあるのか、あるいはつながりなどまったくないのかを、見きわめられるかもしれない。

ブレントは枕《まくら》を置きなおして眠ろうとした。

紫色……。

それがわたしをとり巻いている。ちょうどアンディーをとり巻いていたように。

いいえ、色が人をとり巻くなんて信じないわ。わたしは手相占いだって信じていない。ウィジャ盤による占いも。

だけど、幽霊の存在は信じている。

ううん、わたしが信じているのはただ、過去を、歴史を、死んだ人々の生を、感じる力……。

体をひねったニッキは、自分が半分目覚め、半分眠った状態にあるのを意識した。自分がベッドのなかにいることも、かたわらにブレントがいることも知っていた。今いるのはわたしの家のなか、大好きな場所だ。

だれかに侵入されたという奇妙な感じのする場所。もっとも、位置が変わっているものはなにもなかった。それなのに彼女は、今夜、だれかがここにいたという感覚をぬぐえなかった。

感覚。

色。

紫。

ブレントはがばっと起きあがった。セントルイス一番墓地。また来るとヒューイに約束したことをすっかり忘れていた。アーチボルド・マクマナスに関する情報をホテルへ届けておくとマリーに約束したことも。

「ブレント？」

ニッキの声を聞いてブレントは驚いた。

「どうかしたの？」

彼はためらった。なにも言わないでそのまま眠り、墓地へ行くのは明日の夜にするべきか。だが、彼は暗がりのなかでニッキを見つめて言った。「きみはここにひとりでいても大丈夫か？」

「ひとりじゃないわ」

「わかっている。しかし、ぼくは出かけなくてはならない……ほんの一時間かそこら。きみをひとりで残していっても大丈夫か？」

「ブレント、今何時か知っているの？」

「ぼくなら大丈夫だ、信じてくれ。ぼくが心配しているのはきみのことだ」

「わたしはあなたが心配だわ」ニッキが言った。

ブレントは暗がりのなかでにっこりした。「ぼくのことは心配しなくていい。それにたいして長くはかからない。約束したので、それを果たさなければならないんだ」

「約束って、だれと？」

「幽霊と。きみがどうしても行くなと言うなら、行かないでおくよ」

「わたしなら大丈夫よ」

ブレントはためらった。

「行って。わたしは大丈夫。ドアに鍵をかけて、デッドボルトもしめておくわ。そうすればだれも入ってこられないでしょう」

「ニッキ、もしも……」

「わたしは幽霊なんか怖くない」

「しかし――」

「今までは幽霊が怖かった」ニッキは穏やかに言った。「でも、今では少しも怖くない。わたしなら大丈夫。本当よ」

そこでブレントはさっと立ちあがった。早く出かければ、それだけ早く戻ってこられる。

「急いで戻ってくるよ」彼はニッキに約束した。

「もっと詳しく説明してくれたらいいのに」

「あとで話すよ。約束する」

ブレントはすばやく服を着てドアへ向かった。ベッドを出たニッキも、ローブを羽織ってついてくる。

「いいね、ぼくが出たら、必ずドアに鍵をかけるんだよ」

「わたしの鍵を持っていって」ニッキが言った。「あなたが帰ってくるころにはぐっすり眠っているかもしれないから」

「デッドボルトをしめるのも忘れないようにね」ブレントは念を押した。

ふいにニッキがほほえんだ。髪は乱れ、眠たそうな顔をしているにもかかわらず、彼女は美しかった。「わたし、本物の人間がここにいたとは思っていないの。つまり、生きている人がここへ入ってきたとは思わないの。きっとアンディーがこのなかをうろついていたんだわ」

「それでもやっぱりデッドボルトはしめておくんだ」ブレントは繰り返した。

「わかったわ」ニッキが言った。「さあ、もう行って。でも、今のうちにはっきり言っておくわ。これからは、出かけるときは前もって行き先を教えておいてちょうだい。それと、気をつけて。あなたは自分を無敵と思っているんじゃないでしょうね？　銃を持っているようには見えないけど」

「たしかに銃は持っていない」

「だったら、あなたもわたしと同じで、襲われたらひとたまりもないわ」

ブレントは彼女の考え違いを正さないことにした。なるほどニッキは臆病《おくびょう》者ではないが、ブレントがどれほど屈強かわかっていないのだ。

とはいえ、彼女の言葉にも一理ある。B&Bへ寄って銃を持っていこうか、とブレントは考えた。いや、やめておこう。その時間はない。

「きみの忠告を肝に銘じておくよ」ブレントは言って、ニッキの額にそっとキスをした。

玄関ドアを出た彼は、内側でデッドボルトがしめられる音がするのを待った。がちゃんと音が聞こえると、彼は急ぎ足でそこを離れた。

いつもと変わらず町には活気があふれていた。どこかからジャズが流れてくる。数人の酔っ払いが大声をあげながら通りを千鳥足で歩いていく。

ストリップ劇場から出てきたひとりの男が煙草《たばこ》に火をつけた。

通りの角の由緒あるホテルの近くで、若い女がフルートを演奏していた。彼女の前には金を入れるための帽子が置いてある。ブレントは急いでいたにもかかわらず、通りしなに数ドルをほうりこんだ。

墓地へ着いた彼は塀をひょいと乗り越えた。

墓地のなかは静かだ。

あまりにも静かすぎる。

ブレントは大きな霊廟《れいびょう》のそばにベンチを見つけて腰をおろし、じっと待った。しばらくして彼はようやく靄《もや》に気づいた。

地面の上を漂っている薄い靄ではなくて、光を帯びた鮮明な霧のかたまりみたいなものが、墓石から墓石へすばやく移動したり、霊廟の後ろからさっと現れては消えたりしている。

幽霊たちが彼らなりに見張り番をしているのだ。

ベンチに座っているうちに、ますますたくさんの幽霊が見えるようになった。ヒューイに助力を申しでた若い女が、油断なく目を見開いて、空気の精のように移動しながら監視にあたっている。

木製の義足をつけた老齢の海賊が角を曲がったあたりですっと消え、代わってヴィクトリア朝風の衣装をまとった夫婦が現れた。

だが、声はひとつも聞こえなかった。生きている人間の姿も見えない。

ブレントは背後の霊廟の壁にもたれて目を閉じた。どうやら無駄足だったようだ。ヒューイはここにいない。墓地で悪さをしている麻薬中毒者たちも今夜はやってきそうにない。期待外れだった。かかわっている人間をひとりでもつかまえられれば、そこからもつれた糸がほどけるように、すべての謎《なぞ》が解明されるのではないかと思ったのだが。

彼は気をとりなおして論理的に考えようとした。事実——潜入捜査に携わっていたＦＢＩ捜査官が死んだ。警察は彼がなにかを調べていたことはつかんでいるが、それがなにかはわかっていない。その捜査官はナイトクラブやカフェを内偵していた。彼は〈マダム・ドルソズ〉でニッキとアンディーに会い、そのあとでアンディーが死んだ。

まさにそのとおり。しかし、アンディーがかつては麻薬中毒者だったことを考慮すれば、彼女の死は事故だった可能性がある。もっともニッキは、アンディーは殺されたと確信しているが。

事実——アンディーはニッキの前に現れつづけている。

事実——トム・ガーフィールドも同じように現れている。

事実——ニューオーリンズで同一犯によるものと思われる引ったくり事件が頻発している。そして少なくとも二件の引ったくり事件の直前に、トム・ガーフィールドの幽霊が目撃された。

さて、解決の糸口はどこにあるのだろう。〈マダム・ドルソズ〉か？あの観光ガイドたちのひとりが鍵なのか？

そういえば、いつまでも姿を現さないあの現地ツアー会社のオーナー、マックス・デュピュイはどこにいるのだろう。

明日、死んだFBI捜査官を見たという、引ったくり被害に遭った女性と会って話をしてみよう。

突然、なにかが太ももにぴしゃりとあたってブレントの思考を妨げた。彼はぱっと目を開けて見あげた。

「幽霊なんか怖くない。幽霊なんか怖くない。幽霊なんか怖くない」ニッキは繰り返し唱えた。

幽霊が見えるという現象に関してはなんの問題もないわ。わたしはもうそれに慣れてしまった。

幽霊の存在を信じ、わたしには幽霊と会話をする能力があるのだ、と考えるほうが、わたしは頭がどうかしていて、しかもわたしと同じように頭のたがが外れている男性に夢中になっているのだ、と考えるよりもずっといい。

そう、わたしは夢中になっている。心の底から。彼はわたしの人生に登場してまもないというのに、突然……。

わたしの人生そのものになった。

とんでもない、それほど深刻じゃないわ。

いいえ、深刻よ。彼と一緒にいるときのような気持ちには、今まで一度だってなったことがないんですもの。

アパートメントの明かりが全部ついていて、どこにも暗いところはなかったので、暗がりからなにかが現れるのではとびくびくする必要はなかった。

ブレントが出ていってすぐ、ニッキはベッドへ戻ろうかと考えたが、頭のなかをさまざまな考えが渦巻いて、彼女をあざけり、さいなんだ。

そこでベッドへは戻らないことにした。深い眠りから覚めたらまたアンディーに見つめられていた、なんてことはもうたくさんだ。

彼女は階下にとどまり、リビングルームの薄型テレビをつけてホームコメディーを放送しているチャンネルに合わせた。科学捜査だとか未解決事件、アメリカやヨーロッパの幽霊、あるいは歴史上の悲劇といったものに関する番組は見たくなかった。テレビの音量をあげたニッキは、紅茶をいれるために湯をわかしはじめた。

ブレントはそれほど長く出かけてはいないだろう。本人がそう言ったのだ。

やかんの笛が鳴りだした。ニッキは紅茶をいれながら気持ちを奮い立たせようと大声でハミングした。

そしてカップを手にリビングルームへ戻った。

テレビは昔のコメディー『チアーズ』の再放送をしており、ニッキはすぐに引きこまれて、気がついたときには笑い声をあげていた。必死で考えがそちらへ向かわないように……。

考えてはだめ。恐怖が心へ忍びこんでくるのを許してはだめ。

わたしは大丈夫。ブレントが戻ってくるまでしっかりしていなくては。

そのとき……。

ニッキは肌がちりちりするような不安感に襲われた。最初、それはゆっくりと忍び寄って、気づかないうちに彼女の心を乗っとった。手にした受け皿の上でティーカップがかたかた鳴りだした。恐怖が洪水となってニッキをのみこみはじめたとき、彼女が視野の端にとらえたものは……。

振り返ったニッキの喉もとまで悲鳴がせりあがってきた。

「ヒューイ」ブレントはやれやれと首を振った。彼を驚かせたのはその老人の幽霊だった。

「インディアンボーイ、ずいぶん遅かったな」ヒューイが言った。

「わかっている。悪かった。今日はやけに忙しかったんだ」

ヒューイはかぶりを振ってにやりとした。「ちっともかまわんよ。どうやら今夜はだめなようだ。言っておいただろう、いつやつらがここへ来るのか、正確なところは、わしにもわからんと。だが、わしらはこの墓地を見張っている、大勢でな」

「気づいたよ」

ヒューイの顔がほがらかにほころんだ。「なにも気づかんかったくせに。あのばか者どもによくやるように、わしはおまえさんにこっそり忍び寄った」ヒューイの顔から笑みが消えた。「なあ、インディアンボーイ、わしが忍び寄るのに気づかないのはいいとして、今度、夜遅くにここへ来るときは、もっと気を張っておらんとだめだぞ」

ブレントは立ちあがり、ズボンについた埃を手で払った。「そうするよ。あんたにはいい教訓を与えてもらった」

「家へ帰るがいい」ヒューイが言った。「今夜は、やつらは来ないだろう」

「わかった。しかし、また来るよ。今度はもっと早く来る」ブレントは約束した。

彼は塀の乗り越えやすそうな箇所に向かって歩きだしたが、途中でためらって引き返した。

「なあ、ヒューイ、最近引ったくりをやっている連中を、この墓地で見かけないか?」

「引ったくりだと?」ヒューイが言った。「おいおい、ここへ来るのは麻薬中毒者か密売人どもだぜ」

「知っている。しかし、だからといって引ったくりを働いているやつがここへ来ないとも限らないじゃないか」

「このところ、そういう連中を見かけたことはないね。たぶん町のなかにはいるのだろうが、ここには……いや、そういえばいつもうさんくさい連中が出入りしているし、そいつらの何人かが通りを歩きまわっているのをたしかに見たぞ。だが、この墓地で悪さをするときは変装しているものだから、そいつらだとはわからなかったんだ」

「だれだ?」ブレントはきいた。「どんなやつらか教えてくれるんだろう?」

「警官のなかにはいいのもいれば、悪いのもいる」

「マッシーか? ジューレットか?」

「なにかわかったら教えるよ」

「ヒューイ――」

「なにかつかんだら、きっと教えてやる。今は……単なる直感にすぎん。ああ、そうとも……死んだ人間にも直感が働くのさ」

「わかった。ありがとう、ヒューイ」

「また来るんだろう？」

「必ず来るよ」

ブレントは塀を乗り越えて墓地を出ると、さっき来た道を逆にたどりだした。通りにはまだぶらぶらしている人々がいたが、昼間に比べれば閑散としていた。

哀調を帯びたサクソフォンの音色が聞こえてくる。

ドラムがロックミュージックのリズムを響かせている。

街角でまださっきの若い女性が叙情あふれる美しい旋律を演奏していた。

ブレントはニッキの住まいがある通りに入った。そして立ちどまった。

突然、つけられているという確信を抱いたのだ。彼はゆっくりと振り返った。

昼間の政治討論会の際に配られた双方の候補者のビラが地面に散乱している。清掃作業員たちがまだ掃除をしに来ないのだ。風でビラが舞いあがっては、またひらひらと地面に落ちる。にぎやかな笑い声をたてている若い女性の一団が、次はどこのクラブへ行こうかと相談しながら通り過ぎた。

ブレントをつけている者はいないようだ。

だが、ニューオーリンズには暗がりが至るところにある。

彼は感覚を研ぎ澄まして再び歩きだした。今聞こえたのは足音だろうか？　生きている人間がたてた本物の足音なのか？

それとも……。

再びその音が聞こえた。足音は本物だった。ブレントはくるりと振り返った。だれもいない。

若い女性の一団は遠くへ去っていた。フルート奏者がいる場所は、はるかかなただ。腕を組んだ中年夫婦がブレントのほうへ近づいてきた。夫婦はにっこり笑いかけ、彼におやすみなさいと言った。

ブレントは同じ挨拶《あいさつ》を返した。

だれかがつけてきている。ブレントには確信があった。

彼は今来た道を引き返した。一ブロックを過ぎてもなお歩きつづけた。そして足をとめ、耳を澄まして待った。

だが、今はもうだれもつけてきてはいなかった。

不安が胸を満たした。さっき、ブレントはニッキの住まいのすぐ手前まで行った。彼女は今ひとりでそこにいる。ブレントはさっと向きを変えて、彼女のアパートメントのほうへ引き返した。

そして駆けだした。

古い建物の前へ達したとき、なかの明かりが全部ついているのが見えた。ブレントはすばやく門を開けて玄関ドアへ急いだ。鍵を預かったことなどおかまいなしにドアをどんどんとたたく。

「ニッキ！　ニッキ！　ぼくだ。ブレントだ。今戻った。入れてくれ！」

しばらくはなにも起こらなかった。彼の心を恐怖が覆う。やっとドアが開いた。

ドアを開けたのはニッキだったので、ブレントはほっと安堵《あんど》の吐息をもらした。ニッキは彼を送りだしたときと同じ長いフランネルのローブをまとっていた。黙ってブレントをじっと見つめる彼女の顔は青白く、目はあまりにも大きく見開かれているように見えた。

「ニッキ？」ブレントは心配そうに呼びかけて彼女の肩をつかんだ。いったいなにがニッキをこんなにおびえさせたのか知らないが、今もなかにいるのなら、彼女を押しのけて通ってでもそいつと相対するつもりだった。

ニッキがさっと手をのばして彼の顔にさわった。「わたしは大丈夫よ」彼女は言った。

「だったら、なぜ……？」

彼女はブレントの手をとってやさしく握りしめ、それからゆっくりと彼の背後のドアを閉めて鍵をかけると、リビングルームへ向かって歩きだした。

ニッキはひとりではなかった。

美しい若い女性が、というよりは若い女性の幽霊がソファーに座っていた。黒褐色の髪をした愛らしい女性が、おびえた雌鹿《めじか》のような目をブレントに向ける。

彼女はさっと喉もとへ手をやった。

そして立ちあがり、薄れだした。

「だめ、だめよ、アンディー、行かないで。お願い、行かないでちょうだい」ニッキが懇願した。「あなたたちふたりを正式に紹介したいの。ブレント、こちらはアンディー、アンドレア・シエロ。アンディー、こちらはブレントよ。彼を怖がる理由なんてなにもないわ。彼についていろいろと話してあげたでしょう」

ブレントの心臓が雷鳴のごとくとどろきだす。彼は歩みでて手を差しだした。霧の手ざわり。それがアンディーが手を差しだしたときのかすかな感触だった。

アンディーは薄れるのをやめて、ブレントになんとかほほえみかけた。

「はじめまして……まあ、ニッキ。すてきな人じゃない」彼女は言った。

「ぼくを怖がらなくていいんだよ」ブレントは穏やかに言った。

「それじゃ……」ニッキが言った。「みんな座りましょうか」

「わたしはいなくなったほうがいいみたい」アンディーが訳知り顔にふたりを見ながら急いで言った。

「待って、まだ行かないでちょうだい」ニッキは言った。

「ぼくからも頼む……なにがあったのかをぼくらに教えてくれないか」ブレントは言った。

アンディーはため息をついた。「いいえ、あなたたちこそ、なにがあったのかをわたしに教えてちょうだい」彼女はきっぱりと言った。

それでもアンディーは腰をおろした。

彼女がとどまるつもりであるのは明らかだった。

16

「信じてちょうだい」アンディーがブレントに言った。「以前のわたしは麻薬中毒者だったけど、今は違うわ。わたしは麻薬中毒者だった。そして今は、もはや何者でもないのよね？」彼女は苦々しげにつぶやいた。「とにかく死んだときは麻薬ときっぱり手を切っていたの」

ニッキは自分の置かれた状況が信じられなかった。なにしろ彼女は真夜中にリビングルームに座って、アンディーの幽霊が、自分が死んだときの状況をブレントに説明しようとしている場面に立ち会っているのだ。

寒い、とニッキは思った。アンディーがいるせいか空気が冷え冷えとしている。以前、わたしはそのことに気がついただろうか？

通りを歩いていて、幽霊たちの存在を感じたり過去の雰囲気にふれたりしたとき……いいえ、寒さは感じなかった。幽霊と同じ部屋にいると室内の空気が凍えるほど冷たくなることに気づいたのは、これがはじめてだ。

ニッキは夢を見ているような、あるいは不条理劇かなにかに出演しているような気分だった。

と同時に、自分を誇らしく思った。

アンディーは今夜、再び現れた。

でも、わたしは心臓発作を起こさなかった。悲鳴すらあげなかった。わたしはアンディーに話しかけ、ブレントが帰ってくるまでとどまるように説得したのだ。

ニッキは幽霊というものについていくつかのことを知った。たとえば、ときどきアンディーは集中力を発揮して自分の望む場所に出現することができる。

いちばん楽なのは墓場に現れることで、ニッキのアパートメント内に出現するのは比較的容易ではあるけれど、物音がしたりすると消えてしまう。アンディーはいまだにおびえている。それも非常に。幽霊になったあとまでなぜ恐怖心が残っているのか、アンディー自身にもわかっていない。

すでに死んでいるのに、なにを怖がる必要があるのだろう。

「アンディー、ぼくを説得しようとしなくてもいいよ」ブレントが真剣な声で言った。

「きみのことはニッキから聞いている。ぼくの考えでは、きみは殺されたに違いない」

「まあ、ひどい」アンディーはすすり泣いた。「殺されたなんて」

「しかし、きみはそれを知っていたはずだ」ブレントがやさしくアンディーをなだめた。

「知っていたわ。ただそれを聞きたくなかったの。聞いたら……それが本当になってしまいそうで……。ニッキの話だと、あなたがここへ来たのは例の男性、あのホームレスについて調べるためだとか。その男性も死んだのよね」アンディーが言った。

ブレントは片時もアンディーから目を離さないでうなずいた。

「ご存じかしら、わたしも彼を見たのよ。通りをさまよっているところを見かけたわ。わたしはここへたどり着こうとしていたの。ニッキがわたしを信じていて、助けてくれようとしているのを知っていたから」

ニッキの胸が痛んだ。

彼女は友達を少しも助けてやれなかった。

「アンディー」ブレントは言った。「ニッキもぼくもきみを助けたいと思っている。その一方で、ぼくらにはきみの助けがぜひとも必要なんだ」

アンディーの美しい目が大きくなり、深い困惑の色をたたえた。「どうしてわたしがあなたたちを助けてあげられるのかしら。わたしはなにが起こったのか覚えていないのよ。なにもかもがぼんやりとして……それに今のわたしには学ばなければならないことが……また一から歩き方を学んでいるみたいなの。ときどきニッキはわたしを見たり、声を聞いたりできるし……今はあなたもわたしを見ることができる。だけど、ニッキのところに現れたいと思っても、できないときだってあるわ。話ができるときもあれば、できないときもある。物を持ちあげたり動かしたりしようとしても……わたしは実在する人間ではないからなのよね？　ときどき」アンディーは悲しそうに続けた。「わたしは本来どこにいるべきなのかと考えることがあるわ。わたしは去らなければいけないのに、どこへ行ったらいいのかわからない。それに、ここにとどまる必要があると思っているの。なぜって……わたしに起こったことは正しくないことだから」

「ぼくらにはきみの助けが必要なんだ、アンディー」ブレントは繰り返した。「きみは現にこうしてここにいるのだから、頼む、教えてくれ、あの夜のことを。バーを出て友達と別れたことを覚えているだろう？」ブレントはきいた。

「ええ」

「ほかにどんなことを覚えている？」

アンディーはかぶりを振った。「わたしは自宅へ帰ったわ」

「そうか。で、きみは帰宅した。だれかにつけられた覚えは？」ブレントは尋ねた。

アンディーは目をくるりとまわした。「たとえ犀《さい》の群れに家までついてこられたとしても、わたしは気づかなかったでしょうね」彼女はため息まじりに言った。

「わかった。じゃあ、きみはだれにも気づかなかったんだ」

「今も言ったように……」

「いいとも。バーではどうだった？　きみを見ている人間はいなかったかい？」

アンディーは首を横に振った。

ニッキはため息をついた。「全員がアンディーを見ていたわ。すごく魅力的だったもの」

「わたしってそんなに魅力的だった？」アンディーが生前を思いだして寂しそうにニッキにきいた。

「ええ、とっても魅力的だったわ」ニッキは断言した。

「今のきみも目をみはるほど美しいよ」ブレントが同意した。「あの日以前に、少しでも気味の悪い人間を見かけなかったかい？　奇妙な振る舞いをしていた人間を？」

アンディーは笑った。「そうね、わたしたちはヴードゥーショップへ行ったわ。だけどここはニューオーリンズですもの。コンテッサだってここでは普通の人ってことになるんじゃないかしら」

「彼女のことなら聞いている」ブレントがささやいた。

ニッキはかすかな後ろめたさを覚えた。彼女はあのあとまたその店へ行ったことも、コンテッサに不気味な予言をされたことも、まだ話していなかった。そしてこれからも話すつもりはなかった。少なくとも今は話さない。

「あのホームレス」アンディーが言った。「マダムの店でわたしたちふたりのところへ来た男の人……あれは気味悪かったわ。でも、それだけのことよ」

「アパートメントへ帰ってドアに鍵《かぎ》をかけたかどうか覚えているかい？」ブレントがきい

た。

　アンディーは肩をすくめた。「さあ、どうだったかしら」

「アンディー」ブレントの声は張りつめていた。「これはすごく重要なことだよ。よく思いだしてごらん。きみはアパートメントのドアに鍵をかけたのか？」

「わからない……わたし……かけたわ。ええ、たしかにかけた気がする」

　ブレントは椅子に深く座りなおして考えにふけった。

「なにを考えているの？」ニッキがブレントに尋ねる。

「話したら、きっときみは腹を立てるだろうな」

「いいから話して」

「わかった。アンディーはドアに鍵をかけた。彼女の遺体が発見されたとき、無理やり押し入った形跡はなかった。となれば、だれかが鍵を持っていたことになる。きみのほかに鍵を持っていたのはだれだ、アンディー？」

　アンディーはブレントに暗い笑みを向けた。「ニッキだけよ」

「わたしはだれにも鍵を渡していないわ」ニッキはブレントに断言した。

「ああ、もちろんだ。ぼくもきみがだれかに渡したとは考えていない」

「だったら……？」ニッキはきいた。

「口にするまでもない。きみに気づかれないで、だれかがこっそり鍵を拝借したんだ」

「そんなことを言うのはやめて」ニッキはぴしゃりと言った。彼女はすぐに自分の言葉を後悔した。

アンディーが薄れだした。

「待って、アンディー、お願い」ニッキはやさしく言った。

「ああ、ニッキ、ごめんなさい……。わたしは優秀な幽霊ではないの。まだ……」

〝まだ〟という言葉が小さくなって消えるのと同時に、アンディーも消えた。

ニッキはぱっと立ちあがった。「ほら、ごらんなさい。あなたがあんなことを言ったせいで彼女は消えたのよ」

ブレントはニッキの怒りになんの反応も示さなかった。彼は再び深い考えにふけっていた。「アンディーは戻ってくるさ」少ししてから彼は言い、ニッキを見あげた。「怒らないでくれ。どこかに接点があるに違いない。それはきみにもわかるだろう」

ニッキは納得しなかった。「わたしの友達のだれかでないことはたしかよ」

「ニッキ、怒らないでくれと言ったじゃないか」

「怒りたくもなるわよ」

だが、ブレントは彼女を無視した。ニッキはとことん議論したかったが、ブレントは挑発に乗ってこなかった。また物思いに沈んでしまい、彼女を見ようとさえしなかった。

ニッキは憤慨して首を振り、階段のほうへ歩きだした。眠たくて仕方がない。たぶんそのせいで……。

睡眠不足がたたって、わたしは自分で心のなかにつくりだした世界に生きているんだわ。ニッキはローブを脱ぎ捨ててベッドへ入った。目をつぶり、不思議なことにもう全然怖くないのはなぜだろうと考えた。

疲れていたのですぐにうとうとしだした。

腰に手が置かれるのを感じ、耳もとで彼のささやき声がしたときも、彼女はまったく驚かなかった。

「どのくらい怒っている?」ブレントがきいた。

ニッキは彼のほうを向いた。暗がりにブレントの顔が見え、すぐ近くにある彼の肉体が放射するあたたかさと生命力が感じられた。

「ものすごく」ニッキはささやいた。

「ものすごくって、どれくらい?」

ブレントが隣へ入ってきて彼女にふれた。

「たぶんそんなには怒っていない」ニッキはそう言ってから、しばらくしてささやいた。

「ちっとも怒っていないわ」

夫婦は怒りを抱いたままひと晩を過ごしてはいけない。ニッキはそう聞いたことがあるのをぼんやりと思いだした。そしてもっとぼんやりと、まだ夜なのかしら、と考えた。

どうでもよかった。

あとになって、眠りに落ちていく寸前、自分たちを夫婦になぞらえるなんてわたしはどうかしている、と彼女は思った。

そのときのニッキは、たとえこれから一生幽霊を見て過ごすことになっても全然かまわなかった。彼女の望みは残りの人生をブレントとともに過ごすことだった。


マッシーは信じられない思いでブレント・ブラックホークを見つめた。「きみは警官ですらないのに、引ったくりの被害者と話をさせろというのか？」

「そうだ」

「ずいぶん図太い神経をしているな、ブレント」

本当に図太い男だ、とマッシーはあらためて思った。このブレントという男は常に自制心を保ち、落ち着いているように見える。ただしニッキ・デュモンドが一緒のときは別だ。彼女が危険にさらされていると思うと、この男は闘犬《ピットブル》みたいに神経をとがらせる。

重要なのはそこだ。マッシーはそれを肝に銘じておくことにした。

「いいじゃないか。ぼくらはどちらも、ＦＢＩ捜査官と罪のない女性を殺害した犯人をつかまえたいと考えているんだからな」

「そのふたつの事件に関連があるのかどうか、まだわかっていないんだ。それどころか多くの警官は、それらはまったく関連がないと考えているんだぜ」

「そう考えているやつらが間違っていることは、きみだって知っているくせに」ブレントが言った。

マッシーはかすかな寒気を覚えた。この男には人の心が読めるのだろうか？

「いいか、わたしが被害者の名前や住所を教えるのは違法行為にあたるんだぞ。そのくらいはきみも承知しているはずだ」

「われわれが問題にしているのは公文書だ」ブレントが言った。「捜査報告書があったんじゃないか？」

「公文書を見せるのと被害者と接触するのとはまったくの別問題だ」

「きみが紙きれを机の上に残しておくのはちっとも違法行為ではないだろう。そうしておいてもらえれば、ぼくがこっそり読むことができる」ブレントが指摘した。

マッシーはやれやれと首を振った。「いいかい、きみはわたしに力を貸せと言う。ところがきみのほうでは今までなにも教えてくれなかった。なにひとつだ」

ブレントが迷っていることは、彼が目を伏せたことから見てとれた。レーザーのような鋭い光を放つ緑色の目の上に、真っ黒なまつげがかぶさる。「数時間くれ。きみに提供できる情報をつかめるかもしれない」

「なぜ今ではだめなんだ？」

「ちょっと時間が必要なんだ」

「ブラックホーク……」

「例の紙きれを机の上へ置いておいてくれないか。誓ってもいい、数時間のうちになにかをつかめるだろう」

マッシーは憤慨して首を振った。

「きみはあのFBI野郎よりも大きな頭痛の種になりかけているぞ」

「本当か?」

「ま、それほどでもないがね。そういえば、やつの仲間と称する連中がここへ彼を捜しに来たよ。どうやらあの男は西部の英雄ローン・レンジャーを気どりたいらしいな。そのくせインディアンの相棒トントにさえ秘密を打ち明けないときた。悪い、今のは民族的な中傷だったな。きみを傷つけるつもりはなかったんだ」

「気にしていないよ」ブレントが言った。

「少なくともやつはFBIのほかの連中のことを、われわれに劣らぬ無能な人間と見なしている。ちょっと待て」マッシーはささやいた。

彼は机のなかからファイルを出してブレントのほうへ押しやった。

「きみにはなにひとつ包み隠さず話してきた、ブラックホーク。だからきみもわたしに包み隠さず話してくれ、いいな」

「必ず情報を仕入れてくるよ。〝インディアン嘘《うそ》つかない〟だ」ブレントは皮肉たっぷりに言った。

午前中のセントルイス一番墓地ツアーに参加する人たちの集合場所へ向かっているとき、ニッキは気づいた。ブレントに、昨夜遅くに出かけたわけを尋ねるのを忘れていた。今朝もブレントはどこかへ出かけ、それについても尋ねそこなった。

午前中の墓地ツアーでは、ジュリアンと組む予定になっている。マダムの店へ先に着いたニッキはカフェオレを飲みながら、ジュリアンの恋愛はうまく運んでいるのかしらと考えていたが、なかなかジュリアンが現れないので、早く来ればいいのにと願いはじめた。気分は爽快《そうかい》だった。これほど晴れ晴れとした気分はずいぶん久しぶりだ。

それもこれも、幽霊とたっぷり会話をしたからだ。

昨夜の出来事をジュリアンに話す気はない。今さらながらニッキは、幽霊と会話をした人たちに関する話をめったに耳にしない理由を悟った。彼らは世間から頭がおかしいと思われたくなくて黙っているのだ。

ジュリアンが到着した。サングラスをかけ、ポロシャツにチノパンツといういでたちで、いかにもさっそうとしている。彼はニッキの向かい側の椅子に腰をおろし、まるで命を救う妙薬ででもあるかのようにコーヒーをすすった。

「おはよう」ニッキが声をかけた。

「おはよう」

「疲れた様子をしているわね」

「彼女ときたらバラクーダもいいところだ」ジュリアンが言った。

「スーザンのこと?」ニッキはほほえんできいた。

「まさかきみはぼくが〈ガールズ! ガールズ! ガールズ!〉へ行って遊び明かしたなんて考えてはいないだろう?」

「あなたは少しやつれたみたい」ニッキは笑った。

ジュリアンはうめき声をあげた。「彼女は一睡もしないのさ」

「今日のツアーはわたしが話をするわ。あなたは後ろからついてくるっていうのでどう?」ニッキはきいた。

ジュリアンは顔をしかめた。「きみはやけに元気そうだね。ぼく以上に眠れなくて困っているんじゃないかと心配していたのに、どうしてそんなに元気はつらつとしているんだ?」

ニッキはにこやかにほほえんだ。「わたしの眠りは質がいいのよ」彼女は自信ありげに言った。「ねえ、見て。またハロルド・グラントが来ているわ」

ジュリアンがマダムの店のなかを振り返って見た。ニッキはカウンターでコーヒーを注文している男を見ているうちに、ふいに哀れみを覚えて驚くと同時に、なぜそんな気持ちになったのかしらと首をかしげた。ハロルド・グラントは不屈の政治家で、ニッキの知る限りでは、公約を守ろうと努力している。それに彼は選挙に敗れてはいない。とにかく今のところは。

「彼も疲れているように見えるわね」ニッキはジュリアンに言った。

「そりゃそうだろう。ビリー・バンクスに今の地位をおびやかされているんだ」

ハロルド・グラントが側近をふたり引き連れてカフェの外へ出てきた。テーブルのかたわらを通りしなに、彼はぼんやりとふたりにほほえみかけ、先を急いだ。

「投票してくれと、ぼくたちに頼むことさえしなかったよ」ジュリアンが言った。

「どちらが当選するかによって大きな違いが生まれると思う？」

ジュリアンは肩をすくめた。「ぼくは政治や地方自治のことはあまりわからないからな」彼は言った。「しかし、あの男は疲れているように見える。ぼくは政治家なんて職業は頼まれたってごめんだね。ぼくが思うに、〈ガールズ！　ガールズ！　ガールズ！〉のような店が林立するこの土地ほど、誠実で倫理的な風潮を醸成するのが難しい場所は、世界じゅうどこにもないだろう。人々がニューオーリンズを愛するのは、ここでなら〝なんでもあり〟という空気があるからだ。もちろん明らかな違法行為は別だよ。当選したあと、そのような雰囲気を維持しながらも、なおかつ自由に伴う負の側面、つまり殺人だとか麻薬、児童ポルノなんかを一掃できる候補者がいたら、ぼくは一も二もなくそいつに投票するね。もしかしたらハロルド・グラントにはそれができるかもしれない。その一方で、ぼくらに必要なのはビリー・バンクスかもしれない。もっともぼくには彼が日曜日に教会へも行かない熱烈な福音伝道者に見えるけど」ジュリアンは肩をすくめた。「たぶんぼくは老ハロルドに投票するだろう。彼は疲れているように見えるけど、タフだ。そう、優秀な老ブルドッグみたいに」

ニッキは立ちあがった。「ツアーの客が到着しはじめているわ」

「今朝は色男の姿が見えないけど、どこにいるんだ？」ジュリアンがきいた。

「どこかへ出かけたわ」

「おやおや、早くもロマンスが終わりを迎えたんじゃないだろうね？」

ニッキはほほえんだ。「わたしとブレントは一心同体というわけではないもの。お互いほかの人とも会うわよ」

ジュリアンはサングラスを上へずらした。「ほう？　そうなのか。ぼくはてっきり、きみはもうぼくを必要としていないんだと思ったよ」

ニッキは彼の頬にキスをした。「わたしにはいつだってあなたが必要よ。あなたは無二の親友ですもの。だけど……ほら、あなたはお似合いのバラクーダを手に入れたようじゃない」

ジュリアンはうめき声をあげた。「こんなことを言っても信じないだろうが、ぼくにはとうてい彼女の相手は勤まらないよ。おっと、ほかのみんなにしゃべらないでくれよ。そんなことをしたら、きみの口に石鹸《せっけん》を突っこんで、その嘘つきな舌をごしごし洗ってやる」

ニッキは笑った。「で、彼女は今どこにいるの？」

「ぼくのところにいる」ジュリアンは首を振った。「ニッキ、ぼくはよそへ引っ越さなきゃならないかもしれない。そうだ……今夜は遅くまで仕事をさせてもらおうかな。どうだろう、企画会議かなにかを開くというのは？」

「さあ、わたしは社長じゃないから」

「へえ、都合のいいこった。普段はマックスがいないのをいいことにぼくらをこき使っておきながら、ぼくが助けを求めたら、マックスがいっさいをとりしきっているふりをするなんて」

「現にマックスがとりしきっているんですもの」

「彼はほとんどここにいないじゃないか」

「マックスは仕事の状況を把握しているわ」ニッキは言った。「彼は厚意でわたしに仕事を任せてくれているのよ。それに、わたしはここで起こっていることを逐一彼に報告しているわ」

「だったら彼に電話をかけて、企画会議を開く必要があると進言してくれよ」

「ジュリアン、大人になりなさい。あなたには自分の生活があるって、彼女に言ってやったらどう？　さあ、行きましょう。あそこにいる人たちが観光ガイドを捜しているわ」

ジュリアンはうなずいて立ちあがり、ニッキと一緒に、集まっているツアー参加者たちのほうへ歩いていった。


ナンシー・グリフィンに会っていちばん驚いたのは、少なくとも後ろから見る限りではニッキにそっくりだということだった。

ニッキと同じくらいの背丈で、似たような髪をしている。目はニッキと違って濃い茶色だ。同じ程度にほっそりした魅力的な女性で、身のこなしもニッキと同様に自然で肉感的だった。

ふたりが会ったのは〈カフェ・デュ・モンド〉だった。彼女が店へ入ってきたとたん、ブレントはすぐにその女性だとわかった。

「ミスター・ブラックホーク？」彼女がテーブルへやってきて尋ねた。

すでにブレントは立ちあがっていた。「そうです。会っていただいて感謝します」

ナンシーは肩をすくめた。「警察の話では、とられたものはおそらく戻ってこないだろうとのことです。だからわたし、もうカード類は全部無効の手続きをしました」彼女はため息をついた。「なんといっても悲しいのは写真が戻ってこないことです。姪《めい》や甥《おい》の写真はかけがえのないものだから。姉とわたしが子供のころ一緒に撮った写真も……残念です。お金もいくらかとられましたが、そんなものはどうにでもなりますものね」

「それでも警察はハンドバッグがどこかに捨てられているのを発見できるかもしれませんよ」ブレントは元気づけようとして言った。

「そうだといいんですけど。あなたは特別捜査官みたいな立場の方ですか？」ナンシーは尋ね、わずかに顔を赤らめた。「あなたと会うことに同意したのは、あなたが警察署から電話をかけてきたからです」

「聡明《そうめい》な方だ。調べたのですか？」

「発信者番号通知サービスです」彼女は笑った。「幸い、携帯電話はポケットに入れておいたので無事だったの。とにかく……」

ナンシーはウエイターがテーブルへ来てじれったそうに待っているのに気づき、話すのをやめた。

「ご注文は？」

「カフェオレをお願い」彼女は言った。

「ベニエはどうです？」ブレントはきいた。

彼女は再びほほえんだ。「ダイエット中なんです。いつも。ニューオーリンズにいるとどうしても太ってしまって。それはそうと……なにをお話しすればいいのかしら？ あれは夜中でした。そんな時刻にあんな場所にいたわたしがばかだったんです。ホームレスを見かけ、その直後にハンドバッグを奪われました。わたしの話をもとに警察の方が描《か》いた似顔絵は、そのホームレスにそっくりです」

「ぼくの理解している限りでは、あなたはハンドバッグを奪った犯人を見なかった。そうですよね？」

ナンシーはうなずき、カフェオレを運んできたウエイターに礼を述べた。「ええ。わたしは路地を少し入ったところに立っていました」

「バーボン通りを外れた路地に？」

「ええ。引っ張られるのを感じたと思ったら、ハンドバッグがなくなっていたんです。わかっているのはそれだけ。ほかになにをお話ししたらいいんでしょう？」彼女はきいた。

「その日のあなたの行動についてお聞かせ願えませんか？」ブレントは言った。「ハンドバッグを奪われる前の」

ナンシーは顔をしかめた。「なぜです？」

「あなたはつけられていたかもしれない」

「なぜわたしがつけられていなくてはならないのかしら？」

なぜなら、あなたはある人にそっくりだからだ、とブレントは言いたかった。

「わかりません」ブレントは言った。「あなたの写真やそのほかのものをとり返すことは難しいかもしれないが……」彼は肩をすくめた。「やれるだけやってみます」

「あの日……わたしは昼食をとりにここへ来ました。そのあと南北戦争博物館へ行き、そこから第二次世界大戦のことを扱っている新しい博物館へまわりました」

「続けてください。どこかのツアーに参加して……墓地へ行ったとか、そういうことはなかったですか？」

「あの日はツアーに参加しませんでした。昼にここへ来たあと、博物館を見学し……それからわたしたち、女の友人たちとわたしですが、フレンチクォーターで買い物をしたんです。そのころにはもう夜になっていました。そうそう、その夜、わたしたちは古い地区の外れにあるお店でハンバーガーを食べて……だいたいそんなところです」

「どこの墓地へも行かなかった、それはたしかですね？」

「たしかです」

ブレントはがっかりした。ニッキとのつながりが見つかるに違いないと確信していたのだ。とりわけナンシーを見たあとでは。

ブレントは落胆を顔に出さなかった。「写真をとり戻せるように最善をつくします」彼は請けあった。

「ありがとう」ナンシーは礼を言ったあと、当惑した口調で尋ねた。「あなたは警察の方?」

「いや、ぼくはある民間機関の仕事をしています。あなたに起こったことは、現在進行しているほかのいくつかの出来事と関係しているかもしれないので」

「まあ」ナンシーはコーヒーカップを手にして、それをしばらく見つめていたが、やがてブレントに視線を戻した。「あなたは警察の人たちより感じがいいですものね。彼らはうんざりしているようでした。きっとこのような事件をたくさん扱っているからでしょう」

「ええ、たぶん」

「じゃあ、またなにかありましたら遠慮なく電話をください」

「ありがとう」

ブレントはテーブルに紙幣を置いて立ちあがった。ナンシーも立ちあがった。「本当にいつでもお電話くださいね」彼女は言った。

ブレントはほほえんだ。少し前までの彼だったら、こうしたあからさまな誘いに喜んで応じたかもしれない。「そうします」

「あなたはここのお生まれではないのでしょう?」

「実はここの生まれです」

「結婚なさっている?」ナンシーはずけずけときいた。

「いや。しかし……」

「恋人がいらっしゃるのね」彼女はため息まじりに言った。ほほえむと、えくぼができた。「すてきな男性はみなそうなんだわ。わたしの言ったことは気になさらないで。それと、ありがとう。写真をとり戻していただけたら本当に助かります」

ナンシーは去りかけて立ちどまり、ブレントを振り返った。

「よく考えてみたら」彼女は眉根を寄せた。「あの日、わたしたちが昼食をとったのはここではなかったわ。これと似た小さなお店です。名前をすぐには思いだせないけど、さっきあなたはツアーがどうのとおっしゃったわね。その店の前にツアーの参加者が集合していて、たしか……」

「〈マダム・ドルソズ〉では？」ブレントは言ってみた。

ナンシーが指をぱちんと鳴らした。「そう、それ！　わたしたち、そこで食事をしたんです。じゃあ、頑張ってください」

彼女は手を振って歩み去った。

「昔から現在に至るまで、ニューオーリンズにはヴードゥーの強力な女呪術《じゅじゅつ》師が数多く存在しましたが」ニッキは語りはじめた。「なかでもマリー・ラヴォーはヴードゥーの女王として名をはせていました。実をいえば、晩年になってからマリーは敬虔《けいけん》なカトリック教徒に戻り、呪術の実践を通してネイティブ・アメリカンの魔よけとキリスト教の聖人像と結びつけたのです。彼女はパパ・ラ・バと呼ばれる悪魔と手を組んでいたと噂《うわさ》する者もいれば、神とつながっていたと考える者もいました。ただひとつたしかなのは、薄気味悪いほど盗み聞きの能力に長《た》けていたことです。マリーはお金持ちの髪を結いながら情報を仕入れました。あらゆる人々について知るべきことはすべて知ろうと努めました。彼女は力を欲すると同時に、どうすればその力を獲得できるのかを知っている女性だったのです。マリーは一八八一年に亡くなりました。わたしたちの前にあるのが彼女のお墓です。今日、多くの人々が、ある者は自分なりの信念を持って、またある者は単なる観光目的で、このお墓を訪れます」ニッキは言葉を切ってほほえんだ。「ごらんのとおり、彼女のお墓にはXや十字がいくつも描かれています……あら、おもしろい、サンドイッチを供えていった人もいるわ！　きっと墓地の虫たちが大喜びすることでしょう。マリーの魂はどうかといえば、毎年聖ヨハネ祭の前夜である六月二十三日によみがえると多くの人々が信じています。彼らに言わせると、その夜の盛大な儀式をマリーがとり行うのだそうです」

ツアーの参加者たちはニッキの話に夢中で聞き入っているようだ。ニッキやほかのガイドたちが墓地でどのような物語を語ろうと、マリー・ラヴォーの伝説ほど人々の心を魅了するものはない。

人々の後方で墓石にもたれているジュリアンの姿がニッキの目に映った。彼は頭を垂れていた。ほんとに疲れきっているみたい、とニッキは思った。

「すると彼女の占いは、盗み聞きした話を繰り返したにすぎなかったということかね？」ひとりの男性が尋ねた。

驚いたことに、そう質問されてニッキは突然不安になった。彼女はにっこりして、ジュリアンに視線を据えたまま答えた。「さあ、どうでしょう。占い師が百の占いをして、そのうちのいくつかがあたったら、それはすごいことなのか、単なる偶然なのか、あるいは単に相手の考えや欲望、秘密などを知っていたからなのか？　おそらくマリーの占いは、それらすべてが少しずつ組みあわさって成り立っていたのではないでしょうか」

質問した男性がなにか言ったけれど、ニッキは聞いていなかった。

寒気が彼女を襲った。

トム・ガーフィールドがここにいる。

スーツ姿のハンサムな彼は悲しそうな面持ちだった。彼が近くを通り過ぎたとき、ジュリアンが突然びっくりしたように顔をあげてあたりを見まわし、眉をひそめて再び目を閉じた。

人々のなかをガーフィールドが歩いてくる。

それにつれて人々が脇《わき》へ寄る。ひとりの少女が身震いして太陽を見あげ、わけがわからないと言わんばかりに首を振った。

ガーフィールドはニッキのすぐ手前まで来て立ちどまった。彼の口が動いていたけれど、なにを言っているのかニッキには聞きとれなかった。

「お嬢さん?」彼女はツアー客に声をかけられたことにほとんど気づかなかった。

やがてガーフィールドは話すのをやめ、日差しのなかに消えた。

「お嬢さん、大丈夫かね?」

ニッキははっとわれに返り、声をかけてきた男性を見つめた。人々の後方へ目をやると、ジュリアンは墓石から体を離してまっすぐ立ち、心配そうにニッキを見ている。

あの様子からすると、また無理やりにでもわたしを精神科医のところへ連れていく気でいるんだわ。

ニッキはジュリアンにほほえみかけ、かたわらの男性を振り返った。

「ごめんなさい、なんでしょう?」

男性は笑った。「お嬢さんがあんまり驚かすものだから。あんたときたら、今にも神がかり状態になってしまいそうな感じだった。で、さっきの話だが、彼女の幽霊は今もこの墓地をうろついているのだろうか?」

「それは……たぶん彼女はとても忙しい幽霊なんじゃないかしら」ニッキは努めて軽い口調で答えた。「そのようなものが存在すると信じるならば、彼女はこの墓地を、あるいはニューオーリンズ市内を、さらにその向こうのバイユーをさまよっているかもしれません」

ニッキはうつむいて深く息を吸い、目をあげて周囲を見まわした。

トム・ガーフィールドの痕跡《こんせき》はどこにもなかった。

だが、彼はさっきここにいた。ニッキに話しかけようとして。彼女に教えたいことがあったのだ。

ニッキには確信があった。彼が告げた言葉のうち、ひとつだけは理解できたのだ。


このぶんなら今夜はひと晩じゅう起きていられそうだ、とブレントは思った。

マダムのカフェに座って店に出入りする客を眺めているうちに、気がついてみると彼は何杯ものコーヒーを飲んでいた。

昼食の客がまばらになるのをブレントが待っていると、いつものようにマダムがコーヒーポットを持ってお代わりを注《つ》ぎに出てきた。

彼女はブレントのテーブルへやってきた。「あら、いらっしゃい。今日はおひとり？」

快活な調子で尋ねる。

「今のところは」ブレントは答えた。

「じゃあ、今ではあのグループと一緒に仕事をしているのね？」マダムはブレントに明るくほほえみかけた。

「そう。優秀なグループらしいね」

「ええ。だけどアンディーがあんなひどいことになって」マダムがため息をついて言う。

「とても悲しいことだ。彼女がかつて麻薬中毒者だったことを知っていたかい？」

マダムは周囲に視線を走らせ、もう一度ため息をついて椅子に腰をおろした。「どうやら彼女は……彼女は道を踏み外したんだわ」

「なかにはそう思っていない人もいるようだが」

マダムはかぶりを振った。「ニッキでしょ。いかにもニッキらしいわ。彼女は人のいいところしか見ないの」

「するとあなたの考えでは、アンディーは昔の悪い習慣にまた陥ったのだと？」

「だって、それ以外に考えられないじゃありませんか」

「あなたは新聞やテレビで見たに違いない」ブレントは言った。「ＦＢＩの捜査官がひとり、大量のヘロインを打たれて殺された。実をいうと、その日、この店でニッキとアンディーが彼を見ている」

マダムはとまどった表情を浮かべた。「知っているわ。だからわたしもなんとかして警察の役に立ちたかったんだけど。でも、わたしは彼を見なかった！　きっと忙しかったんだわ。午前中は客が多くて、いつもてんてこ舞なの」彼女はテーブルをこつこつとたたいた。「主のお恵みか、それともヴードゥーの神々の大いなる力かしら、ニューオーリンズのだれもかれもがこの店に立ち寄るの。だれもかれも！　政治家も、医者も、それから映画スターやジャズの大物演奏家たちでさえも」

「そうだろうね。フレンチクォーターはたいして大きな町ではないから」ブレントはささやいた。

「ちっとも、ええ、ちっとも大きくないわ」

「それはそうと、あなたはマックスについてなにか知っているかい？」

「マックス？」

ブレントはありったけの愛想をこめてマダムにほほえみかけた。「そう、社長の。ぼくはまだ彼に会っていないんだ」

マダムはふふんと鼻を鳴らして手を振った。「マックスは人使いが荒いわ。ニッキに仕事を全部押しつけているの。最初からそうだったわ」

「ふむ。しかしそれは単に、人に仕事を任せるのがうまいだけかもしれないよ」

マダムはせせら笑った。「アンディーが死んだのに、彼は帰ってさえこなかったのよ」

「ほかの人たちは？」

「ほかのガイドたちのこと？」マダムは驚いたように問い返した。とはいえ彼女は他人の噂話には目がないと見え、ブレントのテーブルから立ち去りがたい様子だった。「そうね、あの人たちのことなら大丈夫よ。たとえばパトリシア、彼女はかわいらしいお人形といったところ。もっとも、彼女がネイサンを信用すべきなのかどうか、わたしにはわからないけど。彼は少し……なんていうのかしら、ときどきはめを外すことがあるみたい。それからミッチっているでしょ。彼は気持ちのさっぱりした男らしい人。あまりに男らしくあろうとしすぎているかもしれないわね」

「ジュリアンは？」

マダムは手をひらひら動かした。「彼はいい人よ。もう少し行動力があったらハリウッドで成功したかもしれないわ。とても優秀な俳優なの」

「で、あなたはどうなのかな、マダム？」ブレントはからかうように言った。

「わたし？」

「観光ガイドとして働く気はないのかい？　あなたはこの町のことをなんでも知っているに違いない。毎日、大勢の客の相手をして、いろんな話を耳にしているはずだから」

「そりゃそうだけど、片方の耳から入って反対側の耳から出ていっちゃうわ。なにしろわたしは忙しい身ですもの」マダムはため息をついて立ちあがった。「さてと、もう仕事に戻らなくちゃ」

「マダム、トム・ガーフィールドという名前のＦＢＩ捜査官を見なかったのは、たしかなんだね？」

彼女はうなずいた。「そのホームレスを見ていたら、とっくにここへ警官を呼んで話していたわ。あなたって、かなりの詮索《せんさく》好きね。自分を警官かなにかだと思っているの？」

ブレントは首を横に振った。

「じゃあね、ブレント。頑張って。あなたなら立派にガイドが勤まるでしょう」

ブレントはマダムが隣のテーブルの客にコーヒーを注ぐのを見つめた。彼女は完璧《かんぺき》な女主人だ。あまりに完璧すぎはしないだろうか？


彼女が行う予定ではなかったが、ニッキはガーデン地区とそこにあるラフィエット一番墓地の午後のツアーを担当してもいいと申しでた。その代わりフレンチクォーターの夜のツアーをパトリシアとネイサンに引き受けてもらった。ツアー参加者の後ろをついてくるようジュリアンを説き伏せるのは簡単だった。

ツアーは何事もなく運んだ。

アンディーが現れないので、ニッキは少し残念だった。ありえないけれど現に起こっている出来事に対処するだけの心の強さが自分にあるとわかった今、彼女はなにがあろうと平常心を保っていられそうだった。

トム・ガーフィールドはたしかにベイスン通り沿いのセントルイス一番墓地に現れた。そしてニッキになにかを伝えようとした。彼女はガーフィールドが口にした言葉のひとつをはっきりと聞きとった。

〝今夜〟

今夜、なにかがセントルイス一番墓地で起ころうとしているのだ。

ラフィエット一番墓地の門外に花売りがいたので、ツアーを終えて参加者たちと別れたニッキは、そこへ行って花束をいくつか買った。

彼女は自分の家族の霊廟《れいびょう》へ行ってひとつを供え、しばらくそのままたたずんでいた。アンディーが現れるとしたら、それはこの場所ではないだろうか。

だが、だれひとり現れなかった。いったいジュリアンはどこへ消えたのだろう、ニッキはぼんやり考えながらしばらく待っていたが、やがてブレントの妻の墓へ歩いていった。

そしてふたつめの花束を供えた。

だれかに見られていると気づいたのは、そのときだった。

17

ブレントはマダムのカフェから再び警察署へ向かった。

カフェを出たあと、彼はつけられていることに気づいた。

だれにつけられているのかもわかった。

別にかまうことはない。それどころか興味をそそられる。

だが、まずマッシーと話をしなければ。難しい交渉になるであろうことは想定ずみだった。

「きみでなければならない、きみしかいないんだ」ブレントは辛抱強く説明した。

マッシーは彼を凝視した。「しかし、これが大がかりな取り引きだとしたら――」

「そこまではぼくも知らない」ブレントは言った。

マッシーはやれやれと首を振った。「しかもきみがどうやってこの件を知ったかということ……?」

「それを話したら、きみは納得しないだろうな」

マッシーはまた首を振った。「なにが起ころうとしているんだ？」

「なにも起こらないかもしれない」

「たいしたものだ。まるでわたしにはひまな時間がいくらでもあるみたいじゃないか。それればかりか、きみと一緒に夜の墓地を徘徊《はいかい》したがっているとでも？」

「ほかにやることがあるのかい？」ブレントがきいた。

マッシーはため息をついた。「いや」彼は顔をしかめて白状した。

マーク・ジューレットがコーヒーカップを手にマッシーの机へやってきて、興味津々といった面持ちでふたりを見つめた。

「マッシーに今、空振りに終わるかもしれない捜査に手を貸してくれと頼んでいたんだ」

「だったらぼくも仲間に加えてくれないと」ジューレットが言った。「どこへなにをしに行くんだ？」

「麻薬密売組織がセントルイス一番墓地を取り引き場所に使っている。ぼくにはそう信じるだけの理由があるんだ」ブレントは言って、マリー・マクマナスへの襲撃をさらなる証拠として用いながら、ジューレットが信じてくれそうな説明を展開した。その際、ヒューイの幽霊についてはふれなかった。セントルイス一番墓地に出没する年老いた奴隷の幽霊が情報源だと話したところで、マッシーもジューレットも信じないに決まっている。

「あなたはぼくに黙っているつもりだったんですね？」ジューレットがマッシーに向かっ

て顔をしかめた。

マッシーは否定しようとしたが、後ろめたそうだった。「まずハガティーの居場所を突きとめて、彼に話すべきだと思ったんだ」

三人とも黙りこんだ。

「この件はだれにも話さないでおいたほうがいい」ようやく口を開いたのはブレントだった。

ジューレットは眉をひそめた。「われわれ警察が張りこみのやり方も知らないと思っているのかい？」

「そんなことを言ったんじゃない。ただ、ぼくは心配性なんでね」ブレントは気をつかって言った。「それにきみたちがやろうとしているのは、あるかないかもわからない麻薬取り引きの張りこみだ。結局は無駄骨に終わるかもしれないのだから、事前にＦＢＩへ連絡しておくのは気が進まないんじゃないか？」それだけ言うと立ちあがる。「ぼくは墓地で待っているよ。夜、また会おう」

ブレントは警察署を出た。

パトリシアが通りで待っていることは知っていたが、彼女が狼狽《ろうばい》して逃げだすことは予想していなかった。

ブレントはパトリシアに追いついた。そして彼女にはふれないで、そっと名前を呼んだ。

「パトリシア」

彼女はぴたりと立ちどまり、ゆっくりと彼を振り返った。

ブレントは彼女にほほえみかけた。「ぼくをつけてきたね。どうして？」

「さ、さあ……わからない。さっきマダムのカフェのそばにいたら、あなたがマダムと話をしているのが見えて……興味を引かれたの。そのあと、あなたがここへ来たから」

ブレントはうなずいた。「ニッキが襲われたことは知っているだろう」

「あなたが警察署へ来たのはそれが理由ではないのでしょう？」パトリシアが言った。「あなたは本当は、観光ガイドですらないんだわ。わたしはあなたが何者か知らないし……」彼女はちらりとブレントに視線を向けた。「知りたいかどうかもわからない」

「だからぼくをつけてきたんだね」

パトリシアはうろたえた。「そんなこと、すべきじゃなかったわ」

「パトリシア、きみはなにか悩みごとを抱えているようだね。こんなことを言っても納得してもらえるかどうかわからないが、きみが話すことを、ぼくは断じてほかへはもらさないよ」

それでもパトリシアは不安そうだった。「コーヒーでもいかが？」彼女は尋ねた。

「ぼくはアイスティーがいい。どこか静かな場所を見つけて、少しなにか食べよう」

パトリシアがおじけづいて話すのを拒むのではないかとブレントは心配した。しかし、彼女は見るからにつらそうで、いつまでも悩みごとを抱えているよりは打ち明けてしまったほうがよっぽどましだと心を決めたようだ。

「いいわ」

数分後、ふたりは小さなレストランの薄暗い隅に座っていた。店内には午後の時間をひとりでぶらぶら過ごしている客が数人いるきりで、パトリシアの前には大きなカップになみなみと注がれたコーヒーが、ブレントの前にはアイスティーが置かれていた。

パトリシアはマドラーをいじくり、続いてナプキンを見つめてたたんだり広げたりを繰り返した。

「こんなところへ来るべきじゃなかった」彼女は言った。

「しかし、きみはネイサンのことで悩んでいるのだろう?」

パトリシアはびっくりしてブレントを見あげ、顔を赤らめた。「そうよね、そんなことは手相見でなくたってわかるわよね」

ブレントはうなずいた。

「わたしは心からあの人を愛しているわ」パトリシアは小声で言った。「でも……心配で仕方がないの」

「なぜ?」

「アンディーが亡くなった夜……目が覚めたら、あの人がベッドにいなかったの」

「そうなのか?」

パトリシアは首を振った。「でも、そんなことはありえないわ、ネイサンが……つまり、その、ばかげているでしょう? ネイサンには暴力的なところがまったくないの。彼はアンディーを好きだった。ネイサンはいい人よ。だって、いつだったか彼はチューインガムを一個手にしたまま店を出てきちゃって、二十分後にそれに気づき、お金を払いにわざわざ店へ戻ったぐらいなんだから。わたし、だれかに話さないではいられなかったの。あなたはアンディーの死の真相を突きとめようとしているのでしょう? そのためにここへ来たのでしょう?」

ブレントはほほえんでパトリシアの手にふれた。「いや、ぼくは別の件でここへ来ているんだ。しかし……アンディーの身に起こったことは、それと関係があると考えている」

「ネイサンを愛しているのなら、わたしは彼を信頼しなくちゃいけないわよね?」

「妄信が必ずしも正しいとは限らないよ」

「ああ、なんてこと! わたしがここであなたにこんな話をしているとわかったら、ネイサンはどう思うかしら」パトリシアはつぶやいた。

「パトリシア、ネイサンにはなにか悩みごとがあるのかもしれない。それをぼくがこっそり探りだしてみよう、それでどうかな?」

パトリシアはほほえんだ。「あなたはまさか――」

「誓ってもいい、ぼくときみが話したことは絶対にネイサンに知られないようにする」ブレントは請けあった。

パトリシアは立ちあがった。「ニッキにあなたがいてよかった」彼女は静かに言った。「あなたって、ただ者ではないのね。つまり、すごくいい人だってこと」

「ありがとう」

彼女は歩み去りかけてから、眉をひそめて戻ってきた。

「ニッキにはあなたがいるんでしょう？　つまり、あなたたちふたりは……」

ブレントはその質問に驚くあまり、返事をするのにしばらくかかった。やがて彼は答えた。「彼女にはぼくがいる。ぼくにいてほしいと彼女が望んでいる限りは」

ブレントは立ちあがってパトリシアと一緒に歩きだした。レストランを出たところで、パトリシアが彼をつくづくと見た。「これだけはお願いしておくわ……あなたが何者か知らないけど……絶対に彼女を傷つけないで」

「絶対に傷つけはしないよ」

パトリシアは目をそらし、再び彼に視線を向けた。「それと、ニッキが傷つけられることがないようにしてくれる？」

ブレントは心臓をぎゅっとつかまれた気がした。ぼくは彼女が傷つけられないよう、守ってあげられるだろうか？

もちろんだ。彼女には指一本ふれさせはしない。

「ニッキが傷つくことになるくらいなら死んだほうがましだ」

パトリシアはにっこりとほほえみ、それからうらやましそうに言った。「ネイサンもわたしのことをそんなふうに思ってくれたらいいんだけど。あら、いいの、気にしないで。さあ、わたしのことはもういいからニッキのところへ行ってちょうだい」

ブレントはうなずいてパトリシアと別れた。

マーク・ジューレットは机に向かって座っていたが、仕事をしてはいなかった。彼が首を振ると、マッシーが顔をあげて彼を見た。「どうした?」

「なんでもありません」

ジューレットは机の上の書類に関心があるふりをした。彼はなにをするべきかわからなかった。

「ハガティーに電話をかけるつもりですか?」彼はマッシーに尋ねた。

マッシーは両手をあげた。「今夜、どういうことになるのか、われわれにもわかっておらんのだぞ」

「そうですね」

「だったら、彼に電話をかけたところでなんの意味がある?」マッシーは立ちあがって歩み去った。ジューレットは書類に視線を戻したが、目の前で文字が躍るだけだった。

彼は立ちあがった。もう一杯コーヒーを飲んでも害はないだろう。

コーヒーメーカーのところへ歩いていくとき、相棒の姿が見えた。

オーウェン・マッシーは壁のくぼみのところに立ち、携帯電話で話している。

ジューレットは机へ戻って椅子に座り、少しためらってからマッシーがいるほうへ目をやった。彼の姿は壁に隔てられて見えなかった。ジューレットは机の上の電話に手をのばした。

いったん手にした受話器を戻し、ポケットから自分の携帯電話を出す。

ロビンソンが机のところへやってきたときも、ジューレットはまだ話し中だった。彼は会話を終えずに携帯電話をぱっと閉じた。「どうした、ロビンソン？」

「お耳に入れておいたほうがいいと思って。さっき連絡が入って、アンドレア・シエロが住んでいた建物へ行くよう指示されました」

「ほう？」

「彼女の住まいが荒らされたんです」

「荒らされた？　泥棒に入られたのか？」

「わかりません。彼女の友人なり知人なりをつかまえて、なくなっているものがないか調べてもらわないことには」ロビンソンは肩をすくめた。「われわれはもっと早く彼女の友人をあそこへやって、荷物を片づけさせるべきだったんです。彼女には家族がいませんが、十月末までの家賃をおさめてあったので、われわれはのんびり構えていました。だれかがなにかを捜して引っかきまわしたようですが、物とりの犯行ではなさそうですね。現在、犯罪現場捜査部が調べています。しかしステレオもDVDプレーヤーも宝石もあったのに、それらには手がつけられていなかったそうです」

「電話をよこしたのはだれだ?」ジューレットはきいた。

「ミセス・モントベロです」ロビンソンは目をくるりとまわした。「彼女はアンディーが幽霊になって戻ってきて、なにかを見つけようと家じゅう引っかきまわしているのだと考えたようですね」

ジューレットはため息をついた。「きくまでもないが、ほかの住人はみな留守だったのだろう?」

「そうです」ロビンソンが言った。「報告書がぼくの机にのっています。詳しいことを知りたかったら、読んでもかまいませんよ」

「ありがとう」ジューレットが言うと、ロビンソンは歩み去った。ジューレットはマッシーが電話を終えて戻ってくるのを待った。

パトリシアと別れたブレントは市街電車に飛び乗ってガーデン地区へ向かった。電車をおりてラフィエット一番墓地へ入ると、そこは最初は奇妙なほど静かで、人っ子ひとりいないようだった。目を閉じた彼は周囲に霧が渦巻くのを感じた。

ブレントは目を開けて一帯を見渡した。

そこここに幽霊がたたずんだり歩いたりしているのが見えたけれど、そのなかにアンディーもトム・ガーフィールドもいなかった。

ニッキがまだいればいいがと願いながら、ブレントはポケットに手を入れて携帯電話を探った。彼女に電話をかけてみようか。彼は携帯電話を出し、ひょっとしたらアンドレア・シエロに会えるかもしれないと考えて、ニッキの家族の霊廟《れいびょう》があるほうへ歩いていった。

アンディーはそこにいなかった。

ブレントは予感めいたものを覚え、妻の墓があるほうへ向かった。

そばまで行った彼は携帯電話をポケットへ戻した。

ニッキがそこにいた。

だが、彼女は長い黒のコートを着た見知らぬ男の陰になっていた。長い黒褐色の髪をした背の高い男で、まるで吸血鬼気どりでニューオーリンズ市内をうろついている変人のひとりに見える。

男はニッキを脅しているように見えた。

「おい！」ブレントは怒鳴った。

ニッキが彼のほうを見た。男がニッキをつかもうとするかのように手をのばした。

アドレナリンがどっとあふれるのを感じながら、ブレントはぱっと駆けだした。パトリシアに誓った言葉が脳裏をよぎる……彼女が傷つくことになるくらいなら死んだほうがましだ。

彼は見知らぬ男に飛びかかり、ふたりはもつれあって地面に倒れた。

ニッキの叫び声が聞こえた。「やめて！」しかしその声はブレントの心の、理性が支配する場所までは届かなかった。彼は男を仰向けにして馬乗りになった。「おまえはだれだ？　なにをしている？」

驚いたことに男は――鋭い目鼻立ちをした細面のやせた男は――あらがおうともせずに、どことなく愉快そうな目つきでブレントを見あげた。

「ブレント！」ニッキが叫んだ。

しかし、ブレントが相変わらず彼女を無視して困惑のうちに見おろしていると、男がにやりとした。「ニッキ、きみが用心棒を雇ったとは聞いていなかったな」

「なんだって？」ブレントは言った。

「わたしはマックス・デュピュイ」男は咳払《せきばら》いをした。「きみの雇い主ということになるのだろうね」

ぼくはとんだ道化者だ。ブレントはそう感じながら、長いあいだ動かずにいた。やがて彼は立ちあがり、男に手を差しのべて助け起こした。

過剰反応もいいところではないか。

「ブレント。ブレント・ブラックホークです」彼は言った。

ニッキはいまだに、理性を失った人間を見るような目つきで見ていた。ブレントは彼女に向かって顔をしかめ、だれなのか知らなかったのだから仕方がないだろうと言わんばかりに肩をちょっとすくめてみせた。

「たぶんきみがブラックホークなのだろうと思ったよ」マックスは言った。憤慨するどころかおもしろがっているようだ。「優秀なガイドだそうだね」

「この土地のことには詳しいんです。事実や伝説をたくさん知っていますよ」

「今後ともよろしく」

「ええ、あの、すみませんでした。少し緊張しすぎていたようです。ゆうべニッキが襲われたもので」

「ちょうど彼女にその話を聞いていたところだ」マックスがニッキを見て言った。ブレントは彼に怪我《けが》をさせなかっただろうかと心配した。マックスは痛々しいほどやせていて、そのためにいっそう背が高く見える。十代の若者だったらゴシック風ファッションに凝っていると思うかもしれないが、マックスはそれほど若くはない。三十代前半か半ばといったところだ。「きみは犯人を追いかけていったそうだね」

「残念ながらつかまえることができませんでした」

「きみはニッキを暴漢から救った。重要なのはそこだ」マックスはほほえんだ。「さてと、時間はあるかね？　コーヒーでもどうだろう？」

コーヒーと聞いてブレントはうめき声をあげそうになったが、地面を見つめることでなんとかこらえた。「時間はありますよ」彼はニッキを見つめたまま答えた。やがてマックスに視線を移した彼は、早くも自分の心に疑惑が芽生えつつあることに気づいた。この男がマックスか。一連の事件のあいだ、彼はいったいどこにいたのだろう？

ニューオーリンズを離れていたのだろうか？　それともどこかに身をひそめていた？　黒ずくめで黒の目出し帽をかぶり、路上で女性を襲っていたのか？　そうだとしたら、なぜだろう？　これとは別に、さっきパトリシアから仕入れたネイサンに関する情報も気にかかる。やるべきことはひとつしかない、ひとつずつ順に調べていくのだ。しかし、ひとつだけ明らかな点がある。マダムの店が一連の事件になんらかの形でかかわっているということだ。

ブレントはマックスの腕に針の跡があるかどうか気になった。マックスは麻薬中毒者だろうか？　彼はやせこけている。骨と皮ばかりだ。もっとも、健康を害しているようには見えない。それに麻薬を売って大儲《おおもう》けをしているのなら、売り物を自分で使うような愚かなまねはしないだろう。

マックスはブレントに見られていることにはまったく無頓着《むとんちゃく》な様子で腕時計に目をやった。「おっと、コーヒーはやめておこう。そろそろカクテルアワーだ。酒にしようじゃないか。わたしがおごるよ。車で来ているから、きみたちさえよければ、それでフレンチクォーターへ引き返さないか?」

ニッキは眉根を寄せながらブレントを見て肩をすくめた。彼女にはなにか気がかりなことがありそうだ、とブレントは思い、ニッキを見つめ返して肩をすくめた。「ぼくはかまいませんが」

マックスが歩きだすと、ニッキがあとについて歩きだした。

ブレントはしばらくその場にとどまった。妻の墓石にふれた彼は、かすかな苦しみと懐旧の念がきざすのを感じた。

と同時に、花が供えられていることに気づいた。供えたのはニッキだろうか。

「ブレント?」ニッキが振り返って呼んだ。

彼はほほえんだ。「行くよ。すぐそっちへ行く」

マックスの車はレクサスだった。車内がきれいだったのには驚かされた。外側はまるで沼のなかを走ってきたみたいに汚れていたからだ。

「悪いね」マックスが言い訳をした。「これでバイユーのほうまで行ったものだから。えび漁師たちに会ってきたんだ」

ニッキが笑った。「マックス、まるで車ごと沼のなかへ飛びこんだみたいよ」

ニッキは助手席で、ブレントは後部座席だった。マックスは運転がうまいと見えて、巧みなハンドルさばきで車をUターンさせ、フレンチクォーターへ向かった。

彼はバックミラーのなかのブレントの目を見て言った。「現在、えび漁師たちは厳しい状況に置かれている。彼らを失業から守るには法律による保護が必要だろう。今は外国から冷凍もののえびが大量に輸入されているから、長年えび漁に携わってきた家族は新しい法律ができなければ破産してしまう。輸入した冷凍ものなんかよりも地元でとれた新鮮なえびのほうがはるかに味がいいのにね。これまでよそでは味わえない最高のシーフードがニューオーリンズで食べられたのは、地物を使っていたからだ。消費者たちがもう少し賢くなれば、こうした現状に怒りを覚えて自分たちで事態を変えようとするかもしれない。レストランにシーフードの産地名表示を義務づける必要があるんだ」

「マックス、あなたはコロラド州にいるものとばかり思っていたわ」ニッキがいぶかしそうに言った。「誤解しないでね。あなたがえび漁師たちのために奮闘しているのはすばらしいことだと思っているのよ」

「政治家たちはどう言っているんです?」ブレントが尋ねた。

バックミラーのなかで、マックスはブレントに悲しげな笑みを向けた。「政治家はみんな嘘《うそ》つきだろう？」そう言って肩をすくめる。「本当のところはわからないがね。たしかにハロルド・グラントはえび産業のためにいろいろと努力をしてきたが……充分ではない。ビリー・バンクスは精力的に活動すると主張しているし、彼が当選すれば実際に有効な手を打つかもしれない。きみは地元の人間か？」

「そうともいえるし、そうでないともいえますね」ブレントはあいまいに答え、座席に深く座りなおした。車はフレンチクォーターに着いた。

「まあ、大変！」ニッキが突然息をつめて言った。

「どうした？」ふたりの男が同時にきいた。

「ジュリアンを忘れてた」

「ジュリアンを？」

「彼はツアーでわたしと一緒にあの墓地にいたの」ニッキが説明しながら携帯電話を出すと、ちょうどそのとき電話が鳴った。

「ジュリアン？」ニッキは電話に出た。

ブレントとマックスの耳に興奮しているジュリアンの声がかすかに届いた。やがてニッキが言う。「いいわ、わかった……わかった……わかったったら」ニッキは携帯電話を閉じてマックスを見た。「墓地へ引き返すわけにはいかない？」

マックスは笑って車をUターンさせた。

「わたしたち、会議を開かなくっちゃ。どうしても開く必要があるわ、マックスが帰ってきたんですもの」ニッキが言った。

「そうなのか？」マックスがきいた。

ニッキは彼に顔をしかめてみせた。「お願い、いいでしょう？」

「いいよ。人使いの荒いボスだと言われそうだが」

「今日だけよ」ニッキが言った。

「ぼくにはちんぷんかんぷんだけど、ふたりともなんの話をしているんだ？」ブレントはきいた。

ニッキが振り返ってにっこりした。「ジュリアンたら、あっというまに女性とすごく深い仲になってしまったの。あそこの墓地でそのにわかルームメイトに見つかっちゃったのね。ジュリアンは彼女に重要な会議があると言ったんですって」

「なるほど」ブレントはつぶやいた。

ジュリアンが墓地の門のところで待っていた。スーザンは彼の腕にしがみついている。

ジュリアンは彼女を手短にマックスとブレントに紹介した。車が彼女の滞在しているホテルへ着くや、ジュリアンはスーザンと一緒におりて彼女の手から逃れ、再びブレントの隣へ乗りこんで言った。「マックス、すぐに車を出してくれ」

マックスは喉の奥でくっくっと笑い、言われたとおりにした。

ジュリアンは座席に深々と身を沈めて目を閉じたが、すぐにぱっと目を開けた。「ニッキ、よくもぼくを置いてきぼりにできたものだ」

「あなたがどこにいるのかわからなかったのよ」

「しかし、きみは捜そうともしなかったじゃないか」

「本当にごめんなさい、ジュリアン。マックスが急に現れたと思ったら、そこへブレントが来て彼を殴り倒しそうになったの――」

「なんだって？」ジュリアンはわけがわからずに言った。

「彼がだれなのか知らなかったんだ」ブレントは説明した。「てっきりニッキに襲いかかろうとしているのだと思った」

「わたしは殴り倒されなんかしなかったよ」マックスが反論した。

「ぼくが彼に飛びかかっていったんだ」ブレントは如才なく言った。「ニッキと一緒にいたし、彼女にあんなことがあったあとだから、早合点してしまった」

マックスはかぶりを振った。「おそらくニッキはほかのだれよりもこのあたりの墓地に詳しいんじゃないかな。危険が迫っていると感じたら、どこへ身を隠したらいいのかもわかっている。どの霊廟が空になっているのか知っているのさ。きっと一週間くらいだれにも見つからずに墓地に隠れていられるだろう。わたしはニッキと一緒に歩きまわったから、彼女のちょっとした秘密の場所をいくつか知っているよ」

「それはそうだろうけど、身を隠すべきだとニッキにわからなければどうしようもないでしょう」ブレントは言った。

「どこへ向かっているんだい？」ジュリアンがマックスにきいた。

「ちょっと待って」ニッキがふいに口を挟んで、マックスをにらみつけた。「あなたはバイユーにいたのでしょう？　ここからそれほど遠くないのに、アンディーの葬儀にも来なかったのね」

マックスはちらりと彼女に視線を向けた。「ニッキ、わたしはアンディーに二回しか会ったことがないんだよ。それに、えび漁船に乗って海に出ていたし」

「えび漁船に乗っていただって？」ジュリアンが驚いて問い返した。

「マックス、あなたはアンディーの雇い主だったのよ」ニッキは憤慨して言った。

「ニッキ、わたしはきみを信用してすべて任せておいた。彼女を雇ったのはきみだ」マックスは一瞬ためらった。「きみは言ったよね、彼女は麻薬をきっぱりやめたと」

「ええ、そうよ」

マックスはため息をついた。「ああ、ニッキ……きみの最大の美徳は人を信じる点にある。きみはいつも、世界は心の広い正直な人間であふれていると主張していたっけ」

「マックス、わたしはだれでもかれでも信用する愚かな人間じゃないわ」

「マックス」ブレントが平静な声で口を挟んだ。「警察でさえアンディーは何者かによって殺されたのではないかと考えているんですよ」

マックスはバックミラーのブレントに驚きの視線を向けた。「なぜ？」

「ほかにも似たような死に方をした人間がいるからです。いくらバイユーへ出かけていたにしても、ニュースぐらいは聞いたでしょう。麻薬に手を出すことはまったく考えられない、トム・ガーフィールドという名のＦＢＩ捜査官が死んで発見されたのですが、その遺体からは、象をも死に至らしめるほど大量のヘロインが検出されたんです」

「アンディーとＦＢＩ捜査官とどういうつながりがあるのかね？」マックスが眉根を寄せて尋ねた。

「わたしたち、マダムの店で彼と会ったの」ニッキが説明した。「いいえ、会ったというのは正確じゃないわ、彼に偶然でくわしたの。そのときはわたし、彼をホームレスだと思っていたんだけど」

「ニッキはその男に二十ドルもやったんだよ」ジュリアンが言った。

「ニッキ、悪かった」マックスが言った。「正直に打ち明けると、わたしはきみに腹を立てていた。厄介な問題を引き起こす女性を雇うはめになったのも、もとはといえばきみのせいだと考えたんだ」

「自分が死んだせいであなたに迷惑をかけたと知ったら、アンディーはきっと申し訳なく思うでしょうね」ニッキは辛辣《しんらつ》に言った。

マックスはため息をもらした。「そんなつもりで言ったんじゃないよ」

車内の空気が張りつめて重苦しくなったことで、ブレントの不安はつのった。このあと彼はセントルイス一番墓地の外でマッシーと会う手はずになっているが、ニッキを連れていきたくはなかった。

かといって、彼女をマックスかジュリアンのどちらかと残していくのも気が進まない。

「で、ぼくたちはどこへ行くの？」ジュリアンがぶつくさ言った。「マックス、勤勉な雇い人たちに飲み物をごちそうしてくれる気があるのかい？」

「あるとも。事務所の駐車場に車を置いて、歩いてカナル通りの店へ行こう」

ブレントは腕時計に視線を走らせた。五時を過ぎている。

狭い裏通りの〈ニューオーリンズの神話と伝説ツアー〉という看板が出ている建物の横へマックスが車を乗り入れたとき、ブレントはまだ一度も事務所を見ていないことに気づいた。ガイドたちは互いに会うときもツアー参加者を集めるときもマダムの店を利用しているので、この事務所はほとんど使われていないのだろうとブレントは推測した。

「最後にここへ来たのはいつだった？」マックスがニッキにきいた。

「覚えていないわ。たぶん二週間くらい前だった気がする」

「じゃあ、郵便物を確認したほうがよさそうだ」マックスが言った。

彼が車をとめると、全員が外へ出た。マックスは鍵束《かぎたば》を出してドアへ歩いていきながら肩越しに大声で言った。

「そう長くはかからない。郵便物をかき集めて車へほうりこんだら、さっそく出発しよう」

マックスはドアを開けてなかへ入り、明かりをつけた。「わたしは留守番電話が入っているかどうか確かめてみるわ」ニッキが言った。

彼女は投入口から落ちた郵便物を床から拾いあげているマックスのかたわらを通ってなかへ入った。

ブレントはジュリアンと並んで入口近くに立ち、事務所の様子を観察した。小さくて魅力的な事務所だ。机はひとつしかなく、壁に地元の画家の絵がたくさんかかっている。座り心地のよさそうな厚い詰め物をした革張りのソファーが壁際にあって、机のそばには数脚の椅子が適当に置いてある。書類収納箱が数個とコンピューターが一台あった。

ニッキが留守番電話のボタンを押すと、彼女の声でメッセージが流れだした。「当社のツアーの種類については数字の1を、時間については数字の2を押してください……」

ニッキの澄ました声が、予約は必要ないことや、ツアーへの参加希望者は開始時刻の十五分前にマダムのカフェに集まること、ラフィエット一番墓地の場合は十五分前までに現地集合することなどを説明しつづけた。

ニッキは数件のメッセージに耳を傾けたが、どれもすでに彼女の携帯電話へ転送ずみのものだったので、電話機をまた留守番モードにした。

彼女は心配事があるのにそれを表に出さないようにしている。そうブレントは察した。

「さあ、ニッキ、ぼちぼち出かけようか」マックスが言う。

ニッキはうなずき、不自然なほど明るい笑みを浮かべて机の後ろから出てきた。

「きみはまだこの事務所に入ったことがなかったのだろう？」マックスはそっけない口調でブレントに言うと、ニッキを見やった。「この書類を作成して提出しないと、政府にどんな難癖をつけられるやらわかったものではない。責任をとらされるのは、このわたしなんだ」

「忙しかったのよ、マックス」ニッキが言った。「アンディーにあんなことがあったから……。それに、ここはあなただけの会社じゃない」彼女は少々鋭い声で反論した。

マックスは肩をすくめただけでブレントに視線を移した。「この仕事が気に入って、長く勤める気があるのなら、明日にでも国税庁の書類に記入してもらったほうがいい」

「ニューオーリンズにいつまでいられるかわからないんです」

「そうなのか？」

ブレントは肩をすくめた。「よければしばらくこのまま続けさせてください」

歩いていくあいだにブレントはわざと後ろへさがってニッキと並んだ。マックスとジュリアンが会話を始めるまで待ってから、ニッキの腕をつかんで引き寄せる。

「なにが気になっているんだ？」彼は尋ねた。

ニッキは目を見開いてブレントを見つめ、肩をすくめた。「なにがって……友達が死んで、わたしは他殺によるものだと考えていて、わたしには幽霊が見えるようになって……実際に幽霊たちと会話をしている。そして今では幽霊と話ができることをうれしく思いはじめてさえいるわ。マックスの行動は不可解だし、ジュリアンはもっと不可解で……それに……」彼女は真剣な目つきでブレントを見た。「わたしは実際のところ、あなたが何者なのか知りもしないのよ」

「きみは知るべきことを全部知っているよ。きみを今悩ませているのはぼくのことではないだろう？」

ニッキがほほえんだ。「あなたはマックスに雇ってもらえようがもらえまいが、ちっともかまわないのよね。なぜって、ガイドの仕事はあなたの本当の仕事ではないから」

ブレントは顔をしかめた。「ニッキ、きみは自分の仕事について心配しているわけでもない。マックスはきみに任せておけば会社は安泰で金が儲かることを知っているからね。本当の悩みはなんだ？」

ニッキはため息をついた。「わからない。でも……留守中に何者かにアパートメントへ入られたらどんな感じか、あなたならわかるでしょう？　ほんのちょっとした違和感。そう、いったんアンディーと会話をするようになってからは、彼女の仕業に違いないと思ったわ。だけど……今、事務所でもそれと同じ感じがしたの。わたし以外はだれもあそこへは入らなかったはず。もちろんマックスは別だけど、彼はここにいなかったんですものね」

「なにかなくなっていたのか？」ブレントはきいた。

「いいえ」

「置かれている場所が変わっていたとか？」

「いいえ」ニッキの顔が紅潮した。「でも、わたしはかなりの整頓《せいとん》魔なの。机の上にどんなふうに書類を置いておいたか正確に覚えているわ。さっき、その書類が少し斜めになっていたの」

「鼠《ねずみ》じゃないのか？」ブレントが軽い口調でほのめかした。

ニッキが彼にしかめっ面を向けた。

「ぼくが調べてみよう」

「どうやって？」

「任せてくれ。やり方があるんだ」

ニッキはまじまじと彼を見つめた。「本当に？」

ブレントはうなずいた。するとニッキは彼を見つめたまま問いただした。

「今度はあなたの番よ。どうしてあなたはそんなに緊張しているの？」

「していないよ」

ニッキは笑った。「普段は緊張していないけれど、今はしているわ。腕時計にもう十回は目をやっているじゃない」

「暗くなったら出かけなくてはならない」

彼女は刺すような視線をブレントに注いだ。「また？」

彼はうなずいた。

「どこへ行くのか教えてくれるつもりはなさそうね」

ブレントは肩をすくめた。「ニッキ、ぼくでさえ今夜は空振りに終わるかもしれないと考えているんだよ」

「それにしても、どうしてそんなに緊張しているの？」

「きみをひとり残して行きたくはないからだ」

「ひとりじゃないわ。ジュリアンはできる限りわたしと一緒にいたがっているし、マックスだって戻ってきたんだもの」

ブレントは黙りこんだ。

ニッキがうめくように言った。「わたしはジュリアンを小さいころから知っているわ。それにマックスがあちこち飛びまわっているあいだは、わたしが彼に代わっていっさいをとりしきり、彼の望みどおりに会社を運営しているの」

　ブレントは小さくため息をついた。「ニッキ、こんなことを言ったらきみは怒るだろうが、しかし……」

「しかし、なんなの？」

　彼は歯をくいしばって言った。「ぼくは現在起こっていることと関係のない秘密までもらすことはできない。しかし、きみの仲間たちを疑っているのはぼくだけではないんだよ」

　ニッキはまっすぐ前方を見つめた。「だったら、わたしはひとりで家へ帰るわ」

「だが――」

「以前はアンディーのせいで怖かった。でも、今ではもう彼女を怖いとは思っていないの」

「やっぱり出かけないでおこう。警官たちに任せておけば――」

「だめ！」ニッキは美しい目に決意をみなぎらせ、鋭い声で言った。「わたしはあなたに行ってもらいたい、あなたのすべきことを果たしてほしいの。わかる？　わたしは自分の家にいれば安心していられるわ。アンディーの訪問を心待ちにしているぐらいなんだから」

　ブレントは目を細めた。「ニッキ……きみはなにかをたくらんでいるね」

「しーっ」ニッキが言った。

フレンチクォーターを歩いていくうちに、彼らはマダムのカフェを通りかかった。コーヒーポットを手にしたマダムが店の外で客にコーヒーを注《つ》いでまわっていたが、マックスを見て仕事の手をとめ、笑みを浮かべた。「これはお久しぶり！　どこへ行っていたのか知らないけど、ようやくご主人様がご帰還あそばしたというわけね」

「やあ、マダム」マックスが言って、彼女の頬にキスをした。

マダムはほほえみ、マックスの顔をなでて言った。「立ちまわりでも演じたような様子をしているじゃない」彼女はほかの人たちを見まわした。「なにかあったの？」

「ブレントがマックスを殴り倒そうとしたんだ」ジュリアンが軽く言った。

マックスは笑った。「殴り倒されたように見えるかい？　まいったな」

「いいえ、顎に少し土がついているだけよ」マダムが言った。

マックスはほかの者たちを見た。「教えてくれればよかったじゃないか」

「気づかなかったの。本当よ」ニッキが言った。

「どうしてマックスを殴り倒そうとしたの？」マダムがブレントに尋ねた。だが、彼女はブレントに返事をする余裕を与えずにマックスのほうを向いた。「あなたは彼を首にすることができるのよ」

「首にされても彼は気にしないと思うよ。それに聞いたところでは、彼ほど墓地ツアーに長《た》けたガイドはほかにいないみたいだし。彼はニッキに劣らず墓地に詳しいらしいね。ひよっとしたら夜中に墓地へ忍びこんで幽霊たちと知り合いになっているんじゃないかな」マックスがからかった。

「幽霊なんてこの世に存在しませんよ」マダムがひらひらと手を振って否定した。

でっぷりしたマダムの体が彼女の真後ろのテーブルを視界から遮っていた。ふいに彼女の向こう側で聞き覚えのある声がした。「あら、マダム、それは間違いよ。この世には目に見えないものがたくさん存在するわ」

コーヒーを飲みおえて立ちあがったのはコンテッサだった。ニッキを見る彼女のビー玉のような目には、あたたかさと気づかいの色が浮かんでいる。

コンテッサはまじめな口調で続けた。「でも、霊たちはめったに災いをもたらさない。墓地というのは、ちゃんと鍵がかかっていて、深い闇《やみ》に沈み、霧が立ちのぼっているときは……安全な、そして悲しい場所なの。でも、生きている者たちが墓地を使うときに邪悪が支配しはじめるのよ」

「コンテッサ」マダムが笑いながら言った。「あなたはすてきよ、最高だわ。だからわたしはいつもお客にあなたのお店を紹介しているの。そりゃ、もちろんあなただってお客をわたしのところへよこしてくれるけど」マダムはマックスを振り返った。「ねえ、カフェオレを飲みに来たんでしょう？　あなたが帰ってきたのを祝って、この店のおごりでカフェオレをごちそうするわ」

「申し出はありがたいけど、マダム」ジュリアンが言った。「マックスがぼくたちに酒をごちそうしてくれることになっているんだ」

「本当にコーヒーは飲みたくないんだね?」マックスがきいた。

「うん。ここで安くすませようったって、そうはいかないよ。酒でなくっちゃ」ジュリアンが言い張った。

「わたしたち、お酒を飲みに行く途中なの。でも、ありがとう」ニッキは言って、マダムとコンテッサにあたたかくほほえみかけた。

コンテッサが奇妙な目つきでニッキを見つめた。「墓地は生きている人間が夜中に行くところじゃありませんよ」彼女はつぶやいて歩み去った。

「変わった人ね。ニューオーリンズには変人が多いけど、それにしても変わっているわ」マダムが言った。

「じゃあ、また今度」マックスがマダムに言って、彼らは再び歩きだした。

今度もブレントはわざと遅れてニッキと並んだ。「話してくれ、いったいどうなっているんだ?　それに、なぜコンテッサはあんなことをきみに言ったんだ?」

「別に理由はないわ」

「ニッキ、とぼけないでくれ」

彼女はためらい、どうすべきか決めかねている目つきで探るようにブレントの目を見た。

そして急にしゃべりだした。「今夜、わたしは墓地へ行くわ。今日の昼間、トム・ガーフィールドを見たときに、彼が今夜墓地へ来るようわたしに告げた気がするの。彼はわたしに話しかけようとしたけれど、わたしには〝今夜〟以外の言葉が聞きとれなかった。きっと彼は自分の身に起こったことを知っているんだわ。そしてアンディーの身に起こったことも。わたしはどうしても行かなくてはならないの」

「なんだって？」ブレントは仰天するあまり、危うく大声をあげるところだった。

彼に出かけるようニッキがしきりに勧めたのは、彼女自身が墓地へ出かけるつもりだったからなのだ。

「正気か？　夜中にそんなところへ行くのは危険きわまりないことぐらいわかっているだろう。きみはぼくに黙って出かけるつもりだったんだな？　しかもトム・ガーフィールドを見たのに黙っていた。彼と話したのか？　ニッキ、きみはぼくに誓ったはずだぞ、見たら教えると――」

「教える機会がなかったのよ」

「ひとりで墓地へ行く気だったのか？」

「なにが起こっているのかを見に行くつもりだっただけよ。あなたにはわからない？　なぜかガーフィールドはわたしを信用している。彼がなにを言おうとしていたのか、わたしになにを教えたがっていたのか、それを突きとめなければならない。彼はほかの人を信用していないわ。わたしは女ひとりで突撃部隊のまねごとをする気も、だれかを襲撃する気もなかった。ただ墓地へ行って隠れているつもりだったの。マックスの言ったとおりよ。わたしはあの墓地に詳しくて隠れ場所をいくらでも知っている。自慢するわけではないけれど、あなたなんかよりよっぽどよく知っているわ」

いまだにニッキは自分が危険にさらされているのだと理解できていない。ブレントは腹立たしさを覚え、言い返そうと口を開きかけたが、なんとか思いとどまった。

ジュリアンとマックスが立ちどまって、ふたりが追いつくのを待っていた。マックスはあらためて値踏みするような目でブレントを見ている。おそらくジュリアンからブレントとニッキの関係を聞いたのだろう。

「なにかまずいことでもあるのか?」ジュリアンが鋭い声で呼びかけた。妹を気づかう兄のような口調だった。

「いいえ、すぐにそっちへ行くわ」ニッキは落ち着き払った声で応じた。

彼女のブレントを見る目つきは堂々としている。脅されて人の言いなりになる気はまったくないのだ。彼女は戦うつもりでいるのだ。

「あとで話しあおう」ブレントは押し殺した声で言った。

ニッキは自分たちふたりとマックスやジュリアンとの距離を推し量り、ブレントをじっと見つめた。彼女の顔に笑みが浮かんだが、口にした言葉は辛辣な響きを帯びていた。

「それで、あなたはどこへ行く気だったの？　墓地？」

「警官たちが墓地へ行くことになっているんだ、ニッキ。きみがそこにいる必要はないよ」

「いいえ、あるわ」

「だめだ。ニッキ、わかってくれ、ぼくはきみを危険な目に遭わせたくない」

「なにもしないでただ待っているのはいやなの。今日ガーフィールドを見たとき、彼は懸命になにかを伝えようとしていたわ。だから、黙って見てなんかいられない。アンディーみたいになるつもりはないから安心して」

「ニッキ、きみが墓地へ行くのを許すわけにはいかないよ」

　彼女はブレントに鋭い視線を向けた。「あなたは墓地でわたしが必要になるわ」

「ニッキ――」

「しつこいわね、あなたは墓地でわたしが必要になるの。トム・ガーフィールドが信用しているのはこのわたしだってことを忘れたの？」それだけ言うと、ニッキはブレントを置いてすたすたと歩いていき、にっこりしてジュリアンと腕を組んだ。

18

突然、ブレントが一緒に飲みに行くのをやめると言いだしたので、ニッキは驚いた。彼は本気で怒っているんだわ、怒る権利などないのに、とニッキは思った。またもやトム・ガーフィールドが現れたことをブレントに話す機会がなかったのは事実なのだ。だれかが自分をつけねらっているかもしれないと考えておびえたことに対し、ニッキ自身が腹を立てていた。

だが、ブレントは別れ際に彼女を見て言った。「八時少し前に迎えに行くよ、いいね」

ニッキはうなずき、ブレントがマックスに、お会いできてよかった、墓地であのような振る舞いに及んで申し訳ない、国税庁の書類についてはいずれ処理する、せっかく誘ってもらったが、いくつかしなければならないことがあるので失礼する、と話すのを聞いていた。

やがてブレントは去っていった。

けれども去る前に、彼はちらりとニッキの目を見た。彼の目は言葉よりも雄弁に語っていた。〝きみを迎えに行くからね。必ず家にいるんだよ〟

ニッキはジュリアンとマックスと一緒にバーへ入った。テーブルへ案内されるときにマックスがさりげなく言った。「興味深い男だ」

「そう、すごく興味深い男だね」ジュリアンが同意した。「ぼくは最初、彼を信用しなかったんだ」ジュリアンはニッキを見ながら話しつづけた。「だけど、ぼくの人を見る目はあまりあてにならないみたいだね」

「ニッキ、あの男は本当はどこの出身なのかね？」マックスがダーティーマティーニを注文したあとで尋ねた。

ニッキはアイスティーを注文しながら、わたしは残りの人生を偏執狂《パラノイア》として過ごすのかしらといぶかった。マックスの問いかけに答える前に、思わず店内を見まわす。だが、疑わしい人物はひとりも見あたらなかったし、見覚えのある顔すらなかった。

「ニューオーリンズよ」

「本当か？」マックスが言った。「これまで彼を見かけた覚えはないが」

「ニューオーリンズは大都会ですもの、一生会わずに終わる人がごまんといるわ」ニッキは言った。「それに彼はしばらく前からよその土地で暮らしていたの」

「すると彼は絶妙のタイミングで現れたことになるのかい？」マックスがきく。

ジュリアンが口を開きかけたので、ニッキは思わず彼を蹴《け》らずにはいられなかった。ジユリアンは出かかった言葉をどうにかのみこんだが、今度こそきみをまた精神科医のところへ引っ張っていくからな、と言わんばかりの目で彼女をにらんだ。

「たしかに、彼は絶妙のタイミングで現れたわ」ニッキは言った。

ジュリアンが言い添えた。「これだけは断言できるよ、マックス。彼はガイドの仕事を心得ている」

「それよりもマックス、えび漁師についてもっと詳しく話してちょうだい」ニッキは話題を変えようとして促した。

彼女は今夜のこと以外は考えられないと思っていたのに、マックスがえび漁師の窮状についてあまりに熱心に語るので、いつのまにか話に引きこまれていった。話を聞いているうちに、きつい労働に耐えている漁民を苦境へ追いやった現状に義憤を覚え、今後は地元でとれたえび以外は食べないと決意した。

それでいながら、彼女の心の奥底にはひとつの疑問が居座っていた。

ブレントはどこへ行ったのだろう。

そして、なぜ？

ブレントは宿泊先のB&Bからアダムに電話をかけた。

どのような手段を用いて調べたのかわからないが、二十分後にアダムから、ハガティーは本物のFBI捜査官で、ブレントの言うとおり実際に一匹狼《おおかみ》で知られているとの報告がもたらされた。

アダムはまた、マックス・デュピュイの最近の出費に関する記録も入手していた。

ブレントはマックスの過去二週間の出費を調べた。

この二週間あまり、ニューオーリンズ市内では彼の口座から一度も金が引きだされていない。ブレントは次に、アダムが入手したジュリアンやほかのガイドたちの身上調書に目を通した。前科のある者はひとりもいない。

もちろんアンドレア・シエロは別だ。彼女は何度かつかまって投獄されている。しかし彼女はその後、麻薬ときっぱり手を切って大学をきちんと卒業した。ここ数年間は経歴にひとつの汚点も残していない。彼女は更生施設に通い、完全に立ち直ったのだ。

ブレントが予想していたとおりだった。

送られてきた情報をざっと調べた限りでは、アンディーの友人や仕事仲間が大規模な麻薬取り引きにかかわったことを疑わせるものはなにひとつ見つからなかった。

ジュリアンとニッキはたしかに同じ学校の出で、ジュリアンのほうが一年先輩だ。彼の専攻は演劇で、優等生だった。ジュリアンはバーテンダーのアルバイトをしながら大学に通い、卒業後ヨーロッパで数カ月を過ごしたあと、地方の小劇場でひとり芝居を演じた。ニッキの現地ツアー会社に入ったのはそのあとだ。

あやしい点はひとつもない。

ブレントはそれらの情報を眺めて首を振り、再びアダムに電話を入れた。「マーク・ジューレットとオーウェン・マッシーというふたりの刑事について調べてもらえませんか。ああ……それとFBI捜査官のハガティーについてもできるだけ詳しく調べてください。ついでに〈マダム・ドルソズ〉と呼ばれているカフェと、そこのオーナーの女性についてもお願いします」ブレントはすばやく考えをめぐらせ、ニッキが気に入っている〈コンテッサ・ムードゥーズ・フードゥー・ヴードゥー〉というヴードゥーショップについても調べてほしいとアダムに頼んだ。

「なかにはすぐに調べのつくものもあるだろうが、警官や、とりわけFBI捜査官については、詳しい情報を入手するのにしばらく時間がかかるだろう」

「かまいません、とにかくお願いします」ブレントは頼み、礼を述べて電話を切った。

数分後、ブレントはコンピューターを使ってアダムが送ってきた最新情報に目を通していたが、アダムが予告したとおり、めぼしい収穫はなかった。ブレントは画面に現れた男たちの粒子の粗い画像を見つめた。本人だと知らなかったら、写真のなかの若い人物がマッシーだとは永久にわからなかっただろう。ジューレットの写真は実物とそれほど変わらなかった。ハガティーは正式の写真を撮るにあたって理容師やメイク係の世話になったと見える。

マダム・ドルソ、本名デブラ・スミスは、十五年ほど前に北部からやってきた。地元の銀行から融資を受けて店を開いた彼女は、現在も滞りなく借入金の支払いをしているようだ。

例のヴードゥーショップは、以前は玩具《がんぐ》店だった。そこに店を構える前、コンテッサはニューオーリンズのほかの場所で営業していた。そのときの成功で大金を手にしたので、四年ほど前に経費のかかる現在の場所に移ったのだ。

ブレントはがっかりしてコンピューターの電源を切ると、銃身の短いスミス&ウェッソンがおさまっているホルスターを足首に結わえつけ、アーチボルド・マクマナスに関する調査結果を入れた封筒をつかんでB&Bを出た。

どうせマリーが宿泊しているホテルの前を通るのだから、封筒をコンシェルジュにでも渡していこう。そう考えていたのだが、ブレントがフロントへ近づいていくと、ちょうどマリーがエレベーターから出てきた。彼女は駆け寄ってきてブレントから封筒を受けとり、何度も礼を述べた。

「もう大丈夫なんだね?」ブレントがきいた。

まだあざが残る顔を赤らめてマリーはほほえんだ。「ええ、大丈夫。運がよかったんです。ほかにも考えていることがあるんだけど、わかるかしら?」

「なんだい?」

「わたし、あの墓地には幽霊がいると思うんです」

「そうなのか」

「きっとあの年老いた奴隷の幽霊がわたしを救ってくれたんだわ。それでわたし、彼のためになにかしてあげたいと考えているんです」

「マリー、彼は死んでいるんだよ。百年以上も前に死んだんだ。墓地へは近づかないでおきなさい」

　マリーは笑った。「わかってはいるけど、それでもやっぱり彼のためになにかしたいの。いい考えを思いついたら、真っ先にあなたにお電話します」彼女はためらった。「それと、あの墓地ではなにか悪いことが進行しているみたい」

「二度と夜中にあの墓地へ行ってはいけない。いいね、昼であれ夜であれ、監視員がいないときは、絶対にあそこへ行ってはいけないよ」

「行きません。誓ってもいいわ」

　ニッキもこのくらい用心深ければいいのに、とブレントは思ったが、その一方でニッキの気持ちも理解できた。ブレント自身、だれかにつけねらわれているとわかったら、手をこまねいていないで反撃を試みるだろう。

　彼は腕時計に目をやり、足を速めた。

　歩道を数ブロック進んだところで、暗がりに身をひそめて待つ。やがてパトリシアとネイサンがアパートメントから出てきて、マダムのカフェのほうへ歩いていくのが見えた。ブレントは距離をとって慎重にあとをつけながら、ふたりの会話をできるだけ聞きとろうと耳をそばだてた。

なんの変哲もない会話だった。パトリシアが、今夜のツアーはわたしが先導したいと申しでたのに対し、ネイサンは、ぼくは疲れているからきみが先導してくれるのはありがたいと応じている。

マダムのカフェに到着して、パトリシアがコーヒーを買いに店内へ入ったのを見届けたブレントは、テラス席のネイサンの向かい側の椅子に身をすべりこませた。

びっくりしたネイサンは挨拶《あいさつ》をしかけたが、ブレントの目の表情を見て黙りこんだ。

「時間がない」ブレントはぴしゃりと言った。

「なにか用事でも?」

「夜中にきみを見かけた」ブレントは嘘《うそ》をついた。「しかし、きみがどこへ行こうとしているのかまではつかめなかった」

たちまちネイサンの顔が真っ赤に染まった。「ぼくには……ぼくにはなんのことやらさっぱりわからないよ」

「パトリシアがコーヒーを買って戻ってくるのに、そう長くはかからないだろう。彼女の前で同じ質問をしたっていいんだぜ」

ネイサンはブレントを見つめ、ますます顔を赤くした。とうとう彼はテーブルの上へ身を乗りだした。「ぼくがなんらかの形でアンディーの死に関係しているとか、麻薬密売組織にかかわっているとかほのめかしているのなら――」

「なにもほのめかしてはいない。真実を知りたいだけだ。でまかせではなく、ちゃんと証明できる真実を」

ブレントは窓のほうを見やった。カウンターのところにパトリシアが見える。マダムの姿はなく、きれいな若い女性がパトリシアから金を受けとっていた。

「ぐずぐずするな、彼女がもうじき戻ってくるぞ」

パトリシアが代金を払いおえた。ドアへ向かって歩いてくる。

「わかった、話すよ、ほかの女に会いに行ったんだ」ネイサンが早口にしゃべりだした。「だけど、もう終わった。本当に終わったんだ。頼む……どういうつもりだったのか、自分でもよくわからないんだ。あまりにも軽率にパトリシアとの同棲《どうせい》生活を始めたものだから、なんだかはめられた気がして、それで――」

「その程度の話ではだめだ」ブレントは言った。

「彼女とはバーで会った」ネイサンは話しながらブレントの肩越しに視線を走らせた。「名前はヴァリーナ・ホワイト。ノースカロライナ州チャペルヒルから来た女で、もうそちらへ帰ったけど、電話番号を教えてもらってある。お願いだから――」

「その話が嘘だとわかったら……」ブレントは静かにそれだけ言って、脅し文句をわざと口にしないでネイサンの不安をあおっておいてから、ぱっと立ちあがった。「パトリシア」彼は椅子を引きだした。

「ブレント、あなたがいるなんて知らなかったわ。知っていたらコーヒーをもうひとつ買ってきたのに」

「気にしなくていいよ。この前を通りかかったらネイサンが見えたから、挨拶をするために寄ったんだ。すぐに行かなくちゃならない。そうだ、まだネイサンにも話していなかったけれど、マックスが戻ってきている。今日のうちに会っておくほうがいいんじゃないかな」

「そうね」パトリシアの表情にはかすかな不安が浮かんでいた。

「変わった男だね」ブレントは言った。

「たしかに変わっている。しかし、いい人間だよ。いつもいろんな大義を掲げてあちこち飛びまわっているんだ」ネイサンが言った。コーヒーに砂糖を入れる手がかすかに震えている。

「本当にコーヒーはいらないの？」パトリシアがきいた。

「ああ、恋人たちの邪魔はしたくないからね。すぐに退散するよ。きみたちはいつも一緒にいるように、いいね？」ブレントは言った。「なにしろニッキにあんなことがあったあとだから……」

「ネイサンにぴったりくっついているわ」パトリシアが言った。

「それがいい。じゃあ、また」

ブレントは向きを変えてその場をあとにした。人の性格を見抜く能力に関しては自信がある。ネイサンが真実を語ったことはほぼ間違いない。しかし同時にブレントは、ちょっと脅しただけでなぜあれほど簡単に真実を引きだせたのだろうと、われながら不思議だった。

彼は腕時計に目をやった。時間が迫っている。今のところはこれ以上できることはなかった。

ブレントは悪態をつき、ニッキの家へと急いだ。


「さてと、これからまだやることがあるんだ」マックスがあくびまじりに言った。「それに眠くなったし。このところ寝不足気味でね」彼は急にまじめな顔になってニッキを見た。「ありがとう。それと、すまないと思っている。最近はなにもかもきみに任せきりだった。葬儀にも帰ってこなかったなんて、どうかしていたよ。わたしは自分で考えていたよりはるかに自己中心的だったようだ。きみはわたしに代わってすべてをとりしきり、万事滞りなく進めておいてくれた。感謝しているよ」

ニッキは肩をすくめた。「だって、あなたはいつも、自分は金を出す人間で、仕事は信用できる者に任せておけばいいと言っていたじゃない」

「ニッキを共同経営者にすべきじゃないのかな」ジュリアンがマックスに言った。

マックスは眉根を寄せた。「おいおい、わたしはきみたちに酒をおごり、このバーで会議まで開いてやったんだよ」彼は抗議した。そしてニッキの頬にキスした。「よし、明日は間違いなく本格的な会議を開こう」ジュリアンを見て言う。「これからはわたしもちゃんと仕事をするよ、約束する」彼はそう言い残して出口へ向かった。

「ほんとに頼むよ」ジュリアンがマックスの背中に呼びかけた。そしてニッキを見て顔をしかめた。「もう一杯飲む？　待てよ、きみは酒を一滴も飲んでいなかったんだっけ。飲んだのはアイスティーだろ？」

ニッキはスツールからすべりおりた。「もう帰らなくっちゃ」

「家まで送っていくよ」ジュリアンが強固な口調で申しでた。

「ジュリアンたら、そんなに気をつかわなくてもいいのよ。きっとブレントが待っているわ」

「きみをひとりで歩いて帰らせたくないんだ」

ニッキは次第にいらいらしてきて、ため息をついた。今夜はジュリアンについてきてもらいたくない。ブレントがジュリアンを見たら、きっと喜びはしないだろう。これからふたりがしようとしていることを、ブレントはジュリアンに説明したくないに決まっている。

「わたしなら大丈夫。本当よ、ジュリアン。あなたは世界じゅうでいちばんの親友よ。あなたの親切や気づかいには感謝しているわ」

「だからこそ今夜はきみに友達がいを発揮してもらいたいのさ」ジュリアンが言った。「ニッキ、ぼくは自分の家へ帰るわけにはいかないんだ。頼む、ぼくにこのまま帰れなんて言わないでくれ」

「あなたは子供じゃないのよ。彼女に自分の気持ちをはっきり伝えなさい。あなたの住まいでしょ。彼女に出ていけと言ってやればいいのよ」

「わかった、わかったよ。だけどその前に、とにかくきみを家まで送っていこう」

ニッキのアパートメントに到着し、彼女が門を開けると、ジュリアンがあとについて入ってきた。

「ねえ……ゲストルームに寝かせてもらえないかな。ブレントはそこを使ってはいないんだろう？」

「ジュリアン、家へ帰りなさい。そして彼女の望んでいるような関係になるだけの心構えができていないことを、きちんと説明してやりなさい」

ジュリアンはうなずいたものの、いつまでも玄関の前に立ったままだった。

「ジュリアン？　どうしたの？」

「いや……ブレントが来るまでいようかと思って」

ニッキはうめき声をもらしてドアを大きく開いた。「わかったわ。さあ、入って」

数分後、再びドアを開けたニッキの顔に奇妙な表情が浮かんでいた。ブレントは彼女に向かって眉をつりあげ、アンドレア・シエロの霊がまた立ち寄ったのならいいがと思った。

だが、アンディーはいなかった。

その代わりに生きている人間がいた。

ジュリアンだ。

「ジュリアンがわたしをひとりきりにしたくないと言い張って」ニッキが言った。

「ありがとう、ジュリアン。しかし、ぼくが戻ってきた」ブレントが鋭い口調で言った。

ジュリアンは立ちあがってふたりを交互に見つめ、急に真剣な表情になってブレントを見た。「これからふたりでなにをするつもりか知らないけど」彼の口調は決然としていた。「ぼくをのけ者にはさせないよ」

ニッキは小さく笑い声をあげ、からかい口調でしゃべろうとしたが、声に神経の高ぶりがありありと表れていた。「ジュリアン、あなたの異性関係が耐えがたいものになっていることには同情するけれど、わたしたちはうまくいっているの。付き添いなんかいらないわ」

「きみたちはお熱いデートに出かけようとしているのではないんだろ?」ジュリアンがぶっきらぼうに言ってブレントを見つめた。

ブレントは興味をそそられて腕組みをした。なぜジュリアンは急にぼくたちの行動に疑惑を抱いたのだろう?

「午前中の墓地におけるニッキの振る舞いは奇妙だった」ジュリアンが言った。「ニッキがなにを見たのか知らないけど、ぼくは午後じゅう彼女を観察していたんだ」

「あなたは午後じゅう居眠りしていたくせに」

「きみがそう思っているだけさ。ニッキ、ぼくはきみを知っている。この男よりもずっときみのことを知っているんだよ」

ブレントは歯ぎしりした。時間は刻々と過ぎていく。だが、これはジュリアンという人物について知るための願ってもない機会ではなかろうか。

その代償は?

マッシーとジューレットは向こうで待っていてくれるだろう。この機会にジュリアンを試しておくべきかもしれない。

ブレントは両手をあげた。「出かけよう」

「なんですって?」ニッキがきいた。

「出かけよう。しかしジュリアン、そのシャツは脱いで、黒い服に着替えたほうがいい。

闇《やみ》に溶けこみたいのなら黒い服でないとまずいからね」

あまりにあっけなく勝利をおさめたので、ジュリアンはびっくりしたようだった。彼は疑わしげにブレントを見つめ、階段に向かって歩きだしたが、階段を途中までのぼったところで立ちどまった。「まさか、ぼくが着替えているうちに、ふたりで出かけちゃうんじゃないだろうね？」

「いいや」ブレントは言った。

ジュリアンの姿が見えなくなると、ニッキが当惑してブレントを見つめた。「彼を連れていくつもり？」

「連れていこうといくまいと、どっちみち彼は墓地へついてくる気でいるよ」

「でも、あなたはジュリアンを信用していないじゃない」ニッキは言った。「あなたはだれも信用していないんだわ」

「今も言ったように、ぼくらと一緒であろうとなかろうと、彼は行く気でいる。それならいっそのこと一緒にいたほうが彼の居場所がつかめていい」

「わたしたち自身の安全のために？」ニッキがこわばった口調できいた。

「彼の安全のためでもある」ブレントはきっぱり言った。

ジュリアンが階段を駆けおりてきた。ふたりが彼をだましたわけではないと知って、少しはほっとしたようだった。

「じゃあ行こう」ブレントは言った。

彼らはニッキの住まいの玄関に鍵《かぎ》をかけたことを確かめてから、通りを進みだした。歩いているときにジュリアンが言った。「こんなに堂々と歩いていかないほうがいいんじゃないか？」

ブレントは笑いたいのをこらえて彼を見つめた。ジュリアンは本気で質問したようだ。

「カナル通りのこのあたりをこそこそ歩いていく必要はないと思うよ。こんなに人が大勢いるんだから」

「ああ、そうか」

だが、フレンチクォーターのにぎやかな街区を離れるとブレントは暗がりを歩きはじめ、墓地のそばまで来ると塀沿いに一列で進むようふたりに指示した。

「乗り越えるのに格好の場所があるよ」ジュリアンがささやいた。

「門が開いているだろう」ブレントは言った。

「どうして知っているんだ？」

「そんな気がするだけさ」

事実、門は開いていた。彼らより前にここへ来た人間がいるのか、それともヒューイが開けておいたのだろうか。三人はこっそりとなかへ入った。墓地には重苦しい静寂が垂れこめている。

ブレントは深く息を吸った。

目を閉じる。

そして開けた。

ヒューイがいた。「まだだ。ひょっとしたら今夜は来ないかもしれんが、とにかくまだだ」年老いた幽霊はそっと言った。

ブレントはうなずき、まず身をひそめる場所を見つけようとふたりにささやいた。彼自身いくつか適当な場所を知っていたが、ニッキが手をあげて隠れ場所を指し示しても驚きはしなかった。彼らは急ぎ足で共同埋葬棟を通り過ぎ、古典的なギリシア風の柱と錬鉄製の門がついている霊廟《れいびょう》の前へ来た。

門が開いていて、彼らはなかへ入った。

壁に沿って棺《ひつぎ》が並んでいた。コンクリートの床に土埃《つちぼこり》が厚く積もり、割れたステンドグラスの窓からは墓地が見渡せた。弱い月の光が天使像や墓石やその向こうの霊廟を照らしている。

〝今度はどうするんだ?〟ジュリアンが口の動きだけで言った。

「ここで待つ」ブレントは言った。

ジュリアンはうなずいた。彼は床に座って狭い空間に置かれている石棺のひとつに寄りかかった。

外では熱せられた地面に夜の冷えた大気がふれて薄い靄《もや》が発生し、地表を漂っていた。かつては美しかったに違いないステンドグラスの鋭利な割れ目から外をうかがっているうちに、ブレントは人の形をした濃い霧が靄のなかを動きまわっているのを発見した。

不気味な光が三人のいる霊廟のほうへ漂ってきた。

ブレントは息を殺し、その光が消えてしまわないようにと祈った。

それは次第に近づいてきて……。

彼は肩のところにニッキを感じた。彼女の鼓動が聞こえる。太鼓の音のように速く、大きい。

「ああ、なんてこと」ニッキがささやいた。

そのとき、ブレントは理解した。彼女はおびえまいとしている。靄なんかに恐れをなすものかと思っているのだ。

だが、靄はますます濃さを増し……。

彼らの周囲に冷え冷えとした空気がたちこめはじめた。

「いったい全体こんなところでなにをしようっていうんです?」ジューレットがきいた。

彼は助手席に座っていた。運転してきたのはマッシーだ。

「墓地を見張っているのさ」マッシーが言った。

ジューレットは腕時計を見た。そして首を振り、手にしているコーヒーをすすった。「どうしてこんなことになっちまったんだろう」彼はぼやいた。「なぜぼくらは勤務時間外にこんなことをしているんです？」

「警官だからだ」マッシーは言った。

「くそっ！」ジューレットが突然、体をまっすぐに起こした。

「なんだ？　どこだ？」

ジューレットはカップを持った手で指し示した。マッシーにも塀沿いに動いていく夜のように黒い人影が見えた。

「しまった」マッシーは言った。

彼は車を出ようとした。ドアを開けたとたん、顔の前でドアがばたんと閉められた。彼は驚いて見あげた。

夜のなかにもうひとりの人影が立っていた。

その人物は車の窓のすぐ外にいた。

霊廟の前で靄がひとつの姿をとりはじめた。石棺にもたれて座っていたジュリアンは、突然そのままの格好で凍りついたようだった。

「なんだ……どうした……？」彼はささやいた。

ニッキはジュリアンを無視し、ブレントの肩にふれた。

「彼か？」ブレントが静かに尋ねた。

「そうみたい」ニッキは言った。

霊廟内に恐ろしいほどの寒さが満ちていた。ニッキの背筋を戦慄《せんりつ》が走る。彼女はつかのま目をつぶってからまた開き、振り返った。

アンディーがいた。

「アンディー、わたしたちにはあなたが必要なの」ニッキのささやきは風がそよぐようだった。

ブレントも振り返ってアンディーを見た。「彼の助けも必要だ」ブレントは呼びかけた。「正義のために。彼のため、そしてきみのために」

アンディーはうなずき、顔をしかめた。「ここにいるのはとても……とても難しいの。なぜかしら。でも、できる限り……できる限りやってみるわ」

「彼の名前はトム・ガーフィールドだ」ブレントがアンディーに念を押した。「トム・ガーフィールド。ぼくには彼が必要だ。彼の助けが必要なんだ」

「できるだけやってみるわ」アンディーがささやいた。

ジュリアンが石棺に寄りかかったまま体を震わせ、唇をわななかせて言った。「きみたちふたりとも……ふたりともどうかしている。だれもいない空間に話しかけるなんて。ああ、ここはなんて寒いんだ。この季節のニューオーリンズで、こんなに寒いとは。石のせいだ、そうとも……石のせいに決まっている」彼の声はいかにも頼りなさげだった。

アンディーがジュリアンを見て肩をすくめた。「彼って、相変わらずいい人ね」彼女はつぶやいた。

それから彼女は光の尾を曳《ひ》いて、揺らめく冷たい霧となって霊廟を出ていった。トム・ガーフィールドの陰鬱《いんうつ》な霊がじっと立って、近づいてくるアンディーを油断なく見つめている。アンディーが彼のところへ達した。そして幻のような手で彼の肩にさわって何事かささやき、霊廟のほうを振り返った。

「きみが先に行くといい。彼が伝えたがっていた相手は、きみなんだから」ブレントはニッキに言った。

「どうかしてる、ふたりともどうかしているよ」ジュリアンがぶるぶる震えながら言った。

「ジュリアン、静かにしなさい」ニッキがたしなめた。

「こんな目に遭うくらいならあのバラクーダと夜を過ごしたほうがましだったよ」ジュリアンは両腕で自分の胸を抱きしめた。

「ジュリアン」ブレントが低いけれども鋭い声で言った。ジュリアンが顔をあげて彼を見た。「静かにしていてくれ。この墓地の幽霊たちは少しも危険ではないよ」

ジュリアンはブレントを見つめ、どうにか覚悟を決めたと見えてうなずいた。〝わかった〟彼は口の動きだけで言った。

　ニッキは外へ目をやった。トム・ガーフィールドは身じろぎもせず、アンディーのそばに立ってこちらを見ていた。最初のうち、彼は青白いうっすらとした細い光にしか見えなかったが、次第に形が明確になってきた。はじめはなかった脚がゆっくりと現れるにつれて、彼は通りやそのほかの場所でニッキが見たときと同じくらい、生き生きとした人間らしい姿になっていった。

　力強く、決意をみなぎらせた、生き生きとした存在。

「彼は話そうとしている」ブレントがささやいた。「それに彼は……」

　ブレントの言葉が終わる前にニッキはすばやく霊廟を出た。夜の静寂のなかで錬鉄製の門が信じられないほど大きくきしんで彼女をぎょっとさせた。

「トム」ニッキは歩み寄りながら声をかけた。「あなたはなにかを伝えようとしたわね。あのときはうまく聞きとることができなかったの」

　ブレントがニッキの横にいた。「ぼくはブレント・ブラックホーク。ニッキがぼくを信用しているという事実以外に、あなたがぼくを信用する理由はなにひとつない」彼は言った。「しかし、ぼくはあなたを助けるためにここへ来た。ぼくもニッキもそのためにここにいる。あなたを殺した犯人を見つけるために」

　ジュリアンは静かにしていると約束した。そのときは理解したようだったが、ことここに至って我慢の限界に達したのだろう。霊廟のなかに反響する彼の声がニッキたちのところにまで聞こえてきた。

「ああ、神様、ああ、神様、ああ、神様。ふたりともまたあんなことをしている。幽霊に話しかけている。助けるとかなんとか言って。幽霊と話をしている」だが、つぶやく声にあざけりの響きはなかった。

ニッキが振り返ると、霊廟のなかにうずくまっている友人の暗い影が見えた。

ジュリアンは両手で顔を覆っている。「ぼくはここでなにをしているんだ?」彼はうめくように言った。

ニッキは再びトム・ガーフィールドに向きあった。彼はブレントを見つめている。信用できる人間かどうか値踏みしているのだ。霧に覆われた墓地の冷え冷えとした夜気のなかで、彼は長いあいだ迷っていた。

やがて彼が話しはじめた。まるで重い装置がこすれるような、ざらざらした耳ざわりな声だった。

もう一度最初から話し方を学んでいるかのようだ。

だが、とにかく彼は話した。その声は夜の大気にはっきり響いた。

「もうじき……奥の……共同埋葬棟。やつらがここへ来る……隠し場所がある。正確な位置は知らない。やつらはいつも覆面をしている」

「行きましょう」ニッキは言った。

「いや。きみはここにいなさい。ジュリアンと一緒にあのなかに」ブレントが命じた。

「あなたと一緒に行くわ」

「だめだ。頼むよ、ニッキ。ぼくはひとりではない。墓地の外に警官たちが待機しているんだ」

ちょうどそのとき、夜の不気味な雷鳴のように、墓地の奥のほうから小さく重たげな響きが連続して聞こえた。

ブレントがニッキを霊廟のほうへ押しやった。「頼む」彼は切迫した調子でささやいた。

彼らの周囲で霧が渦巻いているようだった。

あたりにはますます数多くの、靄のような人形《ひとがた》が漂っている。

そのうえ凍えるほど寒い。

「自分の身を守るだけなら難しくないよ。しかし、きみが危険にさらされていると思うと、ぼくは的確な判断ができないんだ」ブレントが言った。彼は真摯《しんし》に頼んでいる。そうニッキは悟った。

トム・ガーフィールドは向きを変えていた。アンドレア・シエロの幽霊は事態を見守っていたが、やがてゆっくりと薄れだした。

ブレントはこの世に居残っているトム・ガーフィールドの霊についていった。

ニッキはゆっくりと息を吐きだして向きを変えると、霊廟のなかへすばやく引き返した。

ジュリアンは相変わらず床に座りこんで歯をがちがち鳴らしながら震えていた。ニッキに哀れっぽい目を向け、顔をゆがめる。「こんなぼくがきみを守るだって？」彼は自嘲《じちょう》気味に言った。

「幽霊は存在するのよ、ジュリアン」ニッキはジュリアンの両手をとって握りしめた。彼を安心させるためでもあったが、手のぬくもりが欲しかったからでもあった。

ジュリアンは同意しなかったが、かといってニッキの言葉を否定するでもなかった。彼はただ前方を、霊廟の錬鉄製の門のほうを見つめていた。

「ニッキ？」ジュリアンが声をひそめて言った。「どうしたの？」

彼の目は門に据えられているようだった。

ニッキもつられてそちらへ目をやった。そのとき、再びジュリアンがささやいた。

「ニッキ……だれかがこっちへ来る」彼は張りつめた表情でニッキを見つめ、言い添えた。

「あれは幽霊なんかじゃないよ」

「あなたか！」マッシーは大声をあげた。

ジューレットは悪態をついていた。コーヒーをこぼしたのだ。

「きみたちふたり、ここでなにをしている？」窓の外に立っている男が厳しい声できいた。

ハガティーだ！　よりによってこんなときにいやなやつが現れたものだ。

「われわれの邪魔をしないでくれないか」ジューレットが言った。

「わたしのほうがきみたちよりも地位が上なのだよ。繰り返すが、ふたりともここでなにをしているんだ？」

「不良どもが墓地で悪さをしているとの噂《うわさ》を耳にしたもんでね」マッシーは言った。彼はジューレットを見て、きみが彼を呼んだのか、と問いかけるように眉をひそめた。

ジューレットも同じように疑わしげな目でマッシーを見つめ返した。

マッシーはハガティーに視線を戻した。ハガティーはいつものスーツに身を包んで運転席側のドアの外に立ち、学校を抜けだして遊びまわっている生徒をとがめるような目でふたりを見ていた。

「この前の夜、この墓地で若い娘が襲われた」マッシーは言った。

「ほう？　近ごろの警察はそんなものを大事件扱いするのか？」ハガティーがきいた。

「殺されていたかもしれないんだぜ」

突然、闇が迫ってきたように思われた。ハガティーが空を見あげた。「雲が月を隠したのか」彼はつぶやいた。

「くそっ、墓地のなかにはたしかに何者かがいるんだ」マッシーは言うと、怒りに任せてドアを無理やり開けた。「わたしはニューオーリンズの警官で、法を守ると宣誓した。それにここはわたしの管轄区域だ。そこをどいてくれ」

ジューレットも車から出た。彼がドアを閉めようとしたとき、夜の静寂をつんざいて銃声が一発とどろいた。

19

幽霊はほとんどの人には姿が見えない。

だが、ブレントの姿はだれにでも見える。

彼はガーフィールドについていくときも用心深く墓石のあいだを進んでいった。だが、霧のなかから発射された弾丸は明らかに彼をねらったものだった。

弾丸は彼に命中しないで、かたわらの翼がある天使像の鼻にあたった。

ブレントがぱっと地面に身を伏せて転がり、共同埋葬棟の後ろに隠れたとき、次の銃声がとどろいた。

まもなくあらゆる方角から近づいてくる大きな足音がいくつも聞こえた。漂う霧のなかに、ブレントは自分が来た方角へ駆けていく黒い人影を見た。ニッキが隠れている霊廟《れいびょう》をめざしている。

ブレントは足首に結わえてあるホルスターからスミス&ウェッソンを抜いて立ちあがり、人影を追った。埋葬棟や石棺、天使像、割れた墓石などをよけて走りながら、自分に悪態をつく。なにかが起こることは最初からわかっていたではないか。だったら、なにがなんでもニッキを墓地へ入れない方策を講じるべきだった。それにしてもニッキが霊廟のなかに隠れていることを、だれがどのようにして知りえたのだろう……。

ブレントの前方にトム・ガーフィールドがいる。

そしてガーフィールドの前方に黒ずくめの人物がいて、ニッキとジュリアンが隠れている霊廟をのぞきこんでいた。男の手には銃が握られている。

銃の向けられた先は霊廟のなかだ。

墓地の裏手の塀のほうで銃声が何発もあがった。猛烈な嵐《あらし》に伴うすさまじい雷鳴のように、闇夜《やみよ》を切り裂いてとどろく。

男は一瞬動きをとめたが、すぐにまた銃のねらいを定めた。

「やめろ！」ブレントは怒鳴った。

男が振り返った。

「銃を捨てろ」ブレントが警告する。

男がブレントに照準を合わせた。

やむをえずブレントは撃った。手首をねらって。彼の射撃の腕は正確だった。銃が男の手を離れて飛んでいった。

だが、男が苦痛の叫びをあげるより先に、もう一発の銃声が闇夜をつんざいた。

ブレントの背後から。

ニッキを殺そうとしていた男が地面に倒れる。ちょうどそのとき、霧を追い払わんばかりに大きなサイレンの音が夜のしじまに響き渡った。ブレントが背後を振り返ると、薄れゆく霧のなかに射手の姿が浮かびあがった。その銃は今やブレントに向けられている。

ブレントは再び銃を構えた。

「銃をおろせ」相手が命じた。

暗くて相手を見定められなかったブレントは、命令を無視した。

「FBIだ！　銃をおろせ！」

「ハガティーか？」

「きみの命を救ってやったんだぞ。さあ、その銃をおろせ」

ハガティーの後ろで足音がした。

「ブラックホーク？　きみなのか？」

大声で呼びかけたのはマッシーだった。

「ああ、ぼくだ」

ブレントが銃をおろすとハガティーもそれにならった。「なんたるざまだ」ハガティーが毒づいた。「きみたちばかなふたりが夜中にここをうろつくだけでも迷惑だというのに、そのうえインディアンのゴーストバスターまで連れこむとはな。くそっ、きみたちのせいで台なしだ。わかっているのか、おとり捜査を台なしにしたんだぞ。今後、きみたちはわたしの邪魔をしてはならん。わかったか？　きみたちのような能なしは署内でくだらん書類仕事でもやっていろ！」ハガティーは怒りに任せてわめきちらし、くるりと向きを変えて霧のなかへ歩み去った。

マッシーとジューレットがあたふたとブレントのほうへ駆けてきた。「大丈夫か？」ジューレットがきいた。

「大丈夫だ。ぼくの前にいたやつが……」

ニッキ。ニッキとジュリアンが……。

ブレントは疾風のごとく霊廟へ駆けていって錬鉄製の門を押し開けた。心臓が喉もとまでせりあがってきて、そのまま居座っているかのようだった。

霊廟のなかにはだれもいなかった。

ニッキはジュリアンに続いて塀から飛びおりた。ジュリアンが彼女を受けとめて、ふたりは歩道まで一目散に走った。

「こんなの、どうかしている。とても正気とは思えないよ」ジュリアンが言って、ニッキをにらんだ。「ニッキ、いったい全体きみはなにをやろうとしているんだ？　いいかい、ぼくはブラックホークが好きだが、彼は変人だし、危険な男だ。あそこでいったいなにが起ころうとしていたんだ？　ぼくたち、撃たれたかもしれないんだよ！」

ニッキはじっとジュリアンを見つめた。「ついてこないように言ったじゃない」

別のサイレンの音が夜のなかに響き渡った。

「巻きこまれないうちに早くここを離れよう」

「わたしたち、もう巻きこまれているわ」ニッキが反論した。

「いいや、そんなことはない。ぼくたちは墓地の外にいるんだから」

「ブレントがまだあのなかにいるのよ」

「ブレントが自分の面倒も見られない男だと思っているのかい？　彼は警官たちとこういう関係なんだぜ」ジュリアンは手をあげて、絡ませた指を見せた。

「ジュリアン、あそこでだれかが銃を撃って――」

「ぼくたちを撃とうとした男が撃たれたのも、ぼくたちがだれにも見られずに脱出できたのも、すごく幸運なことだったんだ。ニッキ、あそこへ戻ったら事件に巻きこまれてしまう。そうしたらどうする？　なんて説明すればいい？　どうしても墓地へ行く必要があるという気がしたとか、きみは幽霊と話ができる、とか説明するのかい？　そんな話をしたって警察は絶対に信じてくれないよ。間違って撃ち殺されないとしても、逮捕されるのが落ちだ。頼む、早くここを離れよう」

「ブレントを置いていくわけにはいかないわ」

「今ごろは警官がわんさと押しかけているよ」

「銃声が何発も聞こえたわ。ブレントが大丈夫だってどうして言いきれるの？」

「どうしてって、彼はああいう人間だからさ」ジュリアンの声にはどことなく辛辣《しんらつ》な響きがこもっていた。「ブレントなら大丈夫だ。賭《か》けてもいい、彼はＣＩＡかＦＢＩか、とにかくアルファベットの大文字で表されるどこかの組織に属している。ちょっとやそっとではくたばりっこない。彼なら心配ない」

「彼を残していけないわ」

ジュリアンはいらだたしげに彼女をしばらく見つめていた。またパトカーが一台、回転灯を光らせてサイレンを鳴らしながら通り過ぎた。ジュリアンがニッキをつかんで暗がりへ引っ張りこんだ。

「いいことを思いついた」ジュリアンが言った。

「なに？」ニッキがきいた。

彼はポケットのなかへ手を入れた。

「ブラックホーク！」マッシーが呼んだ。「なにをしているんだ？」

ブレントはマッシーを押しのけて進み、不安に駆られたまま近くの墓を念入りに見まわした。血管を氷水が流れている気分だ。

「ブラックホーク？」

マッシーの声もブレントの耳にはほとんど届かなかった。「ニッキ！」

返事はなかった。ブレントは近くの通路を駆けだして、彼女の名前を大声で呼びながら暗がりを捜した。

「ブラックホーク？」マッシーが呼びながら追いかけてきた。

ブレントははたと立ちどまった。目の前にヒューイがいる。「彼らは外へ出ていったよ、インディアンボーイ。塀を乗り越えてな」

「なんだって？」

「ブラックホーク、きみはいったい……わたしに話しかけているのか？」マッシーがきいた。

「彼女はここを出ていった。心配しなくていい」ヒューイが請けあった。

「ブラックホーク、やれやれだ、きみの相手をしていると気味が悪くてならんよ」またマッシーが言う。

ヒューイをまじまじと見つめたブレントは、彼が真実を語っていると悟って安堵《あんど》するあまり、へなへなと地面に座りこんでしまいそうだった。

「彼女は大丈夫なのか」ブレントは目を閉じてつぶやいた。「死体を見つけることになるんじゃないかと気が気ではなかった」

「現に死体はあるんだぞ。三つもな」マッシーが大声でわめいた。「いったいきみはなにをしているんだ？」

そのとき、ブレントのポケットが振動した。彼はポケットに手を入れて携帯電話を出した。

「ニッキか？」

ほっとしたことに聞こえてきたのは彼女の声だった。

「わたしたちは外にいるわ、ブレント」ニッキが早口に言った。「ジュリアンがなるべく早くここを離れようって言い張っているの。わたしたちは関係ないのだからって。でも、わたしはあなたの無事を確かめずにはいられなくて」

「ぼくなら大丈夫だ」

「わたしはどうしたらいい？　警察に見つかっても、申し開きのしようがないわ。わたしはもう警察に頭がおかしいと思われているんですもの。あなただって頭がおかしいと思われるでしょうけど、少なくともあなたの場合は〝正式に〟頭がおかしいというか……ごめんなさい、あなたは頭のおかしな政府職員かなにかで、そのうえ……まあ、なにを言っているのかしら、本当にあなたは大丈夫なのね？」

「ああ、大丈夫だ」

「ブラックホーク」マッシーがとがめた。「わたしの話を聞いているのか？　この墓地に死体が三つも転がっているんだぞ。われわれは何時間もかけて報告書を書かされるはめになるだろう。きみもこんな事態になった理由を説明できるよう、今からちゃんと考えておくんだな。それなのにきみときたら、いったいなにをしているんだ？　電話で女の子といちゃついて」

「ぼくは大丈夫だ、ニッキ、いいか、よく聞くんだ。これからきみたちは……」ブレントは言いかけてためらった。ジュリアンはどんな悪事にも加担していないと彼はほぼ確信していたし、パトリシアやネイサンもいっさい関与していないと信じていた。

問題は、今回の件で善人を装っている悪党はひとりではないらしいということだ。だれがどのくらい深くかかわっているのか、いまだにわからない。

「警察署へ行くんだ、ニッキ。ジュリアンに頼んで警察署まで送ってもらうんだ。そこにはいたくないとジュリアンが言いだしたら、彼には家へ帰ってもらえばいい。警察の人たちにはぼくを待っていると言うんだ。わかったね？」

「きみはここに何時間もいることになるぞ」マッシーがブレントに警告した。

「かまわないさ」ブレントは悪態をつきはじめたマッシーにぴしゃりと言い返した。

「行こう」マッシーが言った。

「警察署へ行くんだ、ニッキ」ブレントは繰り返した。

「わかったわ」ニッキが言った。

ふたりは電話を切った。

ブレントは振り返ってマッシーを見つめた。「死体が三つだと?」

「そうだ、今夜はとんだ手助けが入ったもんでね」マッシーが冷淡に応じた。「ハガティーさ。ま、そのおかげでとにかくひとりも逃さずにすんだのだが」

「やつらは何者だ? 三人のなかにわれわれの知っている人間がいたか?」ブレントは尋ねた。

「どうしてわかるというんだ? まだ死体から覆面をはいでさえおらんのだぞ」マッシーが言った。「さあ、行こう。検死官がこちらへ向かっている。ああ、なんてこった、こいつはとんでもないことになりそうだ」

警察署へ行ったニッキとジュリアンは座って待つように言われた。

数時間が過ぎた。

ジュリアンはそわそわと動きまわるので目ざわりだった。彼の携帯電話が何度となく鳴り、そのたびに彼はおびえた。

「どうして電話に出ないの?」ニッキがきいた。

「出たら、彼女に居場所を感づかれて、ここへ押しかけてこられるかもしれないからさ」ジュリアンが答える。

「ちゃんと自分で片をつけなくちゃだめよ」ニッキが諭した。

ジュリアンはため息をついた。「ああ、わかってる。なんでぼくはこんなことになっちまったんだろうな？」

「それはあなたが女性に愛嬌《あいきょう》を振りまいたからじゃない？」

ジュリアンはニッキをにらみつけ、室内を行ったり来たりしはじめた。「やれやれ、ぼくらは似た者同士じゃないのか？　きみは幽霊が見える男に夢中だし、ぼくは……そう、自分をすごく魅力的な男だと思っていた。そのうちに世紀の淫乱《いんらん》女と出会ってしまったんだ。なあ、ニッキ、いつまでもここで待っていなくちゃだめなのか？　〈ハラーズ〉あたりへ行くわけにはいかないのかな？　どこか安全な場所で待つってわけには？」

「ブレントにここで待つように言われたの」

「もうじき朝になっちゃうよ」

「朝になったらマックスに電話をかけて、今日一日の仕事を手配するように頼むわ。わたしは一日じゅう寝て過ごすつもり。あなたも今日は休ませてあげるわね。それでどう？」

「それならいいよ」ジュリアンは言って、再び腰をおろした。

内勤の巡査部長がいらだった目つきで彼をにらんだ。

それでもジュリアンはじっとしていられず、またすぐに立ちあがってうろうろと歩きまわりだした。

「きみの家へ行っちゃだめ？」彼が哀れっぽい声できいた。

「あなたひとりで行けば」ニッキは応じた。

ジュリアンは再び座った。

ニッキが見つめると、彼はため息をついた。「だめだ、きみをここへ置いていくわけにはいかない。一緒に待つよ。いつまでも待つよ」

塀際で男がふたり死んでいた。どちらもブレントには見覚えのない顔だった。当然ながら彼らは身元が確認できるものをいっさい身につけていなかった。

墓のそばの三つめの死体——ニッキとジュリアンが隠れている場所へ銃のねらいをつけていた男の死体——も、やはり見たことがない男だった。

マッシーが悪態をつく。

「撃ちあいで犯人が三人とも死んじまった。こいつはまずい、実にまずいぞ。なぜこうなったのかを納得いくようにきちんと説明しなくちゃならん。上層部の連中はかんかんになって怒るだろう」

「こいつはぼくが撃った」ブレントが言った。「ただし、撃ったのは手だ」

「本当か？」

「銃弾を調べてもらえばいい」ブレントは言った。

マッシーは首を振った。「最初の銃声が聞こえたあと、わたしは墓地の裏手から侵入してきたふたりの男を追いかけていった。わたしのすぐ後ろにジューレットがいた。そのうちのひとりをわたしが射殺したのかどうか確信がない。やつらが撃ってきたんで、こちらも撃ち返したんだ」

「こいつを射殺したのはハガティーだ」ブレントは言った。「弾道検査で確認できるだろう」

「ハガティーはわれわれのすぐ後ろにいたが、彼がなにをしていたのかは知らない。わたしはハガティーに警告したが、やつらはすでにわれわれに向けて銃を撃ちはじめていた。ハガティーがわたしの警告を聞いたかどうかもわかっておらん」マッシーは再び悪態をついた。

ブレントは黙って歯をくいしばっていた。「こいつらからなにか答えを聞きだせたかもしれない」ようやく彼は言った。「全員を殺したのはまずかった」

「ある程度の答えはつかめたよ」ジューレットがくたびれた様子で歩いてきた。「信じられないだろうが、共同埋葬棟のなかに麻薬の隠し場所があった。どうやらここで分配しては売りさばいていたようだ」

「ふむ、おそらくそのとおりだろう」マッシーが言った。「トム・ガーフィールドは麻薬捜査に携わっていた。そのために彼は死んだのだ。彼はうまいこと麻薬密売組織の連中と仲よくなったが、そのうちにＦＢＩ捜査官であることがばれて殺されたってわけだ」

「そうじゃない。というより、それがすべてではない。いいかい、マッシー」ブレントは反論した。「あの日、マダムのカフェにいたときのトム・ガーフィールドはどこかおかしかった」

「きっと一味のひとりが近くにいたのだろう」

ブレントはかぶりを振った。「それだけでないのは、きみにもわかっているだろう。マダムの店のなかで彼の腕にヘロインを打った人間はいないんだからな」

「それはそうだが……」ジューレットが意見を述べた。「マダムの店でだれかがトム・ガーフィールドの飲み物になにかをこっそり入れて、彼を前後不覚にさせたのかもしれない。そのあと、やつらは彼をフレンチクォーターから連れだして、大量のヘロインを打って殺し、死体を捨てたとも考えられるよ」

「それでどのようにアンドレア・シエロの死を説明できる？」ブレントはきいた。

マッシーが悪態をついた。足もとへ視線を落としてジューレットが言う。「こいつらの身元が判明すればなにかをつかめるかもしれない」

「するときみは、それらの事件にはつながりがあると考えているんだな？」ブレントはきいた。「それから、まだ捜査は終わっていない、やつらの身元が判明したからって終わりではないと考えているのだろう？」

ジューレットはマッシーを見てから、ブレントに答えた。「ああ、そのとおり。きみが署を出ていった直後に報告が入った。アンドレア・シエロのアパートメントが荒らされたんだそうだ」

「なんだって？」ブレントは鋭く問い返した。

「一見、物とりの犯行に見えたが、調べにあたった警官たちはそうは考えていない。なくなったものはなにもなさそうだった。われわれは明日ニッキ・デュモンドに、そこへ行って確かめてもらうつもりでいたんだ。いまだにあそこには貴重品が数多く置きっぱなしになっているんだよ」

「すると、何者かが家捜しに入ったってわけか」ブレントはつぶやいた。

「たぶんそのとおりだろう」ジューレットが同意した。「とにかく仕事にかかるとしよう。いちおうここを調べたら、あとは犯罪現場捜査部に任せて、書類作成にとりかからなくては」彼の声には疲労と落胆が色濃くにじんでいた。「死んじまった。くそっ、みんな死んじまった」

「われわれが死んだかもしれないことを考えれば、よっぽどましさ」マッシーが楽天的な口調を装って言った。

「そりゃ、まあ、そうですけど。それにしても上層部には受けが悪いだろうな」ジューレットがぼやいた。

「きみたちは大きな麻薬取り引きをつぶしたじゃないか」ブレントが励ました。

「それをどうやって説明したらいい？」マッシーがきいた。「新聞は大々的に書きたてるだろうよ。〝霊能者、麻薬取り引きを警察に警告〟とな」

「そのことは報道機関に教えないでおいたらどうだ？」ブレントは提案した。「彼らにはただ、墓地で襲われた若い女性の話を聞いた結果、単なる暴漢やティーンエイジャーによる悪ふざけではなく、もっと悪辣《あくらつ》な行為がそこでなされていると確信するに至ったと話しておけばいい」

「新聞記者やテレビの撮影班がすでに集まりはじめている」ジューレットが言う。「この事件でハロルド・グラントは窮地に追いこまれるだろうな。みんな口々に、ほら見ろ、彼に政治を任せておいたらこうなるんだと噂《うわさ》しあうに決まっている」

「それはこの事件をどう扱い、どのように見せるかによるんじゃないか」ブレントは指摘した。「彼の任期中に警察がしたことを考えてみればいい。そうすれば彼の人気は一気に高まるだろう。記者たちにはせいぜいうまく説明しておきたまえ。ぼくは先に署へ行ってきみたちを待っているよ」

ジューレットがマッシーを見ると、マッシーは肩をすくめた。「ハガティーは？　彼が記者たちに説明したらどうする？　あの男のことだ、麻薬密売組織の犯行をあばいたのは自分だと主張するに違いない」

「その心配はないんじゃないですか？　ハガティーは新聞に載るのを嫌っているから、記者たちの前に顔を出しはしないでしょう」ジューレットはマッシーに答えてから、ブレントにきいた。「ブラックホーク、ここから出る道を知っているのかい？」

「知っているとも」ブレントは答えた。


墓地からロイヤル通りまで歩くのは時間がかかったが、ブレントにとっては好都合だった。考える時間ができたからだ。たしかにだれであれ人が死ぬのを見るのは悲しいものだが、奇妙なことにブレントをもっとも悩ませたのは、墓地で麻薬密売人どもが射殺されたという事実ではなかった。

アンドレア・シエロのアパートメントが荒らされた。その知らせが、彼の心に引っかかっていた。

おそらく侵入者は、墓地へ来た悪党たちとは別人だろう。

時間的に見て、マックスやジュリアン、パトリシア、ネイサンのだれかであったとは考えられない。

悪党が三人死んだ。しかしブレントの見るところ、これで麻薬取り引きの一件が落着したのではない。この事件には黒幕がいるはずだ。

マックス、ジュリアン、パトリシア、ネイサンを容疑者リストから除外すると、残るはミッチということになる。だが、アンディーの住まいが荒らされた時刻である昼間、ブレントはミッチを見かけていた。

ほかにもおかしな点がある。銃を持った男たちのひとりがニッキの隠れている場所を正確に知っていた。そしてニッキがそこにいたのなら、ジュリアンも彼女と一緒にいたと推測するのがいちばん理にかなっている。

ジュリアンについてはどうだろう？

除外してもいいだろうか？

それとも彼がニッキの居場所をばらしたのか？　ジュリアンとニッキは子供のころからの知り合いだ。ジュリアンはだれよりもニッキをよく知っている。墓地にも詳しい。ジュリアンは銃を持った男たちに襲われても自分だけは撃たれないと知っていて、罠《わな》にはめるためにブレントやニッキと一緒に来たのだろうか？

ブレントはめまぐるしく推理を働かせた。ジュリアンは演劇に秀でていたという。とはいえ、今夜見せたような恐怖の表情が演技だったとしたら、間違いなくアカデミー賞ものだ。

ジュリアンでないとしたら、だれだろう？

マダムのカフェを通りかかったとき、ブレントは思いだした。ビー玉のような目をした風変わりな老占い師、コンテッサがニッキに近づいてきて警告したことを。

あの老女もかかわっていて、ニッキをなんとか生かしておこうとしているのだろうか？　あのとき、その場にいたのはニッキ、マックス、ジュリアン、ブレント自身……それとマダム・ドルソだ。

ブレントの足どりが速くなった。

彼は早くニッキに会いたくて警察署への道を急いだ。それ以上にマッシーとジューレットに早く署へ戻ってきてもらいたかった。

「ちょっと」内勤の巡査部長が呼んだ。「きみがニッキ・デュモンドかね？」

ニッキは巡査部長のところへ急ごうとしてジュリアンにつまずき、転びそうになった。

彼女が答える前にジュリアンが言った。「そう、彼女がニッキだよ」

巡査部長はジュリアンに向かって渋面をつくり、首を振った。「墓地にいるお偉方から連絡が入った。きみが待っているブラックホークとかいう男は、これからまだ何時間も墓地に足どめをくうことになるらしい。だからジュリアンと一緒に家へ帰るようにとのことだった」巡査部長はジュリアンを見て眉をつりあげた。室内をうろうろ歩きまわっている彼に腹を立てているのは明らかだ。「きみがジュリアンなんだろ？」

「ジュリアンと家へ帰るようにですって？」ニッキは問い返した。

「そう。警官ふたりにきみたちを家まで送らせよう」

巡査部長はちょうど部屋へ入ってきたふたりの警官を大声で呼んだ。ひとりは疲れた様子で、コーヒーの入ったカップを揺すっていた。

「スティーヴンズ、ハースト。ここにいるふたりを送ってやってくれ。こちらの女性のアパートメントまで無事に送り届けるんだぞ」

ふたりの警官の一方が、疲れているにもかかわらず快くうなずいた。

「ありがとう」ニッキは言った。「でも、それほど遠くじゃありませんし、わたしたちは歩いて帰ります」

「無事に家まで送り届けると約束したのでね、迷惑でもそうさせてもらうよ」巡査部長がきっぱりと言った。

ニッキは反論せずにうなずいた。「ありがとう」

「やれやれ、ありがたい。やっとここを出られるんだ」ジュリアンが言った。

ハーストという名札をつけたほうの警官がドアを開けると、ニッキとジュリアンは彼に礼を述べて外へ出た。

「あそこに車をとめてある」ハーストが言って、警察署のほとんど真ん前にとまっているパトカーを指し示した。もうひとりの警官がふたりのために後部ドアを開け、すぐに車はニッキの住まいへ向けて発進した。

「パトカーで送ってもらえるなんて最高の気分だな」ジュリアンが言った。

「そうね。わたしも疲れているけど……なにがあったのか知りたいわ」ニッキは言った。「わたしたちはアンディーに関する真実をまだひとつもつかんでいないのよ」

「いずれわかるさ」ジュリアンが断言した。「知るべき真実があるのなら、きみの友達が必ず手に入れるだろう。彼は本物だ。本物のなにかは知らないけど、間違いなくたいした男だよ」

「ここかな?」ハーストがニッキの家の前で車をとめた。

「ええ、どうもありがとう」

ニッキとジュリアンがパトカーをおりると、警官たちも車から出た。「きみたちが無事になかへ入るのを見届けるよ」ハーストが言った。

「ここまで来たら、あとはぼくがいるから大丈夫」ジュリアンが請けあった。

「しかし、無事になかへ入るまでちゃんと見届けるよう命じられているのでね」ハーストが言った。

ジュリアンは門扉の掛け金を外そうと奮闘している。

「わたしが外すわ」ニッキはにっこりして言った。

ふたりの警官は庭へ入ってきて、玄関へ歩いていくニッキとジュリアンを見守った。ニッキは護衛されていることに安心感を覚えてすたすたとポーチへあがり、鍵穴《かぎあな》に鍵を差しこんでまわしてから、振り返って、このとおりドアを開けてあとはなかへ入るだけよ、と伝えるためにふたりの警官に手を振ろうとした。

だが、できなかった。ニッキはなにか長いもの……金属製の物体……が頭めがけて飛んでくるのをぼんやりと意識した。

それがつんとあたった。

焼けるような痛みが走り、目の前が真っ白になった。

地面に倒れたニッキの視界のなかで、灼熱《しゃくねつ》の白が冷えて黒くなっていく。と同時に全世界が薄れて消えた。


警察署に着いたブレントは急いでなかへ入った。内勤の巡査部長が顔をあげて彼の姿を認め、会釈した。

「マッシーとジューレットはもう戻っているかい？」ブレントは尋ねた。

巡査部長は首を横に振った。「まだ戻ってこないが、さっき連絡があった。きみの友人たちを家へ帰したよ」

「なんだって？」ブレントは鋭い声で言った。

「墓地から連絡があったんだ。えらく騒々しい様子でね。彼はきみの友人たちを家へ帰すように言った。たぶんきみは朝まで墓地にいることになるだろうからって」

「だれが連絡をよこした？」ブレントは鋭い口調できいた。

「マッシーだった。あるいはジューレットだったかもしれない」巡査部長は顔を赤くした。「よく聞こえなかった。サイレンが鳴っていたんだ。しかし警察無線の帯域で連絡してきたから、彼らのどちらかに違いない」

「で、ニッキたちを帰したんだな？　ただ帰したのか？」

巡査部長はうろたえて弁解がましく言った。「そうしろと言われたからね。ふたりなら大丈夫だ。心配しなくていい。護衛をふたりつけてやった。警官の護衛を」

「知っている警官たちだろうな？」

巡査部長は正気を失った人間を見るような目つきでブレントを見た。「もちろん知っている警官たちだ」

「彼らは今どこにいる？」

「そこまでは知らないが、連絡をとってもいいよ」

巡査部長はブレントをじろじろ見ながら無線で連絡をつけようとした。だが、いつまでたっても応答がないので、次第に不安そうな表情になった。

「たぶん彼らはふたりを送って車を離れたのだろう……もしかしたら異状がないか家のなかを調べているのかもしれん。ハーストの携帯電話にかけてみよう」

「その必要はない」ブレントは鋭く言った。「それよりもパトカーを急行させてくれ」

「ちょっと――」

「パトカーを出すんだ！」

ブレントはくるりと向きを変えて警察署を飛びだした。通りをがむしゃらに走り、観光客や演奏家や地元の人々に次々とぶつかっては転ばせそうになる。走っている最中にサイレンの音が聞こえだした。ようやく巡査部長が車の手配をしたのだ。

ブレントはニッキの家に達した。

家の前にパトカーが一台とまっていた。

彼は門扉へ駆け寄ってさっと押し開け、警官のひとりにつまずいて転びそうになった。警官は意識を失ってぐったりしていたが、まだ脈があった。ブレントは彼をそこへ残してもうひとりの警官に駆け寄った。こめかみに血が見えたものの、その警官も脈があった。玄関のドアが開けっぱなしになっている。ブレントはドアをめざして走った。「ニッキ？」

家のなかへ駆けこんだ瞬間、なかは空っぽだとわかった。靄《もや》が人間の姿をとろうとしている。

アンディーだ。

「行ってしまった……彼らがニッキを連れ去ったの！」彼女が叫んだ。

「だれだ、アンディー、だれなんだ？」

アンディーはかぶりを振り……首をかしげて示した。「あの車……あの車……彼らはニッキを……あの車に」

　そのときエンジンの音が聞こえたので、ブレントは家から走りでた。もう一台のパトカーが道路の片側に寄って停止しようとしている。制服姿の警官がふたり、パトカーをおりてきた。「おい、おまえ！」ひとりが大声で呼びかけた。

「警官がふたり倒れている」ブレントは言った。「まだ生きているから、すぐに救急車を呼んだほうがいい」

「とまれ、さもないと撃つぞ」ひとりが警告した。

　ブレントは立ちどまって歯をくいしばった。さっさと自分の仕事をしろと怒鳴り返して走りだしたら、警官たちは間違いなく発砲してくるだろう。

　さっき聞こえたエンジンの音が次第に遠ざかっていく。

「おい、署の巡査部長に連絡して確認するがいい。ぼくはブレント・ブラックホークだ」

　別の車が猛スピードでやってきて家の前で急停止した。マッシーとジューレットの車だ。マッシーが出てきた。「なにがあったんだ？」

「警官がふたり倒れている。ニッキとジュリアンが連れ去られた」ブレントは両手をあげたまま言った。「彼らにぼくが何者か教えてやってくれ！」

　一瞬、静寂が漂った。ひょっとしてマッシーもかかわっているのだろうか？　それともジューレットが？　あるいはふたりとも？　そうだとしたら……。

「車に乗れ！」マッシーがブレントに大声で言った。それから警官たちに命じる。「彼はわれわれの味方だ。ここへ応援を呼べ！」

ブレントは車へ駆け寄った。そうする以外にとるべき道はない。

ジューレットがハンドルを握っていた。「これからどうすればいい？」

「あそこの角を曲がるんだ。ニッキが車のなかにいる」

「どの車だ？」マッシーがきいた。

ブレントはマッシーをにらんだ。「答えてくれ。きみは署にいる巡査部長に連絡して彼女を家へ帰したのか？」

「そんなことをするものか」マッシーが断言した。

「ジューレットは？」ブレントは冷静にきいた。

「だれにも連絡していない。そのことはさっき巡査部長にも話しておいた」ジューレットがぴしゃりと言った。彼はハンドルを操りながらサイレンのスイッチを入れようとした。

「やめろ」ブレントは慌てて制した。「とにかくそこの角を曲がってくれ」

ジューレットはぶつくさ文句をつぶやきながらも従った。「こんなのはばかげている。車を追えと言うが、いったいどの車を追ったらいいんだ？」

「わからない」ブレントは歯ぎしりした。

ジューレットがハンドルを切って車は角を曲がった。道路は車であふれている。ブレントは内心うめき声をあげた。

「このまま進んで……その先で州間高速十号線に乗り入れろ」マッシーが言った。彼は無線機をとりあげて応援を要請した。

ブレントは助手席のマッシーを見つめた。

「警察がトム・ガーフィールドの遺体を発見したのがそこなんだ」マッシーが振り返って言った。

ブレントは座席にもたれて祈った。マッシーの言うとおりであってくれ。

彼はしばらく目をつぶった。

車内が急に寒くなる。

ブレントは目を開けた。

彼はもはや後部座席にひとりで座っているのではなかった。

隣にトム・ガーフィールドがいた。

幽霊は視線をまっすぐ前方の道路に据えている。

「州間高速十号線でいいのか?」ブレントはそっと尋ねた。

ガーフィールドがうなずいた。

ブレントは再び座席にもたれた。マッシーとジューレットに言う。「きみたちにひとつ提案をしよう。警察署に連絡してマダム・ドルソ、本名デブラ・スミスを取り調べさせるんだ」

「なんの容疑で?」マッシーが振り返り、ブレントにしかめっ面を向けてきいた。

「殺人の共謀容疑だ」

隣のガーフィールドがブレントを見て首をかしげた。

今度はブレントがうなずく番だった。

20

頭の痛みでニッキは意識をとり戻した。

目を開けると、世界は真っ暗だった。しかも物音ひとつしない。彼女はそろそろと体を動かして自分がどこにいるのかを把握しようとした。

最初のうち、なにがなんだかわからなかった。しばらくのあいだ意識を占めるのは頭の痛みだけで、気持ちは混乱しきっていた。やがてニッキは思いだした。あのとき、わたしはドアを開けて振り返ろうとしたのだ。

そして殴られた。

わたしを殴ったのはだれ？

ジュリアンだろうか？　まさか、そんな。ジュリアンであるわけがない。

だけど、ジュリアンでないなら……。

だれかが家のなかにいたことになる。だれかが待ち伏せしていた。あの警官たちは……

彼らも襲われたに違いない。もっとも、彼らがかかわっていたのなら別だ。いいえ、もしそうだとしたら、警察全体がなんらかの形でかかわっていたことになってしまう。

でも、だれかが内勤の巡査部長に連絡した……墓地からわたしを帰宅させるよう命じるために。

かぶりを振ったニッキは、またもや激烈な痛みを感じた。歯をくいしばって体を動かそうとし、閉じこめられていることに気づいた。縛られてはいないが、狭い場所に押しこめられている。遠くからやかましい音が聞こえてきた。人の声だ。言い争っている。

「ばかなことを言うな！　沼地にこれ以上の死体だなんて、どう説明すりゃいいんだ？」

だれかが怒鳴った。寒気がニッキの体を駆け抜ける。なぜアンディーが自分の身に起こったことを知らなかったのか、その理由がふいに明らかになった。殺人者は隠れていた場所から、一瞬で片をつけようとすばやく襲ったのだ。

ニッキを気絶させた一撃は背後から加えられた。アンディーはおそらく眠っているところを襲われたのだろう。彼女は犯人の姿を見なかった。

そんなことをいくら考えたところで役に立ちはしない。とにかくここから脱出しなくては。

意を決して、ニッキは周囲を手探りしはじめた。どうやら彼女がいるのは駐車中の車のトランクのなかからしい。彼らは――彼らがだれなのか知らないけど――わたしはすでに死んだものと考えているのだろうか？

あなたでないことを祈っているわ、ジュリアン、とニッキは思いながら、息のつまる狭苦しい暗闇《くらやみ》のなかでトランクを開けるための掛け金を死に物狂いで探した。どうかあなたでありませんように、ジュリアン。もしもあなただったら、とり憑《つ》いて永遠に苦しめてやりますからね。物体を動かす方法を学んで、あなたを発狂させてやるわ。

つのる恐怖心を必死にのみこんで、ニッキは掛け金を探す作業に気持ちを集中させた。閉じこめられているのがどんな種類の車なのかわからない。比較的新型の車種なら、内側からも外せるようになっているはずだ。

永久に見つからないかもしれないと考えたとたん、動揺のあまり自分を見失いそうになる。

恐怖心に支配されてはだめ。平常心を保たなければ。ゆっくりと、念入りに探すのよ。汗が出はじめたけれど、ニッキはなんとか気持ちを静めた。ほんの数分しかたっていないのに何時間も過ぎたような気がした。自分の荒い息づかいが聞こえる。なんとしても掛け金を見つけなければ。さもないと殺されてしまう。

どのくらい時間がたったかわからなくなったころ、ようやく掛け金を探しあてた。しかし指先でいじってもいっこうに動かないので、ニッキはまたもやパニックに陥りかけ、落ち着きなさいと自分に言い聞かせなければならなかった。いったん押しこんでから、掛け金が外れるまで引っ張りさえすればいいんだわ。

そうしているうちに……外れた。

掛け金の外れる音が襲撃者たちに聞こえたのではないかしら？

こうなったらもうじっとしているわけにはいかない。どうせ撃たれるなら、少なくとも自由を求めて一目散に駆けているところを撃たれるほうがましだ。

ニッキはトランクの縁をつかんで体を引きあげた。急に動いたせいで激しい頭痛とめまいに襲われ、悪態をつく。彼女はトランクを這《は》いでて深い草と泥のなかへ転がり落ちた。

相変わらず声が聞こえてくるが、彼らは少し離れた道路脇《わき》にいるようだ。ニッキは車から沼地の側へ出たのだった。

よろよろと半立ちになって、反対側の道路のほうを見た。姿は見えなかったけれど、彼らがそこにいるのはわかった。かまうものですか。彼女は半ば這うようにして、差し招いている沼地へ、暗がりへ、闇のほうへ走っていった。

「そこだ」ブレントは言った。

道路の端に大きなトランクを備えた旧型のフォードがとまっていた。

トランクが開いている。

車のそばにはだれもいない。

ジューレットは道路の端へ車を寄せた。もう一台の車が彼らの前へ割りこんできて、土手に乗りあげてとまった。

「ハガティーだ」ジューレットがため息をついた。

ブレントはさっと車から出た。ふたりの刑事も車をおりる。「いったいどういうことだ……?」マッシーがつぶやく。

「警察署から連絡を受けたんだ」ハガティーが言った。「散開しよう。手分けして捜したほうが早い。彼女がすでに死んでいなければいいが」

ブレントは指示されるまでもなく駆けだしていた。

早く彼女を見つけなければ。それもブレント自身によって。道路上にいる男たちのだれかがかかわっているのだ。

それがだれなのかはわからないが。


「ニッキ?」

水辺に達した彼女は、用心深く木々に身を隠しながら水際に沿って進んでいった。入り江のあちこちに小舟がつないである。えび漁師たちの舟だ。名前を呼ぶ声が聞こえたのは、そのうちの一隻に乗ろうとしたときだった。

ジュリアンの声だ。

その声が小舟から聞こえてきたのか、水辺のほうからなのか……あるいは前方の林のほうから聞こえたのか、ニッキは確信がなかった。

でも、彼に見られたのはたしかだわ。

ニッキは背後の木立のなかへそっと引き返した。

そのとき、ジュリアンの姿が見えた。彼は小舟に乗ってはいなかった。ニッキのわずか数歩前方にいた。

「ニッキ！」再びジュリアンが呼んだ。

彼女は身を翻し、反対の方角へ脱兎《だっと》のごとく走った。

彼から離れなければ。

丈の高い草や木のあいだをやみくもに走る。道路へ戻って無関係な車がとまってくれるのを期待すべきか、それともどこかに隠れ場所を見つけるべきだろうか？　ニッキは迷った。彼女はしばらく立ちどまり、荒い息をしながら考えをめぐらせた。どちらを選ぶかで、生きるか死ぬかが決まるのだ。

背後で小枝の折れる音がした。ニッキは水辺に生えている高い草のなかにしゃがんだ。落ちている太い枝を拾うと、しっかり握りしめた。

暗闇のなかを近づいてくる音がする。ジュリアン。ジュリアンだ。彼はニッキのすぐそばまで接近してきた。彼女は枝を手にして立ちあがった。

そして力任せに枝で殴りつけた。

うめき声をあげてジュリアンが昏倒《こんとう》する。

ニッキは彼が地面へ倒れるのを見届けずに走りだした。

マッシーは水辺に沿って西へ向かった。大声で名前を呼んでいいものやらわからなかった。彼は歯がみして聞き耳を立てた。

いったいなにがあったのか？　どうしてこれほどひどい事態になってしまったのだろう？

背後で草の鳴る音がしたので、マッシーは振り返った。そのとき、横手の埠頭《ふとう》とえび漁船とをつなぐ桟橋が視野の端に入った。

ハガティーがその桟橋をおりてくるところだった。

「マッシー！」ハガティーが荒々しく怒鳴った。

マッシーは彼をじっと見つめ返した。

そして突然、ハガティーめがけてまっしぐらに駆けていき、肩で体あたりして押し倒した。

ふたりはしばらく桟橋の上でとっ組みあっていたあと、もつれながら水中に落ちた。

後ろのほうでたくさんの足音と激しく動きまわる音がする。ニッキは肩越しに振り返りながらも走りつづけた。前方に一隻のえび漁船があった。ほかの舟よりもかなり大きくて、埠頭から桟橋でつながっている。

あの漁船のなかに安全な隠れ場所があるかしら？　それよりも船のなかに武器になりそうなものがあるのでは？

ニッキはそちらへ向かって走りだしたが、急に立ちどまろうとした。ずぶ濡《ぬ》れの男が彼女のすぐ前によろよろと立ちあがりかけていたのだ。勢いのついていたニッキは足をとめることができず、男の腕のなかへまともにぶつかっていって一緒に倒れかかった。

男がうめきながらもなんとか体を支えた。

「ニッキ……ニッキ……わたしはハガティーだ……ＦＢＩの。マッシーは……悪徳刑事だ。やつはこのわたしに襲いかかってきた。さあ……わたしと一緒に来なさい……ここから連れだしてあげよう。わたしと一緒なら安全だ」

ニッキはびっくりして彼を見つめ、だれひとり信じる気になれなくて後ずさりした。

「どうした、急がないと――」

「彼女を放せ！」

ニッキはぱっと振り返った。もうひとりの男が水のなかから出てこようとしていた。

オーウェン・マッシー刑事だった。

「ニッキ、その男は嘘《うそ》つきだ。ＦＢＩ捜査官だとぬかしているが、信じられるものか。嘘に決まっている。どうやったのか知らんが、ガーフィールドを殺したのも、それからアンディーを殺したのも、その男に違いない」

「どうやったら自分はＦＢＩ捜査官だなどと嘘をつけるんだ、ニッキ？　考えてごらん。あやしいのはマッシーのほうだ。彼は捜査をするふりをしながら賄賂《わいろ》をもらって隠蔽《いんぺい》工作をしていたんだ」

ニッキは一方の男からもう一方の男へ視線を移した。

マッシーがゆっくりと拳銃《けんじゅう》をあげてハガティーにねらいをつけた。ハガティーはニッキをぐいとつかんで自分の後ろへ押しやり、やはりマッシーに銃を向けた。

「助けてくれ！」

叫び声を聞いて振り返ったブレントの目に、立ちあがろうとしている人影が暗闇を通してぼんやり見えた。

ジュリアンだった。彼はふらふらする足どりでブレントのほうへ歩いてきた。

「ニッキが……彼女はぼくのことを勘違いして……ブレント、彼女は……あっちへ行った」そう言いながら指さしたジュリアンは倒れてうめき声をあげた。

ブレントはジュリアンのかたわらにしゃがんで彼の襟もとをつかんだ。「きみは彼女と一緒だったんだな」

ジュリアンは再びうめいた。「そう、それに警官たちがぼくらと一緒にいた。その警官たちもやられた。やつらはぼくを後部座席に乗せ、ニッキをトランクに押しこんで……だれがぼくらを殺すかで言い争いを始めたんだ。ああ、助けてくれ、体じゅうが痛くてたまらない……うわ、なんてこった」彼は息をのんだ。

「どうした？」

「ぼくの……ぼくの下に死体がある。ほら」

ブレントは見た。

だが、ブレントの注意を引いたのは地面に転がっている腐乱死体ではなかった。

死体から起きあがった霊だった……。

ブレントはつい最近見た写真から、それがだれであるのかわかった。

夜の闇を再びサイレンの音がつんざく。ニッキにもその音は聞こえた。次第に増えてくる。警察がやってきたのだ。

彼らは間に合うだろうか？

いまだにニッキはどちらの男を信じていいのかわからなかった。

彼女はふたりの男を交互に見て、このままではいつ銃が火を噴くかわかったものではないと気が気ではなかった。耳を聾《ろう》する銃声がして、一方の男が死ぬ……。

それが正しい男のほうだったら、わたしも死ぬのだ。

「銃をおろせ。ふたりともだ」ブレントだ。夜の暗闇のなかにブレントの怒りのこもった太い声が響き渡った。

鋭い命令が発せられた瞬間、ニッキをつかんでいるハガティーの手にいっそう力がこもった。ハガティーもマッシーも振り向いてでたらめに発砲した。ニッキは相変わらずハガティーの腕のなかだった。彼はわたしを守っているのだろうか？

それともわたしを盾にしようとしているのだろうか？

「ブラックホーク！」マッシーが叫んだ。「よかった――」

「ブラックホーク！」ハガティーも同じように叫ぶ。「そいつを撃て、頼む。ニッキはわたしが保護した。彼女は大丈夫だ。早くマッシーを撃つんだ、さもないとその男は彼女を撃ち殺してしまうぞ」

「ふたりとも銃をおろせ」ブレントが命じた。

「やつに撃たれちまう」マッシーが抗議した。

「そっちこそ撃つ気だろう」ハガティーが言う。

ブレントはえび漁船のそばのぬかるんだ堤防のところへ歩いてきた。いかにもさりげない様子で、ふたりの男のあいだに立つ。

「銃をおろせ」

ブレントは決意のこもった声で静かに繰り返した。

そしてハガティーのほうへ向きなおった。

「銃をおろすんだ」彼は繰り返した。

しかし、ハガティーは首を横に振った。「彼女を殺すぞ」

「できっこないさ」ブレントは落ち着き払って言った。「彼らが見えないのか？　ガーフィールドがそこにいるじゃないか、おまえの右側に。それから本物のハガティーが、おまえが死体を泥のなかに捨てた男が、おまえの左側にいる。どちらも善良な人間だったのに、おまえに殺されてしまった」

「なにを言っているんだ？　ふたりとも死んでいるんだぞ！」ハガティーが怒鳴った。

だが、ハガティーは感じたはずだ。冷たさを。氷のような冷たさ。ニッキにはそれがわかった。彼女は体を動かす勇気がなかったけれど、ブレントの言うとおりに違いないと確信した。

「銃を捨てろ、さもないと彼らにおまえを襲わせるぞ……いいか、おまえは彼らにじわじわと殺されるだろう……さんざん苦しめられて」ブレントは言った。「そうとも、復讐《ふくしゅう》させてやろうじゃないか。ふたりとも善良な男だった。立派な人生の目的がある、生きるに値する男たちだった。それをおまえが……どうだ、もうおまえにも彼らが感じられるだろう」

「恐ろしい……なんと恐ろしい……」ふいにマッシーがつぶやいた。

「きさまは頭がどうかしている」ハガティーが言った。しかし突然、彼は後ろから殴られでもしたかのようにぐいと振り向いた。驚いたことにニッキは自由になったのを感じた。

ブレントはその瞬間を逃さなかった。彼は銃を使おうとはせず、身を低くしてハガティーの足もとへ飛びかかっていった。

ハガティーが倒れる。ブレントは起きあがって彼に膝蹴《ひざげ》りを見舞おうとしたが、その必要はなかった。ハガティーは地面に倒れたまま、悲鳴をあげながら両腕を振りまわしている。

その夜、ニッキはトム・ガーフィールドの幽霊も本物のＦＢＩ捜査官であるハガティーの幽霊も見なかった。その前にブレントの腕のなかに抱きしめられていた。

だが、悲鳴は聞こえた……。

そしてそれに続くたくさんの呼び声も。暗闇に明るい光があふれ、湿地帯は押しかけた大勢の警官たちでにぎやかになった。

地面に倒れた男はいまだに悲鳴をあげつづけている。絶叫はますます甲高い苦痛に満ちたものになっていく。男は自分自身と格闘しているように見えた。

そのうちに、彼はすべてを白状しはじめた。

ニッキは頭が混乱し……やがてショックを受けた。

最後まで彼女はなにが起こったのかを完全には理解できなかった。わかっていたのは沼地から連れだされたことだけ。

それと、ブレントと一緒だったこと。

そして自分が生きていることだった。

次の日の夕方、彼女はブレントを促してほかの人たちに一部始終を説明させた。

彼らが集まっているのはマダムのカフェではなかった。彼らがマダムのカフェに集まることは二度とないだろう。加えて、当然ながら今後そのカフェは〈マダム・ドルソズ〉ではなくなる。

マダムは陰謀に加担していた。彼女のカフェは麻薬密売人たちの密会場所でもあったのだ。

「わたしにはさっぱりわからない」ネイサンの腕に抱かれて座っているパトリシアが言った。「マダムが首謀者だったの？」

ブレントは首を横に振った。「マダムはただの橋渡し役にすぎなかったんだ。そして、情報源や連絡係の役割も担っていた。麻薬の買い手と売り手を引きあわせたり、路上で麻薬を売りさばくごろつきどもを見つけたりしていたのさ。ゆうべ墓地で殺されたような連中のことだ」彼はつけ加えた。

「それじゃあ……」パトリシアがさらに促す。

「わたしにはいまだにわからないの。あなたはどうやって、マッシーではなくハガティーが悪者だと知ったの？」ニッキがブレントにきいた。「たまたまジュリアンと出会ったときに、あなたは死体を見つけて――」

「きみにはひどい目に遭わされたよ」ジュリアンがぶつくさ言って、目をくるりとまわした。

「ジュリアン、あなたはわたしと一緒にトランクのなかに押しこめられてはいなかった。だから、てっきり……」

「やつらはぼくを後部座席に乗せたんだ。ぼくがしたのはきみと同じことだ。ぼくは気絶してはいなかった。道路脇で言い争う声が聞こえたので、車から逃げたんだ」

「言い争っていたのはだれなのか説明してくれないか」ミッチが言った。「ぼくにはまだ全然理解できないよ」

「あいつらは下っ端さ」ジュリアンが答える。「ぼくらを送ってきた警官を襲い、ぼくとニッキを連れだした。口論してくれて命拾いしたよ。ハガティーとともに逮捕されたようだね」

「わたしは今さらながら、えび漁師たちのところにいればよかったと思うよ」マックスが恨めしげに言った。

ブレントは悔しそうにほほえんだ。「ぼくはもっと前に見抜くべきだった。そう、だれかが見抜かなければいけなかった。それにしてもロバート・グリーンウッドは――それがハガティーになりすましていた男の本名だが――実にぬけぬけと演じおおせたものだ。彼はずっと前から麻薬密売組織の一員だった。トム・ガーフィールドを殺害したのは彼だ。それに手を貸したのがマダム・ドルソさ。彼女はカフェで頻繁にトムを見かけているうちに、彼が麻薬密売について調べていることや次第に真実へ近づきつつあることに気づいた。トムがニッキやアンディーと接触する直前に、彼に鎮静剤をのませたのはマダムだ。その直後、トムは通りへふらふらさまよいでたところを一味につかまって連れ去られた」

「するとアンディーを殺したのはグリーンウッドだったのか……しかし、なぜだ?」マックスが尋ねた。

「それについてはわたしが説明しよう」そう言ったのはオーウェン・マッシーだった。彼はマダムのカフェとは違う通りにあるカフェ〈セーラズ〉に集まっている一同のもとへちょうどやってきたところだった。「ガーフィールドがなにかを持っていたことをロバート・グリーンウッドは知った。しかし、それをガーフィールドは身につけていなかった。マダムの店からも見つからない。となれば、あとはニッキかアンディーが持っているに違いないというわけだ」

「で、なぜニッキではなくてアンディーだったんだ?」ミッチがきいた。

ブレントが先を引き継いだ。「ロバート・グリーンウッドはきみたちのグループのことはなんでも知っていた。マダムから絶えず現状報告が入っていたからね。アンディーがかつて麻薬中毒だったことを知った彼は、麻薬を大量に打って殺しても不審に思われないだろうと考えた。そこでまずアンディーからねらったんだ。彼はまた、トム・ガーフィールドが死んだとなれば大勢のFBI捜査官が事件を調べに来るとわかっていたが、捜査機関同士のあいだでは普段あまり緊密な連絡が行われていない現状に期待した。まもなくニューオーリンズ警察との連絡係としてFBIからひとりの男が派遣されてきた。マダムの店には大勢の警官が出入りしていたから、グリーンウッドがその捜査官を特定するのはたやすい。彼は、本物のハガティーを殺して死体を湿地帯の奥深くへ捨てた。そうやって本物の捜査官を片づけたあと、ハガティーになりすましたってわけだ。彼にとって難しいことではなかっただろう」ブレントは説明を終えた。

マッシーがあとを引きとった。「ロバート・グリーンウッドはいろんな人間になり代わるのが得意な詐欺師でね。彼と本物のハガティーは背格好が同じで、どちらも顎が細かったから……彼は髪を切って、コンタクトレンズを買い……そして、たいていの身分証明書の写真は実物とそれほど似ていない事実をあてにしたのだろう」首を振って続ける。「われわれはもっと早く気づくべきだった。実をいえばFBIからうちの署長に、ハガティーから一度も連絡を受けていないがどうなっているのかと、何度も問いあわせの電話があったんだ。それをハガティーに伝えると、彼はＦＢＩに連絡して、事件の真相をつかみかけているところだと釈明し、ほかの者には手を引いてもらう必要があると伝えたらしい。もっと長く続けていたら結局は正体がばれただろうが、そう長く続ける気はなかったに違いない」

「いつまで続けるつもりだったのかしら？」パトリシアが当惑した表情で尋ねた。

「ビリー・バンクスが当選するまでだ」ブレントは答えた。

「なんだって？」マックスが急に居住まいを正して、さっぱりわけがわからないといった顔で問い返した。「いったいどういうことだ……？」

「マッシーとジューレットが墓地でそのことに思い至ったんだ」ブレントが言う。「ビリー・バンクスは政界で大物にのしあがろうとしていたし、選挙運動を展開するための資金も必要としていた。彼はロバート・グリーンウッドと知りあって麻薬の世界を知った。そのうちにバンクスは密売のいっさいがっさいをとりしきるようになったが、その一方で犯罪を厳しくとりしまるふりをしていたんだ。彼はそうやって違法に金を稼ぎながら、ハロルド・グラントを無能に見せようとしていたのさ」

「たいしたものだ」マックスが苦々しげに言った。「それにしても大規模な陰謀だったんだな。バンクスが親玉で、マダムが連絡係、ハガティーになりすましていたグリーンウッドが実際の汚れ仕事を一手に引き受けていたってわけか。やつの手下は全員が目出し帽をかぶっていた。たぶん彼らはお互いの素顔を見たこともなければ、ハガティーを、つまりグリーンウッドを、知りもしなかったんじゃないかな」

「おそらくそのとおりだろう」ブレントは言った。

「それなのに、あなたはわれわれ全員を疑っていたんだものな」ジュリアンが不満そうに言った。

「ニッキやアンディーの身近な人間がかかわっているに違いないと思ったからね……となれば、きみたち全員ということになる」

「わたしはここにいもしなかったのに」マックスがこぼした。

ブレントは申し訳なさそうにほほえんだ。「ビリー・バンクスは一度も自分の手を汚さなかった。汚い仕事はほかの者にやらせ、自分は金だけ出して命令していたんだ」

「わたしの金は合法的に稼いだものだよ」

「知っている」

マックスがいぶかしげにブレントを見た。

「当然ながら調べさせてもらったよ」ブレントは打ち明けた。

「ぼくにはいまだに理解できない」ジュリアンが首をかしげて言った。「腐乱死体を見ただけで、どうしてあなたはハガティーを偽者だと見破ったんだ?」

「わからないことはほかにもある」マッシーが身震いしてつけ加えた。「なぜあの男は地面に倒れたあと、まるで鰐《わに》に襲われてでもいるようにばたばたもがいていたのだろう？

なぜ彼はあれほど簡単にすべてを白状し……ビリー・バンクスのことをぺらぺらしゃべってしまったのだろう？」

ブレントはにやりとマッシーに笑いかけた。

「きみにはわかっているんじゃないか」彼は静かに言った。

マッシーは視線をそらした。「ばかな！　ブラックホーク、わたしにわかっているのは、きみのおかげでわたしには休暇が必要になったということだ。予定外の休暇が。こうなったら潔く休暇をとることにしよう。ジューレットもそのつもりでいるらしい。きみのせいでわたしと彼は互いに疑惑を抱いて、相手の行動をこそこそ監視するはめになったんだぞ。われわれは互いに相手がハガティーに情報を流しているのではないかと疑っていた。ところが情報を流していたのはマダムだったんだ」

ミッチが咳払《せきばら》いをして言った。「ほかにもまだ疑問があるよ。ハガティーは、じゃなくてグリーンウッドは、いったいなにを捜していたのだろう。なにをアンディーが持っていると考えたのだろう。アンディーのアパートメントを家捜ししても見つからなかった……そこで彼は危険を冒して今度はニッキをつけねらいはじめたんだろう？」

「わたしのハンドバッグは科学捜査班の研究室にあるわ」ニッキがミッチに言った。「今はまだ調べている最中だから本当かどうかわからないけど、ロバート・グリーンウッドはトム・ガーフィールドが情報をマイクロチップに入れていると信じていたのね。つまり、トムが麻薬取り引きの現場をひそかに撮影してマイクロチップにおさめ、自分が殺されようとしていることに気づいてほかの人に渡した、と」

「きっと科学捜査班が見つけるだろう」ブレントが穏やかに言った。「マイクロチップはニッキのハンドバッグの裏地に挟まっているかもしれない。だからこそニッキに似ている女性が引ったくりに遭ったり、そのあとニッキ自身が襲われたりしたのに違いない。あるいはニッキがあの日に着ていた服にくっついているかもしれない。いずれすべてが明らかになると思うよ」ブレントは再びマッシーを皮肉っぽい目つきで見た。「グリーンウッドの謎《なぞ》めいた自白のおかげで」

マックスがため息をついてニッキを見つめた。「おそらくわが社はニューオーリンズでもいちばん人気のある現地ツアー会社になるだろう。きみもそう思うだろう、ニッキ？　そうなると新しく社員を雇う必要が出てくる。もちろんわれわれがつい最近経験した恐ろしい状況を考えれば——」

「われわれ？　あなたは戻ってきたばかりのくせに」ジュリアンが反論した。

「われわれさ。われわれはひとつの幸せな大家族なのだから。そうだろう？」マックスは言った。「今週のツアーは全部わたしがキャンセルしておいた。今後のツアー客の集合場所はここにすればいいと思うが、それには店の主人と金銭的な取り決めをしておかなければならない」彼はブレントを見てため息をついた。「きみは本当にわが社で働く気はないのかね？」

ニッキはブレントを見つめた。彼はニッキのほうをちらりと見てさりげなくほほえんだ。「ときどきは。できるときに限るがね。それと、ニッキもしばらくここを留守にすることになるだろう」

「ニッキも？」マックスが問い返した。

「これからしばらくのあいだ、あなた自身に働いてもらうことになるわ。わたしはブレントと一緒に西部の辺境地帯を見に行くことになっているの」

「ああ、インディアン観光か」マックスは訳知り顔に言ったあとで、慌てて訂正した。「すまない、ネイティブ・アメリカンだったな」

ブレントは笑った。「ぼくたちは新婚旅行に行くのさ、グランドキャニオンへ」

マックスがふたりを祝福した。ジュリアンは目を白黒させ、パトリシアは甲高い歓声をあげて結婚式はぜひニューオーリンズで挙げなさいと勧め、マッシーは必要とあれば警察が先導してもいいと約束した。

やがてブレントは、ぼくとニッキは失礼させてもらうよと彼らに断り、マッシーに同行してくれるよう頼んだ。

「どこへ行くんだ？」マッシーがきいた。

「墓地へ」

マッシーはうめき声をあげた。

「心配しなくていい、大丈夫だ」ブレントがきっぱり言った。「きみは墓地の外で待っていてくれればいい」

「だったら、なぜわたしを連れていく必要があるんだ？」

「もちろん夜は墓地が封鎖されているからさ」ブレントが答えた。「しかし、警察の許可があれば入ることができる」

「きみには借りがあるからな。だが、くれぐれも幽霊を呼びだそうなんて気は起こさないでくれよ。ゆうべは幽霊を見たように思ったが、実際はなにも見ちゃいなかった。きみの声のせいだ。あの声のせいでわたしは幽霊を見た気がしたし、グリーンウッドも自分が殺した男たちが両側に立っていると思いこんだのだ」

ブレントはマッシーの肩に手を置いた。「大丈夫だよ、マッシー。本当だ」

マッシーが再びうめき声をあげた。

墓地へ着いたときには日が暮れて夕闇が迫りつつあった。マッシーは門の外で見張りに立った。

ニッキとブレントは手に手を携えて墓地のなかへ入っていった。「ヒューイ？」ブレントが呼んだ。

ニッキの目の前に老人が現れてふたりに挨拶《あいさつ》した。「やあ、来たのか、インディアンボーイ。それとお嬢さんも」老人がニッキに言った。

「あんたにお礼を言いに来たんだ」ブレントが言った。「それと、これからもぼくがあんたを必要とするときは手を貸してほしいって」

「そのことだが……わしはもうここからいなくなるかもしれん。実をいうと、おまえさんが来るのを待っていたんだ」

「そうなのか？」ブレントは眉根を寄せた。

ヒューイは顔いっぱいに笑みを浮かべた。「おまえさんは信じないかもしれんが……あのきれいな娘さんがまたここへ来たよ。マリーが」

「あのマクマナスの子孫のこと？」ニッキが尋ねた。

ヒューイはうなずいた。「彼女は苦労して調べたあげくに、わしにも孫のそのまた孫の……うむ、何世代下るかわからんが、とにかくかわいい子孫がいることを突きとめてくれた。目に入れても痛くないほどかわいらしい女の子だ。しかもミス・マリー・マクマナスは、その女の子を母親と一緒にこの墓地へ連れてきて、わしが埋められていると思われる場所を示しながらふたりといろんな話をした。母親はかなり貧しそうだったが、マリーは女の子の姉代わりになりたいと言って、母親に娘のピアノのレッスン代を出すと申してたよ」

「よかったじゃないか、ヒューイ。本当によかった」ブレントが言った。「しかし……」

「それからおまえさんも知ってのとおり、ゆうべ遅くにあんな大騒動があっただろう。あのあと、わしはえらく誇らしい気分になってな。悪い薬物が大量に町へ流れだすのを、わしがくいとめたような気がしたんだ。誇りにできるだけの働きはしたと思う、なぜならその直後、わしにひと筋の道が見えたからだ。生きているときも死んでからも見たことがないほどきれいな道だった。その道をたどってくるように招かれているようだったよ。ただ、そのときはまだ心の準備ができていなくてな。今日、あの娘さんたちを見て……ようやくその気になった。今ではまた道が現れるのを心待ちにしているよ。光が見えるのを待ち望んでいるんだ」ヒューイは顎をあげて、ふたりに後ろを振り返るよう促した。「そこにいるおまえさんたちの友達も、旅立つ心の準備が整ったみたいだよ」

ニッキとブレントはくるりと後ろを振り返った。

けれどもニッキは振り返る前から、そこにだれがいるのかを知っていた。

アンディー。そしてトム・ガーフィールド。ニッキは驚きもしなければおびえもしなかった。近づいてきたアンディーに抱きしめられる不思議な感覚を覚えたとき、冷たさを感じたけれど、少しも不安にならなかった。そこにいる……でも、そこにはいない。冷たい。それでいながらとてもあたたかい。アンディーがニッキの頬にキスした。「ありがとう」

彼女がささやく。

「アンディー……」

ニッキは目に涙があふれてくるのを感じた。「泣かないで」アンディーがニッキに言った。「さっきヒューイの話していた道が……ええ、あなたには想像もできないでしょうね。それに……」アンディーは髪を後ろへ払っていたずらっぽくウインクした。「わたしはひとりで行かなくてもいいの」

トム・ガーフィールドの幽霊が彼女のほうへ手を差しのべる。

アンディーがその手をとった。

ニッキは実際に彼らが壮麗な道をたどっていくのを見たわけではなかった。

彼らはただそこにいたと思ったら、次の瞬間には消えていた。

ブレントがやさしくニッキにささやいた。「ぼくらももう行かなくては。ぼくらには彼らとは別の道があるんだ」

ニッキが彼の手をとり、ふたりは一緒に墓地をあとにした。

その晩、ふたりはマッシーとジューレットを誘って酒を飲んだあと、ニッキの住まいへ帰った。家のなかでふたりきりになった彼らは何度も何度も愛しあった。その行為はあまりにも官能的であるという単純な事実によってますます特別なものになった。ふたりは心地よさと同時に、生きているという実感を強く抱いた。

時間がたち、ブレントは眠っているニッキを残して起きあがった。そしてバルコニーへ歩みでた。

ニューオーリンズ。生まれ故郷。

最高の土地だ。すばらしい土地。ぼくの心。ニッキはぼくの心になった。

たしかに、この町には幽霊があふれている。しかし、彼らはすばらしい幽霊たちだ。

この町はまた、歴史や美術、音楽、そしてすばらしい過去の記憶であふれている。

そしてニッキのいるぼくの人生には、希望に満ちた未来がある。

＊本書は、2007年2月にMIRA文庫より刊行された『白い迷路』の新装版です。

mira

白《しろ》い迷路《めいろ》

2023年3月15日発行　第1刷

著　者　ヘザー・グレアム
訳　者　風音《かざと》さやか
発行人　鈴木幸辰
発行所　株式会社ハーパーコリンズ・ジャパン
東京都千代田区大手町1-5-1
03-6269-2883（営業）
0570-008091（読者サービス係）

印刷・製本　中央精版印刷株式会社

ISBN978-4-596-76977-0

mirabooks

明けない夜を逃れて
シャロン・サラ
岡本　香 訳
余命宣告から生きのびた美女と、過去に囚われた私立探偵。喪失を抱えたふたりが出会ったとき、運命は大きく動き始め…。叙情派ロマンティック・サスペンス！

翼をなくした日から
シャロン・サラ
岡本　香 訳
元陸軍の私立探偵とともに、さまざまな事件を解決してきたジェイド。カルト組織に囚われた少女を追うなかで、自らの過去の傷と向き合うことになり…。

すべて風に消えても
シャロン・サラ
岡本　香 訳
最高のパートナーとして事件を解決してきた私立探偵チャーリーと助手のジェイド。最大の危機と悲しい別れが、二人にこれまで守ってきた一線をこえさせ…。

明日の欠片をあつめて
シャロン・サラ
岡本　香 訳
特別な力が世に知られメディアや悪質な団体に追い回されるジェイド。相棒の探偵チャーリーを守るため彼女が選んだ道は——シリーズ堂々の完結編！

サイレント・キス
シャロン・サラ
新井ひろみ 訳
作家ケイトリンは半年前から脅迫状に悩まされていたが、ある日何者かに交差点で突き飛ばされ重傷を負う。護衛役を買って出たのは知人で元警官のマックで…。

グッバイ・エンジェル
シャロン・サラ
新井ひろみ 訳
幼い頃、母にカルト教団に連れてこられたジェイドは、壮絶な少女時代を過ごす。やがて教団を抜け出し人目を避けて生きてきたが、15年後、ルークと名乗る男が現れ…。

mirabooks

この恋が偽りでも
シャノン・マッケナ
新井ひろみ 訳

天才建築家で世界的セレブのフィアンセ役を務めることになった科学者ジェンナ。生きる世界が違う彼に惹かれてはいけないのに、かつての恋心がよみがえり――

口づけは扉に隠れて
シャノン・マッケナ
新井ひろみ 訳

建築事務所で働くソフィーは突然の抜擢で、上司のヴァンとともに出張することに。滞在先のホテルで男の顔を見せられ心ざわめくが、彼にはある思惑が…。

涙は風にふかれて
ダイアナ・パーマー
仁嶋いずる 訳

テキサスの名家に生まれた令嬢ベスは、ある日突然無一文の身になってしまう。手をさしのべてきたのは、苦い初恋の相手だった牧場経営者で…。

雨の迷い子
ダイアナ・パーマー
仁嶋いずる 訳

10年前の雨の夜にテキサスの農場で拾われた天涯孤独のギャビー。恩人であり、兄同然だったボウイと再会して以来、二人の関係は少しずつ変化していき…。

真夜中のあとに
ダイアナ・パーマー
霜月 桂 訳

体調を崩したニコルは静かな海辺の別荘で静養していた。ある日ビーチに倒れていた記憶喪失の男を助けるが、彼は議員である兄が敵対する実業家マッケインで…。

夜明けのまえに
ダイアナ・パーマー
泉 智子 訳

運命の相手だと思っていたコルテスから写真一枚で別れを告げられたフィービー。癒えない傷を抱え見知らぬ地で働き始めたが、思わぬ事件が再会を招き…。

mirabooks

バナナクリーム・パイが覚えていた
ジョアン・フルーク
上條ひろみ 訳
ハネムーンクルーズを満喫中のハンナに、母が死体を発見したとの連絡が入る。大急ぎでレイク・エデンに戻ったハンナは、独自に事件の調査を開始するが…。

ラズベリー・デニッシュはざわめく
ジョアン・フルーク
上條ひろみ 訳
殺人に使われたのは、夫のロスに送られてきた毒入りチョコレート!? ハンナは夫のゆくえと事件の両方の調査を始めるが、思いがけない事実が次々と発覚し…。

チョコレートクリーム・パイが知っている
ジョアン・フルーク
上條ひろみ 訳
ハンナは傷つき悲しみに暮れていた。ロスの最悪な嘘が発覚したのだ。家族や友人たちの優しさに支えられ、なんとか立ち直ろうとしていたその矢先、信じられない事件が起きて…。

ココナッツ・レイヤーケーキはまどろむ
ジョアン・フルーク
上條ひろみ 訳
末妹ミシェルの恋人で保安官助手のロニーが殺人事件の第一容疑者!? 事件の担当刑事がいないという前代未聞の事態のなか、ハンナは独自に事件の調査をしはじめたけれど…。

令嬢探偵ミス・フィッシャー華麗なる最初の事件
ケリー・グリーンウッド
高里ひろ 訳
英国社交界の暮らしに退屈していた伯爵令嬢フライニー。ある日知人夫妻から異国に嫁いだ娘の様子がおかしいと相談を受け…。最強のお嬢様探偵、ここに誕生!

エレノア・オリファントは今日も元気です
ゲイル・ハニーマン
西山志緒 訳
会社の経理部で働くエレノア。友達も恋人もおらず周囲に疎まれながらもひとりの毎日を満喫していたが、ある出会いが彼女を変え――200万部英国ベストセラー。